역사의 기억

역사의 기억

이 근 철

엠_애드

| 책 머리에 |

연변 역사학자 송호상은 중국 조선족을 말할 경우 1945년 8월 일본이 태평양전쟁에서 항복할 때까지 한반도로 부터 중국 동북경내에 들어와 살던 망명 동포들을 '조선인'으로 부른다고 하였다. 그리고 1949년 10월 1일 중국 공산혁명 정부로 부터 중국공민의 신분을 획득한 사람들을 특별히 조선족으로 부르며 현재 개방된 중국에서 살고 있는 조선인들은 글로벌 조선족으로 부르기도 한다고 하였다. 그러면 지금 우리 한국인들은 조선인 또는 조선족 동포라는 호칭을 어떤 의미로 받아들이고 있는 것일까? 작가는 이 작품을 쓰면서 우리 한국인들이 가지고 있는 중국동포에 대한 호칭, 즉 '조선족' 감정과 역사적 의미는 어떤 것인지 알아보려고 하였다. 또한 앞으로 도래할 민족통일에 대한 이상 실현, 즉 하나님의 날을 바라보며 사모하는(벧후 3:9) '복음화 민족통일' 달성을 위한 성경적 지식과 연구 방향 탐색을 목적으로 하였다.

먼저 중국 조선족은 누구인가? 그들은 대한민국 현대사에 비극적인 민족적인 불행의 결과로 생겨난 해외동포로서 한민족과 혈연관계에 있다. 1879년부터 대한제국에 대한 일본 군국주의 간섭과 주권유린이 시작되면서 일부 양반세력과 이에 호응한 백성들이 합세하여 항일의병 기치를 들고 대한제국 독립과 자주권 수호를 위하여 독립투쟁을 벌여왔다. 그후 1919년 어느 날 고종황제가 일제에 의해 독살되었다는 소문이 확산되자 전국적으로 3·1독립운동이 일어나면서 대한제국·대한민국 독립운동이 시작되었다. 나라의 주권을 지키자는 뜻에서 "대한독립만세"를 부르며 항일의병활동을 전개하였던 것이다. 그러나 국내에서 일제의 탄압이 점점 심해지고 조선의 일본화를 위한 일본 식민통치가 강화되자 국내 독립운동 지도자들인 이승만, 안창호, 박용만 등은 미국으로 옮겨가서 독립운동을 계속하였다. 1904년 러·일 전쟁에서 일본이 승리하자 일본은 점차 미국을 거점으로 하는 대한국인들의 독립투쟁을 막기 위해 미국 본토에서 박용만의 독립군 양성을 금지시켜줄 것을 미국정부에 강력히 요청하였다. 미국은 세계 1차 대전의 유산인 '국제연맹' 창립의 주역이면서도 연합국과 갈등을 빚으면서 연맹가입을 차일피일 기피하였다. 사실상 국제통제의 역할을 회피하면서 일본의 요구를 검토한 후 수용하였다. 윌슨·루스벨트 미국 대통령은 극동에서 러시아 견제를 위해 일본과 협력하기로 하고 대한국인들의 독립운동과는 거리를 두었다. 미국 내 박용만의 독립군 양성을 돕던 기독교 교회의 지원마저도 견제하게 되었다. 그러나 이승만 박사는 하와이의 한인교회를 미국기독교 교단에서 분리하여 한인독립교단으로 만들고 자신을 자칭목사로 부르면서 직접 설교에 나섰으며 한인 독립운동을 적극 지도하였다.

1920년대 일본 군국주의의 강력한 압박에 의해 대부분의 독립운동 지도자들과 조선독립투쟁은 중국 오지와 동북 만주지역과 시베리아(연해주) 경내로 들어와 계속하였다. 이 당시 조선 독립운동은 장개석의 국민당군의 지원을 받는 대한민국 임시정부의 항일독립투쟁과 중국 공산당 계열의 합작에 의한 동북항일연군 투쟁으로 분리되어 투쟁하였다. 1997년 연변인민출판사에서 펴낸 "연변조선족역사화" 책에서는 "200만 조선족은 중국 55개 소수민족 중에서 인구 100만 명 이상을 가진 18개 민족가운데 동북지방에서 자치권을 행사할 수 있는 조선족 유일의 자치주라고 하였다. 그러면서 항일 전쟁이 승리한 후 연변조선족 인민들은 당의 호소를 받들고 용약 참군하여 중국해방전쟁의 승리와 공화국 창건을 위해 크나큰 기여를 하였다고 쓰고 있다." 한韓민족의 유서 깊은 동북 강역에서 마르크스 유령의 길목에 소비에트 볼세비키(위성국)가 자리 잡게 된 것은 이때부터였다. 지금 중국에는 1991년 통계로 전국에 159개 민족 자치구역이 있는데 그 가운데 5개의 자치구와 30개의 자치주 124개의 자치 현이 있다. 이처럼 자치 기구가 만들어지게 된 것은 여러 소수민족이 자기민족 내부의 사무를 관리하는데 있어서 자기권리를 행사하고 있다는 것을 의미하며 다 같이 번영하는 기본 원칙이 실현되고 있음을 뜻하는 것이다.

 우리는 여기서 중국조선족의 정체성에 대하여 깊은 생각을 하게 된다. 1991년대 초 동유럽에 군림하던 소비에트 볼세비키 정권들의 붕괴를 보면서, 1937년 스탈린의 '대형 대대작전(시베리아 조선인 추방작전)에 의해 중앙아시아로 추방되었던 20여 만 명의 대한국인들의 뼈아픈 기억을 떠올리게 된다. 1904년 러·일 전쟁에서 패배의 쓴잔을 마신 경험이 있는 러시아는 한민족이 일본인과 용모가 비슷하다는 이유만으로 무조건 일본 간첩 누명을 씌워 추방한 기억을 상기하게 되는 것이다. 한 겨울 추위에 20여 만 명을 1년에 세 차례에 나누어 가축운반 화물열차로 실어다가 동토의 땅 카자흐스탄, 우즈베케키스탄 등 중앙아시아의 허허벌판에 유기遺棄한 사실은 민족의 치욕이며 굴욕이었다. 언어와 생활풍속이 다른 낯선 땅에, 그것도 이주대책이 전혀 마련되어 있지 않은 무인지경에 짐승처럼 버려진 우리 한인 동포들은 화물열차에 실려 가다 죽고, 황무지 움막에서 추위서 얼어 죽고, 먹을 것이 없어 굶어 죽었다. 그들은 민족 말살이라는 두려움 속에서도 맨손으로 황무지를 일구면서 용케 60여 년을 버티면서 죄인 아닌 죄인취급을 받으며 까레이스키, 까비탄 등 일본인 다음 2등 국민으로 살아왔다. 마침내 1992년 무도한 소비에트연방공화국이 무너지자 다시 되살아난 현지인들의 민족주의에 밀려나 지금은 '고려인' '조선인' '한인동포' 등으로 불리면서 아직도 동북 땅에 뿔뿔이 흩어져 고난 속에 살고 있다. 그들은 일본 간첩이라는 누명을 쓴 채, 자신들의 정체마저 밝히지 못한 채, 교육도 받지 못하고 숨어 살다보니 우리말과 글(한글)도 모두 잊어버렸고 민족의 역사는 물론 자기들의 조상조차 알지 못한 채, 살아오고 있었던 것이다. 마르크스주의 유령에 대한 적개심을 키우며 소비에트 위성국 백성으로 살던 우리 동포들이 현지인들의 깨어난 민족의식에서 나오는 분풀이가 엉뚱하게 조선인들을 향해 폭발하기 시작하자 우리 동포들은 또 다시 과거 기억도 불분명한 옛 연고지를 찾아 중국 동북경내와 만주, 시베리아 극동지역인 하바롭스크, 불라디보스토크, 사할린 등 거친 땅에 흩어져 지금도 우리 후손들은 유랑생활을 하고 있는 것이다.

우리는 여기서 조선인·조선족, 고려인, 까레이스키 등 가슴 아픈 이름을 떠올리면서 프랑스령 알제리출신 유대계 해체철학자 재키 엘리 데리다 (Jackie Elie Derrida) 의 글 "타인他人"에 대한 의미를 새롭게 상기하고 있다. '자크 데리다'의 해체解体철학은 끝임 없이 계속되는 이야기들의 근원을 파헤친 후 그 안에 있는 새로운 사상을 정립하는 철학이다. 그는 저서 '마르크스 유령론'을 저술함에 있어, 세계적 수준의 냉전체제 붕괴 후, 이미 파산한 공산주의 사상과 정신은 소멸된 과거의 사건으로 표현하고 있다. 그러나 작크 데리다의 해체주의는 우리들의 삶속에 끊임없이 출현할 수 있는 마르크스 유령을 엄히 경계하여야 한다는 점을 강조하고 있다. 현대 강대국들의 온갖 과학병기에 의한 전쟁폭력은 자제되고 있지만, 마르크스 유령은 여전히 약소민족의 위협요인으로 남아, 평화를 파괴하고 사회혼란을 야기하는 허접스러운 망령으로 남아 있다. 필자가 데리다의 철학을 학습하는 이유도 그의 과거 삶이 변경인邊境人으로, 자신의 이름마저 영어 바름인 자키(Jackie)를 작크(Jacques)로 바꾸고 유대계의 표현인 엘리(Elie) 마저 빼버려 "자크 데리다(Jacques Dellida)"로 개명하여 아랍, 프랑스, 유대인의 이미지에서 벗어난 자신만의 정체성을 지킨 철학자라는 사실을 알게 되었기 때문이다. 이와 같이 과거 우리 선조들의 평탄치 못했던 삶을 떠올리게 하는 '작크 데리다'는 그의 저서 '마르크스의 유령론'의 서평에서 '유령'이라는 혐오스러운 말을 처음 사용한 것은 마르크스 공산당 선언에서였다고 했다. 마르크스 생전에 공산당이란 조직은 아직 있지도 않았으나 1848년 2월, 한 낯선 무명청년이 그의 계급투쟁론에 감명을 받아 십 여 명의 카페 모임에서 공산당 조직을 만들어, 마르크스에게 창당 선언문을 써줄 것을 요청하였다. 이에 호응한 그는 다음과 같이 공산당 선언문의 서두를 잡고 제국주의에 대한 증오심에 가득찬 공산당 선언문을 쓰게 되었던 것이다.

"하나의 유령이 유럽을 배회하고 있다. 공산주의라는 이름의 유령이 전 세계를 향해 자신의 견해와 목적과 경향을 공개적으로 표명함으로서 공산주의 유령이라는 두려움을 당 자체의 선언으로 대치할 절호의 시기가 닥쳐왔다." (칼 마르크스공산당 선언 서문 중에서)

이어서 유령의 강령은 "만국의 노동자여, 단결하라!" 를 시작으로 '지금까지 모든 사회의 역사는 계급투쟁의 역사였다고 시대착오적 억지를 부렸다.' 또 "지배계급들로 하여금 공산주의 혁명 앞에 벌벌 떨게 하라," "프롤레타리아트가 잃을 것은 사슬뿐이요 얻을 것은 전 세계이다" 라고 선언 하였다. 특히 기독교 신앙을 '마약' 이라고 단정하는 마르크스 신봉자들은 1919년 5~6월, 파리 '콤민테른' 회의에서 기독교 적화 3대 전략을 결의하였다. 이 전투적 결의는 지금까지 기독교 신앙인들에게 섬뜩한 공포심을 심어주고 있으며 그 내용을 보면 다음과 같이 무신론적 폭력혁명을 유도하고 있다. (박영호. 교회와 공산주의. 유상근 추천사. 기독교문서선교회)

첫째, 교회가 이용가치가 없을 경우 당(党)은 그러한 교회는 파괴해 버린다.
둘째, 교회가 당과의 협력을 거부할 경우 당은 그 저항을 분쇄하기 위한 공작을 즉시 펼친다.
셋째, 교회가 당에 유리하고 당이 기대하는 역할을 잘 수행하고 있을 경우 당은 이러한 교회를 적극 지원한다.

자크 데리다의 '유령'이란 우리 풍속으로 말하면 세상을 떠난 선조들의 혼령과 같은 존재다. 현재 살아있는 실체는 아니지만, 억울하고 원통하게 죽은 사람의 혼령은 귀신이 되어 악령이 된다고 믿는다. 귀신은 천국에 가지 못하고 세상을 떠돌다가 이웃을 돕기도 하지만 대부분 해꼬지하는 몹쓸 악령이 되고 만다. 데리다가 실제 예로 든, 고전 셰익스피어 '햄릿'에서 '선왕'의 유령은 특별한 등장인물의 역할을 맡아하지만 실재 존재는 아니었다. 그렇지만 극중 등장인물들은 실체가 아닌 유령의 영향을 받아 행동하며 그것들은 관객들을 극심한 충격 속으로 밀어 넣을 수도 있다. 햄릿에서 선왕은 비실체로 작중 대부분의 서사序詞를 실제 인물과 같은 역할을 수행한다. 그렇다고 비실체자로 배제할 수만은 없으며 우리가 살아가는 역사의 맷돌질에서 유령과 같은 비실체자의 막대한 영향력을 행사하게 되는 것이다. 자크 데리다의 해체주의는 공산주의 유령을 다음 세 가지로 구분하고 있다.

첫째, 물질 즉 유물론이다. 물질은 분명 우리의 삶에 간여하며 역사를 움직인다. 물질은 인간을 유혹하여 전의를 꺾고 정의를 부정하게 한다.
둘째, 자본주의는 인간에게 영향을 미치며 그 영향력을 극대화시켜 인간으로 하여금 물질의 노예가 되도록 한다.
셋째, 사회주의, 공산주의는 자본주의의 물신숭배 사상을 무너뜨린다. 우리는 조선인·조선족을 마주하는 '타자'의 입장에 설 때, 약소민족의 비운과 소외와 배제, 국권찬탈과 일제식민통치, 3·1운동 실패의 아쉬움, 스탈린 대형대대의 패악질, 6·25 전쟁폭력 등 돌이킬 수 없는 민족비운의 깊은 상처를 떠올리게 된다.

이 또한 마르크스 유령의 길목에서 당한 약자의 운명적인 좌절과 분노와 비참한 비극이었다. 비운의 맷돌질로 입은 마음의 상처를 치유하기 위해 새로운 사유를 통해 미래 지향적인 민주시민이 되어야한다. 우리 산자들은 선조들의 유지를 받들어 윤리적 정치적 책임을 다하여야 하는 것이다. 특히 자유민주주의 체제수호를 위해 부강한 나라, 하나님의 축복 속에 평화와 행복을 누리는 튼튼하고 강한 나라를 보존하기 위한 민주시민의 책임을 다하여야 할 것이다.

　끝으로 출판을 맡아주신 엠-애드 임선실 실장님과 직원 여러분께 감사드린다. 또한 격려와 교정을 도와준 혜재慧齋 최순행의 노고에 깊이 고마운 뜻을 전한다.

2025년 9월 1일
수원 서호 호반에서
흔돌 이근철 씀

1

 한국인들의 독립운동은 1907년 출범한 비밀결사체 '대한신민회'에서 본격적으로 시작되었다. 신민회 '통용장정' 제2장 제1절에는 독립운동의 궁국 목적을 다음과 같이 기록하고 있다.

"국권을 회복하여 자유 독립국을 세우고 그 정치체제는 '공화정체'로 한다. 또한 1919년 3·1독립운동의 시작과 함께 국내외에서 여러 형태의 임시정부가 수립되었는데 3월 3일자 '조선독립신문' 제2호를 보면 일간 국민대회를 열고 가정부假政府를 조직하여 가대통령假大統領을 선거한다더라…."

고 전하고 있다. 이 기사를 통해서도 알 수 있듯이 국내외 우리 독립운동 지도자들은 3·1운동 이전부터 독립투쟁을 시작하였다. 그 이후에는 각 지역에서 독립운동과 함께 임시정부가 조직되었는데 상해, 시베리아, 서울에서 설립된 한성임시정부를 비롯하여 수십 여 개가 난립하였으며 개중에는 선언에 끝이는 전단정부傳單政府 형태까지도 있었다. 몇몇 주요 전단정부로는, 조선민국임시정부(서울;1919.4.10.), 신한민국임시정부(평양;1919.4.17), 대한민간정부(기호; 1919. 4.1.) 고려임시정부(간도; 1919.4) 등이 전단으로 선포되었다. 이처럼 3·1운동 이후 지역마다 임시정부가 수립되자 이념적으로 차이가 있을 뿐 만 아니라 민족역량을 하나로 결집 시키는데도 한계가 있을 수밖에 없었다. 그래서 안창호의 발의로 각지의 지도자들이 상해에 모여 논의한 것이 삼두정치 체제의 단일안 구상이었다. 이 구상에는 안창호를 중심으로 상해임정과 시베리아 연해주의 대한국민의회 이동휘, 한성임시정부 집정관 총재 이승만을 추대하는 3인 중심 지도부와 함께 각 지역대표들로 구성되는 새 임시의정원의 조직으로 민족대표성을 갖춘 대한민국 임시정부 단일 통합 안을 9월 11일에 마련하는데 성공하였다.

집행부에는 일본식민통치의 방해와 단일대오를 통한 독립투쟁의 효율성을 감안하여 임정 임시대통령 이승만, 국무총리에 이동휘, 그리고 안창호로 결정하였다. 안창호의 경우는 5월 25일부터 임정 단일 통합 안을 성사시키기 위해 각 지역 임정 영수들을 접촉하는 과정에서 스스로 상해 임정 내무총장 겸 국무총리 대리직을 내려놓고 국장급인 노동국 총판으로 직책을 옮겼다. 또한 이동휘는 연해주 대한국민의회를 떠나 대한민국 임시정부 국무총리로 상해 임정으로 가면서 다음과 같은 성명서를 발표하였다. …

"그 동안 나는 차마 대한국민의회 주장만을 고집하며 상해 당국 여러분과 정전政戰을 벌릴 수밖에 없었습니다.… 여러분은 나의 충정을 이해하시어 2,000만 민족 부활을 위해 민국정부를 응대해 주시기 바랍니다."

라는 지상紙上고별 인사까지 하였다. 이처럼 자신의 연고지 독립운동 조직의 직책까지 내려놓으면서 살신성인의 3인 과도체제인 대한민국 임시정부는 1919년 2월 28일 미국에서 들어온 이승만이 대한민국임시정부 대통령에 취임하여 대통령 교서를 발표하였다. 이승만은 일제의 감시와 막대한 현상금이 걸린 신변의 위험을 무릅쓰고 재미 중국인들 시신 운반선편에 몸을 숨겨, 이미 2월 8일 상해에 도착하여 임시정부 발족을 위한 준비를 서둘렀다. 이어서 20일 후인 2월 28일 각 지역을 대표하는 30명을 선정 새로 의정원을 구성하고 대한민국 임시헌장(헌법) 10개조를 채택하였다. 이로서 자유, 독립, 평등, 평화를 내용으로 하는 공화정체제의 '대한민국임시정부'를 출범시키는데 성공하였다. 특기할 것은 대한민국 임시헌장 제7조에는 새 나라 건설이 "하나님의 축복"임을 밝히고 있다는 점이다.

"대한민국은 신神의 의지에 따라 건국한 정신을 세계에 밝히고 나아가 인류문화 및 평화에 공헌하기 위해 대한민국 임시정부 헌장을 선포한다."

고 선언문을 발표하였다. 헌장에 신神의 뜻이라고 한 것은 우리 한민족의 단군개국신화에서 한인桓因 한웅桓雄으로 표기하는 거룩한 하나님을 의지한다는 뜻이다. 대한민국 임시정부의 3인 지도부 이승만을 비롯한 안창호와 이동휘 그리고 의정원 30명(의정원 조직에는 신한청년단과 임정 조직원들도 포함되었다.) 민족대표의 신앙고백이었던 셈이다.

일제의 가혹한 식민통치 아래서 활동한 독립운동 단체들은 외교, 군사, 국민교육 등 계몽활동을 통해 독립운동을 추진하였다. 그러나 정치는 선의, 정의, 당위성만으로 만들어 지는 것이 아니다. 철저한 이해관계를 중심으로 논의와 조정 과정을 통해 이루어져야 했다. 따라서 자주독립국 건설을 위한 노력 과정에서 상대에게 무시당하고 이용당하는 굴욕감에서 좌절당하는 경우가 한 두 번이 아니었다. 다행히 이를 극복하기 위한 선각들의 노력으로 중국 땅 상해에 '대한민국임시정부'를 조직 출범함으로서 대한민국 국민을 대표하는 정부를 비로소 세우게 되었다. 이것이 마르크스주의 유령론과 다른 대한민국 정통성인 민주공화국이었다. 1910년 한·일 병탄을 분수령으로 조국독립을 위해 국내는 물론, 간도, 연해주(시베리아) 미주 등지에서 항일 독립투쟁의 의기가 요원의 불길처럼 불타올랐다.

기미 3·1독립만세운동 원년(1919)까지만 해도 국내외 독립운동 정신은 하나였다. 즉 일제에 빼앗긴 나라를 다시 찾자는 일념뿐이었다. 그러나 3·1운동 이후 대내외적으로 미래조국의 국가이념과 독립운동의 궁극적 목적은 국권을 회복하여 자유독립국가를 새로 세우자는 것이었다. 그 정치 체제는 '민주공화제'였음도 확인하고 있다. 이는 1907년 비밀결사 조직 대한신민회의 '통용장정' 제2장 1절에서 이미 밝힌 내용이다. 그동안 독립운동 단체들의 숙원인 독립국가 건설은 1919년 상해 대한민국임시정부 임시헌장내용을 통해 그 정통성을 가늠할 수 있는 것이다.

〈대한민국임시정부 임시헌장〉 1919. 4. 11

〈전문〉 임시정부 조직은 항구 안전한 자주독립의 복리(福利)로 우리 자손만대에 영원토록 전하기 위해 임시의정원의 결의로 임시헌장을 선포하노라. 선서문을 존경하고 경애하는 2천만동포 국민이여….이 정부헌장을 기본으로 하여 임시헌법을 제정함으로써 공리公利를 창명彰明 하려하며, 본 헌장은 공포일로부터 시행 한다.

대한민국원년(1919)
대한민국 임시정부

제 1조; 대한민국은 민주공화국체제로 한다.
제 2조; 대한민국 강토는 구 대한제국 판도로 한다.
   1
제 4조; 신교의 자유, 언론, 출판, 저작, 결사, 집회, 주소, 이전, 서신, 신체 및 소유의 자유, 신체의 자유.
   1
제 10조; 임시정부는 국토회복 후 만 1년 안에 국회를 소집한다.

1) 임시 의정원 구성은 경기, 충청, 경상, 전라, 함경, 평안, 중국령, 러시아령 교민 가운데 6인으로 한다. 단. 23세 이상 중등교육 이상 받은 사람으로 한다.
   2) 단. 간도는 대한민국의 미수복지이다.(국가법령정보센터. Naver 검색)

   대한민국임시정부 임시헌장은 서울에서 수립된 한성임시정부 집정관 총재 이승만을 1920년 대한민국 임시정부 대통령으로 추대하였다. 이 헌장은 연해주 한인 독립운동가들이 이 사설을 중심으로 하여 만든 광복군정부 임시헌법(시안)을 참고로 만들어졌다는 설도 있다. 임시정부 개혁을 놓고 대통령 이승만과 국무총리 이동휘 간의 견해차이로 다소간의 이견이 노출되는 가운데서도 수차례 전문위원들 간의 협의를 통해 다음과 같은 개혁안에 잠정합의를 하였다.

첫째, 국내 13개 도 명의로 선포된 한성정부를 중심으로 통합한다.
둘째. 소재지는 중국 상해로 한다.(원세훈은 연해주를 주장하였다).
셋째, 8월 30일 새로 논의하는 과정에서 절차에 따라 연해주 대한국민의
    회를 해산하고 이승만을 대통령으로 추대한다.
넷째, 대의원은 53명으로 한다.(단. 6명은 러시아령에서 선출한다.)

   그러나 1920년 연해주를 근거지로 한 대한국민의회, 한인사회당, 대한민국임시정부 간의 통합이 석연찮은 이유로, (국호 한韓의 사용문제를 놓고 이념분쟁이 벌어지고 지도노선의 분열이 들어났다는 설도 있다.) 대한민국임시정부 통합은 어려움을 겪기도 하였다. 이때부터 국가적인 대단합을 이루는데 방해 요소는 바로 '마르크스 유령'의 길 목에 잠복하고 있던 공산주의에 발목을 잡히고 말았기 때문이다. 결국 임정 내의 이동휘 중심 공산주의자

들은 러시아 레닌의 지원을 받아 볼세비키 혁명세력으로 나서게 되었고 항일 독립투쟁 내내 좌·우 갈등 속에서 다투면서 지금까지 민족분단의 고통에서 벗어나지 못하고 있는 것이다.

그러나 대한민국 임시정부는 이승만의 기독교 가치관인 자유민주주의 추구와 김구의 저항민족주의를 바탕으로 한 내정개혁을 꾸준히 진행하여 한민족을 살리고 나라를 구하는 구심력을 발휘할 수 있었다. 특히 대한민국 임시정부는 국제적인 승인과 독립운동의 지원을 받기 위해 제 1차 대전 후, 새로 출범하는 국제연맹 가입을 위해 적극 노력하였다. 이승만과 김규식은 미국 '윌슨' 대통령과 국제연맹에 각각 가입청원서(위임통치 청원서)를 제출하는 등 적극적으로 투쟁하였다. 당시 국제상황은 국제연맹의 위임동치 절차를 거쳐야만 식민통치를 벗어나 독립국가가 될 수 있었다. 그러나 위임통치의 진의를 알지 못하였던 일부인사들(신채호, 김창숙 등)은 이승만이 나라를 다시 팔아먹는 제 2의 이완용이라고 비난하면서 의정원을 통한 대통령 탄핵까지 제기하였다. 당시 이승만과 김규식이 국제연맹과 윌슨 대통령에게 보낸 청원서 내용은 다음과 같다.

"…한국 고유의 강한 민족감정을 지니고 있기 때문에 우리 한국인들은 일제가 한국을 강점한 이래 날이 갈수록 냉혹한 증오심을 키워가고 있습니다. 비록 일정 부분 자유가 허용되었다고는 하더라도 한국인들은 결단코 일본과 같은 이민족 지배아래서 평화롭게 살아갈 수가 없습니다. 일본군이 감독 군이 아니라는 조건 아래 스스로를 일정한 보호기간 동안 한국을 국제적 감시아래 맡겨주실 것을 바랍니다."

이처럼 김규식이 파리 세계평화회의를 상대로 일제식민통치에서 한국을 해방시켜줄 것을 강력히 청원하였다면, 윌슨 대통령에게 정한경이 작성하여 보낸 독립청원서(1919. 3.3) 는 세계평화에 기여할 수 있도록 한민족의 자유와 독립을 보장하여 지구상에 영구평화가 오도록 그 책임을 다 하겠다는 각오를 다짐하고 있었다.

"우리는 자유를 사랑하는 2천만의 일원으로 각하께 청원하오니 각하께서도 평화회의에서 우리의 자유를 주장하여 열강들로 하여금 먼저 한국을 일본의 학정에서 벗어나게 하시고 장래 완전독립을 보장하시어 한국을 국제연맹 통치하에 두게 하소서. 이렇게 할 지경이면 대한반도는 만국 통산지가 되리라. 이리하여 한국을 원동에 완충지를 만들어 놓으면 어느 나라든지 동아대륙에서 침략 정책을 쓰지 못할 것이요. 동양평화를 영원히 보장할 것입니다. 자유를 사랑하는 2천만의 한인으로 하여금 이 시대의 다른 나라의 속박을 받게 되면 이로서 세계의 민주정책주의가 완전히 발전하지 못할 것입니다. 근본 대지가 모든 발달 된 위국적 갈망 아래 각하의 영원한 평화를 창조하시는 큰 만족을 주리라 하셨나니 대지는 평화에서 모든 일을 규정하는데 모범이 될 것이라. 이 대지 속에 한인이 위국적 갈망을 포함한 것은 듣지 않아도 가이 알 것이라.…각하께서 잘 주관하시어 한국국민으로 하여금 천부의 자유를 찾게 하시며 자기가 원하는 정부를 자기들끼리 설립하고 그 정부 아래서 살게 히시기를 바라나이다." (우남 이승만 문서 동문편 8.)

당시 영국과 프랑스는 윌슨의 민족자결주의를 지지하면서도 그 실천에는 선 듯 동의 할 수 없었다. 자신들이 지배하고 있던 서구의 식민지들을 즉시 독립시키는 문제는 국가 이익이 걸린 문제로 쉽게 실행에 옮길 수 없었기 때문이다. 결국 이 문제로 미국이 국제연맹 가입을 꺼리게 되었고 동맹국이었던 프랑스와 영국의 의도를 의심하면서 국제연맹은 세계분쟁 해결을 위한 경찰기능을 갖지 못하게 되었다. 이로 인해 국제연맹은 출범과 동시에 신뢰를 잃게 되었고 대안으로 동·서 유럽 강대국들의 식민지에 한해 일정기간 국제연맹의 위임통치를 확대 실시하게된 것이다. 세계 역사학자들로부터 국제연맹을 '20년 동안 위장 평화 기구에 불과하였다는 비판을 받게 된 것도 이 때문이었다. 이 와중에도 유럽 강대국들은 다시 정교한 제국주의 야욕을 나타내기 시작하였다. 영국의 '제국방위정책'에 자극받은 프랑스는 아프리카에 개입하였고, 이탈리아 파시스트는 승전국들의 전승국戰勝國 지분 분배에 대한 불만을 가지고 아비니시아(이치오피아)를 침공하고 '동아프리카제국'을 선포하기까지 하였다. 또한 동양의 작은 황색인종 일본은 만주와 중국침략을 강행하면서 열강들의 경쟁적인 제국주의 질서에 뛰어들어, 제 2차 세계대전을 재촉하는 재앙을 불러오고 말았다.

19세기 말 20세기 초기에 이르러서는 세계열강들 간, 다시 불붙은 제국주의 질서 아래 패권 경쟁이 본격화 되었다. 독일 철혈 재상으로 알려진 '비스마르크'는 유럽과 발칸반도의 당시 불안한 상황을 평하여 다음과 같이 경고하였다.

> "유럽지도자들은 화약고 안에서 담배를 물고 불을 붙이는 짓을 하고 있다. 단 하나의 불씨가 우리 모두를 태워버릴 만 한 폭발을 일으킬 것이다. 폭발은 발칸반도뿐만 아니라 전 세계에 이전에 없었던 비극을 가져 올 것이다."

라고 하였다. 발칸반도를 둘러싼 강대국들은 다시 제국주의질서에 빠져 진정한 세계평화와 번영을 모색하는 것이 아니라 그저 자신들의 영향력확대에 만 골몰하였던 것이다. 러시아에 대립하던 오스트리아는 1908년 보스니아계 세르비아주민들이 게르만계 오스트리아가 슬라브계인 자기나라를 침공한데 분노하여 사실상 화약고에 불을 지르는 결과가 되고 말았다. 이처럼 강대국들의 동맹구조의 불화 속에 '윌슨' 대통령의 새로운 '국제주의 신조'는 빛을 잃고 말았다.

여기서 우리 대한민국은 1920년대 초, '대한민국임시정부' 출범으로 추진된 항일 독립투쟁의 성격에 주목하게 된다. 강대국으로 부상한 일본의 식민통치를 받는 처지에서도 세계평화의 새 지평을 여는 '공화정 체제'의 건국이념을 표방하였다는 것은 약소민족의 독립투쟁에서 보기 드문 사례였다. 약소국 대한민국임시정부는 국제연맹의 유럽 중심 식민지 우선 논의에 밀려 위임통치 가입에서조차 배제된 상태였다. 가혹한 일본식민 통치 아래서 민주공화제 헌법조항으로 새 출발 한 것은 선진 민주국가로 발전할 수 있는 잠재능력을 갖고 있었다는 점에서 자부심을 가질 만 하였다. 더구나 유럽을 떠돌던 마르크스 유령의 발호가 동북아시아 길목을 장악한 채, 레닌의 러시아 볼셰비키 혁명을 수행하는 과정에서 한민족의 독립운동은 적군파 빨치산과 백군파 빨치산으로 참여하는 역사의 맷돌질 한가운데 있었다. 그것은 질곡桎梏의 긴 세월, 마르크스 유령의 나침판에 그려지는 러시아 혁명의 초침에 따라 움직이는 방황이었던 것이다. 간도와 북만주 등 다양한 영혼이 흐르는 동북 연고지를 기지로 삼아 일제 패망 때까지 민주공화제 정체성을 잃지 않고 항일 독립투쟁을 계속하였다는 것은 다행한 일이었다.

이승만과 김구와 함께 장개석 국민당정부의 지원을 받으며 자유민주주의 이념에 충실한 '한' 민족의 저력을 발휘할 수 있었던 것은 한민족의 다물多勿정신, 즉 기독교 신앙을 바탕으로 하는 3·1 정신이 있었기 때문이었다. 이승만 대통령과 김구 내무총장은 1919년 4월 11일 제정된 대한민국임시정부 임시헌장의 정통성을 계승 발전시켜 왔던 것이다. 대한민국임시정부는 1923년 1월 3일 그동안 중단되었던 국민대표회의를 소집하여 미주, 러시아, 몽골, 일본, 하와이, 멕시코 등 광범한 지역대표 125명이 상해에 모여 임시정부 현안에 대한 논의를 시작하였다. 회의진행에 참석한 임정의 주요 인사들은 신채호, 박용만(창조파) 안창호, 여운형(개조파) 김구, 이시영(유지파) 등이었다. 여기서도 대한민국임시정부의 정체성에 대한 논의가 주를 이루는 가운데 주요 논쟁은 국호 한(韓)의 문제였다. 회의 일정 중, 총 74회 가운데 임시회의 15회, 정식회의 48회, 비밀회의 11회를 열었다. 1988년 김학준이 펴낸 "혁명가들의 항일투쟁 회상"에 의하면 회의 일정 및 주요 토의 내용은 다음과 같다. 이정식 면담에 참여한 인사; 김성숙, 장건상, 정화암, 이강훈 등이었다.

 1923년 1월 3일; 국민대표회의 개회.

 1923년 4월 11일; 여운형의 독립당 조직 결의.

 1923년 4월 17일; 군사분과 회의에 이청천 이범석 등에 의한 군사의안이 제출 되었고 내용으로, 병역의무는 18세부터 40세로 하였다, 단, 18세 이상 여자, 40세 이상 남자도 자원으로 병역 복무를 할 수 있도록 하였다.

 1923년 6월 3일; 창조파만으로 회의를 진행하였으며 이 회의에서 한韓을 국호로 할 것을 결의 하고, 6월 7일 헌법을 통과 시켰다. 그러나 개조파의원 57명이 반대 서명하였고 임정은 6월 6일 국무령 포고 제 3호로 이 에 반대하였다. 그러자 내무총장 김구도 내무령 1호를 발동 국민대표회의 해산을 명령하였다.

이에 창조파는 러시아령으로 돌아가서 새로운 정부를 구성하였으나 8월 레닌 공산당 정부로부터 '한' 정부에 대한 승인을 얻지 못하였다. 1924년 2월 말경; 일본의 국력신장으로 대한민국 해외기지인 (미주, 연해주, 시베리아 원동지역, 국내 등) 독립군 활동이 위축되면서 중국 각 지역으로 복귀한 독립운동 조직과 단체에서는 국호 '대한' 을 계속 사용하였다. 그러나 항일 독립운동은 시대사조에 영향을 받으면서 보수파와 공화파로 크게 갈렸다. 유인석, 이범윤, 이상설, 전덕원 등 유학의 대의를 따르는 보수파 의병장 출신들은 '왜놈을 진멸하고 대한제국의 신성한 독립을 회복하자'고 외쳤다. 또한 이범윤은 연길현에서 대한광복단을 조직하고 '광복의 깊은 뜻은 나라와 겨레의 고유한 정신을 광복하고 삼강대륜을 광복하며 그 치국을 유신하는데 있다고 외쳤다.' 그러면서도 연호 사용을 놓고는 대한 독립단이 '단기'와 '융희'를 쓰자하고 소장파에서는 '민국'을 사용하는 등, 서로 생각이 달랐다. 한편 이상룡, 양기탁, 구충서 등 공화파는 민주공화제 지지를 제창하였고 인류평등의 정의와 민족생존 번영 정신을 광복의 대업으로 완성하자고 외쳤다. 특히 신민회의 이상룡은 독립운동의 대의를 민주공화제에 두어 초기 대한민국임시정부 '임시헌장'의 정통성을 강조하였다. 그는 임시정부 국무령으로 장개석의 중화민국 탄생을 지지하고 축하하면서 '제정帝政의 소멸은 인권이 소생하는 날이고 구한舊韓의 말일은 신한新韓의 시작임을 덕담으로 전하였다. 민권파의 독립운동은 신민회가 주도하여 교육과 산업발전에 진력하였다.

극심한 이념갈등과 정파 간의 이해관계가 충돌하면서 임시정부의 원활한 운영이 어렵게 되자 이동휘가 레닌 공산당 정부로부터 200만 루불 지원금을 받아 공산주의로 전환, 공화파 사회당으로 불리면서 군벌파로 전락하였다. 이에 실망한 이승만은 대통령직을 사임하고 미국으로 돌아가자 제2대 임시대통령에 박은식이 취임하였다. 그는 이승만 대통령을 국제연맹 위임통치파로 몰아 탄핵을 시도했던 일부 인사들과 함께 헌법 개정에 들어가 대통령 임기제를 만들고 정부를 내각제로 개편하였으며 헌법 일부를 개정하였으니 그 내용은 다음과 같다.

"1925년 4월 7일. 대통령 임기는 3년이며 1회에 한하여 연임할 수 있다. 대한민국임시정부는 내각제로 하며 정부 수반은 '국무령'으로 칭한다."

박은식은 헌법개정 후 3개월 만에 퇴임하였고 그 뒤를 이상룡, 이동녕, 홍진, 김구로 이어지는 국무령제 대한민국임시정부 수장 계보가 이어졌다. 대한민국임시정부가 안정을 되찾기까지 여러 가지 정부 형태로 운영되면서 실질적인 민주주의 제도에 대한 검증과 발전을 가져오게 되었다. 이 과정에는 앞에서 살펴 본대로 창조파와 개조파라는 이름으로 민족주의와 민주주의뿐만 아니라 공산주의에 대한 국민들의 냉철한 검증과 역사적 판단을 통해 대한민국의 미래를 예측할 수 있었던 것이다

19세기 서구 개신교 선교사들의 입국과 그들의 헌신적인 선교활동을 통한 기독교문화 발전은 이 땅에 자유와 평화의 상징인 '복음문화'를 정착시켰다. 총 35종류의 독립선언서 중에 12종의 3·1독립선언문이 기독교인들이 주도한 비폭력 무저항정신과 선타후아의 홍익인간 정신의 융합과 조화를 반영하고 있었다. 따라서 3·1독립선언은 근대 서구사상의 개념과 일치하는 기독교적 요소를 담고 있어 교회를 중심한 국민주권을 담보하는 민주공화제의 독립운동을 계속 추진할 수 있었다. '함석헌'은 3·1독립운동의 주역이 누구냐고 묻는다면 그 것은 두말할 것 없이 기독교인들이라고 말할 수 밖에 없다고 할 정도로, 기독교인들은 독립선언서를 작성하고 교회를 통해 독립선언문을 배포하고 군중을 조직 동원하여 독립만세를 불렀던 것이다. 따라서 독립만세 시위를 저지하기 위해 동원된 일제 헌병과 경찰들이 쏘아대는 총알을 무저항으로 받아낸 희생자들도 대부분 기독교인들이 많았던 이유가 여기에 있다. 이처럼 기독교인들이 독립운동에 적극적인 참여와 중추적인 역할을 하였던 것은 민족의 자주독립과 자유정신에 의한 근대화의 주권재민의 민주주의 국가건설에 대한 열망 때문이었다. 왕정(王政)에 의한 국가 통치는 이미 지향적 민족주의적 성향을 가진 개화 지식인들로부터 배척당하였고 유·불의 종교적 이상가치의 생활윤리는 국민들이 더 이상 받아들이지 않았기 때문이다. 대한인들 중에는 개신

교 선교사의 후원과 YMCA, 윤치호 등 개화파 지도자들의 지원을 받아 일본과 미국 등으로 유학을 다녀와 서양문물을 접했던 신한국인新韓國人 들이 많았다. 특히 조선조 500년의 억불정책으로 위축된 불교는 일본 식민정책의 일환으로 일본 불교의 강한 영향을 접하면서 한국인들에게 배척당하였다. 불교 교의敎義에도 없는 대처승과 육식의 생활윤리가 마치 현대불교의 정형인양 한국사찰접수 시도는 한국인들의 불교자체를 불신하게 만들었다. 일부 '한용운'을 따르는 근대불교 창출을 위한 노력과 '김법린' 같은 학승들의 노력으로 불교의 새 지평을 여는 듯하였다. 그러나 사찰 쟁탈전과 같은 현실 앞에서 불교정화는 여전히 종교적 소외국면을 벗어날 수 없었다. 결국 한국사상문화 주류는 유·불을 넘어 기독교 신앙이 시대정신의 근간을 이루면서 근대화 개혁이념으로 자리잡게 되었던 것이다.

앞에서 본대로 초기 독립운동의 이념적 합의는 새 나라를 하나님의 뜻에 따라 건국한다는 결의를 1948년 8월 15일 대한민국 건국으로 그 결실을 맺었다. 영토, 국민, 정부, 주권의 4가지 요소를 갖춘 자유, 민주주의 나라, 공화정부로 그 정통성을 확장시켰던 것이다. (최재건. '3·1운동의 정신과 유산' 월드뷰 03. p.86.) 대한민국 초대 대통령 이승만도 1948년 제헌국회에서 대한민국 연호를 30년 전부터 기산하고 있었다. 대한민국임시정부가 수립된 1919년을 대한민국 원년元年으로 보아 대한민국 정부가 수립된 1948년을 대한민국 30년으로 표기하여 대한민국 임시정부 정통성을 계승한 국가정체성을 확실히 하였다. 대한민국 건국과정에서도 한국교회는 적극적인 참여와 영향력을 미쳤다. 당시의 교세는 2,793개의 교회와 5,923명 의 성직자 그리고 459,721명의 신도가 있었다. 비록 기독교인이 전 인구의 2~3%에 불과 하였지만 해방 정국의 다양한 정치세력이나 사회단체 중에 가장 강력한 엘리트 그룹과 조직을 이루고 있는 것이 개신교 교회였다. 국민들이 기독교 정신을 새 국가건설 이념으로 적합하다는 합의를 하고 있었던 것이다. 서구 여러 나라들이 역사적으로 기독교와 좋은 관계를 가지고 있었으며 새 나라 건국이념에 기독교 정신의 반영이 필요하다고 믿었고, 기독교의 가치관인 자유, 평화, 민주, 정의, 인권 등 덕목이 대한민국 건국이념적 토대가 되었던 것이다. 수 적으로 기독교 교세가 약한 가운데서도 초기 독립투쟁과 3·1 만세운동, 그 후 대한민국 건국과정에서 주도적인 역할을 할 수 있었던 것은 하나님의 영적 구원에 대한 확신이 있었기 때문이다. 일제 말기 기독교가 각처에 학교를 세워 서구문화와 성경교육을 실시하여 홍익인간 이념으로 기독교 가치와 국민주권 중심의 민주공동체 생활 원리를 정립하였다. 이러한 시대정신을 내면화한 기독교 중심의 인성교육은 어떤 난관도 극복할 수 있는 신앙인이 되었고 미래 지향적인 신 국민으로 성장하였던 것이다. 학생들을 교육하여 신 한국인으로 양성하는 것과 함께 서구문물을 받아들이는데 힘써, 일찍부터 독립운동과 개화파 지도자 양성에 힘을 기울여 서구문명의 체험은 사상과 과학 지식은 한국 근대화 엘리트 그룹 형성에 도움이 되었고 개혁세력으로 성장시켰다. 정치가 그룹으로 이승만, 김규식, 김구 여운형, 장덕수, 조병옥, 김도연 등이 있으며 교계와 학계에는 백낙준, 한경직, 한치진 등이 있었다.

여기서 이승만이 추구한 자유민주주의 가치인 자유, 평등, 인권, 정의의 실천을 내면화한 기독교 신앙과 김구의 저항적 민족주의는 1932년, '이봉창' 이 사쿠라다몬 인근에서 일왕 '히로히토' 에 대한 정의의 폭탄을 투척하였다. 또 같은 해 '윤봉길' 이 상해 홍구공원 일본군 전승경축식장에 복수의 폭탄을 터트려 일본군 장령 7명을 폭사시킨 대사건이 일어났다. 한국 두 애국청년의 쾌거快擧는 당시 일본 침략군에 의해 만주를 빼앗기고 중국내륙 깊숙이 침공을 당하고 있던 중국 국민당 정부의 장개석 총통에게 크나큰 낭보朗報였다. 또한 일찍부터 기독교인인 이승만은 '뉴 아담운동' 을 통해 인간의 존엄성, 믿음과 은총, 사랑과 평화의 보편가치를 지향하는 자유주의 사상을 통치원리로 삼았다. 자유주의 사상교육은 사회적

병리현상과 도덕적 타락, 자유의 퇴영, 비인간화 등의 근원을 개선하는 정신혁신을 우선하였다. 이와 같은 고차적인 기독교적 가치관은 장개석 총통의 정치 역정과도 일치 하였으며 특히 마르크스·레닌주의 유령퇴치에도 큰 도움이 되었다. 이념적으로 기독교 가치와 실용주의를 전략의 기본으로 하여 일본군 침략과 공산군과 싸움은 한국 청년들의 기개와 용기가 필요하였다.

1940년 중국 장개석 국부군은 대한민국임시정부 광복군과 한·중 군사적 연합에 이르렀다. 내외의 도전으로 어려움을 겪던 과정에서 김구의 구국 결단에 의해, '한인애국단' 이 결성되었고 대한민국 임시정부의 존재감이 되살아났다. 김구의 지론인 저항민족주의는 제국주의에 대한 저항을 유감없이 발휘하였고 이승만과의 항일독립투쟁의 끈끈한 형제애를 발휘할 수 있었던 것이다. 김구 주석은 항일 투쟁 동반자로서 중국 국부군과 함께 싸우면서 상해(1919) 항저우(1932) 진창(1935) 창사(1937) 광저우(1938) 류저우(1938) 치장(1939) 충친(1940~45)까지 대한민국임시정부를 지켜냈다. 김구의 항일 구국대의를 지키는 정신은 자유민주체제의 대한민국임시정부 정체성의 상징이었으며 세계 제 2차 대전에서 군국주의 일본을 상대로 한 선전포고로 나타나 연합국의 일원으로 참전하였다.

1941년 12월 10일; 대한민국 임시정부는 태평양 전쟁에서 일본 침략군에 다음과 같은 선전포고를 하여 미군과 영국군과 함께 공동작전을 수행 하였다.

"우리는 3천만 한국인 및 정부를 대표하여 중국, 미국, 영국, 캐나다, 호주, 네덜랜드 및 기타 제국의 대일 선전을 삼가 추축국樞軸國이 일본을 격파하고 동아를 재조하는데 가장 유효한 수단이 되기 때문이다. 그리고 여기서 특히 아래와 같은 점을 성명한다.".

1. 한국 전체 국민은 현재 이미 반침략전선에 참가하여 1개 전투단위가

되어 있으며 축심국軸心國에 대하여 선전宣戰한다.
2. 거듭 1910년 합병조약 및 일제 불평등 조약의 무효와 동시에 반침략 국가 들의 한국에서 합법적인 기득권을 존중함을 선포한다.
3. 왜구를 한국과 중국 및 서 태평양에서 완전 구축하기 위하여 최후 승리 까지 혈전한다.
4. 맹세코 일본의 란익卵翼 하에서 조성된 장춘 및 남경 정부를 승인하지 않는다.
5. 루스벨트, 처칠, 장개석 선언의 각항이 한국의 독립을 실현하는데 작용되 기를 간절히 주장하며 특히 자유민주 진영의 최후 승리를 예측한다.

대한민국 23년 12월 10일.
대한민국임시정부 김구 주석

〈한・영 인면전구공작대 참전〉 1943

대한민국임시정부 광복군은 1943년 8월부터 1945년 7월까지 인도 미얀마 전선에서 연합군과 나란히 일본군에 맞서 싸웠다는 영국군의 공식기록이 확인되었다. 국가보훈처관련자료를 국립 대한민국임시정부 기념관이 최초로 발굴했다면서 12일 자료 일부를 공개하였다. 인면印緬은 인도와 미얀마를 의미한다. 기록에 의하면 영국 국립문서 보관소에 소장된 한국광복군 인면전구 공작대는 한국광복군 소속부대로 인도-미얀마전선에서 영국군과 함께 일본군에 맞서 영국군과 함께 공동작전을 펼쳤다. 인도-미얀마의 접경지인 '임팔' 전선에서 일본군과 전투를 벌이며 정보수집, 선무방송, 포로 심문, 문서해독 등의 임무를 수행하였다. 이번에 발굴된 자료는 관련 보고서 등 8종으로 400페이지에 해당되는 공작대의 선전활동과 공작대의 부副대장 문응국의 활동과 영국측의 평가 등이 담겨 있다. 인면전구 공작대(SOE) 산하에 인도전구선전대(IFBU) 소속으로 활동하였다.

일본어를 할 수 있는 한국광복군 부대와 SOE에 의해 발견된 버마어와 인도어를 할 수 있는 14명이 배치되었다. 제 17사단장은 이 부대에 배속된 한국광복군 장교 문응국이 수행했던 작전을 매우 가치 있는 활동이었다고 칭찬하였다.

당시 일본군과 임팔전선 전투를 전개한 영국군이 문응국의 활약을 긍정적으로 평가한 훈련내용이 지금도 일본에서는 금지된 감성적인 종류의 일본레코드로 가끔 들을 수 있다고 하여 공작대원들의 대일對日 선전활동을 소개하고 있다. 김희곤 대한민국임시정부 기념관장은 영국군 공식기록으로 인면전구 공작대의 활약상을 확인한 것은 세계 제 2차 대전에서 한국·영국 공동항전과 연합작전 사실이 확인된 것에 의미가 크다고 말했다. (동아일보 윤상호 군사전문기자 취재 인용)

〈한·미 독수리 작전 훈련〉 1945

한·미 독수리작전은 우리가 조금만 더 분발하였더라면 승전국 자격으로 해방을 맞아 나 개인은 물론이고 남북 2천만 민족 운명에 새로운 역사가 열리고 얽매었던 모든 쇠사슬이 풀렸을 것이라는 교훈을 깨닫게 된다. 한·미 연합작전이 전쟁 끝나기 전 4~5일만 더 일찍 시작되었더라면 남북이 하나로 전승국이 되어 반만년 역사와 함께 조상의 무덤 속 영혼들이 일어나 함께 해방의 춤을 추었을 것이다. 1945년 9월 30일 대한민국임시정부의 한국광복군과 미국전략사무국(OSS) 교관들이 아쉽지만 '시안'에서 한·미 항일 독수리작전 기념사진을 찍었다. 사진에는 '두 나라의 힘 있는 합동작전이 실현되었던 날'이라고 새겨져 있어 해방의 새 역사 개막의 날이 미완의 분단 조국이었음을 역사적 상징으로 보여주고 있는 듯하였다.

1945년 1월; 한국광복군 제 2지대장 이범석, 미국 OSS와 군사합동작전 협의.

3월 3일; 미 OSS 중국본부 독수리 작전 승인.

4월 3일; 대한민국임시정부 김구 주석 독수리작전 승인.

5월 12일; 독수리대원 훈련 시작.

8월 4일; 제 1기 독수리작전 훈련완료. (요원 50명 선발)

8월 7일; 김구주석과 OSS 총 책임자 도너번, 한반도 진입선언.

8월 15일; 일본천왕 항복 선언.

9월 27일 독수리작전 한·미요원 해산.

9월 30일; 기념촬영.

독수리 작전이 종료된 1945년 9월 27일 한국독립군과 미국 OSS 중국 본부가 작성한 독수리 작전 기지 반환 계약과 광복군 제 2지대장 이범석과 사전트 대원간의 서명을 마침으로 독수리 작전은 종료되었다.

대한민국임시정부 광복군
제 2지대장 이범석.

1948년 태평양 전쟁에서 미국이 일본을 패망시키면서 유럽전선과 아시아 그리고 동북아 전역에서 전투가 중지되면서 세계 제 2차 대전은 끝났다. 그러나 극동지역에서는 소련이 어부지리로 참전 8일 만에 만주에 주둔중인 100만 관동군을 붕괴시키면서 해방군으로 한반도에 진입한 것은 유럽하늘에 떠돌던 유령의 길목을 터주는 결과가 되었다. 실제 관동군이 패한 것은 소련군의 힘이기 보다는 힘에 부친 전쟁으로 일본군 스스로 무너진 것이다. 극동 소련군은 블라디보스토크 항에서 원산항으로 건너와 북한에 진격한 후 해방군으로 행세하면서 3·8선을 자신들의 군사주둔 경계선으로 정한 후, 일방적으로 국민의 자유통행을 금지하였다. 이 과정에서 공산주의자들은 일제의 강요에 따른 신사참배를 비난하면서 기독교를 핍박하고 교회를 접수하자 조만식 장로는 조선민주당을 창당, 이윤영 목사와 한경직 목사, 등과 함께 투쟁하였다. 그러나 소련군정은 북한지역을 소비에트 위성국으로 만들기 위한 신탁통치 안을 강요하면서 3·8선을 소련 군사경계선으로 통제하자 기독교인을 비롯한 반당분자로 지목 받은 북한주민들이 대거 월남하게 되었다. 소련군정은 다시 3·8선 일대의 남·북간 주민 왕래를 통제하면서 사실상 민족분단으로 고착시키고 말았다.

한반도 분단이 전승국들의 전쟁뒤처리를 위한 정책이었다면 일본열도를 분할 했어야지 왜 엉뚱하게 5천년 역사를 가진 자주독립국 대한민국이 피해를 당했단 말인가? 끝내는 북한공산군의 남침으로 한국전쟁이 일어나는 비극을 맞게 되고 말았다. 다행히 하나님의 역사가 있어 유물론자들인 공산주의 세력에 의한 불법 남침을 우리 국군이 유엔군과 함께 방어하여 압록강(초산) 까지 밀고 올라갔으나 보가위국保家衛國 항미원조抗美援朝를 내세운 중국 공산지원군의 참전으로 우리민족은 통일의 호기를 맞고도 다시 그 기회를 잃고 말았다. 그러나 성경에는 분명히 기록하고 있다.

"….내 백성은 내 이름을 알리라. 그럼으로 그 날에는 그들이 이 말을 하는 자가 나인 줄을 알리라. 내가 여기 있느니라." (사 52:6)

는 말씀으로 하나님 백성들이 다시 회복될 것을 예고하였다. 지금은 우리가 문학을 읽어 꿈과 환상을 '언어적 비전'으로 풀어내고 있다. 인도 시성 '타골'의 동방의 등불을 믿고 있으며, 25시 작가 '게오르규'는 '열쇠의 나라' 한국이 장차 세계의 모든 난제들을 풀어내 인간들을 구원한다는 성경의 계시에 대한 확신을 갖도록 하고 있는 것이다.

"좋은 소식을 전하며 평화를 공포하며 복된 좋은 소식을 가져오며 구원을 공포하며 시온을 향해 이르기를 네 하나님이 통치하신다고 하는 자의 산을 넘는 자의 발이 어찌 그리 아름다운 가? (사 52;7)라고 하였다."

하나님은 예루살렘이 노예상태를 벗어나 결국 통치하는 자리에 앉게 된다는 점을 분명히 역사하신다. 그러나 사람들은 경박스럽게도 백합과 성경을 들고 나와서 자기의 허물을 덮고 하나님이 자신을 보호하신다고 능청을 떤다. 또 어떤 경우는 통치자의 신앙을 조롱하여 성경을 들고 나와 당신이 성경을 얼마나 이해할 수 있느냐고 감히 묻고 조롱까지 한다. 특히 세상이 살기 어려울 땐 그 책임을 하나님도 져야한다고 미루기도 한다. 그러나 하나님은 더 이상 거룩한 말씀과 하나님이 모욕당하는 일이 없도록 세상을 구원하실 것을 약속하셨다.

한국에 들어온 미군군정과 소련군정은 모스크바 3상(미,영,소) 결의안인 '신탁통치 5년(안)을 놓고 한국인(정당)들의 찬·반 투쟁을 벌이는 극단적인 대결에 고심 하던 중에 좌·우 합작을 종용하였다. 좌·우 대결은 좌익에 여운형이 우익에는 김규식이 이끌었다 당시 좌익은 콤민테른의 세계 혁명노선을 철석같이 믿고 소비에트 볼세비즘에 의지를 하였다. 그러나 소련은 콤민테른의 원리보다 국익 우선주의 국가였다. 1920년대 초기 레닌도 혁명 후 집단농장의 원만한 운영을 위해 잠시 토박이 부농들의 요구를 받아들여 자본주의 요소가 가미된 '신경제정책'을 시행한 적이 있었다. 또 스탈린도 일본·독일과 전략적인 불가침 조약을 맺어, 공산주의 원리보다 민족주의에 의지하여 승리한 적이 있었다. 미군정 아래 남한 공산주의자들의 신탁통치 지지는 분명 북한 소련군정 지령에 따른 전략으로 소련의 동아시아 위성국 건설을 위한 음모가 분명하였다. 이와 같은 소련의 정략에 좌·우를 넘나들던 전도사 출신 독립운동가 여운형은 1947년 7월 19일 누군가에 의해 갑자기 암살당하자 좌익의 찬탁운동은 힘을 잃었고 김규식 진영의 지지 동력도 떨어지게 되었다. 일찍부터 공산주의 속성을 잘 알고 있었던 이승만의 한민당 계열은 미군정의 입장과 달리 좌·우 합작을 포기하고 유엔 상대의 자주적인 민주주의 정부수립을 추진하였다.

북한이 소련군정의 지령을 받아 조선인민공화국을 선포하자 남한은 총선이 가능한 지역만이라도 자주적인 독립정부 수립이라는 유엔의 지지를 받아 1948년 8월 15일 자유민주주의 이념을 국가 정통성으로 하는 대한민국을 수립하게 된 것이다.

　김 구의 일부 임정 세력과 북한주민의 5·10 총선 참여가 지연되자 대한민국은 제 1기 제헌의회 의원 임기를 4년에서 2년으로 단축하고 북한지역 주민대표들의 참여를 위해 의석도 100석을 남겨두는 잠정적인 조치를 취하였다. 안타까운 것은 상해 대한민국 임시정부를 줄기차게 이끌고 광복을 맞이하였던 김 구 주석이 민족분단을 우려하여 3·8선을 넘어가 평양의 공산주의 지도자들과 통일정부 수립을 위한 담판을 벌였으나 실패하였고 김 구 역시 1949년 서울에서 안두희에게 암살당하고 말았다. 북한은 소련의 위성국이 되면서 소련의 정략에 따른 6·25 남침을 주도하였고 민족분단을 자초하였다. 이승만 대통령은 새로 출범한 유엔의 세계 분쟁을 조정하는 경찰 기능에 동의하여 국군의 전시작전권을 유엔군 사령관에게 이관하였다. 과거 국제연맹이 세계 분쟁 조정기능 확보에 실패하여 세계 2차 대전의 책임에 대한 비난을 자초했던 것과는 달리 유엔(UN)을 세계 평화를 수호하는 성공적인 국제기구로 발전시키는데 크게 공헌하였다. 특히 이승만 대통령은 국제공산군의 침략에서 국토를 수호한 후, 휴전을 진행하는 과정에서 반공포로를 일방적으로 석방시켜(1953년6월 18일) 일부 유엔회원국과 충돌하는 등 어려움을 겪었다. 유엔군에 의해 억류되고 있던 반공 포로 35,400명중 26,900명이 이승만 대통령의 명령에 따라 일방적으로 석방되는 과정에서 총격사망 61명, 부상116명이 부상하였다. 나머지 8,200명은 한밤중의 탈출과정에서 실패하여 재수감되고 말았다. 그러나 미국 트루먼 대통령의 지지와 유엔의 인도주의 정신에 따라 절대 다수 유엔회원국의 묵인하에 공산군 측의 억지 주장이었던 제네바협정에 따른 '포로를 무조건 송환 한다' 는 부당한 요구를 꺾을 수 있었다. 공산군측은 역부족임을 깨닫고 "자유의사에 의한 포로 송환"이라는 유엔 안을 승인할 수 밖에 없었다. 실제로 반공포로들은 공산군의 불법남침을 당한 후 현지(점령지역)에서 의용군이라는 이름으로 강제 차출당해 전쟁에 끌려갔던 대한민국 청년들과 북한 공산주의 체제를 거부한 북한출신 반공청년들이었다. 명분 없는 불법 남침으로 전쟁폭력을 행사한 소련의 위성국(북한, 중공) 측은 반공포로 석방을 문제 삼아 당시 진행하던 휴전협상을 지연시키면서 무고한 살상을 늘려가는 고지전高地戰을 고수하였으나 비인도적인 전쟁폭력의 정당성을 더 이상 주장할 수 없게 되자 유엔의 정의와 인도주의 정신 앞에 전쟁을 중단하는데 동의 하였다.

한편 한반도 통일을 강력히 역설하던 이승만은 실제로 단독 북진을 감행하면서 유엔군과 협의 조건부 휴전안을 마련하는데 성공하고 공산군 측과 휴전에 합의하였다. 한국과 미국은 휴전 후 한·미동맹을 맺어 한국군 20개 사단의 현대화 무장, 지속적 경제원조, 미군의 한국주둔을 성사시켰다. 이승만 대통령은 휴전 후 미국을 국빈방문 초청받아 전쟁영웅의 환영 행사인 수도 워싱톤 DC의 카퍼레이드를 한 후, 미국 상·하원 합동회의에서 의원들 상대로 공산주의에 대한 각성을 촉구하며 경각심을 가져줄 것을 당부하였다. 이승만 대통령은 이 날 대한민국을 자주적인 반공정권 수립을 성공시킨 영웅으로 칭송 받으며 금의환향하는 대통령이 되었다. 이승만 대통령이 세계를 향한 공산주의 유령의 음모를 경고한 것은 1954년 한국문제 토의를 위한 '제네바 정치협상' 실패를 두고 한말이었다. 같은해 4월 26일부터 6월 15일까지 유엔군 측과 공산군 측이 제네바에 모여 한국통일 정부와 선거문제 협상을 논의 했지만 양측은 시기, 장소, 방법문제를 놓고 성명전만 벌이다가 소득 없이 끝내고 말았다. 이 때 한국에서는 '변영태' 외무장관이 대표로 참여하였다.

이처럼 공산주의자들을 대상으로 하는 협상은 늘 그들의 볼세비키 혁명 선전장으로 이용되고 있게 마련이었다. 세게 제 1차 대전 후 레닌의 피압박 민족해방론과 윌슨의 민족자결주의 주장에서부터 시작된 양측 간의 선전전은 항상 공산주의 유령정치로 끝나고 말았던 것이다. 일찍이 미국 언론인 스튜어트 올(Stewart Alsop)은 핀 10개를 쓰러트리는 볼링 경기를 예로 들어 "우리는 아시아에서 빠른 속도로 지고 있다"고 말하였다. 그는 소련을 강력하고 야심적인 볼링선수로 비유하여 일명 '도미노 이론'을 전개하기도 하였다.

"헤드 핀은 중국이었다. 그 것은 이미 쓰러졌다. 둘 째 번에 놓인 두개의 핀은 버마와 인도차이나이다. 이 핀들이 쓰러지면 그 다음 줄에 있는 태국, 말레이시아, 인도네시아 등 3개의 핀이 차례로 넘어질 것은 아주 확실하였다. 아시아의 나머지 국가들이 모두 넘어가면 이에 따른 심리적 · 정치적 · 경제적인 인력 때문에 넷째 줄에 있는 인도, 파키스탄, 일본, 필리핀 등 4개의 핀도 쓰러지고 말 것이다." (폴 케네디 저. 이일수 등 역. 강대국의 흥망. p.449.)

세계 제 2차 대전 후, 중국은 1949년 10월 공산혁명을 통한 극동 아시아에서 북한에 이어 두 번째로 소련의 위성국가가 되었으며 소련은 세계 패권국을 향한 한국전쟁에 중국 공산 지원군을 파견시키는데 성공하였다. 소비에트 볼세비키 정권은 전 후, 서유럽과 동유럽의 약소국가들을 위성국가로 만드는데 성공하고 극동에서 중공과 북한 몽골을 중심으로 한 공산정권을 만들어 동·서 냉전시대를 여는 공포의 이데올로기 대결장을 만들었다. 특히 배후에 소비에트 볼세비키의 지원을 업은 중국공산당 정권은 중화민국 장개석 정부를 유엔에서 퇴출시키고 안전보장회의 상임 이사국 자리를 차지하여 중국인민의 대표로 의결권을 갖게 되었다. 이로서 사실상 볼세비키 혁명에 성공하여 대만의 장개석 정권을 '잔당정권'으로 몰락 시키고 말았다. 중국은 1975년 인도차이나 반도의 약소민족인 베트남 공산화 이후 캄보디아 및 라오스 등이 차례로 공산화 되는 과정을 밟아 좌·우 합작이나 연정에 의한 공산주의 유령의 교훈을 깨닫게 하고 있다. 강대국들의 패권주의가 잉태한 약소국들의 극단적인 무장조직 및 단체와의 무원칙한 타협이 가져온 패망의 비극은 아프가니스탄에서 미군철수가 상징적으로 보여주고 있다. 그 책임은 이제 과거처럼 패권국에 있다기보다 자위권을 갖지 못하고 있는 약소국이 감당할 치례이다. 강대국들이 군림하던 제국주의 질서가 지나가고 자국우선주의 시대에 들어선 지금 스스로 살길을 찾는 지혜로 강대국에 더 이상 부담만을 안겨주는 약체가 되어서는 안 될 것이다. 주고받는 호혜정신에서 오는 신뢰를 쌓아가는 공동체의 가치동맹이 필요하다. 1991년 소련 중심 공산권이 무너진 후 공포의 이데올로기 시대가 물러갔다고는 하나, 아직도 유령의 길목에는 삶에 지친 약소국들을 노리는 허깨비로 위장한 마르크스 유령의 함정이 곳곳에 있음을 기억해야 한다. 일찍이 해체철학자 '작크 데리다는 그의 '유령론'을 인용해 공산주의 피해에 대해 다음과 같이 주장하였다.

"사회혼돈으로 인해 대중들이 곤궁한 삶에 의문을 품을수록 마르크스 유령은 점점 선명해지고 저작과 저술들을 책방을 통해 우리를 마르크스 유령의 음모 속으로 유인할 것이다. 마르크스 유령은 어떤 경우에도 없어지지 않을 것 같다."

이와 같은 주장에 대하여 일부에서는 그를 1991년 괴멸된 소비에트 볼세비키에 대한 옹호쯤으로 바라보는 시각도 있었으나 그 것은 잘못된 비평이었다. 자크 데리다는 마르크스 유령을 옹호하는 것이 아니다. 빈곤에서 비롯한 사회제도와 환경에 대한 대중들의 불평불만을 파고들어 마르크스 유령의 음모를 확산시켜 사회 질서를 무너트리고 평화를 파괴할 수 있는 마르크스 유령의 실체화에 대한 경고를 하고 있는 것이다.

2

한 국가의 존망에서 해방(Liberation)이란 빼앗긴 주권을 다시 찾는 것을 의미한다. 하나의 민족이 외세의 지배로부터 벗어나 자유를 누리는 것을 뜻하는 것이다. 대한제국大韓帝國은 1910년 일본군국주의에 의해 강제 병탄 당함으로서 지구상에서 살아지고 말았다. 나라를 빼앗긴 우리 한韓민족은 일본으로부터 나라를 되찾기 위해 싸웠으나 너무 힘이 모자라 뜻을 이루지 못하고 36년 동안 식민통치를 받았다. 다행히 제 2차 세계 대전에서 미국 등 연합국이 승리하면서 일본을 패망시키고 1945년 일본의 식민지배로부터 벗어나 해방되었다. 그 후 우리민족은 3년 후인 1948년 8월 15일에 이르러 주권 국가인 '대한민국'을 다시 건국하여 독립하게 된 것이다. 대한민국은 유엔감시 아래 총 선거를 치루면서 민주적 정통성을 확보하였다. 총선, 국회구성, 헌법제정, 국민의 선택을 받아 정부를 구성하는 등 한반도 유일 합법정부로 국가정체성 요건을 충족시켰던 것이다.

36년 동안 일본 식민통치를 받아온 우리는 조국의 해방을 맞아 온 나라 안이 축제분위기였다. 세상의 모든 것, 대지와 동물, 풀과, 나무, 바람과 물결이 모두 다 몸을 일으켜 흔드는 그 움직임은 해방의 춤이었다.(김형수와 고은의 대화) 해방은 국민들의 축제일뿐 아니라 식민통치 아래 억압당하고 핍박 받아온 나라 모두가 자유를 되찾은 날이었다. 먼저 한국인들을 역사의 행위자로 승격시킨 쾌거였다. 수필가이자 문학평론가인 '김형수'는 한민족은 다시 5,000년 역사를 되찾아 주인공이 되는 날이라고 했다. 해방! 바로 이 해방이라는 낱말 한마디가 2,000만 국민 개개인의 이름을 되찾아 주었고 우리말과 글(한글)을 자유롭게 쓸 수 있도록 풀어주었다. 무슨 신주단지처럼 벽장에 간직했던 일장기를 꺼내 검은 먹물로 사괘四卦를 치고 가운데 둥근 원圓을 반으로 썩 갈라 태극기를 만들어 대문에 내 걸으며 감격했었다. 해방은 하나가 아니라 우리 모두의 전부였다. 나 자신의 해방이었고 2천만 동포라는 민족공동체의 운명에도 새로운 역사가 열리는 날이었다. 심지어 민족 독립투쟁 제단에 목숨 바친 땅속 영령들이 무덤에서 벌떡 일어나 산천초목과 함께 춤을 추었던 날이었다. '만인소'를 써서 우리에게 대망의 노벨상 꿈을 꾸게 하였던 시인 '고은'은 그저 기쁜 날이었다고만 했다. 웬일인지 그 말에는 힘이 없어 보였다.

"한반도의 정치지리는 언제나 강대국들의 각축장이었지…. 열강들이 타협을 하거나 힘의 완충지역으로 불안한 현상을 유지시킬 때도 양보와 배분의 공간으로 논의하는 지역이었어….동·서양의 전시체제가 각축하던 공간도 늘 37도~39도 사이었어요."

특히 극동에서는 그 피해 공간은 늘 한반도였고 주인공들은 한국인들이었다. 이 순간도 우리들은 새의 노래와 반딧불이의 춤에 맞춰 해방의 만세를 부르지만 아무도 자기가 질머지고 있는 빚(罪)을 모르고 있는 것 같았다. 하나님에게 죄를 짓고 있는 사람은 결코 자유로울 수가 없다. 그래서 일상에 벌어지고 있는 세상사에서 죄를 놓고도 "하늘이 무섭지 않느냐"고 힐문詰問한다. 욕망에 얽매인 삶은 욕망이라는 굵은 쇠사슬에 발을 묶인 채, 죄 값을 치러야 한다. 죄수들은 발목을 족쇄에 묶여야 한다. 진정한 해방은 그 무엇에도 속박되지 않아야 한다. 사람들은 이제 우리나라가 해방됐으니 신과 인간의 굴레에서 완전히 풀려났다고 좋아서 춤을 추었던 것이다. 그러나 우리는 아직도 하나님 앞에 갚아야할 빚이 남았나보다. 미움과 주장, 욕망, 취향, 의지, 선호에 따라 이웃을 내 몸과 같이 사랑하지 못한 죄 값을 더 치루어야 했나 보다. 하나님이 보내주신 어린양 예수 십자가 보혈로 죄 씻음 받은 사실을 모르고 있었기 때문이다. 링컨의 노예해방도, 마르크시즘의 피압박 민족해방도 영적해방 없이는 하나님 구원을 받을 수 없다는 것을 알아야만 했다.

   우리의 해방은 첫날부터 마르크스 유령의 갈림길로 들어서고 있었다. 그 자유롭고 축복받은 해방의 길이 공포의 이데올로기의 두 갈래 길로 갈라져 3·8선으로 굳어졌기 때문이다. 태양 속(우리민족은 태양을 '하나님'으로 믿었다.) 세발까마귀(천둥과 번개의 새)는 누가 들을세라 조심스럽게 읍조리며 말문을 열었다. 이방인 부르스 커밍스(Bruce Cumings) 미국 교수와 존 할러데이(Jhon Halliday) 영국 교수는 한국인들이 겪은 식민지 생활을 끝낸 해방이 참으로 흥미롭다고 말하더라고…. 그 말은 제 2차 세계 대전 끝 무렵 한국해방의 역사를 바르게 알아야 한다는 뜻이었다. 이제까지 이 두 이방인은 일제 강점기 마지막은 징집이다, 징병이다, 징용이다, 그리고 군무원으로 온 나라를 휘몰아친 총독부의 아수라를 알지 못한 듯 하였다. 산간 두메마을인 강촌리 20여 호, 집집마다 앞의 일제 4가지 족쇄로 장성한 아들딸을 둔 가정은 어느 한 가지를 책임져야만 했다. 남양군도 황군으로 나가든지? 일본 구마모도 정신대로 가든지? 그리고 센가꾸 탄광 노무자나 버마전선 여군무원으로 뽑혀 나가야만 했다.

   일제 패망이 얼마 남지 않았다는 낌새를 알아차린 집안의 어른들은 손자손녀의 출정이 무엇을 의미하는지 잘 알고 있었다. 어린 자식들을 사지로 내보낸 부모들은 그들의 안위가 걱정되어 매일 밤잠을 이루지 못하고 뒤척였다. 그러던 어느 날 깜박 잠든 사이 방문을 노크하는 엷은 문풍지 소리에 실려 오는 만세! 만만세! 소리에 새벽잠을 깼다. 이번에는 놀란 노부부가 열어젖힌 문안으로 '대한독립 만세' 소리가 쏟아져 들어와 노부모의 고막을 마구 두드려 깨웠다. 툇마루로 급히 나와 댓돌로 내려선 노친 네 들이 마당을 가로질러 만세소리를 따라 동네 공회당으로 달려갔다. 거기에는 남녀노소 가릴 것 없이 온 동네 마을 사람들이 모두 나와 한데 어우러져 만세를 부르며 춤을 추고 있었다. '해방만세'도 들렸고 '독립만세'도 좋았다. 독립과 해방의 뜻을 구별할 수 없었으나 일본 전쟁터에 끌려간 어린 자식들이 돌아온다니 그것으로 그만이었다. 형아와, 누나가 돌아온다니 마냥 기뻤다. 머슴 강서방과 젊은 삼양댁 신랑 인석이가 돌아오면 그것으로 족했다. 집을 떠나는 자식을 부여잡고 건강하게 돌아오라는 말밖에 할 수 없었던 부모들의 애간장은 이미 다 녹아내린 상태였다. 해떨어지는 저녁 나절이면 동구 밖 오솔길을 하염없이 바라보며 행여나 자식이 돌아올까 점쳐보는 나날을 보내던 어느 날 갑자기 생긴 만세 소동이었다.

부르스 커밍스 교수는 그 저주스러운 전쟁이 해방 전부터 남·북간에 소작농가들과 지주들 간의 계급분열과 친일파와 항일파간의 계급투쟁은 필연적으로 진행되던 전쟁의 비극(죄악)이 일어나게 되어 있었다고 하였다. 그러나 한국전쟁은 소련의 지령을 받은 위성국 북한군과 중공군이 밀고 내려왔다는 말은 거짓말이니 아예 믿지 말라고 하였다. 식민지의 상처를 공산군들이 제거해버리기 위한 해방전쟁에 공연히 미국이 개입하여 방해를 놓았다는 주장이었다. 조금 자세하게 설명하자면 토지개혁 문제와 해주와 제주도 같은 곳에서 좌익과 우익 간에 충돌이 일어난 비극으로 '내쟁적 전쟁'이라는 것이 학자들의 연구결과라고 주장하였다. 전쟁의 비극은 이미 일제식민통치 시대부터 분쟁요인으로 쌓였다가 지금 본격적으로 남·북이 싸움질을 하게 된 것이라는 설명이다. 이거야 말로 '뻥'이었다. 인민군 탱크가 서울에 들어 온지 10여일이 지나자 강촌리에도 따발총으로 무장한 인민군이 면 인민위원장의 안내를 받으며 들이닥쳤다. 집집마다 반동수색을 하기 위해서였다. 동네에서 유일한 함석지붕을 한 삼양댁 할머니 집에 들어선 인민군은 대뜸 너덜너덜 한 헌 학생복 윗도리를 들고 무언가 한참 살폈다.

"저…, 인민군 동무, 그건 중학생들이 입던 교복이외다."

인민위원장의 친절한 설명이 있자 인민군은 교복에 달린 단추를 가리키며 소리쳤다.

"나도 알고 있소, 그런데 '대한'은 남반부 반동정부 이름 아니요.?"

인민군은 교복단추에 새겨진 대한이란 작은 상표를 발견하자 갑자기 삼양댁 할머니 얼굴을 향해 교복을 마구 흔들어대며 추궁하였다.

"할마이 동무! 바로 말하기요. 이웃 막내아들 것이 틀림 없지비…? 이 아새끼 지금 국방군 나간 거이 틀림 없지비."

서슬퍼런 인민군의 고함에 혼비백산한 삼양댁 할머니는 벌벌 떨며 변명에 급급했다.

"우리 아들 국방군 아니라요, 서울 공부하러 갓시오. 아직 돌아오지 못했소"

그러자 인민군은 몸을 홱 돌려 마당에 모인 동네 사람들을 향해 소리쳤다.

"동무들 들으시오. 이집 막내아들이 국방군에 나가서 졸병들을 이끌고 해주에 와서 감히 우리 인민공화국을 침략하여 용맹무쌍한 우리 인민군이 국방군을 죄다 무찌르고 서울을 점령하고 왔다 이거요. 이 군복이 바로 그 증거란 말입네다."

동네 사람들은 인민군의 엄청난 '뻥'을 듣고 어안이 벙벙하여 서로 얼굴만 쳐다보고 있었다. 그 때 동행한 인민 위원장이 앞으로 썩 나서며 외쳤다.

"옳소! 맞습니다. 우리 용감무쌍한 해방군 동무에게 박수를…." 짝짝 짝 "

동네 사람들은 얼떨결에 박수를 치며 삼양댁 할머니를 바라보았다. 갑자기 닥친 전쟁 벼락치기에 놀란 할머니는 마당으로 뛰어 내리며 마을 사람들을 향해 두 손을 들어 마구 휘저으며 울음 섞인 목소리로 호소하였다.

"여러분 우리 '인석이' 지금 서울에 있어요. 반동 아니라요…."

그러나 이 가련한 노인을 위해 앞에 나서줄 사람은 아무도 없었다. 그 순간 갑자기 마당에서는 청천벽력 같은 소리가 터졌다. "뺑" 소리와 함께 할머니의 "악" 하는 비명이 동시에 들렸다. 마당에는 잔인한 화약 냄새가 스멀스멀 퍼지며 붉은 피가 땅바닥을 적셨다. 삼양댁 할머니의 쇠잔한 목소리만 마당에 여운을 남긴 채, 맴돌았다.

"우리 인석이, 내 아들도 지금 이 모두가 '뺑' 인줄 알고 있을 거야…."

해방군 아닌 북한 공산군은 큰 전리품이나 발견한 듯 낡은 인석이 교복을 챙겨 들고 서둘러 마당을 빠져나가 인민위원장을 앞세운 채, 안홍리와 고담리로 또 다른 반동을 찾아 떠났다. 강촌리에서는 대청 마루위에 상청을 차린 인석 어머니 영정 앞으로 하얀 나비 한 마리가 날아와 이리 저리 날고 있었다. 그 앞에서 젊은 새댁 인석이 처가 슬피 울고 있었다. 영정이 마당을 건너 대문을 나서자 이웃 동네 고담리 쪽에서 또 다시 따발총 소리가 연속 울렸다. 상여喪輿꾼 중에 누군가가 한마디 던졌다.

"저눔의 '뺑' 이 사람 여럿 죽이고 있네…."

지금에 와서 마르크스 유령의 음모에 놀아난 6·25 한국전쟁이 '북침'

이라고 믿을 사람은 아무도 없게 되었다. 소비에트 볼세비키가 멸망한 후, 1994년 한국의 김영삼 대통령이 모스크바를 국빈 방문했을 때. 러시아의 '옐친' 대통령이 건넨 과거 한국전쟁 배경 기록이 담긴 소련 비밀 문건에는 북한의 '남침' 내용을 소상히 밝혀놓고 있었기 때문이다. (김학준 70주년 맞은 6·25전쟁 재조명. 신동아. 2020년 6월호. p.317~331.) 이 문서가 나오기 전까지는 미국이 한국을 부추겨 북침을 유도했다는 주장이 제기되고 있었다. 그 대표적 연구자는 미국 가브리엘 콜코(Gabriel KolKo) 교수로, 그는 북한은 처음 제한 전쟁을 목표로 남침을 하였으나 맥아더 장군이 1949년 10월 1일 세워진 중화인민공화국을 붕괴시켜 그 전공을 배경으로, 1952년 미국대통령 선거에 출마하려고 했다는 추정까지 내세웠다. 그는 구체적으로 맥아더가 한국의 이승만 대통령을 부추겨 북침하도록 유도했다고까지 덧 붙였던 것이다. 이 추론 역시 옐친 문서에 의해 허위로 밝혀 다. 특히 우리가 관심을 갖는 점은 옐친문서에 따르면 북한군 탱크가 개전 3일 만에 서울에 진입하여 서울을 완전히 장악한 것으로 알려졌으나 그 건 아니라는 점이다. 영등포를 비롯한 외곽지역까지 장악한 것은 아니라는 말이다. 서울에서 3일 동안 남진을 멈추고 미적댄 것은 평양과 서울 전선 사이에 교신이 불충분했던 때문에 평양 본부에서 전황파악이 어려워 즉시 남진하라는 지시를 못 내렸던 것이다. 이로 인해, 맥아더 장군이 이승만 대통령과 한강변에서 6·25전황을 살필 수 있었던 것이다. 그 때까지 여의도 공항 활주로는 무사하였다. 특히 중국 국부군 소장 김홍일 장군이 패전 국군들을 수습 한강방어선을 구축하여 싸울 수 있었다.

이와 같은 전쟁의 혼란은 미국참전을 비판하는데 이용되기도 하였다. 그 대표적인 사례가 훗날 호주국립대학 게이븐 맥코맥(Gavan MeCormack) 교수의 연구다. 그는 미국주도의 연합국참전으로 인해 너무 많은 사람들이 숙청 등 전쟁터에서 죽음을 당했다는 등 무책임한 가설을 늘어놓았다. 오히려 스탈린의 대형대대 작전과 같이 무모한 중국 인민지원군이 불법

참전함으로 한민족은 통일의 호기를 놓친 불행을 지금까지 뒤집어쓰고 있는 것이다. 해방은 파도 되어 한반도를 들뜨게 하였지만 한인들의 영적체험을 통한 '자아해방의 길'을 찾지 못한 채, 유물론의 유령인 공산주의 추종자들의 육신에 얽매인 욕망의 포로가 되었던 것이다. 이제라도 민족사적 수난을 정리하고 21세기 영광스러운 민주대도를 당당히 걸어가기 위한 하나님의 자비를 빌어야 할 것이다. 일제식민통치 잔재를 깨끗이 청산하고 '내쟁적 요소를 지닌 국제전' 즉 냉전의 버거운 유산을 남·북 동포들이 떠안고 몸부림치는 이 현실을 하루 빨리 벗어나야 할 것이다.

반성은 용단이다. 또다시 우리 앞에 민족 파괴를 획책하는 유령의 음모 세력이 나타났다고 하지만 그 것은 결코 용납할 수 없는 일이다. 근대 서구 제국주의 열강의 기반도 민족주의였다는 원죄 때문에 약소민족의 절박한 생존(안보) 환경에서 잉태한 민족주의를 죄악시해서는 안 될 것이다. 이야말로 잃어버렸던 '큰 자아自我해방론'을 되찾아 나서야하는 불가피한 현실임을 알아야 한다. 자국 우선주의를 앞세우는 불투명한 강대국들의 평화론을 마주하는 약소국 입장에서는 국가존립의 푯대가 아직도 민족주의 원리에 있음을 잊지 말아야 한다. 동유럽의 소비에트사회주의연방공화국의 붕궤 전에도 전통적인 슬라브 인종주의를 공산제국 건설에 이용하였고, 독일제3국도 게르만의 혈통을 '아리안'의 순혈성을 찾다가 이스라엘인들을 600만명이나 독가스실로 몰아넣었던 나치의 만행을 저질렀던 것이다. 이와 같은 민족문제는 우리에게 단순한 말로 끝날 수 있는 이'이나 인도시성 타골이 노래한 '동방의 등불' 에서도 우리 한민족의 숙명적인 자강논리의 교훈과 염원念源을 한번쯤 되돌아보아야 할 것이다. 일찍부터 우리민족 기원은 성경말씀에서 그 근원을 찾을 수 있다.

"지극히 높으신 자가 민족들에 기업을 주실 때에, 인종을 나누실 때 이스라엘 자손의 수효대로 백성들의 경계를 정하셨도다. 여호와의 분깃은 자기 백성이라. 야곱은 그가 택하신 기업이로다."(신명기 32; 8~9)

위에서 하나님은 모든 사람과 민족에 대한 절대 주권을 강조하고 있다. 동시에 하나님의 선택받은 백성에 대한 관심을 강조하고 있다. "지극히 높은 자리라는 말은 모든 민족을 다스린다는 하나님의 절대 주권과 권위를 강조하며, 하나님은 연약한 인간의 피난처가 되시는 영원한 힘과 보호의 반석이 되시는 것이다." 제국주의 열강으로 유럽의 약소민족들 위에 군림했던 유럽의 게르만족과 슬라브족은 본래 '아리안족'의 후예들이었으나 각각 아리안의 적통適統을 내세우며 경쟁을 벌이다가 열강들의 이데올로기 각축장을 만들었고, 1·2차 세계대전의 평화를 위장한 공포 이데올로기 투쟁의 빌미를 주었던 것이다. 특히 히틀러의 나치독일은 기독교 신약에서 말하는 미래 이상국가인 제 3국 독일로 자칭하면서 유대민족을 최하위 열등민족으로 강등시켜 학살극을 벌이기까지 하였다. 종족 우월주의에서 나온 국익과 욕망에서 출발한 인류역사의 치부이며 망동이었음도 기억해 두어야 할 일이다. 약소민족의 단결과 생존 투쟁은 서양 강대국들에 대한 저항으로 인해 발생한 것이다. '레닌'과 '윌슨'이 제기한 새로운 외교는 유럽의 구식민지 질서를 혐오하는 새로운 전환을 바라는 공통점이 있었다. 그러나 누구도 국제연맹 위임통치 아래 식민지배의 확대를 막을 수 없었으며 제국간의 경계선을 넘어 토착민족주의자들의 저항과 연계되었다. 이러한 상황은 1920년대 말 동아시아 하늘을 떠돌던 마르크스 유령의 길목에 잠복해 있던 불평등, 조약, 상업적 침투와 잦은 함포작전으로 중국에 나타나기 시작하였다. 거대한 인구와 영토를 가진 중국이 결국 소련의 위성국의 빌미를 주면서 윌슨의 민족자결주의는 시대정신에 뒤진 쓸모없는 이론쯤으로 전락하였다. 1차 대전 막바지 연합국에서 이탈한 러시아는 한 때 부랑아 취급을 받으며 국제정치에서 소외되고 있었다. 그러나 레닌만큼은 마르크스 유령의 추종자로 피압박민족 해방론을 기치로 들고 나와 약소국들의 단결과 혁명을 이끄는 총아가 되었다. 그는 1920년대 인도네시아를 비롯하여 1930년대에 걸쳐 팔레스타인, 싱가폴, 인도, 이탈리아 파시스트 등의 민족해방운동에 영향을 주었으며 2차 대전 후에는 스탈린과 함께 동·서 유럽을 비롯하여 극동에서 중국과 북한을 소련의 위성국으로 만드는데 성공하였다.

이 때 서양인들로부터 작은 황색인종이라고 불리던 일본은 러·일 전쟁 후 국력을 키우며 '대동아공영' 이라는 동아시아 맹주를 꿈꾸면서 주권선 主權線을 설정 조선, 만주, 시베리아, 중국을 넘보는 동아시의 강자로 부상하고 있었다. 초기 일본은 우리의 해방解放과 같은 말을 썼으나 그들이 내세우는 해방은 사뭇 그 뜻이 다른데서 출발하였다. 조선이 근대 일본 군국주의 침략인 식민통치에서 벗어났다는데 초점을 맞춰 자유를 말하였다면 일본은 도쿠가와 막부幕府에서 시작한 동서남북 열린 바닷길에서 섬나라를 지키자는 데서부터 출발한 방어개념인 해방海防이었다. 한반도를 유린하기 위한 도요토미 히데요시의 조선침략(임진왜란) 이 실패한 후에도 일본의 철포(조총) 는 유럽보다 많았다고 한다. 도요토미 사후에도 일본 막부의 바닷길 방어에 대한 준비는 철저하였다. 그들의 가상적은 서구로부터 들어오는 프랑스 예수회의 기독교(천주교)에 대한 공포였다. 1539년 천주교 예수회 선교사들이 규수지역을 중심으로 한 포교활동은 2년 만에 기독교 신자가 3,000명으로 늘어났다.

이처럼 전도가 쉬웠던 것은 도요토미 히데요시의 막료였던 '오다 노브나가' 의 호의에서였다. 여기서 말하는 호의라고 하는 것은 조선침략 전쟁에서 자기 경쟁세력인 무사집단을 많이 출정시키기 위한 전략이었다. 적대세력이 약화된 틈을 이용해 일본열도를 통일하여 강력한 통치자가 되기 위한 계책이었던 것이다. 날로 증가하는 기독교 세력은 임진왜란 중에 일본군에 잡혀온 조선인들이 대부분이었다. 이들은 조선 포로라는 이름으로 최하층 빈민으로 전락하여 고통 받으며 외롭게 살던 중에 하나님의 깊은 영혼의 안식과 삶의 위로를 받으며 살고 있었다. 일본병력 25만 명 중에 10%인 약 2만 5천 여 명이 규수지방과 나가사끼에 거주하면서 악덕 상인들에 의해 일본 인력시장에서 폴루투갈과 스페인 상인들에게 팔려나가기도 하였다. 5만~10만 명의 조선인 포로들이 인도 '고아'의 노예시장 등 서구에서도 발견되었다는 것이 독일인 칼 귀즈라프(Karl Gutzlaff) 목사의 조선방문길(1832)에 알려지게 되었다. 1598년 7월 4일에는 천주교 선교연합회에서 조선인 포로 인권문제가 논의되는 등 일본 내의 여론이 악화되기 시작하면서 사회불안의 원인이 되었다. 마침내 1637년 규수지방에서 2만 여명에 달하는 기독교 신자들의 봉기가 일어났다. 이와 같은 기독교 확산에 충격을 받은 막부는 강경책으로 '도쿠가와'의 기독교인 탄압과 박해가 있었고 조선인 포로들은 사무라이들의 칼날에 순교의 피를 이국 하늘에 뿌렸다. 이로 인한 일본의 쇄국정책은 150년간 계속되어 '아이자와 야스시' 막부체제까지 해상 경계가 엄중하였으며 기독교 세력이 약화되었다.

1860년 러시아가 베이징 조약으로 연해주 불라디보스토크에 거점을 만들자 '하야시 시헤이'는 해국병담海國兵談에서 러시아가 캄차카를 모두 차지했기 때문에 일본은 서쪽으로 눈을 돌려 쿠릴열도를 손에 넣으려 한다고 주장하였다. 이미 1870년대 러시아는 시베리아를 가로질러 캄차카반도를 근거지로 삼아 오호츠크 해로 내려가던 중이었고 이것이 일본 내에서 서양에 대한 위기감을 증폭시킨 계기가 된 것이다. 일본 해방론海防論은 일장기(히노마루)와 욱일기로 상징되는 팽창정책에 영향을 끼친 것으로 앞에서 살펴본 천주교 선교와 러시아의 남하정책에 대한 군사정책에서 비롯된 것이다. 일본의 해방론은 19세기로 넘어가 국방력 향상을 뛰어 넘어 사회체제 개혁을 촉구하는 소위 내정개혁론으로 전환되었다. 다시 내정개혁론은 일본이 지정학적으로 열도라는 맹점을 자극하였고 이 시기에 촉발된 내정개혁들은 일본 초기 국가주의 국가구성 요소들을 거의 대부분 갖추고 있었다. 국가사회체제 개혁을 강조하는 사상을 출현시킨 해방론은 곧 일본 우익사상의 큰 맥으로 자리 잡게 되었던 것이다.

해방론 속 국가발전 체계는 천왕과 백성의 일체화라는 제국 일본의 정통성을 확립하여 일본 국력을 해외로 팽창시켜야 한다는 주장까지 나오게 되었다. 18세기 단丹 학자인 '혼다 도야끼'는 캄자카를 중심으로 활성화 시켜 북방교역권을 일본이 장악하여 러시아의 침입을 막고 해양국이 되는 길을 개척하자고 주장하였다. 일본 최고의 고액권인 1만 원권 속 인물이며 일본 대표적인 사상가인 '시부사와 에이츠'는 1842년 하늘같은 천자국이라고 여겼던 중국 청나라 20만 대병력이 2만 명에 불과한 영국군과 아편전쟁에서 처참하게 패배하는 것을 보고 엄청난 충격에 빠졌다. '난징조약'으로 영국은 홍콩섬을 할양받았고 광저우, 샤먼, 푸저우, 닝보, 상하이 등 5개 항구를 강제로 개항 당했다. 그 후, 1884년 중국인 '웨이 위안'이 아편전쟁의 실체를 밝힌 해국도지海國圖誌를 출판하자 일본은 막부의 도주島主부터 260여명의 번주藩主를 비롯한 하급 사무라이까지 다투어 읽고 대책을 논의 하였다. 도쿠가와 막부는 서구침략에 대한 대책으로 마스시로 번주 '사다다유카쓰라' 등을 해상방어 책임자로 임명하고 '후쿠자와 유키치' '요시다 쇼인'과 3대 사상가인 '사쿠마 쇼잔'을 고문에 임명한 후 아편전쟁 보고서 해방팔책海防八策을 작성하고 동양의 도덕, 서양의 기술을 모토로 대포주조, 유리제작과, 종두법을 도입하였다. 이 때 일본인들은 해도국지海島國誌를 읽고 서구의 침략으로부터 일본을 방어할 비책을 연구한데 비해 조선은 서양세력의 침공에 대비할 국방에는 전혀 관심이 없었고 천주교의 정체를 밝힐 수 있는 책이라 여겨 반겼을 뿐이다. 똑 같은 책을 가지고도 조선과 일본이·중국에 대한 연구 태도가 하늘과 땅 차이로 달랐던 것이다.

　아편전쟁의 배경을 살피기 위해 북경을 다녀온 조선 사신들은 조정에 알리기를 '천하가 평온하였다.' 라고 보고하자 조선의 헌종과 대신들은 가슴을 쓸어내리고는 아무 일도 없었다는 듯이 모두 잊어버렸다. 헌종이 죽은 후 유배된 역적의 자손인 농사꾼 강화도령을 허수아비 임금(철종)으로 앉혀놓고 안동 김씨가 세도정치를 하였다. 조선은 500여 년 동안 단 한척의 해외무역선도 바다에 띄어 본적이 없고 단 한명의 상인도 스스로 무역을 위해 해외에 나간 적이 없었다고 한다. 영국의 홍콩경영 실태도 청나라 관보와 사신의 말을 듣고서야 아는 처지로 후진국 상태에 머물렀던 것이다. 100년 뒤인 1930년 일본은 정치적 해외 팽창으로 정책방향을 바꿨다. '사또 노부히로' 는 일본 군국주의자들에게도 인기를 끄는 인물로, 일본은 선택받은 국가임으로 세계를 제패할 자격이 있다고까지 허풍을 떨었다. 당시에는 그의 헛소리나 망상쯤으로 취급받던 주장이었으나 그의 궤적 전략에 의하면 먼저 조선과 만주를 정복하고 뒤이어 중국대륙을 장악해야 한다고 했다. 놀랍게도 이 주장은 훗날 한·일 병탄을 시작으로 만주사변, 중·일 전쟁까지 치르는 일본의 군국주의 확립에 큰 영향을 주는 나비효과로 번졌다는 사실이다. 일본의 해방론은 일본을 아시아의 챔피언을 넘어 태평양 전쟁에서 미국과 패권을 다투는 강대국으로 성장하여 아시아의 강대한 제국주의 국가가 되었던 것이다.

　그 후 '후크자와 유키치' 등 진보주의 학자들의 과장된 열도 위기의식과 대외 충돌에 대해 '아시아주의' 를 제창하여 서구의 침략에 대응하는 단결된 '범아시아주의' 로 믿게 만들어 일본지식인들이 추종하게 만들었다. 조선에서는 개화파 지식인으로 김옥균, 유길준, 박영효 등이 1945년까지도 '후쿠야마 유키치' 의 아시아주의를 따르는 사람들이었다. 개중에는 민족적 양심을 버리고 변절하여 훗날 친일파로 지탄을 받게 된 것도 일본 민족제국주의 '해방론' 에 현혹되었기 때문이다. 하나님의 축복으로 큰 자아의 해방을 통해 영원한 자유를 얻기보다 일상의 안일과 재산을 따르는 유산자의 심리를 버리지 못해 생긴 비극이었다. 우리 대한인의 해방은 태생이 약소민족의 숙명론에 빠져 71년여를 분단국으로 살면서도 아직까지 남·북이 세계 패권전쟁 한가운데 놓이는 위험에 직면해 있다는 현실을 직시하여야 한다. 이러한 엄숙한 사실에 대해 미래전략연구원 원장 '구해우'는 미국중심의 자유주의적 애국주의 대 중국 중심의 권위주의적 민족주의 와 미국의 자유주의 국제질서 대 중국중심의 권위주의적 질서가 부딪히고 있는 형국이라고 설명하고 있다.(구해우.. 6·25 70주년 통일 대전이 다가온다. 신동아 2020.06.p.332.) 통일의 주도권을 놓고 남·북간의 세몰이를 하던 중에 현재 북한이 핵개발을 하면서 러시아와 군사동맹을 맺어 우크라이나 전쟁에 북한군까지 파병하기에 이르렀다. 특히 북한은 동족인 대한민국을 적대시하면서 동족개념마저 부정하는 등 민족공멸의 위기까지 몰아가고 있다.

1950년 6·25 한국전쟁에서는 미국 복음주의 선교사 '빌리 그래함' 목사가 이데올로기 전쟁으로 단정 하고 마르크스주의의 비도덕성과 호전성이 그 원인이라고 하였다. 마르크스 유령은 언제나 전쟁을 필요로 하여 혁명 확산을 획책하고 그 어떤 범죄도 정당화 한다. 그러나 1945년 한민족 해방은 하나님의 구원과 보호, 신뢰와 순종의 언약 사실을 바탕으로 한 고귀한 해방이었다. 따라서 우리에게는 하나님이 내 안에 계시어 민족통일의 공동체를 이룩하여야 할 책임과 의무가 있다. 자유민주주의 시장경제와 기독교사상을 바탕으로 하는 평화통일의 실현을 위해 우리는 하나님 백성으로 산상수훈의 빛과 소금의 직분을 다하고 하나님 앞에서 겸손하여야 한다. 불평과 불만, 이기욕, 왜곡, 선동의 감정문화가 아닌, 사랑, 화해, 감사, 정의, 진리로 새 복음화 민족통일 역사관을 준비하여야 한다. 빌리 그래함 목사의 기도는 영적 우방국인 유엔군 장병들의 서구중심 시선을 극동의 기독교 국가 한국으로 돌려놓았던 것이다. 맥아더 원수는 1950년 9월 15

일 서울 수복 기념식장에서 다음과 같이 기도하였다.

"자비로운 섭리의 은혜로 우리 유엔군들은 인류를 위한 희망과 영감으로 싸워 역사적 도시 서울을 해방하였습니다. 라고 참석자들 앞에서 '주기도문'을 낭독하였고, 감격한 이승만 대통령은 맥아더 장군의 손을 잡고 감사하였다." (마이클 보린. 새 한국: 비즈닉스 역사 한국인. 인용)

고통의 맷돌질로 얼룩진 해방의 역사를 통일로 마무리하기 위해서는 빌리 그래함 목사가 열어준 영적 구원의 소중함을 깨닫는 것이다. 하나님 은총의 손길로 인도된 복음의 역사를 신뢰하고 순종하는 참 신앙의 모습을 보여주어야 한다. 새 복음화 민족통일의 위업 달성을 위한 신앙은 단지 머릿속에 머무는 개념에서 하나님의 은총을 받아 그 열매를 얻는 것이다. 하나님 은총가운데 승리하는 크리스찬의 신앙적 실천윤리는 생명력 있는 헌신적 신앙의 모습이다.

"너희는 세상의 소금이니 소금이 만일 그 맛을 잃으면 무엇으로 짜게 하리요. 후에는 아무 쓸데없어 다만 밖에 버려져 사람들에게 밟힐 뿐이니라." (마 5;13)

3

 "말하노니, 20세기 이 땅에 살면서 아직도 구시대의 정신과 물질에 집착하는 민족은 실력이 강대하고 사회문명이 발달한 서방열강들에 반드시 쇠망할지니 대한인들아! 20세기 강대국과 겨루어 정신과 능력이 한 점 뒤지지 않는 '신국민'이 될지어다. 무릇 20세기의 국가 경쟁은 그 원동력이 한 두 사람에게 있는 것이 아니고 국민전체에 달려있으니 국민 모두가 20세기 새 국민의 기상을 발휘하여 국가의 기초를 굳게 다지고 실력을 쌓아 세계로 문명을 넓히면 가이 동아시아 한쪽에 우뚝 서서 세계무대에서 강국의 깃발을 휘날릴지니, 아! 동포여 어찌 분발하지 않겠는가."

 힘들었던 항일독립투쟁시절 불꽃같은 정열로 나라사랑의 외길을 꿋꿋하게 살았던 단재 신채호, 그는 이미 100여 년 전, 냉엄하고 급변하는 국제질서 속에서 우리가 대처해야 할 20세기 한국인의 새로운 각오와 노력을 강조하였다. '신민회'의 일원이며 이념가인 신채호의 작품인 '20세기 초 국민'은 자유주의 즉 민주주의를 영국이나 프랑스혁명 산물이자 이들 나라를 비롯한 서구열강의 강력한 힘의 원천으로 묘사되고 있다. 즉 새나라 국민의 낙원이 된 만큼 국민들도 국가주의정신 즉 애국심을 발휘하여 서구국가의 세계지배를 강조하는 국가독립의 가치를 앞세웠던 것이다. 농·상·공 우민愚民들이 나라의 힘을 어찌할 수 없는 노예의 소굴에서 엘리트 계몽주의자들은 국민의 정치적 능력을 점차 키워 '입헌국가' '신국민新國民'의 자격을 갖게 하여야한다고 주장 하였다. 신민회 조직을 주도하였던 안창호도 독립공화제를 주장하여 훗날 민주공화정이 궁극적인 목표였음을 인식하고 있었다. 일제로부터 독립을 위한 준비로 선각인 엘리트집단이 우둔한 국민들을 깨우치기 위한 철저한 신교육을 통한 실력양성 과정에서 애국심과 능력을 갖춘 새로운 국민을 길러내자고 외쳤던 것이다. 안창호의 신민회 발족 취지문에서도 다음과 같은 단호한 주장을 펴고 있다.

"스스로 새로워지기를 어떻게 기대할 수 있을 것인가? 낡은 관습이 엉키어쌓였 거든 한 칼로 절단하여 더 이상 그 싹을 틔우지 못하게 하여야만 한다."

구질서의 상징인 유교의 계층윤리에서 근대화의 자강논리를 합리화 시킨 '신국민'이란 용어의 사용도 당시 중국 '양계초'의 제국주의 습득을 내용으로 한 신민新民사상의 흐름에 따라 만들어진 급조된 말이었다. '신민'은 일률적인 국민정신에 의해 한 몸의 골격을 이룬 결속력 강한 그리고 그 결과 세계적인 생존투쟁에서 약자 아닌 강자로 살 수 있는 민족 집단을 뜻하였다. 신국민은 1910년대 독립·항일투쟁을 지향하는 근대조선의 개혁사상을 내포하고 있다. 마치 동북만주 시베리아 땅의 조선독립군 정신무장을 이끌던 '대종교' 이념과 그 맥을 같이하고 있었다. 고대 한민족의 정신적 뿌리로 승화시킨 한(韓:부여와 고구려인의 애국 혼)을 세계에서 가장 우월하다는 것을 입증하려는 망명 애국지사들의 구국사상을 내세운 셈이었다. 화랑도와 조백도의 정신을 이어온 한민족의 상무정신은 결코 유럽인들에게 뒤지지 않는다는 자신감을 보여주고 있었다.

이순신의 거북선은 영국 넬슨제독을 감탄시켰다면서 양만춘의 안시성 싸움과 을지문덕의 살수대첩 같은 상무정신은 장래 한민족이 열강의 대열에 오를 수 있는 사상적 토대라는 점을 다음과 같이 주장하고 있다.

"내가 생각할 때, 을지문덕의 위대한 영혼이 수천 년의 무덤에서 그 말안장을 다시 채우고 장부의 칼을 또 한 번 휘둘러보면, 러시아의 피터대제나 미국의 조지 워싱턴과 육대주를 나란히 휘두르고 영국의 넬슨제독과 독일의 비스마르크 빛을 천고에 다투어 대한독립의 기초를 튼튼히 할 날이 멀지 않았음을 알 수 있다."

통치권력과 지배에 복종하는 신민臣民에서 근·현대사의 시민市民으로 탈바꿈하는 과정에서 국민적 각성은 새 나라에 대한 열망과 자신이 나라의 주인임을 선언하는 신국민의 주권행사였다. 그러나 실제로 백성이 나라의 근본이라는 주장 속에는 조선 초기 사대부들의 정치적 헤게모니 장악이 목표였으며 조선후기 민족주의자들의 신 국민개념 정립은 국민동원과 의식화를 통해 자신들이 새로운 국민국가의 주체로 군림하려는 의도가 내재되어 있었던 것이다. 결국 자유와 권리 같은 개화기의 정치용어 구사 역시 근대화 과정에서 정치엘리트들의 새로운 지식인의 권위와 권력관계들이 싹트고 있었던 것에 가까웠던 것이다. 여기에 크게 기여한 것은 새로운 국가이념질서를 모색하는 계몽운동에 대한 활발한 담론이었다.

이러한 사회적 분위기를 촉발시킨 것은 계몽신문의 활발한 역할이었다. 1906년 9월 대한자강회월보(3월호)에는 18세기 프로이센의 계몽군주 프리드리히 2세 '군주는 국가의 상등공용인' 이라는 파격적인 군왕에 대한 정의를 소개하였다. 그 때까지 '임금님은 하늘에서 낸 다' 는 신화와 같은 이야기에 머물던 '군왕' 의 족보이야기로 당시 황성신문에 의해 널리 알려지기도 하였다. 더욱 충격적인 사실은 개신 유학자들의 교과서와 같은 권위를 갖고 있었던 국민수지國民須知에 까지 군왕의 권위를 격하시키는 내용이 소개되었다는 사실이다. 국민수지는 개화기 국민이 꼭 알아야할 내용들로, 유길준의 만년의 작품으로 알려지면서 1907년에 발간되었다. 여기에는 당시 개화정치의 요체인 국민 병역의무까지 제시되어있었다.

"오늘과 같은 경쟁의 세계에 있어서 국가의 무력이 부족하고서는 그 권리와 이익을 보호하기를 기대할 수 있을까? 그래서 국민이 일정 기간 내에 병역兵役의무를 취하는 것은 천생의 의무이다." (박노자 나를 배반한 역사. 42면 인용.)

개신 유학자들은 세계적 경쟁인 자본주의 국가사이의 이권다툼에 따라 피치자들에게 강요되었던 병역이라는 부담을 효도에 못지않은 전쟁의 의무로 만들었던 것이다. 김옥균, 박영효 등과 함께 개화파 지식인 1세대에 속하는 유길준은 일본과 미국에 유학을 다녀온 지식인으로 1895년 서유견문을 써서 서양의 근대문명을 우리나라에 알리는 한편 우리 실정에 맞춘 개화를 해야 한다는 주장을 강력히 펴고 있었다. 그의 개화사상은 갑오개혁의 정책배경이 되었으며 일진회의 한·일 합병론에 정면 반대하였다. 민족계몽운동에 앞장섰던 유길준은 학교, 노동야학회 등을 세워 계몽운동에 주력하면서 국민정제회, 한성직물회사 등을 세워 민족 산업 발전에 힘썼다. 당시만 해도 일본사절과 유학생들이 유럽을 빈번히 왕래하면서 목격하고 체험한 인종주의에 따라 대동단결을 외치는 범이데올로기 실체를 조선민중 계몽운동에 전파하기도 하였다.

1870년대 유행하던 공격적인 민족주의, 인종주의적 강한 색체를 띠고 있던 독일과 오스트리아 및 항가리 등지의 혁명을 목도했던 한 영국작가는 19세기 중반 유럽에는 인종감정 저주가 내려졌다는 글을 쓸 정도였다고 한다. 러시아를 맹주로 한 슬라브 인종의 대동단결과 독일게르만계 인종에 대한 결사 투쟁을 외치는 러시아의 어용적인 이데올로기인 범슬라브주의, 프로이센을 맹주로 하는 독일인종 대통합과 대슬라브·라틴계 결사투쟁을 부르짖는 범게르만주의, 전 미주에 대한 미국 보호의 필요성을 역설하는 범미주주의 등, 인종주의적 광기가 유럽전역에 널리 퍼져 체계화·제도화 되어 있었다. 이러한 이데올로기 광기 속에 인류역사는 분열에 분열을 거듭하면서 지구 곳곳에서 제국주의 전쟁폭력 저주에 시달리고 있었다.

이처럼 불량 이데올로기 세계화가 이루어지는 가운데 19세기말에서 20세기 초에 이르러 아시아의 작은 황색인종 일본이 서구화를 위해 질주하는 중에 일본의 허구의식에 사로잡혀 이데올로기 광기를 생산하는 범아시아주의를 내세우고 있었다. 그것은 범아시아주의 유럽 인종주의·사회진화론적 이데올로기를 한데 뭉뚱그린 일본의 민족제국주의 위조 상표에 불과하였다. 일본의 정보를 통해 세계를 내다 본 조선의 지식인들의 개화와 문명지향은 일본의 허위의식에 사로잡혀 동양의 거울, 동양의 맹주, 구미 제국주의를 능가할 수 있는…, 그리고 후진적인 조선을 이끌어줄 형제로까지 비약시키고 있었다. 이미 미국유학을 통해 어느 정도 서구의 실상을 알고 있었던 유길준과 윤치호 마저도 아시아인들은 일본을 중심으로 하나가 되어 일본형제의 분발한 기개와 정략을 본받고 독립국가의 대등한 권리를 회복하자고 외쳤던 것이다.

오늘의 일본은 곧 황인종이 앞으로 나아갈 동력이며, 안으로 정치와 법률을 바르게 할 거울이며 바깥도적을 물리칠 든든한 장성長城이라고 까지 믿고 있었다. 일본을 우군으로 철석같이 믿었던 조선의 젊은 애국청년들은 스스로 일본인 스승(후쿠자와 유기치) 휘하로 들어가 명치부국강병 근대화 프로젝트의 위력을 맹종하여 갑신정변의 변란을 도모하였던 것이다. 1876년 이후 조선은 생산, 유통, 경제의 무역이 약해서 사실상 중국제품과 일본자본에 의해 종속되는 처지로 주체적인 개화파를 지원할 수 있는 자생적 부르주아계층이 성립될 수 없었다. 따라서 혁명에 필요한 자금과 군사동원능력이 전무한 상태에서 일본세력의 지원만을 믿고 노복奴伏과 가병家兵 중심의 거사를 단행 3일천하의 참패를 가져왔던 것이다. 그들에게는 대중의 지지도 없었고 일본의 범아시아주의적 광기에 대한 별다른 거부감이나 분석조차도 부족했던 것이다. 일본자본과 기술 행정력에 의존하는 식민지적 예속부르주아들만이 자기들과는 무관한 사건으로 지켜보고 있었을 뿐이었다. 이 거사는 왕실과 사대부 지식인들 간의 다툼에 불과하였고 국내외에 아직 조선은 근대화의 준비가 덜 되었다는 약점만 보여주는데 끝났다.

노르웨이 오슬로대학 한국학 교수 박노자는 그의 저서(나를 배반한 역사)에서 당시 도일 유학생들 및 지식인들과의 접촉이 많았을 안중근 의사조차 1904년 러·일 전쟁을 보며 일본이 백인 러시아를 막아 동양평화에 크게 기여할 것이라고 순진하게 믿을 정도였다고 그의 저서에 쓰고 있다. 그렇다면 조선근대화에 앞장섰던 사대부 계층의 지식인들은 무엇을 목표로 싸웠던가? 여기에 대해서는 정답을 찾기가 분명하지 않다. 불행하게도 조선 초기 근대화의 화두 속에는 항일독립투쟁의 목표가 너무나 선명했기 때문이다. 민족제국주의 일본 침략에 맞서기 위해서는 그들과 싸워 이겨야만 하였다. 그러나 대다수 일본통으로 의식화 되어 돌아온 일본유학파 지식인들을 괴롭힌 것은 동시에 일본을 배워야한다는 의식에 사로잡혀 있었던 것이다. 후쿠자와 유키치의 악명 높은 '탈아론脫亞論'학습을 통해 조선역시 부국강병을 이루어 백인우월주의처럼 함포, 자본 등을 동원하여 약자를 식민지로 삼아 국익을 도모하는 미래청사진에 매료되어 있었던 것은 아니었을까…?

혁명아 김옥균은 거사에 실패한 후 일본에서 유배생활을 하는 중에도 황실에 대한 충성심을 잊지 않고 고종에게 동양의 후진국들과 그들을 유럽인들이 대하듯 대하라고 부추기는 상소를 하였다. 즉 부국강병을 달성하여 기회가 되기만 한다면 주변 힘없는 약소국을 침략해서라도 영토를 넓히고 국가 이익을 도모하라는 참소였다. 이와 같은 엉뚱한 상소는 경쟁하듯 박영효에 의해서도 황실에 전달되었다. 다만 박영효의 상소내용은 스승 후쿠자와 유키치의 저서인 '서양사정'과 그 안에 소개되어 있는 민족제국주의에 대한 서양학자들의 사상을 발췌한 내용으로 채워져 있었을 뿐, 그 내용은 김옥균의 상소와 크게 다르지 않았다. 이와 같은 근대 조선의 개화사상가 두 사람의 행적을 통해 당시 조선의 개화운동의 위상을 이해하는데 큰 도움과 교훈이 되고 있다. 당시 조선혁명가의 사상과 갑신정변의 병란에 대한 판단은 매우 혼란스럽다. 당시 개화파 1세대인 김옥균, 박영효는 자신의 모국을 '빛없는 지옥'이라거나 '노예의 소굴'이라고 주장하였는가 하면 일본관헌들의 폭압과 이에 대한 조선인들의 무력함을 보면서 식민지 조선을 '구더기가 들끓는 공동묘지'로 비유하기도 하였다.

국내에서 교육과 산업진흥에 큰 공을 세운 안창호 등 신민회 온건파들이나 목숨을 걸고 재산을 다팔아 만주에서 독립운동기지 건설에 매진했던 이동휘를 비롯한 신민회 좌파도 긍정적 의미의 한국적 근대화 성장과정에서 중요한 위치를 자지하였다. 그러나 아울러 생각할 것은 신민회의 개인적인 우파나 투사적인 좌파들의 민주주의 그 자체를 독립적인 가치로 의식하지 못했다는 점이다. 당시 이동휘의 기독교 신앙을 바탕으로 한 열정적인 계몽운동참여도 뒤에 소비에트 볼세비키로 사상 전환을 하여 계몽운동의 좌파적 계승자가 되어 1920년대 한국적 사회주의 사상을 뒷받침 하는 것을 보면서 안타까움을 금할 수 없다.

마찬가지로 조선 근대화운동의 지도자로 후세에 추앙받는 김옥균 마저도 중국이 베트남을 침공하는 정치적 공백기를 이용하여 그 막중한 갑신정변을 도모 하였다. 이 사실 역시 청나라의 간섭까지 염두에 두어야 했던 개혁추진으로 중·일 틈새에서 엮어낸 약소민족의 고뇌에 찬 근대화 개혁이었던 만큼 안타까움을 금할 수 없다. 아직 성숙되지 못한 계몽운동 수준의 국민을 뒤에 두고 일어난 정변은 처음부터 너무 허술한 계획아래 진행되었다. 그래서 '비상한시기'에 '비상한 죽음'을 맞은 김옥균의 순절은 약소민족의 덧없는 역사의 맷돌질을 뒤돌아보게 하는 것이다. 유길준, 신채호 등 개화파 지식인들 스스로 조선을 '구더기에 비유할 정도로 전체주의 정치권력 횡포 속에 대부분 조선인들은 유교의 계층윤리에 굴종과 인권유린을 당하면서 살아야만 했다. 따라서 중국과 일본문명을 통해 새로운 세계관과 지식을 쌓은 조선의 개화파 지식인들은 민족개혁운동의 무한 책임을 떠맡아야만 했던 것이다.

1884년 갑신정변은 원세계가 진압하였다. 청나라는 1637년 병자호란 이후 처음으로 임오군란(1882)에 병력과 관리를 파견하여 종주국 행세를 하고 있었다. 원세개는 병란에서 조정을 구한 일등공신 행세를 하면서 조선을 '속국'으로 분명히 자리매김 시키기로 작정하였다. 그러기 위해 근대화의 상징인 통신선 가설을 서둘렀다. 청은 갑신정변 후 조선에 차관을 제공하여 의주와 인천을 연결하는 서로전선西路電線을 가설하였다. 이어 한성과 인천을 연결하는 전신선과 경부·원산선도 가설하여 청나라가 직접 운영하였다. 조선은 서로전선의 운영권을 요구하였지만 청의 거부로 근대화의 상징인 전선망 장악에 실패하였다. 조선은 다시 한성과 함흥선北路電線가설을 요청하였으나 이 또한 거절당하고 1년 후인 1891년에 가서야 설치할 수 있었다. 한성~부산선南路電線도 조선정부가 가설하려고 시도하였으나 다시 청이 장악해버렸다.

당시 전신선은 한 나라의 군사, 외교, 안보에 중추신경에 해당하는 생명선임을 잘 알고 있는 조선은 청의 횡포에 막대한 피해를 입었다. 이뿐만 아니라 청은 조선의 개화를 방해하기 위한 통신선 장악에 그치지 않고 외국과의 차관교섭을 방해하고 세관장악, 화폐주조 개입 등 온갖 간섭을 통해 조선의 경제주권 장악과 착취를 일삼았다. 결국 조선의 초대 주미공사인 박정양의 외교업무에 까지 속국 방해질로 외교주권의 신뢰를 잃게 하여 중간에 포기하고 돌아올 수밖에 없었다. 이미 조약에 따라 독립주권국가의 형식을 갖추었음에도 불구하고 종주권을 주장, 조선을 계속 과거관례에 따라 속국으로 대하려는 속셈은 양국관계를 크게 불편하게 만들었다. 원세계의 오만은 극에 달해 대궐 안까지 가마를 타고 드나들었고 조대비의 승하 때는 이미 폐기된 것이나 다름없는 양국간 조문의례를 놓고도 갈등을 겪었다. 과거 관례를 내세워 조선을 계속 압박하였던 것이다. 조선 측에서 청의 조문사절(칙사)파견을 거절하였음에도 불구하고 원세개는 사대질서 회복의 기회로 삼고자 무리하게 칙사파견을 강행하여 조선의 왕이 서대문 밖 모화관까지 나가 칙사접견 의례叩頭禮를 할 수밖에 없도록 만들었던 것이다.

20세기를 불과 10년 앞둔 시점에 벌어진 풍경으로, 젊은 원세개의 극히 불량한 오만한 태도는 한 나라에 파견된 사절의 본분을 잃고 너무나 가벼운 처신으로 낡은 귀족풍의 자리를 탐하는 개인적 망상에 빠진 나머지 국제적 비난을 자초한 경우였다. 당시 이러한 사대부출신 지식인들의 비행이 조선에서도 만연하여 개화기 언론인 대한매일신보(1904.7~1910.8.)는 현실정치에서 그들만의 헤게모니를 잡고 군림하기 시작한 지식계층의 신종 부패라고 실란하게 비판받았다. 자유와 권리 속에 새롭게 벌어지는 권리와 권력 간의 개념 갈등에서 오는 시대적 부작용이었던 것이다. 이러한 현상은 중국화·일본화 된 사회진화론의 영향을 받은 식민지 조선의 마지막 권력엘리트들의 오만과 배신에서 오는 '변절'과 '매국노'라는 식민지 조선의 슬픈 자화상을 만들어 내기에 이르렀던 것이다. 이에 대한 신채호의 '큰 나大我와 작은 나小我'라는 에세이(대한매일신보. 1908. 9.16.)에서 권력의 사유화에 대한 반성을 다음과 같이 하고 있다.

"내가 국가를 위하여 눈물을 흘리면, 눈물을 흘리는 나의 눈만 내가 아니라. 천하에 유심한 눈물을 뿌리는 자 모두가 이 나이며 내가 사회를 위하여 피를 토하면 피를 토하는 나의 창자만 내가 아니라. 천하에 값있는 피를 흘리는 자 모두가 이 나이며, 내가 뼈에 사무치는 극통지원極痛之怨의 원수가 있으면 천하에 칼을 들고 일어나는 자 모두 이 나이며…. 내가 싸움의 공功을 사랑하면 천백년 전에 나라를 열고 땅을 개척하던 성제聖帝, 명왕明王과 현상賢相, 양장良將이 모두 이 나 我이며…."

여기서 단재 시채호가 말하는 불멸의 정신적인 나는 나라를 세우고 국가를 위해 싸운 사람들의 애국심인 충忠을 말한다. 충의 에너지는 영묘하고 영원한 만큼 한순간 영화를 누려 나를 더럽히기보다 영원한 나를 찾아 죽는 것이 참 나를 되찾는 길임을 명심하자는 것이었다. 신채호는 '한'의 영원한 대아정신을 강조하고 있다. 그는 대륙을 떠도는 망명객으로서 조국과 민족을 향한 충성심을 자신의 궁색한 변명 아닌, '영원한 나'를 찾아 늘 반성하고 숙고하는 나라 잃은 독립운동가의 외로운 삶을 살았던 것이다.

"패군지장敗軍之將 망국지민亡國之民으로 이미 세상에서 버림 받아온 지 오래된 나는 십 년간을 정처 없이 방랑하여 뱁새같이 잠자고 두더지 같이 마시면서 구차하게 쇠잔한 목숨을 보존하고 있습니다. 분연히 일어나 붓을 내던지고 몇몇 열사와 함께 나라를 위해 죽음으로서 적과 싸우기를 기도하였으나 모두 실패하고 어느새 천한 나이 사십이 지났습니다." (최훈진 기자 글 인용)

올곧은 민족주의자이며 독립운동가인 단재 신채호는 당시 북경에 머물면서 궁핍한 생활을 하면서도 오직 한 길, 2,000만 대한국인의 생존권과 자유를 유린, 말살한 강도 일본과 싸워 민족생존을 보존하는 것이었다. 어차피 덧없이 세월 따라 죽을 육신을 구구하게 붙잡지 않고 통쾌하게 '영원한 나'를 위해 죽는 큰 대아정신의 갈구渴求였던 것이다.

4

 강화도조약을 강요당한 20년 후, 발간하기 시작한 독립신문에는 근대 개화파 지식인들의 부국강병 정치사상이 반영되었다는 비판이 있었다. 의병해산과 동학란 해산을 위해 동원되었던 일본군 치하를 두고 하는 무분별한 행태가 드러났기 때문이었다. 동아시아식 약육강식의 숭배를 찬양하던 친일세력들은 비과학적 대동사상과 아나키즘, 그리고 사회주의 이념에 의한 독립운동도 수용하는 분위기였던 것이다. 조선인을 무시하고 차별화했던 일본제국주의를 현대문명으로 계속 따랐던 탓이기도 하였다. 침략을 악행으로 보았던 유교적 세계관은 아직 사회적 상위규범으로 여전히 살아 있었던 것이다. 1,900년대 대표적인 신지식인들은 프랑스의 베트남 침공, 영국의 이집트 보호국 취급행위를 적자생존 우승열패라는 우주법칙의 불가피한 결과라고 생각하고 있었다. 약한 것이 죄라고 치부하였던 것이다. 부강을 이루지 못한 희생사태에 비판의 화살을 쏘아댔던 그들은 조선의 미래에 대해서도 일본이나 독일, 러시아처럼 강력한 국가가 되기를 바랐다. 약육강식의 허상을 깨달은 일부 지식계층에서는 공산주의 아류(亞流)인 대동사상, 아나키즘, 사회주의 이념에 의한 독립투쟁을 불가피한 선택으로 끼지 여겼다. 그러나 옳고 그름은 가렸어야 했다. 일제가 강화조약을 강요했을 때, 이에 결사반대한 최익현은 이런 말을 남겨 후일 교훈으로 삼았다.

 "우리가 지금 금수禽獸들에게 양보를 한다면 우리도 장차 인간성을 잃은 금수가 될 수 있나니…."

　이러한 불온한 사상을 가진 지식인들이 앞에 나서서 부국강병의 이념을 구국신념으로 믿고 국민계도에 나섰던 것은 아닐 것이다. 그 중에 충남 아산출생의 '윤치호'는 초대 미국공사 '푸트'의 통역관으로 미국에서 귀국한 민족운동가 개화파 지식인이었다. 1884년 갑신정변에 가담하였다가 거사가 실패하자 상해로 망명했다가 기독교인이 되었다. 1887년 4월 3일 '뽄넬' 교수에게 세례를 받고 감리교인이 되었으며 그는 귀국 후 사실상 한국감리교의 창시자가 된 것이다. 민경배는 저서 '한국의 기독교'에서 조선은 야소교(Protestantism)가 들어오기 전까지 종교가 없는 나라로 알고 있었다고 하였다. 영국인 여행가이며 탐험가인 '이사벨라 비숍' 여사도 한국에는 종교가 없다고 하였으며 1831년 서해 충청도 앞바다에 다녀간 화란계의 예수교선교사 '칼 그츠라프'도 한국 사람들에게는 종교적인 기질마저 없는 것 같다고 말하여 그 이전까지는 교회가 없었다고 쓰고 있다.

　물론 천주교는 일찍부터 조선에 들어와 동방의 야만의 나라 조선인들을 종교적으로, 또는 정치적으로 교화시키는 선교활동을 전개 하고 있었다. '황사영'의 백서 사건에서 당시 천주교의 조선 선교의 실상을 알 수 있다. 선교사 '다블뤼'는 조선의 관습과 사회생활 전반에 걸쳐 교육이라고 볼만 한 것이 전혀 없다는 식으로 묘사하고 있었다. 그 원인을 조선인들이 극도의 가난 속에 살기 때문에 주거환경의 열악함과 교육이 없기 때문이라고 하였다. 따라서 선교의 사명을 문명화를 달성한 서양이 아시아의 비문명권의 가난하고 지적으로 열등하고 세계사의 흐름에서 뒤떨어져 있는 야만인들을 교화시켜야 한다는 도덕적 신앙적 확신에 바탕을 두고 있었던 것이다. 황사연의 백서 사건의 발단 원인도 영적 통치로서 하나님의 통치와 육적 통치로서 국가의 통치행위는 하나님의 주권 아래 있다는 성경적 원리를 이해 못하는 조선의 무신론적 야만성이었던 것이다. 지하에서 지상교회로 나와 선교가 이루어지기까지 선교사 파견과 죽음, 군함파견, 병인박해와 병인양요 후, 한·불 수교까지 조선에서는 교회의 진정한 의미를 알지 못하고 있었다.

  1885년 한국에서 선교활동을 자유롭게 할 수 있게 되었고 1887년 상해에서 귀국한 윤치호가 감리교의 감독이 되면서 기독교인으로 널리 알려지자 사실상 개신교의 대표로서 근대 민족계몽운동에 적극 참여하였다. 윤치호는 뛰어난 영어실력을 바탕으로 개신교 선교사들과 교류하면서 기독교를 새로운 구국종교로 발전시키는데 앞장섰다. 미국에서부터 기독교 신앙생활을 한 안창호와 서재필과 함께 힘을 합쳐 '신민회'를 발족시켰고 기독교의 이타주의 윤리를 이상으로 하여 사상적 종교적 전환을 하게 되었다. 이과정은 개인적으로나 사회적으로나 시대적 요구인 가치관과 세계관의 변화를 가져오는 사상적 전환기가 되었던 것이다. 그 때까지 근대 개화기 지식층은 개화승 이동인을 중심으로 한 '홍아회'가 있어 아시아를 침략하는 영국을 비롯한 백인들을 방어하여 자강의 길을 모색하자는 주장을 폈다. 당시 이들이 내놓은 '홍아회 보고'에 따르면 일본을 중심으로 아시아인들이 단합하여 중국과 조선을 보호할 수 있다고 하였다. 이와 같은 허구에 찬 인종주의적 세계관으로 지식계를 오도하는 불교세력도 있었다. 그러나 일본을 믿고 불교세력을 규합하려던 이동인도 일본의 배신으로 지식인들의 배척을 받고 말았다.

  윤치호는 실천이 없는 종교는 차라리 종교가 없는 것만 못하다는 실용주의적인 입장에서 다음과 같이 유교윤리를 비판하였다.

    "유교의 교훈은 꽤 아름답다. 그러나 유교에 무슨 소용이 있는가? 신봉자로 하여금 그 교훈을 실천하게끔 하지 못하는 유교라는 종교체계는 어차피 실천하려고 하지도 않는 미사여구로 가득 찬 중국조정의 칙령처럼 똑같이 나쁜 것이다. 실천하려는 사람들이 없으면 교훈이 무용지물이 된다. 유교의 기초가 효도 이상으로 되지 않은 고로 유교가 무력하고 쓸모없는 것이다. 유교의 남존여비, 왕명에 절대복종 강요, 그리고 그 영원한 복고주의는 유교부패 씨앗을 이미 내포하고 있는 것이다. 유교의 현실주의는 사람들을 속물로 만든다.…. 유생들이 효도의 규율만 잘 지키면 도덕군자가 된다고 생각들 한다. 극히 진부한 효도의 원칙을 최고의 도덕으로 만들어 놓고 (효도에 따르는) 모든 죄악 즉 방종, 복수심. 거짓말, 증오심, 대단한 위선, 등을 덮어둔다."
(윤치호 일기, 1893년 12월. 12일)

윤치호가 본 유교 효孝윤리의 주된 결점은 공공성 부재에 있었다. 어려서부터 체험한 가정윤리는 선한 사회공동체 구성원에 대한 사회적 의무의 방기이며 가정범위로 확정된 이기심에 불과하였다. 갑신정변의 실패로 김옥균이 대역부도한 무리로 몰려 일본과 중국, 미국 등으로 떠도는 10여 년의 해외생활은 윤치호의 충·효윤리관의 단절을 가져왔다. 비록 고독감에서 느끼는 조국에서 체험한 윤리관일지라도 정서나 이성에 의한 가치판단 기준에는 큰 변화가 있었다. 젊은 혈기에 나라를 좀먹는 탐관오리들을 모두 잡아다가 바다에 수장시켜버려야 한다고 외치던 김옥균, 서재필 등과 의기투합하여 혁명의 등불을 들고 나섰던 윤치호의 눈에 보이는 사회질서는 공公과 사私의 구분이 없고 부국강병의 군신유의 부자유친의 유교의 계층윤리를 사실상 찾아볼 수 없었다.

이기적이며 기회주의적인 전통생활윤리는 근대개화의 길을 가로막는 방해요인이 되고 있었다. 인간사회 속에서 다양한 신념이 전개되는 배경이 되었던 많은 요소들이 민족주의의 힘과 이상에 의해 대체되고 있었다. 또한 서구사회의 강력한 근간인 기독교윤리는 휴머니즘과 과학적 사고방식 속에 전통종교들의 많은 핵심개념들이 살아져버리게 하였다. 현대는 이른바 빠른 세속화 과정이 진행되는 사회구조로 변모하고 있다. 다시 말해 현대인들은 전통종교들로부터 점점 멀어지게 되었다. 서구사회는 도시화가 빨리 이루어지면서 많은 사람들이 보다 살기 편한 생활환경을 갖춘 도시와 도시근교로 몰려들고 있다. 사회통합도가 비교적 높고 종교가 아직도 큰 영향을 미치고 있는 농촌이나 소도시를 피해 대도시로 몰리고 있었다. 자녀교육 환경이 좋고 정치 경제 사회 문화발전은 일자리 선택기회가 많아졌기 때문이다. 현대사회는 매우 유동적이며 비전통적인 사회구조로 변모하면서 자유의 기반인 개인주의적인 생활윤리가 자리잡아가고 있었다.

윤치호나 서재필의 개화의지는 상급자의 비호나 청탁에 의한 것이 아니라 자신의 의사에 의해 민족과 인류의 발전에 기여하는 자유인의 의사 존중이었다. 이것은 서재필의 미국시민권자로서 체득한 미국의 기독교적인 자유주의 사상이었으며 윤치호가 외국생활을 통해 익히고 배운 세계관을 배경으로 한 새한국 근대화의 규범적 기준이기도 했다. 윤치호는 능통한 영어를 통해 미국 개신교 선교사들과 대담과 소통을 하면서도 개인주의적인 관점에서 기독교 사상을 이해하려고 하였다. 자신의 주관적 인식을 통해 성경에 기록된 사건을 이해하였다. 교회의 예배절차나 형식, 목회자의 성도들에 대한 교화 내용이 인종주의적인 적용을 거부하였다. 그 뿐 아니라 한국에 돌아와 개화지식인으로 봉사하는 과정에서 내면적인 갈등을 많이 겪고 있었다. 가정이나 사회, 문화에서 오는 후진적인 거리감에 당혹하였고 분노마저 느끼고 있었다. 고국에 와서조차 우리가 아닌 변두리 이방인으로 겉돌지 않기 위해 신앙으로 새로운 문명적 정체성을 만들기 위해 노력하였던 것이다.

그는 자신의 행동뿐만 아니라 주위의 시선에서도 홀로서기의 고독감과 예리한 안목을 가져 신앙생활에도 영향을 주어 선교사들과의 대화도 어려워졌다. 하나님을 사랑하고 이웃을 사랑하는 기독교인 본래의 신앙심을 저해하는 독선주의에 빠지게 되었던 것이다. 그것은 유교적 계층윤리에서 아직도 벗어나지 못한 고루한 신앙으로 선교사들로부터 비판받아야했고 그들의 인종차별적 교화에 맞서야 하는 불화를 겪기도 하였다. 윤치호의 영문일기 중의 한 대목에서 보는 서양목회자들의 오만과 잘못에 대한 비판 내용은 다음과 같다.

"예배 모임에서 '레르' 목사가 …중국인 학생들에게 주님께서 일본을 이용하여 기독교를 받아들이지 않는 중국을 징벌하신다고 벌써 세 번째로 이야기한다. 이러한 유의 논거는 난센스의 극치다. 우상 숭배하는 데에 있어서는 일본과 중국 사이에 차이가 있을 수 없다. 참사의 이유가 분명할 때, 하나님의 섭리를 거론하는 것은 바보짓이다.(1891.11.14.)"

윤치호 그는 미국에서 습관화된 개인주의자가 되어 기독교 대화와 서양선교사들에 대하여 철저하게 분석적인 관점을 지켰다. 그러나 신학적인 논의와 목회활동에서 선교사들을 비난한 것은 아니었다. 오히려 그는 말년에 이르기까지 기독교인으로 살았으며 하나님 사랑과 이웃사랑의 계명을 실천하였다. 윤치호는 서양선교사들에게 동역자로서 늘 감사하였으며 그들로부터 자신의 양심, 의견, 행동의 자유를 지키고자 하였을 뿐이다. 선교사들의 보수주의에 대해 저항하고 반발했던 태도는 서재필도 마찬가지였다. 그 역시 미국에서 1880년 대 후반을 궁핍하게 보내고 있을 때, 앞으로 조선에서 선교를 보조하기로 약속하면 생계비와 공부를 도와주겠다는 선교사의 제안을 거절하는 등 자신의 자유를 지키기 위해 진정한 개인주의자로 생활하였던 것이다. 그러나 두 사람이 미국유학생활에서 체험한 개인주의를 조국에 대한 멸사봉공의 철저한 기본자세는 서로 달랐던 것 같다.

윤치호는 말년에 친일파로 변절한 것이 선교사들과의 불화 때문이었다는 말을 들을 정도로 어둠속에서도 자기 영혼을 팔지 않으려는 굳은 신념을 지켜 신학적 담론과 선교사들 앞에 굴함이 없었다. 이에 비해 미국시민권을 가지고 미국인으로 오래 살았던 서재필의 경우는 실용주의적 도덕적 면을 중시하는 여유가 있었다. 도덕성 향상과 함께 도의정신이 강한 인재들을 자신의 주변이 많이 두었다. 서재필의 동아일보 기고문에서 보면 그는 한국사상사에서 최초로 개인주의와 상호 협력에 대한 균형 잡힌 설명을 하고 있다. 서재필은 이 두 개념이 서로 보완적이라는 것을 제대로 설명하고 있다.

"우리는 용모로나 사상으로나 지력으로나 각각 개성을 가지고 다른 사람과 일상적인 대화와 타협을 하게 되는 것이다. 각자가 서로 다르다는 것은 자연스러운 일이니 이러한 개성의 차이야말로 세계의 진보와 앞의 세대 문명보다는 비할 수 없이 우수한 현대식 문명발달의 원인이 된 것이다.…. 현대에서는 많은 사람들이 다소간의 차이가 있더라도 각자의 사상대로 행하는 경향이 있으므로 구식의 고압정책으로 다수의 개인을 지배하려면 불화와 적의가 생기게 마련이다. 협동은 오직 상호의 양보와 타협으로만 말할 수 있고 유지할 수 있으니…. 너의 의견이 다른 사람에게 대하여 관대하여야 한다. 자기의 주장을 잘 조절하는 방법을 배우는 것도 필요할 것이다."

비록 아직 외국생활에서 익힌 사고와 생활습관이 우리 전통문화에 익숙하지는 않았으나 그들의 기독교 신앙을 중심으로 한 소통과 교회 생활은 활발하였다. 정치사회적으로 중국과 일본세력의 간섭에 의한 압력은 높아졌으나 그럴수록 교회와 선교사들의 폭넓은 활동으로 개신교에 의한 서구문화 유입은 빠르게 늘어났다. 서구선교사들의 의료 선교와 학교교육의 보급 특히 교회활동을 통한 근대화 계몽운동으로 민주적 생활질서의 확산이 활발했던 것이다. 1910년 전국각지에는 많은 사립학교가 세워졌고 일본과 미국을 중심으로 학생들이 유학을 떠났다. 근대화 운동은 국권회복을 위한 구국운동으로 연결되었고 경제 문화적 차원의 실력양성을 위한 인재를 키우기 위한 새로운 제도들도 만들어졌다. 이러한 개화운동은 최초로 언론기관이 보급되면서 인재들이 모이고 국론이 하나로 집약되어 널리 보급될 수 있는 길이 열렸다. 윤치호와 서재필이 편집을 맡는 '독립신문'(1896.4)이 서울에서 발간되었고 정부의 지원으로 운영되는 배설(E'T Bethell)에 의한 '대한매일신보'(1905.8~1910.8)가 발간되어 민족자강과 국권회복운동이 본격화 하였다.

5

　20세기 들어 근대화 국권회복운동이 본격화되면서 기독교는 민족주의 운동의 구심점이 되었다. 세계 1차 대전 후 프랑스 '베르사이유' 조약을 통해 민족주의 이상을 천명한 후, 한국의 개신교는 더욱 발전하였다. 폴란드, 핀란드, 루마니아, 유고슬라비아 첵코슬로바키아, 알바니아, 불가리아 등이 거의 비슷하게 종교와 민족주의가 융합되는 양상을 보였다. 또 남아프리카공화국, 카나다, 오스트렐리아, 뉴질랜드 등도 마찬가지였다. 이러한 민족주의 운동은 2차 대전 후에도 꾸준히 확산되고 있었다. 그 때까지 독립국가를 이루지 못한 민족 집단들 즉, 키프러스의 튀르키에 인들, 이스라엘의 팔레스타인 인들, 북아일랜드의 카톨릭 교도들, 스페인의 바스크 인들, 필리핀의 이슬람교도들은 늦게까지도 민족분쟁에 휩싸이고 있었던 것이다. 민족주의는 종교가 아니다. 그러나 종교와 비슷한 특징들을 가지고 있다. 예를 들면 민족주의는 민족에 대한 애국심과 충성을 요구한다. 이처럼 민족이데올로기도 종교를 통해 민족의 정체성을 나타내고 있는 것이다. 마르크스 유령의 지배아래 있던 루마니아는 '정교회'가, 그리고 폴란드는 '카톨릭'이 민족주의와 결합되어 소련의 간섭에 저항하였으며 그들의 민족정체성을 주장하였다. 오직 혁명만을 중요시하던 일원적(monistic) 독재국가 체제였던 소비에트사회주의공화국연방에서 동유럽 약소민족들의 전통종교는 맹렬한 민족단결의 중요한 역할을 함으로서, '순교자의 피는 교회의 씨앗 역할'을 하고 있었다. 팔레스타인 인들은 1993년 오슬로협정과 1994년 5월의 카이로협정을 계기로 자치권을 획득하였으며

1994년 7월5일 자치정부를 수립할 수 있게 되었다.

구한말 한국도 중국과 일본 그리고 러시아를 비롯한 서구열강들의 패권경쟁에 의한 국정농단을 체험하였다. 특히 서방세력이 동아시아를 침략하여 각 각 자기들의 국익을 도모할 때면, 한국정부는 주변 강대국들의 전략과 그 의도를 파악 분석하기에 바빴고 국토분할의 위협 속에 국가보위를 위한 방어에 진력하였다. 대륙세력과 해양세력 사이에 위치한 한반도는 약소국이라는 애환 속에 불안한 나날을 보낼 수밖에 없었다. 아편전쟁, 청일전쟁, 러일전쟁 일본의 만주침략 등 큰 전쟁이 있을 때마다 한반도는 평화라는 제국주의 위계(僞計)속에 국토분할의 위기를 맞아 희생양이 되어야 했으며, 강대국 세력판도 재편에 항상 두려움을 가져야만 했다. 그 때마다 정부는 대외 중립을 선언하여 강대국들의 간섭에서 벗어나려고 하였으나 이를 국력이 뒷받침하지 못해 속절없이 굴욕과 핍박을 당해야만 하였다.

19세기 말 주변열강은 동북아에서 그들의 영향권을 확보하기 위해 한반도 분할을 여러 차례나 시도하였다.

첫 번째는 청일전쟁 발발 전 영국의 '킴벌리' 경이 한반도 국토의 8개도 가운데 남쪽 4개도를 일본에 귀속시키고 북쪽의 4개도는 청국의 영향권으로 나누자는 중재안을 냈으나 협상안에서 소외된 러시아가 반대하였다.

두 번째는 1896년 일본의 '야마구다' 와 러시아의 '로마노프' 협정을 통해 일본이 북위 38도선을 중심으로 북쪽을 러시아의 영향권에, 남쪽을 일본영향권으로 분할 할 것을 제의하였으나 러시아가 다시 거부하였다.

세 번째는 1903년 러시아가 1896년 일본의 제의를 역 제안하였지만 이번에는 일본이 거부한 채 대한제국에 대한 식민화 정책을 강화 하였다.

네 번째는 1903년 10월 3일, 다시 러시아가 한반도 39도선을 한반도 경계로 분할 할 것을 수정 제안하였다. 그러나 러시아가 39도선 이북을 중립화하자는 제안에 일본은 만주와 대한재국 중간에 국경을 중심으로 양쪽이 각각 50km씩 뒤로 철수할 것을 제의 하였다.

마지막으로 태평양전쟁 말기 미합참본부 "JWPC-3581-1 한반도와 일본제의 기밀문서"에 따르면 미·중·러·영국이 한반도를 공동점령 한다는 계획안을 갖고 있었다고 하였다.(김상웅 독립기념관장)

이처럼 강대국들은 이해관계에 따라 한반도를 독점지배와 분할지배를 획책하면서 분할지배를 시도하였으나 당사자인 우리 한민족은 가슴조이며 지켜만 볼 수밖에 없었다는 역사적 비극이 있었음을 기억하여야 한다. 결국 1945년 일제패망과 제 2차 대전 전후처리에서 미·소에 의한 38도선 남북분할점령이 되고 말았다. 이와 같은 약소국의 비애는 과거완료형이 아니라 언제든지 일어날 수 있는 비극이라는 데서 우리민족이 당한 역사의 맷돌질에서 오는 냉엄한 교훈을 잊지 말아야 하는 것이다. 일찍이 고종황제는 러·일 전쟁이 일어나자 재빨리 내외에 중립을 선언하여 국익을 지키려고 하였다. 한국에 공관을 두고 있는 영국, 프랑스, 미국, 독일, 일본 청국 등 강대국 공사관에 이를 통고하여 대부분 외국공관으로부터 지지를 받았으나 끝내 종주국의 권리를 지키려는 중국의 방해와 비협조 그리고 일본은 한국식민화 정책을 더욱 강화하여 대한제국은 주권국가로서 차마 견딜 수 없는 궁궐 침입과 국모살해라는 야만적 국권 침탈을 당하고 말았다. 여기에 더하여 부동항을 찾아 남하하는 러시아의 남하정책은 급기야 고종황제의 아관파천이라는 굴욕을 겪어야 했고 러시아는 황실을 마음대로 농락하면서 광산채굴 등 이권을 챙겼다. 세계전략 차원에서 필리핀 경영으로 대륙세력을 막으려는 미국은 극동에서 러시아 세력의 남하를 견제하기 위해 가쓰라·태프트 밀약(메모)에 따라 일본의 한반도 지배를 사실상 용인해주고 말았다. 러·일 전쟁과 청일전쟁 승리로 극동지역 패권 장악에 성공한 일본제국주의는 마침내 한국 식민화정책에 성공하여 1910년 8월 29일 500년 사직의 대한제국 합병에 성공 하였고 대한제국은 망국의 길로 들어서고 말았던 것이다.

한 나라가 중립을 위해 국가의 존립을 유지하기 위해서는 몇 가지 근본적인 요소가 구비되어야 한다. 강대국가들이 중립을 보장하여준다고 해서 자동적으로 중립이 유지되는 것도 아니다. 자기 자신이 중립유지의 기본적 요소를 갖추지 못할 경우 강대국들의 입장에 따라 중립이 여지없이 유린당하거나 그렇지 않으면 중립은 망국의 길을 재촉하는 것이 될 수 있다. 그뿐만 아니라 강대국들이 보장해주지 않는다고 하더라도 자기가 부국강병의 역량만 갖추고 있으면 중립은 유지될 수 있는 것이다. 당시 사정을 냉정히 살펴 볼 때, 한국은 중립을 유지할 기본적 요건을 하나도 갖추지 못하고 있었다. 북방의 남하세력인 러시아와 역사적으로 너무 가까운 거리에 존재하고 있었으며 이념체계에서 러시아에 대항할 종교의 힘이 미약했던 것이다. 불교와 유교는 근대화의 시대성을 담아내기에는 그 힘이 너무 미약한 상태였고 근대화의 전환기에 대한제국의 이념적 정통성을 유지할만한 개신교와의 신뢰와 수용력도 부족하였다. 초기 개신교 계명인 하나님 사랑과 이웃사랑 실천을 통한 강력한 항일독립운동의 지도자였던 이동휘 등 임시정부 좌파 지도자들은 너무 일찍 러시아 혁명권에 편입되고 말았다.

이념의 빈곤내지 강한 민족주의 의식의 결여는 20세기 대한제국의 이념적 공백을 메울 수 있는 저항적 이념제공이 없었다. 구황실과 신한국인의 이념 갈등은 러시아와 중국의 새로운 이념전환의 계기를 제공한 공산주의에 오히려 민족주의 의식이 이용당하는 분위기를 만들어주고 말았다. 해방 후 북한에서 남한으로 월남해온 기독교인들은 자유대한민국의 국민이 되었으나 공산주의와 민족주의를 명백하게 구분하지 못하는 것 아닌가 의구심을 갖게 하는 경우도 있었다. 오스트리아의 국제정치학자 볼(Mcmahon Ball)은 '아시아의 민족주의는 공산주의와 대결할 수 있는 능력을 이미 상실하고 있다고 지적한 것은 이러한 면에서 한 말이 아닐까? 또한 우리국민들 중에는 6·25 전쟁경험으로도 공산주의와 자본주의의 공과에 대한 정당한 평가를 하지 못하는 것 같았다. 아니면 공산주의자들에 의한 조직적인 대중운동에 무비판적인 추종을 하게 되면 국제협약에 의해서 아무리 중립화가 된다고 해도 공산주의 정권에 무너져 나라가 망할 수도 있다는 것을 모르고 있었기 때문이다.(김삼규, 한국의 중립화는 가능한가? 사상계논문집.10. p.219.)

이렇듯 국민들의 정치적 훈련이 부족하고 국가가 경제적 자립능력 없이 강대국들 사이에서 방황하다가는 강대국의 경제침략의 희생물이 되고 만다는 100년 전 근대화의 경험을 상기하여야 할 것이다. 더 나아가 한국은 지정학적 조건도 중립화를 이루기에는 큰 방해가 되고 있다는 것도 위에서 살펴본바와 같이 취약하다. 역사공부를 통해 알 수 있듯이 중국이나 러시아가 새로운 큰 정치세력으로 나타나거나 국제정세에 영향력을 행사할 경우 한국은 침략 당했으며 일본 등 강대국의 침략루트가 되었음을 기억하여야 한다. 한국은 이제까지 지정학적으로 대륙으로 향하는 통로뿐만 아니라 서방 강대국들의 교량역할을 하였음을 잊지 않아야 한다.

여기에 대응하는 한국의 민족독립투쟁은 일찍부터 기독교 사상을 중심으로 하는 근대화 애국계몽운동을 통해 대한민국을 건국하는데 성공하였다. 레닌의 '피압박민족 해방론'과 윌슨의 '민족자결주의와 민주주의 절차'라는 두 갈래의 시대 흐름 속에 서구의 기독교사상인 자유, 평등, 정의 인권사상을 수용한 한민족의 결단으로 얻어낸 승리였다. 앞에서 살펴본

대로 강대국의 식민통치에 시달리던 약소국들은 1차 대전 후, 1919년 1월부터 6개월에 걸쳐 파리에서 연합국과 독일 사이에 강화회의가 개최되었다. 미국 윌슨 대통령이 제의한 14개조의 평화원칙을 바탕으로, 식민지주권, 군비축소, 민족자결, 약육강식, 우승열패의 논리가 지배하는 제국주의와는 다른 세계질서를 모색하는 것으로 하였으나, 여기에 승전국인 영국, 프랑스 식민지에는 적용되지 않는다는 예외규정을 두어 미국의 의구심만 키우는데 그쳤다.

 이 밖에 민족자결, 국제연맹 창설 등이 포함된 일명 베르사유조약은 1920년까지도 완전한 타결이 안 되어 추후 워싱턴회의(1921~1922)에서 강대국들은 태평양과 극동의 현 상태의 기존 영토는 종전대로 인정하기로 하였고 군축문제는 비례에 따른 함대규모를 제한하는 것으로 일단 종결하였다. 이로서 동·서의 국가체제는 1920대초에 가서야 안정된 모습을 찾았으나, 여전히 미해결된 문제들은 새로 창설될 국제연맹에서 다룬다는데 합의하였다. 그러나 패전국인 독일은 방대한 식민지를 영국에 돌려주어야 했고 자치령과 프랑스를 잃었다. 식민지 처리에 공정성을 잃은 연합국이나 패전국들은 조약체결에 불만을 가지게 되었고 영국 프랑스의 진의를 의심한 미국은 한때 국제연맹을 탈퇴하는 일이 있었지만 제네바에서 정기적인 모임은 계속되었다. 그러나 서유럽과 불만을 가진 미국 사이에 정치적 공감대의 균열은 날로 심각하였다.(폴 케네디. 강대국의 흥망, 1993.) 무솔리니 당이 이끄는 이탈리아는 식민지 정리과정에서 소외된데 불만을 품은 '무솔리니' 가 아프리카의 아비시니아(현. 에티오피아)를 침공 '동아프리카제국' 을 선포하면서 군국주의 파시스트로 돌아섰다. 또한 우리 민족과 밀접한 관계에 있는 극동의 일본은 적도 이북의 독일령 도서들을 인계받는 대신 1922년 산동반도를 중국에 반환하였다. 그리고 워싱턴 회의에서 태평양과 극동의 현 상태의 영토를 그대로 인정하였던 것이다.

 '파리강화조약' 에 큰 기대를 갖고 있던 대한민국상해임시정부는 실망이 컸다. 바다건너 미국에서 들려오는 윌슨의 민족자결주의가 곧 한국이 일본의 식민통치 굴레에서 벗어날 좋은 기회로 믿고 미래 독립조국의 모습을 상상하던 애국지사들에게 주는 실망감은 매우 컸다. 때마침 '상해임시정부'와 연해주의 '대한국민의회' 간에 대통합운동이 논의되고 있던 중이라 한국이 여전히 일본의 식민지로 남게 된다는 소식은 큰 충격이었다. 불안전한 상황에서 이승만을 임시정부 대통령으로 선출한 임시정부간부들 간에는 이 저주스러운 상황을 어떻게 설명해야할지 감이 잡히지 않았다. 또 난처한 일은 이승만은 미국에서 임시정부 대통령으로 취임하기 위해 중국인 시신운반선을 이용해 상해를 향해 비밀리에 들어오고 있었다. 이동휘와 신채호, 김창숙 등 무장독립투쟁파는 이승만의 '국제위임통치(안)' 청원에 대한 사과를 요구하며 의정원에서 탄핵결의안을 상정 하였다.

이 안은 1919년 11월 3일 힘을 더 기르는 것이 먼저라는 안창호, 이동녕, 이시영, 김규식 등의 탄액 반대로 위임청원사건은 종결되었다. 이승만은 1920년 2월 28일 상해에 도착하여 대한민국 임시정부 대통령으로 교서를 발표함으로서 항일무장투쟁을 주장하는 강경파의 요구는 취소되었다. 국제연맹위임통치청원은 정한경이 작성하고 이승만이 검토한 위임통치안으로 이미 안창호에 의해 대한국민의회행정위원회 소집을 통해 결의한 후 정한경에게 다시 공한을 보낸 상황이었다. 더구나 김규식이 파리강화회의에 위임청원을 제출한 사실도 있어 그를 파견한 여운형은 이미 잘 알고 있는 사실로 국제정세를 감안한 하나의 독립방안에 불과한 것을 가지고 더 이상 문제 삼을 필요가 없었던 것이다. 김규식이 파리세계평화회의를 상대로 일제식민통치에서 해방을 강력하게 청원하였다면 윌슨 대통령에게 정한경이 작성한 독립청원서(1919.3.3.)는 세계평화에 기여할 수 있도록 한민족의 자유와 독립을 보장하여 지구상에 영구평화가 오도록 그 책임을 다하겠다는 각오를 다지고 있었다.

프랑스 '베르사이유 조약'에 민족독립에 대한 큰 기대를 걸었으나, 그마저도 강대국 간의 세력균형중심의 약육강식의 제국주의 질서로 끝나고 말았다. 그래서 국제연맹의 집단안보체제에 의한 세계평화라는 인류의 꿈은 다시 실패하였고 세계는 곧 2차 대전으로 치달았다. 추측국과 연합국 간의 치열한 전쟁 중에 미국에서 원자탄을 먼저 만들어 일본에 투하하여 연합국이 승리하는 계기가 되었다. 핵무기 개발은 인류공멸의 공포를 가져온 시대적 공감 속에 동·서진영간의 불안한 냉전체제로 70여 년 간 대결 끝에 공산독재국가인 소련의 와해로 냉전을 끝냈었다. 신의 구원의 손길은 서방연합국 측에 승리의 영예를 안겨주어 영국의 처칠, 미국 루스벨트, 중국국민당 총통 장개석이 1943년 12월 1일 이집트 카이로에 모여 전후 일본의 처리를 모색하면서 카이로 선언을 통해 한국의 독립을 약속하게 되었다.

 1945년 2차 대전 종전으로 민족해방을 맞은 한민족은 1948년 8월 유엔총회결의에 따라 총선을 치루면서 한반도의 유일합법 정부로 신생 대한민국이 탄생하였다. 그러나 1950년 소비에트 볼세비키와 중국공산정권에 의한 '국제공산당이 6·25전쟁'을 일으키면서 21개국 유엔군이 동원되어 공산군을 물리쳤고, 1991년 고르바쵸프 정권의 '개혁개방정책'에 의해 소비에트 사회주의연방공화국이 해체되기에 이르렀다. 중부·동부유럽의 타지키스탄, 투르크메니스탄, 아르메니아, 아제르바이잔, 벨라루스, 에스토니아, 라트비아, 리투아니아, 조지아, 몰도바, 러시아 등이 '우크라이나'와 함께 72년간 소련지배에서 벗어나 독립국가연합 자치공화국형태로 존속하게 되었다. 그러던 중 2014년 우크라이나 영토인 남단 크림반도가 러시아의 침공으로 강제 병합되었으나 유엔은 이를 불법침략으로 단정하여 러시아를 제재하였다. 또 이어서 2022년 2월 러시아는 다시 우크라이나를 침공하여 과거 동·서진영간의 냉전체제의 불화는 지금까지 종식되지 않고 계속되고 있어, 세계평화를 위협하고 있는 것이다.

6

 윤치호와 서재필에 의해 주도된 근대화개혁운동의 이념은 기독교 실천 윤리였다. 지식인들이 신민회를 유교목민관의 모습을 발견할 수 있다는 말을 듣는 것도, 조선조 500년 주류전통사상인 유교를 개종의 대상으로 삼은 미국 개신교 선교사들의 선교활동과정이 비슷했기 때문이었을 것이다. 유교의 효(孝)는 가족단위 이기주의 근원으로 사회 공공성을 이미 잃었고, 개화승 이동인에 의해 오도되었던 일본불교혁신안의 '흥아회'는 범아시아주의 흑백대결론을 실천 강령으로 삼아 인종주의적 폭력성을 내포하고 있었다. 김옥균, 서광범, 박규수 등으로부터 이어져오던 불교의 개혁의지는 갑신정변의 실패로 사회적으로 몰락하였으며 살아남은 유대치와 홍영식 등이 불교의 도리를 세속적인 법에 그대로 적용하려고 노력 하였으나 개혁사상과 연결하는데 실패하였다. 이처럼 시대적 전환기에 따라 새로운 서구이념을 '성경'에 담아왔다는 평가를 듣는 윤치호와 서재필의 경우도 미국유학생활과 기독교 사상의 영향을 받은 새로운 세계관과 생활습관을 바꾸는 과정을 통해 처음 귀국당시 당혹감과 소외감에서 벗어나기 힘들었으나 점차 고국의 정취에 적응해 가면서 새로운 계몽활동의 길(조국근대화 개혁은 항일 독립이었다)을 찾아 나섰다. 이들의 현대지식인의 사명인 대중계몽운동을 적극 추진한 것은 기독교인 중심의 신민회와 독립협회였다.

 1896년 결성된 독립협회는 시대성을 반영한 충군애국과 자주독립을 강령으로 하였으며 초기 정부 관료들이 중심이었으나 점차 관리, 상민, 군인,

학생 등 사회 각계각층이 참여하는 시민단체 성격이 뚜렷하였다. 회원자격은 초기 독립협회 사업추진을 위한 자금조달로 독립문 및 독립공원 건립자금 출연이었다. 그러나 독립협회가 점차 민간주도 단체로 발전하면서 민중집회 성격을 띠기 시작하였으며 일반시민들도 참여하여 자주독립, 민권신장, 부국강병 등 개화혁신적인 시민사회의 필수적인 주요과제들을 이슈로 내세웠다. 수천 명의 회원을 가진 독립협회 조직은 지방까지 전국적인 규모로 발전하였다. 그 조직 속에는 윤치호, 서재필을 중심으로 하는 서구시민사회 형태의 민간단체로 소비자운동의 형성과 활동을 하였다. 한편 독립협회 인사들과 지방유지, 평민출신의 애국지사들이 YMCA에 많이 가입하여 조선물산장려운동과 후에 조직되는 정부주도형인 애국계몽운동 성격인 외세의존 탈피와 국권탈취 국난극복을 주창하는 신간회의 정치계몽운동의 일면을 띠고 있었다.

　특히 이 과정에서 주목할 점은 개신교 선교사들의 교회중심 활동과 YMCA조직 활동 영향으로 독립협회 지도부와 회원들의 기독교 개종율이 높아졌다는 점이다. 이점은 선교사들의 의료 및 교육활동에 의한 선교의 영향도 큰 힘이 되었겠지만, 한국인들의 생활 속에 이미 들어와 있는 하나님에 대한 인식이 새로워진데 그 원인이 있었다. 당시만 해도 근대화 계몽운동에 나선 지식인들 외에 대부분 신민臣民들은 문맹들이었다.(해방조국 첫 제헌국회의원선거는 막대기선거였다.) 학교교육을 받지도 못했고 자기이름 조차도 일본 말로 불러야 했던 조선인들은 드디어 '하나님족보'인 성경을 알게 된 것이다. 각처에 세워진 교회에서는 성경을 통해 한글교육을 실시하였고 그 것은 나라에서도 하지 못하던 문맹퇴치 교육이었다. 이광수는 기독교 교육에 대한 강력한 비판을 하면서도 교회에서 성도들에게 한글을 깨우쳐준 일은 역사에 남을 업적이었다고 말 할 정도였다.육당 최남선은 아래와 같이 말하고 있다. (민경배, 한국의 기독교)

"춘원 이광수는 기독교에 대해서는 별로 달가운 생각은 갖고 있지 않았다. 그렇지만 그도 이점을 시인하지 않을 수 없었다고 한다면 그의 작품 '청춘'(1917년 7월)에서…, '아마 글과 조선말이 진정한 의미로 고상한 사상을 담는 그릇이 됨은 성경의 번역이 시초일 것이요. 만일 후일에 조선문학이 건설된다면 그 문학사의 제1면에는 신·구약의 번역이 기록되어 마땅할 것이외다."

"한편 김윤경도 한글을 제 글로 해주고 중흥하게 만든 것은 갑오경장이 아니고 그보다 훨씬 먼저인 그리스도교였다고 밝힌바 있다. 외솔 최현배는 세종대왕의 거룩한 뜻이 기독교를 통해서 실현된 섭리에 감탄하였다, 그는 새문안교회집사였다."

우리 선조들은 기쁜 일이나 슬픈 일을 당할 때면 먼저 무릎 꿇고 하나님에게 감사하고 도움을 청하는 전통생활을 하였다. 특히 우리 어머니들은 명절이나 절기 따라 새벽 이른 시간을 택해 집안에서 가장 깨끗한 장독대에 정화수 한 그릇 떠놓고 가정의 평안과 자녀들의 무병장수를 두 손 모아 빌었다. '호머 헐버트'의 부인 '메이 헐버트' 여사는 다음과 같이 말했다.

"대한민족은 애초부터 하나님 백성이었다. 이 세상에 태어나면서부터 기쁠 때나 슬플 때나 하나님부터 찾았다."

그래서였을까? 1896년 6월 20일 독립신문은 제일먼저 하나님을 부르며 감사하였다.

"하나님이 조선을 어여삐 여기시어 일본과 청국이 싸운 뒤에 조선이 독립되어…,조선백성도 세계 각국 인민들과 동등하게 되었는지라. 이 일을 비교하여 볼진대 남의 종이 되었다가 문서를 물은 셈이니…. 518 여년 되는 경사라."(조선 근대사 산책)

하나님의 역사는 번개 치듯 벼락치기로 이루어지는 것이 아니라. 하나님이 계신다는 확신을 가질 때, 서서히 이루어진다. 하나님을 사랑하고 자신을 하나님의 도구로 사랑하고 이웃으로 그 사랑을 확산시킬 때 반드시 우리 조국과 민족은 하나님의 거룩한 역사하심을 체험하게 되는 것이다. 이런 정성을 드린 그 거룩한 하나님을 교회에서 비로서 만나게 되었고 예배를 드리고 찬양하며, 한글을 깨우쳐 성경을 읽고 직접 하나님과 소통할 수 있는 축복이야말로 그 무엇보다 기쁜 일이 아닐 수 없었다. '한인桓因'은 우리가 익숙하게 쓰던 말 '하느님'을 한문으로 음역한 것이고 씩씩할 한桓이 하늘의 준말인 '한'이며 '흔님'이 바로 크고 밝으신 '하나님'(임승국, 환단고기)이라는 소박한 역사지식도 배울 수 있었다. 아침저녁 성경을 읽고 가정과 나라를 위해 기도하고 성경의 가르침에 따라 하나님을 섬기며 이웃을 사랑하는 생활은 자녀를 키우는 어머니의 자부심과 함께 남편과 가정을 위해 열심히 땀 흘리는 '신국민' 여성의 도리임을 알게 되었다.

남존여비라는 봉건질서 굴레를 벗어나 학교를 다니고 교회에 나가서 예배를 드리고 남녀선교회에서 자치활동과 봉사활동을 하면서 초기 기독교 신앙의 이상인 자유와 인권, 개인주의 체험을 하게 되었다. 가정에 묶인 채, 은둔생활에서 벗어난 딸과 아내들은 비로서 여성의 인권과 역할을 찾았고 서구 민주주의 세계관의 안목을 가진 한민족공동체의 신여성들이 되었던 것이다. 이와 같은 '한국'과 단군조선의 민족정체성을 바탕으로 근대화 개혁의 목표인 일본식민통치에서 벗어나기 위한 독립운동을 추진한 것이 윤치호와 서재필, 안창호의 근대개화계몽운동 시작이었다. 미국 캘

리포니아 주 로스안젤레스에 머물며 국제정세의 흐름을 살피면서 독립운동을 하고 있던 안창호는 일본군국주의 세력이 대한제국의 식민지병탄 야욕을 구체화하여 1907년을 전후, 보안법, 신문지법 등의 악법을 만들어 반일 적 색체를 띤 계몽운동을 탄압하기 시작하였다. 이에 안창호는 미국을 비롯한 국내외 사회계몽 운동가들을 중심으로 비밀리에 '신민회'를 조직하여 국권회복운동을 전개하였다. 총 800여명의 조직원을 가진 신민회는 우선 만주에 무관학교를 세워 무장독립군을 양성 본격적인 일본 군국주의를 상대로 무력투쟁을 하기로 작심하였다.

　신민회의 핵심인물은 일찍이 미국유학을 마친 윤치호와 안창호를 중심으로 한 양기탁, 전덕기, 이동휘, 이동녕, 이갑, 유동렬 등이 창립위원이었으며 노백린, 이승훈, 최광옥, 이시영, 이회영, 이상재, 이강, 김구, 신채호가 지도위원으로 참여하였다. 이들의 신민회 활동은 궁국 적으로 당시 사회분위기로 볼 때 서구 기독교사상을 중심으로 하였다. 윤치호, 안창호의 영향도 있었지만 신민회의 참여 인물들이 대부분 개신교도들이었다는 점에서 기독교 사상이 신한국 건설의 이념적 토대였던 것이다. 20세기 초 기독교로 개종한 개화파 지도자들은 전국적으로 수 만 명이 넘었으며 이들은 안창호가 주도하는 신민회활동에 적극동조 참여하였다. 이는 신민회 계몽운동과 조직 활동에서도 충분히 짐작할 수 있다. 안창호의 신민회 취지문 내용은 다음과 같다.(박노자. 나를배반한 역사)

　　"민간풍습의 완고한 부패에서 새로운 사상이 시급하며…' 민간 풍습의 우둔한 미혹에 새로운 교육이 시급하며…,도덕의 타락에 새로운 윤리가 필요하며…,실업의 지지부진에 새로운 규범이 시급하다. 오늘 새로워지지 못하면…,필경 만겁의 지옥에 떨어져서 인종은 절멸하고 국가는 폐허가 되고 말 것이다."

자신들을 새로운 신국민 엘리트로 자임한 신민회 회원 800여 명이 새로운 교육과 규범을 통해 우둔한 백성들에 계몽시킬 내용과 방법을 분명히 제시하고 있다. 1905년 12월 1일자 대한매일신보의 논설에서 개신교에 대한 신앙이 부국강병의 원리임을 분명히 밝히고 있어, 기독교 전파를 통해 대한국인들을 무적의 애국자로, 그리고 대한제국을 부강한 나라로 만드는 만고의 큰 은혜로 선전하고 있었다.

"…,지금 대한의 현황을 보면 유형의 힘은 없다고 볼 수 있지만 무형의 힘은 크게 기대되더라. 어찌 그런가 하면 종교사회가 바로 그 것이다. 지금 대한국에서 기독교도들이 수 만 명에 달했는데, 사람마다 죽기로 맹세하여 국가의 독립을 잃지 않기로 하늘에 기도하고 동포들에게 권유하니 그것이야말로 대한 독립의 근기根基라."

이미 윤치호와 서재필에 의해 편집되는 독립신문도 친미언론의 논조를 통해 기독교를 개화의 대명사로 부각시켜 기독교 개종의 국가적인 중요성을 강조하고 있었다.

"지금 세계 각국에서 문명개화한 나라들은 카톨릭이나 기독교를 믿는 나라들로, 이걸 볼 때 그리스도가 문명개화하는데 중요하다는 것을 알게 된다. 그리스도교를 믿는 백성들은 기독교를 믿지 않는 나라 백성들보다 마음이 강하고 용맹하여 죽는 것을 두려워하지 않는 의리가 생기니, 그것은 다름 아닌 기독교 신앙은 참으로 옳고…,의리 있는 일을 하게 되면 하나님이 돌봐주시는 것으로 확신하기 때문이다. 설령 옳은 일을 하다가 죽더리도 영혼을 하나님이 영생불멸하는 복음을 주실 것을 확신하고 있기 때문이다. 사람마디 죽는 것을 두려워 하지 않고 의리와 경계를 밝히려고 하면 그 나라는 자연히 부강하고 남에게 대접을 받을 수밖에 없는 것이다."(1897. 12. 23.)

한편 1897년 상동교회 지하실에서 비밀리에 항일독립단체인 신민회를 조직한 상동교회 '엡윗' 청년회는 1896년 독립협회에 가입 후 이천 출신 '전덕기' 목사와 항일투쟁의 길을 닦았다. 서울교육대학교 안천 교수의 연구에 의하면 신민회는 극비리에 조직된 비밀결사체로 당시 재판기록인 '안창호 예심조서' '조선 음모사건' '불령사건에서 본 조선인' 등의 자료를 통해 대략적으로 사건의 진상을 알 수 있다고 한다. 본래 사건의 성격상 총독부에서 조차도 경찰이 조직의 비밀을 생명처럼 여기는 신민회 피의자들의 자백을 얻어낼 수 없었고, 비록 조그만 꼬투리라도 밝혀냈다고 해도 일제 경찰이 '총독 암살 예비음모'라는 사건진상을 세상에 밝힐 수는 없었을 것이다. 따라서 신민회의 조직 그 자체도 극비사항이라 알길이 없는 것은 당연한 일이었다. 표면상으로 들어난 신민회의 구성은 5가지 성향의 인맥으로 구성되었던 것으로 판단된다.

첫째, 신민회의 대표적 언론격인 '대한매일신보' 인맥이었다. 신문사 사장인 양기탁은 신민회 대표였으며 항일독립운동에 대한 애국적인 필봉에 앞장선 기자였다. 또한 대한매일신보의 얼굴격인 논설위원에 역사학자 신채호가 배치되어 있었다. 기자 유관빈과 장도빈 등이 사건기자로서 신문의 맥을 잡으면 신채호가 예리한 필봉으로 주제의 핵심을 전국적으로 파급시키고 마무리하였다. 당시 국민들의 관심을 끄는 그 주제는 의병운동이나 신교육, 구국운동관계를 심도 있게 다루고 있었다.

둘째, 전덕기를 중심으로한 상동교회의 부설교육기관과 상동청년학원이 중요한 구성체가 되었다.

셋째, 무관출신으로서 의병운동에 참여하지 않고 미래를 위한 구국교육운동에 종사하고 있던 사람들로 훗날 만주에서 독립군과 무관학교의 주요한 기능을 하였다.

넷째, 평안도 일대를 중심으로 한 전국의 상인, 실업가, 사업가 등의 민족자본가 등이 매우 중요한 구성요인으로 참여하였다. 이들은 언론진작의 주요한 배후 인맥이었다.

다섯째, 미국에서 안창호의 공립협의회 회원들이 핵심 구성원 구실을 하였다. 이들은 안창호가 신민회 발기의 시초에 참여하였던 인물들로 공립협회의 중심활동을 담당하였다. 미국에서 안창호와 독립운동을 하다가 북만주로 건너온 사람들이고 신민회의 주요인물들로 신민회 주요부서를 맡아 활동하였다.

특히 신민회 극비조직과 활동내용의 전국 확대를 위한 홍보 등은 전국 교회를 통해 이루지는 신민회의 사실상 연락 본부인 상동교회가 중심이 되었으며 각 교회의 책임자인 목회자와의 연락은 전적으로 상동교회 전덕기 목사의 책임이었다.

"애국목사 전덕기는 1875년 경기도 이천에서 숯을 굽는 아버지 밑에서 자랐다. 그는 신앙심이 깊어 청년시절부터 종교 활동을 함은 물론이고 애국자로서 너무도 훌륭한 삶을 살았다. 105인 의거에 의해 수많은 애국지사들이 잡혀가 고통을 당할 때에 워낙 심한 고통을 당해 순국 당 하였다. 왜 일본 경찰들이 전덕기 목사만을 특별하게 심하게 고문했을까?" (안천. 신흥무관학교. p.76.)

당시 상동교회는 애국 목사 전덕기 를 비롯해 많은 애국지사들이 있었다. 정순만, 이준, 이동녕, 최재학, 김구, 조성환, 계명류, 이승길, 차병수, 신상민, 표역각, 김태연, 서상팔, 이항직, 기산도, 김병헌, 이회영, 유두환, 김기홍, 이회관 등이 상동교회 교인으로 활동하고 있었다. 김구의 백범일지에서 보면 당시 기독교 개신교를 중심으로 독립운동가들이 모여서 겉으로는 종교 활동을 한다고 내세우면서 내면으로는 독립운동을 하는 사람들의 모임장소였다고 기록하고 있다. 당시 교회는 나라의 미래를 걱정하는 성도들이 모여, 하나님의 역사가 하루빨리 이루어져 대한민국이 독립할 수 있도록 기도하는 성스러운 곳이었던 것이다. 상동교회 성도들은 애국단체 신민회의 핵심 구성원들이 되었다. 당시 교회는 애국시민들의 거룩한 기도처인 동시에 비밀결사의 본부역할을 하였다. 그러기에 33인중 다섯 명의 목사가 소속된 상동교회야말로 한국, 중국, 연해주, 미주지역까지 아우르는 신민회 민족독립운동 비밀 모임장소였고 지휘본부였다고 할 수 있겠다.

한편 YMCA를 중심으로 이승만, 서재필 주시경 등이 활동한 기독청년 모임인 또 한 갈래 모임이 있었다. 즉 청장년 중심의 독립협회와 청년 중심의 상동교회 엡윗 청년회가 활동하고 있었는데 신민회의 강령에 따라 근대개화파 계몽운동의 성격인 항일구국투쟁을 앞세우기로 하였다. 따라서 배제학당 안에 설립된 협성회와 상동교회 엡윗 청년회간의 계층적 차이가 없었다. 일본 군국주의를 상대로 하는 국권회복 투쟁에서 어떤 차별도 있어서는 안 되기 때문이었다. 그래서 일까? 신민회 청년활동에는 1903년 창설된 황성 기독교 청년회보다는 상동교회 '엡윗 청년회'가 주로 거론되고 있었다. 여기서 중요한 것은 반상班常의 계층이 무너졌다는 사실보다도 두 청년 단체가 독립투쟁이라는 이념아래 하나로 통합할 수 있었다는 조화의 상징이 중요하였다. 이 때부터 청년운동이라는 성숙된 용어도 보편적으로 쓰이기 시작하였다.

항일 독립투쟁으로 청년들의 투쟁은 을사늑약 반대 상소문 작성을 시작으로, 헤이그밀사 사건에 이승만, 김구, 이준, 이동녕, 조성환 등 청년들이 적극 참여하였다. 그뿐만 아니라 민중동원에도 적극 참여하였다. 민주주의적 정신과 항일 충국忠國기맥이 힘차게 새겨진 항일 독립운동에 참여하는 정치적인 활동과 함께 실업교육과 농촌계몽운동, 산업정신과 직업훈련을 추진하였다. 산업정신의 근대적 개발에 끼친 교회의 영향은 막중하였다. 이 같은 산업정신 계발운동은 이미 청년운동에서도 하고 있었지만 그것이 구체화된 것은 황해도 지방이었다, 황해도 사람들은 진취적인데다가 빈부의 차이가 별로 없어 독립자활의 기상이 있었기 때문이다. 기독교 전도활동과 신앙생활에 일찍부터 성육신적 이해가 깊었다. 안악 지방에서는 교회의 확장과 함께 산업증진을 위해 진력하여 학교교육에서 성경과목을 줄이더라도 실업교육을 철저히 하여 먹고사는 문제에 부족함이 없어야 한다는 강의로 인해 선교사들과 불화를 겪는 경우까지 있었다. 김선량이라는 사람은 북률 지방의 수리 공사를 완성시켜 재령평야가 쌀을 증산할 수 있도록 도왔다는 칭찬이 자자하였다..

　안창호가 이승훈과 함께 평양 대동군 마산동에 우리나라 최초의 근대식 도자기 공장을 창업 하였는데 서북해서지방 교회가 이 나라 민족 산업에서 차지할 위치가 확보된 셈이었다. 당시 대한협회 회보에서도 그 사업의 의미를 크게 부각 선전하였다. 일본 상인들의 진출에 대한 견제와 찬란했던 고려자기의 계승을 다짐하는 긍지와 함께 이 지역 교인들의 산업발전에 대한 자부심이 높아졌다. 윤치호도 송도의 한영서원에서 산업훈련을 시작하였는데 그 중에서 직조織造는 전 세계에 까지 명성을 떨칠 정도로 성공을 거두었다. '송도 직물' 이라고 해서 국내에서 알려진 이 직물은 외국에서는 'The Korea Mission Cloth,' 로 선전되어 외국에 수출까지 하게 되었다. (민경배. 한국의 기독교. 인용) 신민회의 근대개화계몽운동을 통해 산업발전과 실업교육이 발전하면서 젊은이들이 교회가 세운 학교에서 실업교육과 산업정신을 배우게 되면서 종전에 소년으로 부르던 호칭도 청년 또는 청년회로 부르게 되었다는 이야기까지 전해진다.

　해방 후 미군정 사법국장 '에른스트 프랑켈' 의 증언에서 보면 개항 후, 일본인들은 정미업이나 자동차나 기계업종이 조선에 진출하였고 가공업 분야로 연초공장 등이 수 백 개 들어왔다. 그러나 대한국인이 경영하는 기업은 너무 미약하여 민족의 독립을 짊어지고 갈 역량을 기대할 수 없을 만큼 초라하였다. 계몽운동으로 전개한 경제실력 운동조차 일본의 계획적인 방해로 활발하게 진행할 수 없었다. 1911년 통계를 보면 기업이라야 27개 정도이며 그 것도 총독부 고위층에 뇌물로 연을 댄 상인들이 운영하는 사업이었다. 조선의 주된 사업은 농업이었고 도시 거주민은 대부분 일본인들로 이루어져 전형적인 식민지배 스타일이었다. 그러나 우리 기독교인들은 조선조에서 텅빈 곳간을 대한제국에 물려줄 때까지 상을 받는 최후 한 사람이 되기 위해 달음박질 쳤다. 못 박히는 십자가의 수난은 가시면류관의 고통을 통해 대한국인들에게 승리의 상을 안겼다. 선교사들의 기독교 전도활동이 확산되면서 구한말로 상징되는 개혁의 용어가 주권재민, 국민의 권리, 입헌정치 이념(공화제까지) 으로 보편화 되었던 것이다.

　'새벽별 빛'의 상을 받은 대한독립투쟁과정과 그 이후 새 나라의 건국모델로 민주공화국의 틀을 잡을 수 있었던 것이다. 이로 인해 이제까지 수구파에 의해 기독교 배척과 쇄국의 정치문화에 새로운 변화가 오기 시작하였다. 유교의 정통성을 내세우며 성리학 중심 통치 이데올로기의 완고함이 서서히 무너지면서 유용성 중심의 실학사상으로 변모되었고 실제로 이로운 학문, 이용후생의 학에 관심을 기울이게 되었다. 전통유학자들의 가치관이 인간중심주의 가치관으로 변하면서 인권과 자유를 강조하고 서얼庶蘗차별의 폐지와 노비철폐, 여성해방론으로 발전하면서 보수적인 계층윤리의 붕괴가 나타나기 시작하였다. 이 같은 서구중심사조는 바로 기독교 사상과 연계되었고 제 3세대 개혁파인 이승만, 이상재, 안창호 등 기독교 지도자들이 적극적인 유교사상의 정화에 나서게 되었다. 척사위정으로 꽉 막힌 국제관계를 개방적인 외교를 통해 폐쇄적이고 고립주의 조선의 중세적 가치관을 혁파하여야만 했다. 통상과 개방을 통한 국력을 신장시키고 자주적 독립국가로 발전하기 위해서는 기독교 사상인 자유와 평등, 정의, 인간존엄의 가치가 실현되어야만 했던 것이다.
　당시 미국을 중심으로 독립운동을 하던 이승만은 기독교 입국의 사상적 바탕으로 그 때까지 유학의 변두리에 머물던 반계 유형원과 다산 정약용의 연구인 실용주의, 즉 자유성, 과학성, 현실성을 바탕으로 하는 실학사상을 기독교 실학으로 재정립하였다. 일본의 후쿠자와가 실학을 일본의 조선침략을 위한 민족제국주의로 위장한데 비해 이승만은 조선의 유교와 불교를 대체할 시대적 사상으로 기독교 가치관을 최상의 이념으로 받아들였다. 성경을 통해 인간은 예수로부터 구속받은 자유인임을 알고, 자신의 자유를 절제하며 의의생활을 해야 한다는 것을 깨달았던 것이다.

　　"그리스도께서 우리를 자유롭게 하려고 자유를 주셨으니 그러므로 굳건하게 서서 다시는 종의 멍에를 메지 말라." (갈5:1)

고하신 말씀은 근대화 개혁사상의 중심이었다. 따라서 국가는 국민 개개인의 자유를 존중하고 보장하여야 한다. 그러한 국가만이 근대화 개혁이념인 부국강병을 실현할 수 있다고 확신하였다. 조선조 500년을 이끌어온 유교는 학파와 당파로 분열되어서 대한제국 근대화를 위한 개혁이념으로는 더 이상 기능할 수 없다는 신념이었다. 그가 반 왕적 공화주의자로 몰려 6년여의 한성감옥 생활을 한 이유도 여기에서 찾아야 할 것이다. 대한민국은 장래 후손들에게 '나라다운 나라' '살기 좋은 나라' '자유로운 나라' 로 만들어야 주어야 한다는 것이 그의 주장이었다. 그의 긴 세월의 옥고獄苦는 공화정 신념 때문이었다.
　이승만에게 서구문명의 모체인 기독교 입국만이 조국 근대화의 대안일 수 밖에 없었다. 한국, 중국, 일본 3국이 서구 근대화 개혁을 추진하는 과정에서 가장 현명한 방안 추진이 한국이었기 때문이다. 청나라가 근대화 개혁을 추진하는 과정에서 양계초, 양복, 손문으로 이어지는 개혁주의자들은 중국인의 윤리질서인 유교의 본령을 잃지 않기 위해 발버둥 쳤고, 일본은 무사도(사무라이 정신)를 중심으로 군국주의를 지향하여 세계재패를 꿈꿨다. 일본의 무사도는 천황에게 절대적인 권력을 주어 전제정치를 실시하여 명치明治, 대정大正, 쇼와昭和 전기를 통해 대세에 의한 일본은 유럽의 열강을 모방하여 점차 '범아시아주의'라는 인종주의에 빠지면서 아시아 침략을 강화해 나갔다. 중국은 제국주의와 빈곤으로부터 인민을 해방시킨다는 명분으로 모택동의 공산주의를 택하였으나 1989년 6월, '천안문 사태와 살상'으로 상황이 급변하였으며 베이징은 자유와 민주주의를 지키기 위한 인민의 주적이 되고 말았다. 일본과 중국 지도자들은 자유와 평등이 있다는 것은 알았지만, 그 배후에 기독교가 있다는 것을 모른 채, 자유에 대한 담론을 폈던 것이다. 그러나 이승만은 6년여의 감옥생활을 하는 중에 선교사들을 만나고 기독교인이 되어 세계 질서를 바르게 파악, 유교문화를 청산할 수 있었다. 서구 근대사상과 근대국가 출현의 모태가 기독교문화임을 확신한 그는 기독교 사상을 '자유대한'의 건국이념의 토대로 구축하는데 성공하였다. 이승만은 자유에 대하여 이렇게 말하였다.

"자유의 가치는 자기의 목숨보다 소중하며 자유를 누리기 위해 조상 대대로 내려오면서 자유의 덕목을 지켜 오는 것이다." (박기봉, 이승만).

"기독교는 인간 존엄성, 믿음, 은총, 사랑, 자유 평화를 인종과 국가와 지역공간을 초월하는 신앙의 가치로 정립되어 있다고 믿는다." (허화평, 사상의 빈곤)

이승만은 미국 대학생활을 통해 제임스 퍼스, 듀이의 실용주의 사상을 연구하였고 기독교 실학사상을 중심으로 대한제국 독립 문제를 해결할 수 있다고 확신하였다. 당시 미국사회를 지배한 사상은 윌리암 제임스(William James)의 실용주의 철학이었다. 실용주의(Pragmatism)는 미국 독립을 가져온 정신적 지향성을 나타내고 있으며 20세기 초반부터 중반까지 미국인들의 시대상을 반영한 사상적 토대가 되었다. 실용주의 즉 프라크마티즘의 핵심은 '우리가 어떤 생각을 하던지 모든 사람들의 사고가 실용주의에 의존할 수밖에 없다는 방법론적 진리를 뜻한다.' 즉 순조롭게 문제를 해결해주는 도구로서의 진리이다. 진리는 우리에게 이익이 되고 소득이 되는 것으로 부유함이나 건강과 같은 것을 말한다. 유용성이 있어서 진리가 되는 것이며 유용성 없는 진리는 시대상황의 변화에 따라 자연스럽게 폐기되고 만다.(강재륜, 유용성의 진리) 존 듀이(Jhon Dewey)는 프라그마티즘 윤리사상에서 사회성과 정치성을 제일 중요한 주제로 삼았다. 진리는 우리에게 '이익'이 되고 '보수'가 되어야 한다는 사고의 틀은 1823년 '몬로주의' 제창이후 기본이 되어 민주주의, 자본주의, 기독교를 전 세계에 전파하였다. 이에 따른 미국외교의 기본도 개인주의, 자본주의, 복음주의 가치관을 중요시 하는 이유다. 20세기 미국은 기독교 국가로 빌리그레함, 트루만, 덜레스, 맥아더, 릿지웨이 등 군인과 정치인 등 국가지도자들의 복음주의 신앙을 통해 사악한 전쟁의 비극을 극복 할 수 있었다.

이와 같은 미국의 시대성과 사상에 익숙한 이승만, 안창호, 이상재 등 제3세대 개화파 기독교인들은 근대개혁의 목표는 전통적 농업문화에서 해양통상문화권 진입을 위한 가치관의 변화만이 창조적인 개방사회 즉 산업화를 만들어 낼수 있다는 것을 알고 실천하였다. 근대 사회개혁의 도구화…, 이것은 '신한국인'의 계몽운동이었다. 국민과의 소통을 가져올 수 있는 도구, 농,상,공의 우민들에게 '자유'를 깨우쳐줄 수 있는 도구, 그 것은 '말'과 '글'이었다. 우리에게는 이미 일찍부터 소통의 도구인 '한글'이 있었다. 하나님의 거룩함을 알 수 있는 도구, 하나님을 만나 염원을 말하고 응답받을 수 있는 소통의 도구, 하나님이 주신 자유의 가치성과 그 유용성을 알게 하는 도구, 그리고 자유를 절제해야 하는 그 진실을 깨우치는 도구는 한글로 성경번역과 간행이 본격적으로 실행되어 기독교에서 한글보급과 교회의 문맹퇴치가 시작된 것이다. 국가도 하지 못했던 한글사업이 교회를 통해 이루어졌다. 성경이 동포들 손에 다량으로 쥐어진 것이 1882년이었으며 기독교관계 서적도 예외 없이 모두 한글로 출판되었다. 그 용어도 서민들이 이해하기 쉬운 말로 복음을 전할 수 있어 전도와 교육이 큰 성과를 거둘 수 있었다.

윤치호, 안창호 등 신민회 지도자들이 신국민 계몽, 국권회복, 실력양성 등 강령을 내용으로 실천한 주요사업으로는 교육구국활동으로 평양대성학교와 강화 보창학교 등 전국 100여개의 학교를 세웠다. 사실상 신민학교는 독립투쟁을 준비하는 무관학교였다. 여기서 체계적인 국민계몽운동을 통해 신국민을 양성하였으며 나라는 국민의 것, 신민에 의한 국력양성 등 근대 개화교육을 실시하였다. 특히 식민지 경제구조개혁에 역점을 두어 일본의 침략에서 야기된 경제주권 회복운동이었다. 한 예로, 1876년 일본과 맺은 강화도조약(조·일수호조규) 10번째 무역조항에는 두 나라 국민이 무역을 하는데 양국관리는 어떤 간여도 하지 않는다고 되어 있었다. 외국과 무역을 하는데 당연히 있어야할 '관세조항'이 빠진 것이다. 김홍집은 1880년 일본수신사로 갔을 때, 무관세 무역조항의 부당함을 지적하고 개조를 강력하게 요구하였으나 거부당한 채, 1883년 미국과 수교조약체결 때까지 10여 년 동안 경제수탈을 당하였다.

이러한 점으로 미뤄볼 때, 당시 조약체결에서 '관세조항'이 빠진 것은 조선정부의 무능에서가 아니라 일본의 강요에 의해서였음이 분명하게 들어났다. 왜냐하면 조선의 개항역사를 보면 강화도조약 훨씬 전인 1407년(태종7)으로 기록되어 있다. 이 당시 부산을 포함한 해안가 지역은 왜구의 침략으로부터 크고 작은 피해가 속출, 끊이지 않았다. 이를 막고자 골육지책으로 조정에서는 지금의 부산항인 부산포, 진해의 내이포, 울산의 염포 즉, 이른바 삼포三浦를 개항하고 각 항구에 왜관을 설치해 왜인의 교역을 허락한 것으로 알 수 있다. 이 조치야말로 조선정부 스스로 항구를 연 것으로 이해득실도 따지지 않고 개항을 했을리가 없는 것이다. 그동안 임진왜란과 병자호란을 겪으면서 무역항으로 기능을 상실했던 부산항은 일본의 요구로 다시 개항을 하였던 것이다.

한국의 질 좋은 쌀밥에 입맛을 들인 일본인들이 조정의 승인도 없이 전국의 쌀과 곡물을 마구 배에 실어 일본으로 나르다보니, 한국은 군대 양미 지급조차 어려워져 14개월씩이나 밀렸고, 군인들이 오랜만에 받은 양미에 '겨와 모래'를 섞은 불량미로 밝혀지자 분노한 구식군대들이 선혜청을 기습, 당상관 '민겸호'를 살해하는 군란이 일어났다. 한편 삼남지역 농촌을 돌며 약삭빠른 일본 상인들이 농민들을 상대로 아직 벼가 논에서 익기도 전에 높은 가격으로 입도선매立稻先買를 실시 조선의 쌀을 싹쓸이 하자 함경도 관찰사 '조병식'이 '방곡령'을 내려 단속하자 한·일간에 외교분쟁까지 일어났다. 일본정부는 병력을 동원 쌀 폭동을 진압한 후 대한제국 정부를 상대로 손해배상을 청구하였다. 그러자 조선 정부에서는 그 무슨 경우에 없는 짓이냐고 하면서 배상을 거부하였다. 일본은 조·일통상장정 제 37항의 근거를 들이대며 전쟁을 할 거냐고 협박하였다. 조선정부는 그 때서야 방곡령을 반포할 때는 상대방에게 1개월 전에 미리 알려야 한다는 규정을 확인, 1893년 4월 방곡령피해 보상금 11만원을 일본상인들에게 배상하였다. 이 사태는 조선의 배상으로 끝나지 않고 일본정부의 강력한 항의에 따라 함경도 관찰사 조병식을 강원도 관찰사로 전임시켜야 했고 1894년 1월 방곡령 금령을 폐지하기에 이르렀다.

이처럼 개항 초기에 조선정부를 궁지에 몰아넣을 수 있었던 것은 군산항이 일제식민지 수탈을 위한 조건과 기능을 갖추고 있었기 때문이다. 조선시대 삼남지방의 전세田稅와 대동미를 거두어 속속 중앙으로 올려 보낸 곳이 '군산 포진'이었다. 특히 일제시기 질 좋은 쌀을 수집보관하기 용이

하고 이를 일본으로 가져갈 수 있는 항구와 해상교통로가 갖춰져 있었기 때문이다. 일본은 1차 대전 때 직접 전쟁에 휘말리지 않았고 총포화약을 비롯한 군수품을 제조, 납품을 통한 군수공업이 호황을 누리면서 도시인구 증가와 식량생산이 부족한 상태였다. 이 때 일본은 대만, 유구와 함께 조선을 일본군국주의 식량기지 '이익선利益線으로 활용. 호남, 충청지역에서 수탈하는 쌀을 일본으로 실어 날랐다. 그와 함께 전라도와 충청지역의 토지까지 수탈하여 일본에서 농업이민을 불러들여 살도록 지원하면서 새로 구축한 군산항을 일본의 쌀 수탈 근거지로 삼았다. 전라도는 전국에서 일본인 농장이 제일 많았으며 일본식민지 정책의 중심지였다. 군산항에는 일본 모리배들이 모아놓은 쌀가마가 항상 산더미처럼 쌓여있었다. 일본지주들은 물론 조선인 귀족지주들에게 빼앗긴 삼남지역 쌀들이 모두 군산항으로 집결하였다. 따라서 군산지역에는 일찍부터 정미소와 쌀을 보관하는 창고업漕倉이 발달하였다. 지금까지 과거 일제의 식민지 쌀 수탈의 상징인 어린이들을 동원하여 쌀가마니를 만들고, 1926년 쌀 800가마를 쌓아올려 만든 축항 죽조 공사 기념행사에 대한 이야기가 남아 있다. 일제강점기 조선인의 식민지 수탈의 아픔으로 남아있는 군산의 부잔교와 군산세관, 군사부 청사, 미곡검사소 등은 인천항의 미추홀, 원산항의 방곡령과 함께 조선개화기의 굴곡의 역사를 품고 있다.

 일본은 일본대로 한국 쌀밥에 중산층들의 식생활이 고급화되면서 이것을 기화로 일본 상인들이 시장의 쌀을 매점매석하여 쌀값이 천정부지로 올랐다. 조선에서 약탈한 쌀을 일본으로 가져간 쌀을 일본 모리배들이 독점하여 시장 쌀값이 천정부지로 치솟아 마침내 1918년 8월 "도로야마현'에서는 쌀값 폭동이 일어나고 이 폭동은 전국도시지역으로 확산되었다. 그러자 일본 구레시에 주둔하고 있던 해군육전대 병사들까지 '배고파 못 살겠다' 면서 폭동에 가담하는 사태에 이르렀다. '아사이' 신문을 비롯한 일본 언론들이 나서서, 정부의 눈뜬장님 식량정책을 비판하고 나서자

'데라우찌 내각' 이 그날로 총 사퇴하고 말았다. 궁지에 몰린 일본 정부는 군대를 동원 시베리아를 침공하면서 쌀 확보전쟁을 감행, 신민들의 관심을 외부로 돌리며 위기를 넘겼다. 그 과정에서 일본군들은 원동지역 한인 마을 신한촌을 급습하여 불을 지르고 한국인들을 학교교실에 몰아넣은 채 불을 지르는 화풀이를 하였다. 한·일간의 충돌은 신한 촌에 사는 현지 한국인들이 1919년 3·1만세 운동 1주년 기념식을 맞아 거창한 아치를 세우고 독립선언문을 읽고 태극기를 흔들며 행진하는 것을 본 일본군들이 한국인들에게 보복을 한 것이다. 영문도 모른 채, 평화롭게 진행되던 기념행사장에서 일본군들의 야만적인 기습을 당한 한국인들은 수류탄과 기관총에 의해 수 백 명이 살해되었다. (김호준. 디아스포라의 아픈역사)

이모든 사태가 개화준비가 안 된 정부의 무능, 무식 무대책에서 온 것임을 깨달은 윤치호, 안창호 등 개화파 지식인들은 신민흥국新民興國, 즉 새로운 민족新民으로 탄생하여 새로운 나라를 건국하겠다는 각오아래 항일 독립운동에 박차를 가하였다. 이 때 안창호는 을사보호조약으로 외교권을 박탈당할 무렵 극비리에 미국에서 귀국하여 비밀결사조직으로 국내는 물론 간도 및 동북지역에 신민회를 통해 항일 독립운동을 지도하고 있었다. 특히 1915년 후, 의병에서 광복군까지 무장독립투쟁의 중심역할을 하였던 신민회는 무장군인과 교육을 위해 신흥무관학교, 밀산 무관학교, 동림 무관학교를 세워 장기적인 무장투쟁을 준비하고 있었다. 또한 국권회복운동의 지속적 전개를 위해 국내에서는 일제의 전시통제경제, 공업화정책과 병행하는 병참기지, 군수기지. 군수공업, 시설에 대항하여 노동자, 농민에게 다가가는 계몽운동을 비밀리에 전개하였다. 흥남비료공장 건설 방해, 나석주 의사의 악명 높은 동양척식회사(1908) 폭탄투척 사건 등이 그 사례이다.

이 회사는 일본인 이주농민들의 뒷바라지를 위해 설립된 회사로 해관에 설립되었던 대한은행(1898), 대한천일은행(1899)과 함께 식민지 금융기관으로, 사실상 대한국인들을 착취하는데 합세하였다. 일본인들의 농업이주 장려를 위해 유리한 조건으로 토지구입비, 이주비, 영농자금대부와 같은 업무를 하면서 대한국인들에게는 높은 고리채 대부놀이를 하여 일인들을 위한 금융자금조달을 하였다. 이 보다 먼저 설립된 인천의 58은행, 군산의 18, 19 민간은행들은 일인들이 투자하는 자금으로 한국농민의 토지를 매입하여 직접 쌀을 생산하고 이 쌀을 일본에 수출하여 막대한 부를 축적하는 등, 식민지 자본관리를 담당하는 전형적인 식민지수탈 업무를 전담하였다. 특히 조선식산은행(1882)은 해관을 통해서 반출되는 쌀 수출에 따른 자금을 예치하여 막대한 부를 일인들에게 특별대부 하는 기능을 수행하였다.

이에 대응하여 신민회는 산미(쌀)증산 운동을 전개하여 일본으로 반출되는 쌀로 인한 한국농촌의 피폐화를 막아 농민들의 생활 안정을 도모하였으며 국내 산업 발전에도 힘써 농민 노동자의 일자리 마련에 힘썼다. 이같은 조치는 미국유학 생활을 통해 국권 수호의 길은 먼저 산업발전과 생산업체를 많이 세워 일자리를 만들어 국민생활을 안정시키는 것임을 깨달았던 것이다. 사회발전의 원동력임을 깨달은 개화파 지식인들은 농촌계몽운동을 더욱 강화하여 농민, 노동자의 생활 안정을 우선한다는 목표아래 애국애족사상 고취를 명분으로 사회주의 인사들과도 폭넓게 접하게 되었다. 이는 사회변화 움직임 추세 속에 개화 혁신의 주체세력으로 자리 잡은 기독교가 1920년대 민족동행이라는 첫 공산당과의 대결과 도전의 시련에 직면하게 되는 원인이기도 하였다.(민경배, 앞의 책 p.160.)

본래 공립협회는 안창호에 의해 1904년 미국이주 한인노동자 취업을 돕기 위해 창설된 조직이었다. 미국정부의 묵인아래 교포사회에서 발생하는 각종사건 처리와 망명교포 인사들의 취업알선 및 생활지원을 돕는 후생단체에서 신민회 조직의 중심적인 역할을 하면서 회원들은 좌·우를 가리지 않는 애국민족주의 결사 조직으로 기독교와 동행하는 계기가 되었다. 공립협회의 지원을 받는 신민회 회원들은 국내외에서 무력으로 친일세력 및 일본 고관들을 저격 혹은 폭살시켜 대한국인들의 의기를 떨쳤다. 1908년 3월 21일 미국외교관 신분으로 일본에 고용된 대한제국 외교부 고문인 '스티븐스'는 평소 친일 행동과 망언을 일삼아 한국인들을 인종적으로 모욕하던 중, 휴가차 미국에 건너와서도 기자회견을 열어 을사늑약을 찬양하면서 재차 한국인들을 모욕하였다.

"한국과 같이 미개한 나라는 선진국 일본의 보호를 받아야만 발전할 수 있다…. 일본의 보호정책으로 대한제국은 안정을 찾아 날로 발전하고 있으며 1907년 정미 7조약 체결로 정치는 발전하고 있으며 노동자 농민들은 노예 같은 생활에서 벗어나 행복하게 잘살고 있다."

이에 분노한 한인 사회에서는 강력한 반박성명을 내고 스티븐스의 사과를 요구하였으나 불응하자 '공립협회'와 '대동보국회'에서는 직접 스티븐스를 만나 재차 사과를 요구하였다. 그러나 그는 끝내 사과를 거부하고 미국정가를 향해 그릇된 정보를 계속유포 시키자 다음날 샌프란시스코 페리호 선착장에서 한국의 열혈청년들인 장인환·전명운의 총격을 받아 사망하였다. 이 때, 전명운도 스티븐스가 쏜 권총에 의해 우측 어깨에 총탄 한 발을 맞아 부상하였다.

한편 이 사건이 널리 알려지면서 미국 하와이 애니깽 농장에 거주하던 한국청년 '이재명'은 샌프란시스코로 달려가서 공립협회에 가입하여 독립운동에 참여하였다. 그는 대한제국 국권침탈의 원흉 이또 히로부미를 반드시 처형하겠다고 벼르던 중, 1909년 우덕순·안중근 의사에 의해 하얼빈역전에서 저격당해 죽었다는 소식을 듣고, 큰 충격 속에 울분을 참지 못하였다. 이재명은 이완용을 저격할 목표로 다음해 미국생활을 청산하고 급히 귀국하여 마침내 이완용기습에 성공하였다. 1909년 3월 23일 이재명 의사는 벨기에 황제 레오폴드 2세 추도식 미사에 일본고관들과 함께 참석하고 나오는 이완용을 명동대성당정문에서 습격하여 중상을 입혔다. 길이 8cm와 14cm의 식칼로 목과 가슴에 자상을 입은 이완용은 병원에 장기 입원 투병하다가 운명을 달리하였다. 이재명 의사는 경찰에 체포되었고 1910년 5월 15일 재판에서 사형언도를 받아 같은 해 9월 30일 순국하였다.

또한 강우규 의사는 평남 덕천 출신으로 1910년 만주에서 망명생활을 하고 있었다. 그는 이동휘를 만나 기독교에 입문하였으며 영명학교와 광동학교를 설립 민족교육을 실시하여 국민들에게 민족의식을 고취시키며 항일 독립투쟁을 지도하였다. '대한노인동맹'을 결성하여 독립운동을 하던 중 그는 노인동맹에 가입하고 있던 일본인 '하세가와 요세미치'로부터 만주에 간도통감부를 설치하여 한국독립운동을 탄압하던 '사이토 미코토'가 제 3대 조선총독이 되어 부임한다는 소식을 전해 듣고 그를 폭살하겠다는 결심으로 비밀리에 한국에 잠입하였다.

강력한 폭탄을 숨겨가지고 한국에 잠입하는데 성공한 강우규 의사는 1919년 8월 28일 해군제독인 신임총독이 남대문 역에 도착하여 의장대 사열을 받은 후 귀빈마차를 타고 출발할 순간에 폭탄을 총독이 탄 마차를 공격 폭발시켰다. 일본군 보병 2개 중대가 삼엄한 경계를 펼친 가운데 64세의 노인이 재빨리 폭탄을 투척한 후 군중 속으로 숨어버린 것이다. 이로 인해 현장에서 무라다 육군 소장 혼마치, 경찰서장 구보, 만주철도 이사, 신문기자, 경찰 등 37명이 중경상을 입고 철도와 차량 등이 파손되었다. 중상자 2명은 후에 병원에서 사망하였다. 사망자는 아사이 신문 경성특파원과 경기도경 순사였다. 강우규 의사는 9월 16일 불신검문에서 체포되어 1920년 2월 25일 경성지방법원에서 사형언도를 받았고 동지들인 최지남은 3년, 허형은 1년 6개월의 형을 받았다. 강우규 의사는 흰 두루마기에 머리와 수염까지 백발로 민족제단에 목숨을 바쳐 후대들에게 조국 사랑의 본이 되었다.

　신민회 지도부는 국내외에서 대한제국 침략원흉들을 잇달아 제거하자, 제2의 거대한 항일독립투쟁을 준비하였다. 그것은 안중근 의사 의거 일 년 후에 있었던 '데라우치찌 총독 암살미수' 사건으로. 신민회에서 은밀히 계획한 사건이었다. 윤치호와 안창호를 비롯한 지도부는 신민회 국내외조직을 총동원하여, 데라우찌 총독 암살과 동시에 국내외 총궐기를 통해 세계여론을 일으킨다면 대한의 독립달성이 가능하다는 판단이었다. 이 사건은 당시 극비로 추진되었으며 거사 책임자는 안중근의 사촌동생 안명근이 맡고 있었다. 그러나 총독부에 의해 거사계획이 사전에 발각되면서 '안명근 사건' 또는 '안악사건'으로 세간에 알려지면서 사건전말이 총독부에 의해 극비에 붙여지고 있었다. 그러나 이 사건으로 인해 전국의 신민회회원들이 한꺼번에 600여명이 체포되어 수감되었고 미국 개신교 선교사들까지 20여명이 연루되어 경찰의 수사를 받는 등 기독교에까지 큰 파문이 일어나 세인의 관심을 끌게 되었다. 그러자 대한독립운동을 탄압하기 위한 조선총독부의 음모설이 나돌면서 많은 사람들이 체포되고 형무소에 들어가게 되자 공포분위기에서 수 백 명도 넘는다는 뜻으로 '105인 사건'이라는 이름을 붙였던 것이다.

　그러나 이 사건은 분명 신민회회원들의 애국충정에서 추진했던 사건이고 수많은 무고한 사람들이 고문 등 수사과정에서 고통을 당하고 피해를 입은 최악의 사건이었다. 사건의 성격과 규모면에서 조선총독부가 다뤘던 항일독립운동 중 최대의 사건이었던 만큼, 사건내용을 밝히지 않고 수사 자체를 비밀리에 진행한지라 그 사건 진상이 외부에 밝혀지지 못 했을 뿐이다. 여기에는 사건중심 인물인 안명근이 신민회를 보호하고 피해를 줄이기 위해 사건을 철저히 은폐내지 축소하고 자신의 개인적인 사건으로 숨겼기 때문에 세상에 잘 알려질 수 없었다. 엄연한 악마에 의한 민족사의 맷돌질에 무너진 역사적 사건의 진실이 더 이상 은폐되는 것을 막기 위해 당시 사건에 간여했던 당사자들의 증언과 제공받은 비밀문건을 중심으로 한 서울교육대학교 '안천' 교수의 저서 '신흥무관학교'가 1996년 출간되면서 사건전말이 세상에 빛을 보게 되었다.

"…, 안명근은 침략전범 데라우찌 사살의 거사를 실천하기 위해 가던 길이었다. 1911년 1월 13일에 그러니까 안중근 의거가 있은 1909년 10월 26일에서 약 1년이 지난 때에 안명근 일행은 사리원을 경유하여 평양역에서 체포 되고 말았다.…, 훗날 일제 총독부 경찰에 일망타진된 뒤에 안명근 의거는 흉악한 강도사건으로 처리하여 안명근 사건이라고 불리게 만들었고, 핵심진원지의 하나였던 안악지역의 관련자를 잡아서 같은 식으로 몰아 '안악 사건'이라고 불리게 되었으며, 거대한 신민회 조직에 있어서 겉에 드러난 핵심부와 관련자 600명을 붙잡아 105인을 기소하여 '105인 사건'이라고 불리게 만들기도 하였다." (안천, 신흥무관학교. 1996. pp.103~108. 참조.)

안명근 의거와 관련하여 그 성격과 진실을 입증하는 연구는 기독교에 파급되었던 기록을 통해 명명 백백 하게 알 수 있었다. 민경배의 저서 '한국의 기독교'에서는 '105인 사건'에 대하여 다음과 같이 설명하고 있다.

"1911년 12월 25일 평양 등지에서 정주로 모인 60여명은 안태국·이승훈이 이끄는 정주지방 인사들과 선우혁이 신천에서 인솔한 20여명 및 김구 등이 인솔하고 온 20명과 합류한다. 이들은 선교사 '맥퀸'의 연설을 듣고 난 다음 신성학교 현장에 숨겨두었던 권총 75정을 나누어 가진다. 압록강 철교 개통식에 참석하기 위해서 가는 길에 잠깐 선천 역에 내려 선교사 맥퀸과 악수를 하게 되어 있는 데라우찌를 이 때, 암살한다는 계획이었다.

그러나 예상과 달리 하행 길에는 정차하지 않았기 때문에 올라오는 상행 길에서 정차한 순간 총독을 암살하기로 하였다. 하지만 총독의 위엄에 눌려 목적을 이루지 못하고 만다." (민경배, 한국의 기독교. 1999. p.97~100.)

기록에 의하면 기독교 세력을 망라한 신민회 타도를 동시에 수행하는 총독부 음모가 추진되고 있었다.…,비록 사건을 감추기 위한 경무 총감부의 총감 '아가시' 육군 대장의 면밀한 날조에서도 당시 반일 구국투쟁에 전국각지에서 각계각층 지도자들이 인솔한 국민들이 참여하였음이 밝혀졌다. 더구나 놀라운 사실은 '맥퀸' 선교사를 무장폭동 음모에 연루시켰다는 점이다. 이점에 대해서는 앞에서 인용한 안천 교수의 글에서 밝혀진 천주교 '뮈델' 주교와 '빌렘' 신부, 그리고 총독부와의 석연치 못한 관계에 대한 글이 소개되고 있어 더욱 충격을 주고 있다. 능란한 변장술에다 사진 한 장구하지 못했던 일경들이 안명근을 쉽게 체포할 수 있었던 정보는 '빌렘 신부'에게서 일일보고 형태로 뮈델 주교에게로 전해졌다는 사실이다.(일부 고해성사 내용도 있는 듯…) 안천 교수의 연구에 의해 '뮈델' 주교의 일기장에서 밝혀진 몇 가지 단서는 다음과 같다.

"(1911. 1. 11); 빌렘 신부가 총독부에 대한 조선인들의 음모가 있었는데, 거기에 안명근(야고보)이 적극적으로 관여했을 것이라는 사실을 편지로 알렸다. 홍석구 (Wilhem) 신부의 요청에 따라 나는 그 사실을 아까시 장군에게 알리고자 눈이 아주 많이 내리는데도 그를 찾아갔다.….아까시 장군은 나의 통고에 진심으로 감사했다." (안천 앞의 책. p.105. 참조)

"(1911, 1. 13); 몹시 춥다. 영하 21도. 아침에 경찰과 오노씨의 한 사무원이 내가 집에 있으면 아까시 장군이 방문할 것임을 알리러 왔다. 경찰에서 두 직원이 조선 카톨릭의 교세 통계표를 구하러 왔다.

그들이 아직 떠나지 않고 있을 때, 아까시 장군이 도착했다. 그는 자신의 이름과 총독 데라우찌 장군의 이름으로 다시 감사하려 왔다고 하였다. "

"(1911. 1. 15); 데라우찌 총독이 특별열차편으로 대구, 부산을 경유, 일본을 향해 떠났다."

"(1911. 1. 21); 아까시 장군은 안명근이 '빌렘' 신부에게 말했다고 하는 자백이 사실인지 여부를 빌렘신부에게 물어보아도 실례가 안 되겠느냐고 편지로 물어왔다. 빌렘 신부에게 그의 부탁을 전하였다."

빌렘신부는 뮈델 주교에 의해서 이런 엄청난 사태가 벌어질 줄은 스스로도 미처 생각하지 못했을 것이다. 수없이 고민하면서 번민하는 날을 보냈을 것이며 끝내 3년 후인 1914년 6월에 안중근, 안명근의 4촌동생인 안봉근을 프랑스에 유학시키러 데려가면서 귀국길에 올랐다.

일제는 침략자였다. 이 침략자와 한국교회는 두 민족 간의 갈등대립과 신도神道와 기독교, 군국주의와 자유민주주의 간의 충돌로 전개되었다.(박희도, 한국교회의 수난사. 사상계논문집16. 1965.) 그러므로 한국교회는 수난과 항쟁의 반복으로 피 흘리는 순교로 자라야만 했다. 한국교회가 걸어온 발자국의 마디마디마다 피가 고였고 강대상마다 피눈물의 역사가 어리었다. 3·1운동을 총검으로 제압당하였고 기독교인들은 신사참배를 거부하기까지 한국교회는 끊임없이 항일투쟁을 계속하여왔다. 교회는 항일운동을 거부함에 있어서 언제나 선봉에 서고 그 중추세력이 되었다. 대한민국을 적의 침략으로부터 수호하였던 것이다.

한국교회는 신앙의 자유와 민족의 자유를 위하여 이중의 십자가를 졌다. 따라서 순교와 순국으로 점철된 항일구국운동사이다. 이 역사는 이 땅에 교회가 존속하는 그 날까지 이 겨레의 생명과 함께 영원히 빛날 것이다. 이 거룩한 정신을 이어받는 한, 교회는 이 나라에서 영원히 없어서는 안 될 빛과 소금의 역할을 할 것이다. 기울어가는 조국을 되살려보려고 무수히 많은 애국자들이 국내와 외국에서 궐기하여 일어났다. 망국의 비운 속에서 마음 둘 곳과 의지할 곳을 찾아 교회로 향하니 교회는 구국의 힘이요 희망의 보루가 되고 나라의 미래를 세우는 사랑의 기둥이었다. 선교사들은 일본의 한국정책을 비판하기도 하고 민주주의적인 자유주의를 고취하여 국민들의 기운을 북돋아 주었다. 성도들은 우리 겨레 모두가 기독교인으로 잠을 깨우는 날, 우리에게 독립이 온다고 믿고 확신하였다. 전국으로 교회확산이 되고 밤낮으로 성도들이 모여 우렁찬 찬송을 부르고 눈물로 회개하며 기도하니 하나님이 모세를 통해 이스라엘 백성을 애굽의 노예에서 해방시켜 주시듯이 우리 한민족을 고통의 질곡에서 해방시켜 주신다고 믿었다.

 함석헌은 대한국인들이 당하는 수난을 종교적 차원으로 승화시켜 가시면류관의 승리로 표현하였다. 세상 사람들이 경주는 이기기 위한 경주이나 대한국인들의 역사적 수난은 승리를 위한 경주로 십자가에 못박혀 인류구원의 승리를 거둔 예수부활 신앙에 비유하였던 것이다. 백만 구령운동의 찬송과 기도소리가 천지를 진동하였다. 십자가 군병들아! 믿는 자는 다 군병 같으니…,1912년 발표된 북장로교 선교부의 통계를 보면 선교사가 330명, 학교는 930개교, 병원 13개소, 치료소가 18, 교회가 500여 곳, 학교는 960, 신도가 250여 만 명이 된다고 한다. 의심이 많고 기독교에 대한 이해가 부족한 일제 당국은 여기에 충격을 받았다. 불과 1년 전에 한일합병의 기초를 닦아 논 이또 히로부미가 안중근의 총격을 받아 죽었는데…, 새로 부임한 조선총독 데라우찌 총독은 부임 첫날부터 잠자리가 불안하였다. 그러나 그는 사무라이의 기질을 자랑하는 일본육군 대장이었다. 밤잠을 설치며 궁리한 것이 한국에서 자기와 맞설 세력은 바로 교회라는 것을 새삼 깨달았다. 교회가 대한독립운동의 정신이고 독립군 양성을 위한 교육기관이라는 확신에서 선교사들과 교회지도자들을 무력화 시키기로 하였다. 그는 아침 조회에서 수하들을 불러놓고 '조선신교육령'을 반포하여 교육침략을 본격화 하였다. 종교의 자유라는 제약 때문에 총독부 당국의 감독 밖에 있는 교회학교의 기능을 무력화 시켜 한국인의 독립정신을 뿌리 뽑고 독립운동 지도자들을 제거하기 위한 조치였다. 그의 야심은 거침이 없었다.

데라우찌는 한일합병조약을 실현시키기 위한 무단통치의 길을 닦는데 열중하였다. 정·교분리의 간교한 통치술을 이용 정치세력인 신민회와 기독교를 분리시키는 공작을 펼치고 있었다. 정무감각이 뛰어난 그는 신민회와 일부 천주교간의 불화를 이용 아직 확인되지도 않은 총독 암살음모를 조작 전국에서 신민회간부들을 무더기로 체포하였다. 윤치호, 양기탁, 이승훈, 안태국, 유동렬, 이동휘, 김구 등 600여명을 체포하여 구금하고 각본에 따라 고문을 통해 조작된 범죄 자백을 받아냈다. 그 중 고발된 122명의 피의자중 105명이 기독교 신자였다. 이 결과만 놓고 보더라도 처음부터 이사건의 본질이 기독교 핍박을 염두에 둔 총독부의 음모였음을 알 수 있었다. 무단통치의 간악한 죄인 만들기는 심문과정과 기소 후 재판과정에서 지도자들의 고문사실이 밝혀지면서 선교사들의 적극적인 관여로 총독부의 조작사건이라는 여론이 비등하고 국제여론의 압력을 받게 되자 재판과정에서 대부분 피의자들이 무죄방면 되었다.

1917년 일제의 본격적인 교회학교에 대한 통제조치로 '인가령'을 발표하였다. 무단정치를 문화정치로 전환하면서 내린 조치였다. 이에 대하여 선교사들은 일제의 종교정책에 대한 장문의 비판을 하였다. 이들이 제시한 새로운 요구사항은 다음과 같다.

첫째, 교회학교에서 운영하는 교육과정의 독립성과 함께 교회학교에서 성경과 종교의식의 자유를 보장하라.
둘째, 한국어에 대한 제한을 철폐하라.
셋째, 학생과 그들의 양심의 자유를 인정하라.
넷째, 사립학교 교과서 선택의 자유와 한국역사교수 금지조치를 폐지하라.

이에 대해 총독부는 1920년 3월 신교육령을 발표하여 교과서의 제한을 폐지하고 교원의 자격을 완화하고 교육과 종교의 분리주의를 중지하겠다고 약속하게 되었다. 이와 같은 조치는 소위 105인 사건을 통해 밝혀진 일제의 비문명적인 교육정책에 대한 비판과 총독부의 무단통치의 야만성에 대한 국내외의 혹독한 비판에서 나온 일시적인 문화정책이었다. 그러나 더 중요한 것은 총독부의 가중되는 식민통치에 대한 국민들의 반응은 더 많은 국민들의 기독교로 개종과 전국적인 교회설립의 증가, 그리고 교회학교의 발전이었다. 특히 새 총독의 문화정치로 전환하면서 가능해졌던 성경교육이 교회학교 정규과목으로 인정 되었으나 1922년 다시 발표한 총독부 신 교육령에서는 일본어를 생활어로 하고, 조선어독본을 부독본으로 쓰도록 하였다. 또 교회학교에서 한국역사 교수를 다시 할 수 없게 제한함으로서 1922년 3월 하달한 신교육령은 잠정적인 회유책에 불과하였던 것임이 밝혀졌다.

7

일본 군국주의는 대한제국을 강제 병합(1910. 8. 29.)하면서 한국인에 대한 가혹한 식민통치를 더욱 강행하였다. 따라서 망국민의 노예가 되기 싫은 많은 한국 애국지사들과 의병장들 그리고 삶의 터전을 빼앗긴 농부들이 압록강과 두만강을 건너 동북 땅으로 건너갔다. 거기에는 16세기 명말, 또는 17세기 청조 때부터 건너와 삶의 터전을 개척하여 집단으로 거주하는 한인동포들이 있었다. 더욱이 19세기 중엽, 함경도 지방인 무산, 종성, 회령, 경원, 온성, 경흥 등에 극심한 가뭄으로 인해 농사를 망친 대부분의 농민들이 살길을 찾아 옛 동북 땅으로 넘어와 황무지를 개간하여 한인촌을 세워 집단으로 거주하였다. 이 때(1677) 청국은 동북 흥경(지금의 신빈)으로 이동하여 이통주 이남 및 압록강 및 도문강 이북의 약 500키로 미터나 되는 지역을 청조의 발상지로 삼아 봉금지역으로 정하고 사람들의 출입을 엄격히 금하였다.

그러나 한국인들은 빈곤과 기아에 고통 받는 가족을 살리기 위해 옛 선조들의 연고지를 내세우며 밀고 들어가 산지를 개간하여 밭을 일구고 강가에 수전을 개발하여 새 삶의 터전을 마련해 살았다. 이들에게는 정치적 개념으로 만들어지는 경계보다는 부모나 옛 할아버지대로부터 전해들은 고조선이나 고구려, 발해의 옛 연고지를 기억하며 천재지변이 닥칠 경우 쉽게 강(압록강과 두만강)을 건너 옛 삶의 터전을 찾아들었다. 억새풀을 엮어 지붕을 잇고 진흙으로 벽을쳐 만든 두툼한 벽집을 회칠하고 따듯한 돌 구들 위에 둘러앉아 구수한 이밥(쌀·기장밥)을 먹던 추억이 바로 옛날

자기가 살던 고향이었던 것이다. 이러한 사연은 중국 쪽이나 조선쪽, 양안의 농민들이 자주 겪어온 일상이었다. 필자가 1999년 3월 중국 연변대학교 사범학원 연구 교수로 가 있을 때, 잠시 경험한 사실이 있다. 새벽 운동 삼아 매일 일찍 일어나 외빈숙소 식당을 지날 때면 십대 소년 3·4명이 식당 종업원들과 말다툼하는 것을 볼 수 있었다. 탈북소년들인 이들은 대학 뒷산 토굴에서 잠을 자고 이른 아침 구내식당으로 내려와서 누룽지나 찬밥을 얻어먹는 꽃제비들이었다. 식당 측에서는 이들이 일주일에 두 서너 번씩 나타나는 것이 귀찮아 서로 다투는 것이었다.

"야! 이눔 들아 이제는 고만 오거라. 너희들 자꾸 몰려오면 공안에 신고 할 란다."
"신고 할 테면 신고 하라우, 니들 옛날 일 생각하면 신고 못 할 끼다.…."

식당 종업원들과 대학 뒷동산 움막에서 사는 탈북 소년들(꽃제비)과의 말다툼은 자주 있는 일이라고 하였다. 소년들이 '너희들 예날 생각하여 그러면 안 된다.'는 말은, 강 건너 한인들이 가뭄 등으로 흉년을 당해 어려울 때(일제시대) 면, 서로 두만강을 헤엄쳐 건너다니며 밥도 얻어먹고 식량도 얻어 갔으니 너무 냉정하게 굴지 말라는 뜻이었다. 그들에게는 강이 국경이기 보다는 그저 필요할 때 건너다니는 소통의 샛강일 뿐이었던 것이다.

청나라에서도 광서 1년(1875) 러시아의 남진을 막기 위해 스스로 봉금제도를 폐지하고 이민실병제를 실시한 적이 있었다. 따라서 한인 개척민들은 압록강 지류와 도문강을 건너 계곡과 하천을 따라 옛 동북 땅으로 다량 이주하였다. 1894년 통계에 의하면 연변에 거주하는 한국인이 1만 4,000명이나 되었다고 한다. 1907년에는 7만 3,000명, 1910년에는 10만

9,500명에 이르렀다.

　일제의 착취와 핍박에 따라 한국 땅을 떠나 만주 땅으로 이주한 사람은 1926년까지 16년 사이에 29만 8,900명으로 증가하였다. 1930년에는 60만 7,119명, 1931년에는 63만 982명으로 증가하였다. 일본군국주의자들은 1931년 9·18사변(만주사변)을 계기로 동북지역을 일본식민지로 만들어버렸다. 그들은 동북 땅의 구리, 철, 석탄, 석유 등 지하자원을 약탈하여 중국을 침략하는 전략기지로 만들기 위한 집단이민, 개척이민 정책을 제정하고 한국농민들을 강제로 동북 땅으로 내몰았는데 이 시기를 강제이민 시기라고 한다. 이 시기에 동북으로 강제 이주당한 한국농민들이 급격히 증가하였던 1934년부터 1936년까지 3년 사이에 그 수가 20만 2,112명에 달하였다. 이 숫자는 9·18사변 이전 1928년부터 1930년까지의 3년 사이에 이주한 한국농민 4만 8,839명에 비해 4.1배나 증가한 것이다. 이 시기 한인들은 간도, 봉천, 길림과 안동 등에 집중적으로 분산 거주였다. 1939년 동북 땅에 거주한 한국인은 106만 5,523명, 1944년에는 165만 8,572명. 그중 간도에 거주한 한국동포가 63만 1,733명에 달하였다. 1945년 8·15 광복 후 약 50만의 동북 조선족이 한국으로 돌아가고 약 150만 명에 달하는 조선족이 동북 땅에 거주하였다. 1990년 7월 1일 전국통계에 의하면 중국에 192만 597명이 길림성 연변에 살고 있는 것으로 집계되고 있다. (김동화. 중국조선족에 대한 중국공산당의 민족정책의 역사적 고찰. p.4.참조)

　1910년 이후 식민통치를 하였던 조선총독부는 한국의 근대화운동을 탄압하였고 민족자본형성 파괴정책을 구사하였다. 대한국인들의 경제활동은 물산장려운동에 국한되었으며 민족독립운동 일환으로 전개되었다. 시기적으로 제 1단계는 일본 무단통치기간인 1910년부터 1919년, 제2단계는 문화통치시기인 1919년부터 1930년, 제3단계는 1930년부터 1945년까지였다. 이 시기에 대한국인들은 가장 심한 일본 식민통치 아래 혹독한 노예수업을 받았던 것이다. 일제식민통치 아래서 공무자유업, 기업, 상업, 도시 거주민은 대부분 일인들이었으며 대한국인들은 대부분 농업에 종사하였고 농촌지역에 거주하였다. 1917년 총독부 토지조사 통계를 보면 대한국인 85%가 농업에 종사하였으며 그중 77%가 소작농이었다. 이와 같은 산업구조는 전형적인 식민지배 형태로 지배층은 모두 점령국 신민인 일본인들이었으며 피지배층은 식민지인들인 대한국인들이었다. 1945년 해방 전까지 대한제국 경제적 부는 모두 일본인들이 차지하고 있었다.

물산장려운동을 독립투쟁의 한 방법으로 추진한 대한국인들은 혼신의 힘을 다해 민족단결과 항일투쟁정신을 불태웠다. 특히 3·1운동 이후 민족의 저력을 총독부의 무단통치와 맞서 언론 출판활동을 전개하였고 문화민족의 긍지를 되살리는 국민의식 개혁에 힘썼다.

한편 1924년 기독교도 사회참여의 일환으로 물산장려운동에 열심히 참여하여 장로교와 감리교는 연회나 총회에서 교단 차원에서 농촌부를 설치, 농촌개발에 힘썼으며 윤치호와 홍병선은 '농업세계'라는 정기간행물을 발간하여 농촌계몽운동을 전개하기도 하였다. 또 이상재와 이승훈은 '민립대학' 설립을 추진하기도 하였고 평양산정현교회의 조만식 장로와 김동원 장로 등을 중심으로 민족기업 육성을 도모하여 고무공장과 메리야스공장이 활발하게 운영되기도 하였다. 여기에 힘입어 기독교 중심의 물산장려운동을 전국적으로 확대시켰다. 당시 상황에서는 일제의 감시와 탄압 속에서 그나마 교회만이 애국계몽운동을 할 수밖에 없었다. 그 밖의 사회조직은 총독부의 직·간접적인 탄압으로 경제활동이 불가능하였다.

"제군아! 보라, 제군이 천지의 아름다움을 찬미하고 우주의 조화를 말하고 신의 은덕을 강론하고 인생의 권위를 역설하고 그 행복을 기도하는 가운데, 눈앞에 보이는 것은 온 세계가 불행에 눈물 흘리고 굶주림에 흘린 눈물자국이며 울며 불의와 포학에 유린되고 있음이다.….제군은 교단에서 내려와 가두로 나가라! 불의와 포학에 눈물 짓는 민중, 곧 참 인자를 위해 생명의 불꽃을 피워 심판의 불을 활활 태우라." (동아일보 1922.1)

이처럼 교회의 막중한 책임감으로 신앙인의 사회 참여를 강조하고 물산장려운동의 동참을 호소하였지만, 산업현장을 보면 총산업자본의 94%가 일본인 소유의 자본이었으며 대한국인의 산업자본은 6%에 불과하였다. 물산장려운동을 아무리 강조하지만, 자원이 부족하고 민족자본 형성이 일제에 의해 방해와 착취당하는 상황에서 부강한 나라를 만들어 빼앗긴 나라를 다시 찾는 것은 요원한 일이었다. 대한제국의 주산업은 농업인데 총독부의 교묘한 수탈방법으로 토지를 뺏기고 생산한 쌀마저 무제한 일본으로 실어가 농촌경제가 급속히 붕괴되고 있었다. 일본인이 공장을 세워 생산성을 높혔으나 그 소득의 대부분은 일본인이 가져갔으니 대한국인은 여기서도 식민지 노동자로 전락 노동력 착취를 당했다. 일본인들이 재산을 불릴 때, 대한국 농민들은 가난의 나락으로 떨어지고 농촌은 점차 식민지적 궁핍에 빠져 일본인의 초라한 소작농으로 전락하였다. 문전옥답 다 빼앗긴 가진 것 없는 조선농민들은 살길을 찾아 유리걸식하며 만주나 연해주로 갔지만 그곳에서도 천대받고 굶주리는 생활은 여전하였다.

총독부의 통계에 의하면 농촌을 떠나는 사람의 3%는 만주나 연해주로 떠났고 17% 정도는 일자리를 구하려고 일본으로 건너갔다. 이와 같은 비참한 유랑은 1905년부터 본격화 되어 1920년까지 고향을 등진 이주 동포들은 300여 만 명에 이르렀다. 만주 목단에서 선교하던 미국인 쿡(W.T. Cook)선교사는 이 비참한 행렬에 대해 눈물과 비탄으로 미국 선교본부에 다음과 같이 보고하고 있다.

"영하 40도를 오르내리는 추위 속에서 흰 옷을 입은 말없는 사람들의 떼가 열 혹 스물씩 먹고 살 곳을 찾아 눈 덮인 산언덕을 허물어지듯 밀려갔다. 만주의 나무 많고 돌 많은 내버려진 땅에 생사를 걸고 이들은 발을 내밀고 가고 또 걸어갔다.…. 뼈가 휘청해지고 힘이 없어서 더 이상 한발자국도 더 내딛을 수 없을 때까지…."

북간도에서 헤매고 다니는 동료들의 사정을 함경북도에 있는 교회에 보고한 내용에서 보면 더욱 비참하여 살을 에는 듯한 기록도 있었다.

"곡식은 별로 먹지 못하고 풀과 나무껍질과 칡 뿌리를 씹으며 연명하였는데 얼굴에 부황이 뜨고…."

8

　일본식민통치의 경제적 수탈은 조선 농민의 강제 이주로 인한 농촌경제의 파괴만이 아니었다. 세계의 여론을 의식, 식민지의 낙후된 도시건설과 문화시설 단장으로 제국주의 식민통치의 새 얼굴로 분장시켰다. 한국의 반제국주의 투쟁을 벌이고 있는 미국 유학파 지식인들은 프랑스의 식민 지배아래 있는 베트남의 방문길에서 놀라움을 금치 못하였다. 그들의 예상과 달리 베트남의 구도시들은 서구 선진국 도시와 다름없을 정도로 개발된 모습을 보여주고 있었기 때문이다. 깨끗하고 넓은 도로와 가로등, 고층빌딩과 정돈된 거리모습 등은 베트남을 착취하고 탄압하는 무자비한 베트남의 폭력, 제국주의 모습을 환상의 그늘 속에 교묘히 은폐시키고 있었다. 19세기 말에서 20세기 초, 한국민족주의 형성시기에 가장 큰 영향력을 미친 베트남의 환상은 경박스러운 애국시민들의 식민사관에 대한 엄중한 교훈이 될 수 있었다. 그러나 그들의 친일행각은 조국 근대화의 기회를 놓치고 말았다. 프랑스 천주교 선교사 '프티니 콜라'의 한국인들은 그 어떤 종교적인 안목조차 가추지 못한 무신론자(미개인)라는 글(1865.3.17. 선교보고서)에 매료되어 최악의 친 프랑스식 식민통치 담론에 빠지고 말았다. 이와 같은 우매한 한국 추종세력들은 일본을 개화의 모델로 하는 친일세력들을 앞장세워 한국인들을 신사참배로까지 내몰게 되었던 것이다.
　프랑스의 베트남 식민통치 위장술은 일본의 한국식민통치에서도 그대로 나타났다. 고종황제도 대한제국의 근대개혁을 위해 고심 중에 있었다. 측근들을 동원하여 월남망국사의 교훈도 들었다. 그러나 텅 빈 곡간만 인계받은 대한제국의 황제는 아무런 힘도 없었다. 종주국이라는 허세만 부리는 중국과 일본에 차관을 교섭하였지만 응해주지 않았다. 다급한 나머지 황실의 이어(移御)를 위해 서방의 미국공사관에 의중을 타진하였지만 일본의 방해로 그 뜻마저 이루어 질 수 없었다. 그런데도 서울은 번영을 누리고 있었다. 1876년 강화도 조약 이후 석유, 성냥, 면 등 공산품이 물밀 듯 들어와 상점에는 상품으로 가득 찼다. 1901년 서울에는 서양인들도 놀랠 정도로 전신, 전화, 전기, 전차가 운행하였고 거리에는 가로등이 설치되어 근대도시의 면모를 갖췄다. 전차는 돈의문에서 홍화문, 종로, 동대문, 청량리 구간을 10분 간격으로 운행하였으며 인천 노량진간 철도도 부설되었다. 인천 덕수궁 간 전화도 가설되었고 이촌동, 동작구, 한강철교, 노량진, 남대문간 철도가 완공되자 경인선이 하루 4회에 걸쳐 운행되었다. 서울 거리에서 보는 삶의 역동성은 북경보다 더 다채롭고 그 형상은 도쿄보다 더 순수하다고 쓰고 있었다.(지크프리트겐테, 서울의 풍광. 중앙선데이.1901.11.19)

 이 모습은 광무개혁 7년 후의 서울 모습을 그린 것이나 또 다른 후진성도 솔직하게 보여주었다. 즉, 뒷골목은 흰옷 입은 사람들과 똥, 오줌으로 악취가 진동하고 밤이면 전국이 깜깜 이가 된다고 하였다. 한편 1894년 여름 오스트리아 작가 '에른스트 폰 헷세' 가 둘러본 서울의 모습은 빈곤하다고 솔직히 평 하였다. 대한제국은 근대민족국가 건설의 중도개혁 노선을 지향하고 있었다. 그가 본 경제적 측면은 다음과 같다. 제방(둑) 수축을 통한 농업용 저수지 건설과 황무지 개발, 인공양잠합자회사(1900), 목양양잠회사(1901), 농업회사, 농광회사, 인공잠농회사(1904), 등이 있었으나 을사늑약 후 모두 쇠퇴하고 말았다고 했다. 상공업 진흥발전에도 심혈을 기울였다. 1896년부터 1904년까지 9년 동안 205개 회사를 창업 하였다. 금융업 11개, 농림업 16개, 제조업 18개, 광업 9개, 상업67개, 운수업 27개, 수산업 3개, 정부토건업 14개, 기타 40개, 출판, 제약, 유흥, 용역 등이 설립되었다.(전우용. 한국회사탄생) 이처럼 다양한 직종에 많은 회사가 설립운영 되었지만 회사 설립을 총독부 허가제로 하면서 대한국인들의 경우 회사설립을 제한당한데 비해 일본인들에게는 여러모로 지원하였다. 교통, 통신, 운수시설은 일본인에 의해 독점 되었는데, 일본인의 지배수단의 편의를 위해 급속히 확산 시켰던 것이다.

일본은 명치유신 이후 그들 국가의 미래를 예측한 국가발전계획으로 '주권선' 과 '이익선' 을 만들어 놓고 철저하게 세계경영을 구상하고 있었다. 1880년 '야마가타 아리토모' 는 1889년 시정연설에서 주권선과 이익선에 의해 침략전쟁(대동아전쟁)을 하겠다는 태도를 견지 러·일 전쟁후 "대동아공영권" 을 주장 다음과 같이 호기豪氣를 부렸다.

> "국가독립 자위의 길에는 두 가지 주권선 수호와 이익선보호가 있다. 즉 주권선은 강역을 말하는 것이고 이익선은 주권보호를 위해 구축된 본토의 안위에 밀접한 관련 있는 근린지역(유규, 조선, 대만, 만주)에서부터 튼튼한 방어책을 마련 해야 한다는 것이다."

이와 같은 도전은 동아시아의 안보지형을 위협하는 것일 뿐만 아니라 장차 세계평화를 위협하는 섬나라의 야심찬 전쟁 계획이었다. 실제로 일본이 서구로부터 배운 근대화는 철저한 일본의 주권선과 이익선에 따라 세계 경영의 야심을 노출하고 있었다. 1875년 시모다조약(러·일통상조약), 1885년 (러·일영토교환조약) 1891년 러시아의 시베리아 철도가 왕성 될 경우 러시아의 남하정책으로 인해 일본의 주권선이 불안해진다는 생각에서 일본은 1890년대 러시아와 한반도 관리(분할)을 놓고 담판을 벌였다. 여기에 대한제국은 이들의 무모한 도전(영토분할) 앞에 '중립화' 만을 내세울 수밖에 없었다. 1910년 대한제국을 병탄한 일본군국주의는 본격적인 경제수탈 명분을 만들어 제도적 침략정책을 자행 하였다. 즉 세계를 이끌어 가는 민족 대다수는 자급자족 경제를 위해 식민지 경제에 나섰지만 일본과 독일은 공간 없는 민족으로 서구 열강과 같이 식민지 개척에 나설 수밖에 없다는 일·독 논리를 적용하여 지정학적 고려에 의한 이데올로기 정립에 나섰다. 일본의 지정학적 연구로는 일본 외교의 현실화를 위한 작업에 앞장 선 인물로는 '이모투 노부유끼'의 선구적 연구(1929)와 정치지리학 연구(1935)가 있으며, '아베 이치고로'의 지정학 입문(1933)과 지정학 계보 등이 있다. 이 논문들은 아시아 인종의 생활공간 확보에 초점을 둔 연구로 일본의 번영을 위해 식민지 영유가 불가피 하다는 입장을 설파하면서 조선에 대한 식민지배는 정당한 권리행사임을 강조하였던 것이다.

일본은 생활공간 확보라는 식민 질서를 합리화 시켜 조선의 토지약탈을 위한 토지조사를 단행하였다. 토지소유권을 보호하고 근대적인 토지소유권을 확립하여 공정하고 안정적인 지세확보를 위한 조치로 통치기반인 재정확보가 그 목적이었다. 갑자기 '토지조사령'을 공포하고 토지소유권은 신고와 등록으로 확정된다고 하면서 실무담당자를 일본인 관리와 조선인 지주층으로 하였다. 일부러 신고기간을 짧게 줄이고 절차를 복잡하게 만들어, 절대 다수가 문맹인 조선인들이 서류를 작성하여 신고하기 어렵게 만들어놓았다. 처음부터 의도성 있는 행정조치로 미신고자가 속출하여 조상대대로 이어오면서 경작하던 토지가 하루 아침에 공유지로 편입되면서 조선인의 토지를 탈취하였다. 종전의 국유지와 공유지에서 마저 쫓겨난 농민들은 농사지을 땅을 잃고 방황하였다. 약탈당한 토지는 모두 총독부로 귀속시켰으며 일본인들과 토지회사에 헐값에 불하하여 일본인들의 농업이민을 장려하였으며 조계지를 만들어 일본인 거주지를 확보하였다. 청·일 전쟁 당시 일본인은 2500명이었으나 전쟁 후 4000명으로 증가하였으며 점차 조계지 확장을 요구하여 그 규모가 50km, 100km로 확장되면서 조선정부와 맺은 '조계장정'은 유명무실 되고 말았다.

1910년 대한제국을 병탄하였을 때는 서울에 거주하는 일본인들이 40여만명 이었다고 하였다. 참고로 인도는 인구 4억 명에 영국인 2,000명이 거

113

주하였다면 한국은 2,000만 명 미만인구에 일본인 40만이 거주하고 있었다는 계산이 된다. 이 것은 일본이 통감정치에서부터 일본인 농업이민을 추진한 것은 한반도를 일본군국주의 주권 수호를 위한 '이익선' 보호 장벽으로 삼고 있었다는 것이다. 통상과 이웃나라와의 선린외교를 위한 조계지 설치는 일본 등 열강들의 이익을 위한 전초기지로 활용되었으며 특히 일본의 경우 한국을 식민지로 만들기 위한 침략수단이었다. 1877년 사이고 나까모리의 '정한 사무라이 전쟁'(사이난 반란)까지 치르면서 한국 침략을 획책하고 있었다. 일본인들의 무법적인 조계지 점유와 횡포는 한국인들의 주거지 침탈로까지 이어졌다. 거류지를 벗어나 한국인 거주지로 넘어오는 일본인들에 의해 외곽으로 밀려난 조선인들은 시가지에서 멀리 떨어짐 산등성이 너머에 모여 살게 되었고 열악한 입지적 마을을 건설하여 조선인촌, 조선인가로 불렸다.(박광성. 인천부 조선인가)

외각 지역의 공터나 산비탈에 주거지를 정한 조선인들은 노동자나 영세상으로 전락 도시빈민층을 형성하여 불안정한 생활을 하였다. 해안가에 위치한 인천의 경우 1895년 근해어업 어획물은 일본인들이 독점하였고 일본인 중심의 공동 어시장이 형성되어 조선인들 상대의 장사를 하여 막대한 이득을 챙겼다. 인천시 유통은 노점상과 행상들에 의존하여 농산물 77.3%, 잡품이 6.3%, 축산 6.6%, 직물과 수산물이 차지하는 상설시장이 4개나 되었으나 상회의 주인은 모두 일본인이었으며 호객꾼, 짐꾼, 허드레일을 맡은 사람들은 한국인들로 대부분 저임의 일당에 의존하여 살아가는 가난뱅이들이었다.(박광성. 인천교육대학교.기전문화연구소)

식민지 경제수탈의 주범은 혹독한 조세제도였다. 담세능력에 따라 공정하게 차별화하여 징수해서 산업자본을 조성 외국자본 침투를 막아 국내산업 보호를 위해 쓰여져야 했다. 그러나 일제식민지 세수를 가난한 농민에게만 전담시켜 세수축적이 불가능하였고 자본을 산업현장에 재투입할 수 없었다. 대한제국은 민족자본 형성이 불가능해지면서 자본주의 경제체제를 통한 근대화 시도는 물거품이 되었고 외국차관도입에 의한 나라에 빚만 늘어나게 되었고 채권국인 일본인들의 배만 불려주게 되다보니 국민경제는 파탄 나고 말았다. 일본자본이 쏟아져 들어오면서 은행설립을 촉진하여 해관에 식민지 금융기관을 설립 1898년 대한은행, 1899년 대한천일은행을 설립하여 조세수납과 정부 각 기관의 예산 예치를 취급하는 국고은행 기능을 전담시켰다. 또한 이들 은행 설립 이전에 민간은행이 설립되었는데 이들 은행은 일본인의 자본으로 조선인의 토지를 매수하여 직접 쌀을 생산하였다. 그리고 추수한 쌀을 다시 일본에 수출하여 막대한 부를 축적하는 등 식민지 자본을 관리하는 전형적인 식민지 경제수탈 은행의 역할을 하고 있었다.

  순종 원년(1907)에는 일본 식민지 금융기관들이 본격적으로 개설되어 철도건설, 전기회사, 연초제조회사를 설립하는데 본격적으로 자금지원을 하였으며 외국인들로부터 경제발전을 칭찬받았다. 표면상 지표만 볼 때, 아시아에서 일본 다음으로 2위(1915조선총독부 자료)에 오르는 경제성장을 한 것으로 되어 있었지만, 통감부와 총독부의 엄격한 간섭과 통제아래 일본인들의 외형적인 경제적 부를 쌓아올리는데 불과하였다. 1908년 동양척식회사 서울지사는 한국 애국청년 나석주에 의해 폭탄투척과 권총사격을 받았다. 자신도 총독부 토지조사령의 피해자인 나석주 의사는 전쟁경비 마련을 위해 채권을 강제로 발매하고 저축을 강요하여 대한국인들을 괴롭히던 총독부 산업정책 지원부서인 조선식산은행에 먼저 들어가 폭탄을 투척하며 권총을 난사하였다. 그러나 폭탄은 불발되고 일본인 기자 등 7명이 권총에 목숨을 잃었다. 경찰과 시민들이 현장에 몰려들어 혼잡한 틈을 이용, 나 의사는 맞은편 통양척식회사로 다시 뛰어들어 폭탄을 투척하였다. 여기서도 폭탄은 불발로 끝이자 2·3층 계단을 이용 사무실로 다니며 권총 10여발을 난사 10여명의 고위직 직원들을 살상하였다. 다시 거리로 나온 나 석주 의사는 경찰과 교전 중 경찰 두 명을 사살하고 남은 실탄 한 발로 자결하였다. 중상을 입은 그는 자신이 상해 임시정부 지시를 받아 거사하였음을 밝히고 순국하였다.

일본의 식민지 경제 발전은 경제적 이익선 개발을 통한 경제적 식민지 확보를 위한 경영정책에 불과 하였다. (이영학, 대한제국의 경제정책). 대한국인들 중 대부분은 극소수 귀족과 대지주, 고관대작을 제외하고는 정치적으로는 권리가 없었고 경제적으로는 가난에 쪼들리는 비참한 생활을 면치 못하였다. 매년 증가하는 절대빈곤으로 인해 조국을 등진 농민들이 '바가지 하나 페차고 간도 간다'는 만주이민이 늘어났고 그도 저도 아닌 경우 산속으로 들어가 화전민이 되어야 했다. 이와 같은 세계적으로 최악의 식민통치아래 살아가는 대한국인들은 일본에 대한 적개심을 키웠으며 도시와 농촌은 물론 산간벽지까지 반일감정이 고조될 수밖에 없었다.

9

 일본 식민통치의 강요에 의해 고국을 떠난 이민 행렬은 농민들뿐만이 아니었다. 요즘 한·일간에 유네스코 세계문화유산 등록으로 이슈화 되고 있는 '군함도'와 '사도광산'에서도 한국인들을 강제 노동에 동원하였다는 사실이 밝혀지고 있다. 광산과 군수공장 등에서 강제노역과 비인간적인 인권유린을 당했다. 2024년 7월 30일 동아일보의 김준용·권구용 두 기자에 의해 취재된 한국인 강제동원 징용사례가 실렸다. 일본식민통치는 대한제국 합병부터 한국인들을 강제노역에 동원하여 경제침략을 자행하였던 것이다. 일제 패망직전인 태평양전쟁 말기까지 징용에 동원된 한국노무자들이 열악한 환경 속에서 강제노동에 시달렸다는 기록이다.

 "25번 김기순(1919. 12. 16.) 26번 장재익(1918. 8. 1.) 28번 최삼동(1916. 10. 12) 등, 조선인 노동자 전시 공간 패널에 실린 전시자료에는 사도광산 기숙사에 살던 한국인들의 이름이 적혀있었다. 이 명단은 담배를 배급한 기록이 담긴 1944년판 연초배급대장 명부이다."

 이 명단은 식민지 백성이라는 이유로 영문도 모른 채, 외딴섬 사도광산에 끌려온 20, 30대 꽃다운 한국의 젊은이들로 80년이 지나서야 전시관에 이름 석자가 새겨진 것이다. 일본은 감추려 했고 한국은 그동안 챙기지 못했던 일제 강점기 아픈 과거사가 약 28평방미터 좁은 공간에 초라한 흔적으로나마 전시될 수 있었다. 세계 2차 대전에서 패망한 일본 정부는 1948

년 주요 사업장에 한국인 명부를 제출하라는 통지를 내렸다. 그렇지만 사도광산을 운영했던 '미쓰비시'는 한국인 명부를 제출하지 않고 강제동원을 은폐하였던 것이다. 그동안 잊혀가던 과거사 기록을 니가타 현 향토사학자들이 이번에 찾아 나섰다. 사도섬의 사도박물관에서 발견된 담배 배급대장이 그 중 하나이다. 한일 역사연구자들은 이를 근거로 한국인 노동자 실체와 그 규모를 추정하며 과거사 조작을 하나하나 맞춰가고 있는 중이다.

전시자료에는 혹독했던 당시 노동환경으로 짐작되는 대목들이 보인다. 1943년 3월 사도광산 노동자는 일본인 709명, 한국인 노동자 584명으로 일본인이 더 많았다. 하지만 발파, 운반 등 노동 강도가 세고 위험한 작업에는 한국인 노동자가 일본인보다 최대 5배가량 더 투입되었다. 한국인은 월 평균 28일 일하였다. 계약기간이 끝나도 이유여하를 막론하고 계속 일을 시켰다. 역사사실을 전하는 사도광산 현장의 사료를 보면 누구라도 당시 한국인들이 강제로 끌려와 부당한 대우를 받았다는 사실을 알 수 있다. 2015년 하시마섬 '군함도' 세계유산 등재 조건이었던 산업유산정보센터 설치가 군함도와 1,000Km 이상 떨어진 도쿄에 설치되었고 '차별은 없었다'는 왜곡된 내용으로 채워진 것과는 대조적이다.

그러나 전시 공간 어디에도 '강제동원'은 없었다는 점은 앞으로도 논란이 예상된다.

일본정부는 2015년 하시마섬(군함도) 세계유산등제 당시 강제노역(forced to work)을 시켰다고 인정했지만 이번 사도광산에서는 끝내 언급하지 않았다. 일본 정부는 모집과 알선과 강제성은 인정했지만, 국제법이 규정한 강제노동은 아니었다는 입장을 굽히지 않고 있다. 다만 지난해 5월 한일정상회담에서 '혹독한 환경에서 많은 분들이 매우 고통스럽고 슬픈 일을 겪으셨다는 것에 마음 아프게 생각한다'고 말한 발언이 설명 판으로 전시되고 있었다. 하지만 사도광산 한국노동자들에 대한 직접적인 사과는 물론이고 1990년 일본천왕의 유감표명 '통석痛惜의 염念을 금할 길이 없다.'는 사과와 1998년 김대중, 오붙이 선언인 '식민지 지배로 한국민에게 고통을 안긴 역사적 사실을 겸허이 받아들이며 통절한 반성과 마음으로부터 사죄를 한다.'는 등 과거 사과 표현 전시도 없다. 우리 한국인들은 일본이 추도식을 비롯한 후속조치 이행에 있어서도 한국 정부와 긴밀히 소통하면서 진정성 있는 모습을 계속 보여주기를 기대한다.

한편 구한말 강제 해산된 군인들의 미주 하와이 애니깽 농장과 큐바로 노동이민을 떠난 사람들도 수 백 명이 넘는다. 일본의 식민통치가 만주와 중국으로 확대되면서 전쟁수행을 위한 한국 젊은이들이 징병과 군무원으로 차출되어 동남아 및 버마·인도지역 전투에 참여하였다. 특히 1904~1905년 러·일 전쟁에서 승리한 일본은 한국 합병을 위한 전략을 적극 추진하였다는 사실도 잘 알려져 있다. 이 시기를 전후하여 많은 한국 의병들과 독립투사들이 러시아 연해주로 들어가게 되었으며 이주민 수도 대폭 증가하게 되었다. 특히 연해주의 '쑤이편강'은 라스돌라이 우스리스크에서 유일하게 동해로 흐르는 하천이다. 1863년 함경도 농민 13가구가 이 하천을 따라 일제식민통치를 피해 연해주로 이주한 이후 많은 독립운동가 및 의병들이 찾아들어, 한때는 한국인 20여 만 명에 이르는 대도시 '신한촌'을 만들었다.

불라디보스토크 외곽 '리게산'에 위치하였던 신한촌에는 1만 여 명의 동포들이 거주하고 있었다. 이곳에는 1919년 3월 결성된 '대한국민의회'는 그해 4월 세워진 대한민국 상해 임시정부를 흡수 개편하면서 임정의 한 축을 이루었다. 1907년 고종의 밀명으로 이상설, 이위종, 이준으로 구성된 3인의 특사로 헤이그에서 열린 만국평화회의에 참석을 시도하였으나 러시아의 배신과 일본의 방해로 회의참석에 실패하였다. 이상설은 분사한 이준 열사를 헤이그에 설치된 공동묘지에 매장한 후 연해주에 돌아와 구국운동을 계속하였다. 독립투사 이상설은 연해주에 임시정부인 광복군정부를 세워 구국운동을 하였다. 이상설은 상해임시정부와 연해주 대한국민의회의 통합을 위해 노력하였으나 이동휘 등 좌파에 의한 상해 '고려공산당'이 창립되면서 통합에 실패하자, 내 몸과 유품 그리고 유고는 모두 불태우고 수이펀강 물에 흘려보내고 제사도 지내지 말라는 유언을 남기고 이 강물에 뿌려졌다. 2001년 광복회와 고려학술문화재단에 의해 강변에 세워진 '이상설유허비'가 외롭게 서있을 뿐이다.

1910년에 우리 고토인 연해주 지방에 와서 살던 조선인 이민자 수는 5만 5,000명에 이르렀으며 1914년에는 6만 5,000명. 1926년에는 12만 3,000명에 이르게 되었다. 그리고 이 시기에 이상설, 이동휘, 정세관, 이강, 박영갑 등과 같은 독립지사들이 이곳에 와서 학교를 세우고 독립운동을 하였다. 당시 해삼위에 있는 신한촌과 뽀시에트 구역의 '연추'는 북방의 한국인 독립운동 근거지가 되어 있었다. 한국에서 더 이상 의병활동이 어렵게 되자 병력과 함께 의병지도자들이 시베리아 지역으로 들어오게 된 것이다. 러시아는 일본과의 전쟁에서 패하자 일본에 대한 보복할 생각으로 은밀히 한국의병 활동을 지지하였으며 의병들이 무장한 상태로 러시아령토로 들어오는 것을 막지 않았다. 처음 의병을 인솔하여 러시아에 들어온 지휘관은 간도관리사 이범윤의 친위대였다. 이 부대는 러·일 전쟁 당시 중국 동북지역에서 러시아 군대와 함께 일본군과 싸우다가 패전하여 연해주 지방으로 들어왔다. 그 뒤를 따라 러시아 뽀시에르 지역으로 들어온 한국 의병부대는 허영창, 허재욱, 부대였다. 그 후에 우덕순, 안중근, 최재형이 뽀시에르 지역에서 다시 의병을 조직하여 두만강을 넘나들며 일본군과 싸우며 일본군 병참시설을 파괴하였다. 그 중 가장 유명한 전투는 안중근, 우덕순이 800명 의병을 거느리고 당시 어려운 처지에 처한 홍범도 의병부대를 지원하기 위해 무산지구에 진출하여 일본군 3,000명과 싸운 전투이다.

당시 또 연해주 한국인 주거지구에서는 '일인일살一人一殺'의 의병활동 중심 전략의 하나로 작전을 짜고 있었다. 1909년 10월 안중근과 우덕순은 대한제국 합병원흉 이또 히로부미가 러시아 재무부장관과 회담하기 위해 할빈에 온다는 정보를 얻어, 두 사람은 그를 살해하기 위해 연해주로 떠났다. 그들은 최재형의 도움으로 권총과 실탄 준비와 사격훈련 등 만반의 준비를 끝낸 후 마침내 이또 히로부미를 살해하는데 성공하였다. 그 후 러시아의 한국청년들은 안중근을 본받아 일본의 정치 및 군부요인들을 제거하기로 모의하고 암살공작조를 조직 거사를 시도하였다. 1차 제거대상 인물은 1912년 일본내각수상 '가쭈라'를 지목하고 암살 준비를 하였다. 이 거사를 맡은 청년은 이기붕으로, 내각수상 가쭈라가 특별열차를 타고 빼뜨로 그라드를 지나 모스크바 역에 도착하여 러시아 요인들의 영접을 받을 때를 이용, 권총 사살한다는 계획이었다. 그러나 때마침 명치천왕이 죽음으로서 거사가 중단될 수밖에 없었다. 그 후 1916년 해삼위에서 '소년 모험단'의 사명을 받은 열혈청년 박춘근·김형식 두 사람이 폭탄 6개를 준비해가지고 서울에 잠입 싸이또 총독을 죽이려고 두만강을 건너 원산까지 갔으나, 사전에 정보가 누설되어 조선전역에 계엄령이 내려 성공하지 못하고 거사를 중단하였다. (정관룡. 세계 속의 우리민족, p.18~20. 참조)

10

"…,구 소련 영토에 어떻게 그 많은 한국인(고려인)들이 정착하게 되었냐는 질문을 받게 됩니다. 그러나 이 질문에 대한 대답을 하기란 참으로 어렵습니다. 왜냐하면 현재까지 소련에 머물러 살고 있는 고려인들도 자신들의 역사를 알지 못하기 때문입니다."

모스크바대학 역사학자 '스베틀라나 남' 박사(러시아 과학아카데미 동방학연구소 전임연구원)의 솔직한 대답이다. 구소련에 거주하는 한국인들은 1937년 극동(연해주)으로부터 강제로 이주되어 카자흐스탄이나 우주베키스탄에 가서 살았으며 거기서 똑똑한 지식인은 다시 일본 스파이로 몰려 체포되거나 처형되었다. 이제까지 소련에 남아 살고 있는 한국인 후손들은 처형이 두려워 자신들의 역사를 알고 있어도 비밀로 하였기 때문에 증언록과 같은 역사기록 없이 살았다. 다만 그들은 끝까지 죽지 않고 살아남아야 한다는 생각뿐이었지 자신들의 역사나 문화에 대한 정체에 대해서는 관심을 두지 못하였다. 이들의 선조나 부모들은 대부분 일제식민통치시대 한국에서 강제로 이주당한 사람 중 많은 사람들이 극동지방으로 가게 되었다. 1863년 러시아와 한국의 경계에 있는 두만강을 건너가 러시아에서 황무지를 개간하여 살았다는 문헌자료들이 겨우 남아 있을 뿐이다. 그러나 이 비밀자료들이 깊숙이 감추어지다가 1991년 소련의 개혁개방(페레스트로이카)으로 공개되자 19세기 중엽 해안이 중국에 속해 있을 때 러시아 연안에 한국인들이 살고 있었다는 기록이 발견되었다. 1863년 이 지방이 중국으로부터 러시아로 넘어간 다음, 두만강이 러시아로 건너가기 쉬운 거리에 있었기 때문에 한국에서 흉년이 들면 임시로 돈벌이를 하기 위해 국경을 넘어 러시아로 왔었다는 자료들도 볼 수 있었다. 그러나 국가형편이 어려워질 때는 잠시 머물다 돌아갈 예정이었던 사람들이 귀국을 포기 영구적으로 정착하게 되고 말았던 것이다.

　20세기 초에 한국이 일본의 식민지가 되어 러시아(연해주)에서 항일투쟁이 전개되면서 일본의 박해가 심해지자 다시 많은 한국인들이 이 때 넘어왔는데 그 사람들 대부분은 혁명가나 정치적인 원인으로 넘어가게 되었다. 또한 국권회복을 위해 항일민족투쟁을 하던 사람들이 체제나 이념에 관계없이 월경을 하게 되었다. 1905~1910년 사이에 있었던 일이다. 특히 3·1독립운동이 실패한 이후에 넘어 온 한국인이 많았다. 1917년 10월 러시아혁명이 승리로 끝남에 따라 황제파(백군파)는 혁명군(적군파)에 패한 후에 시베리아를 거쳐 중앙아시아 쪽으로 건너 갔다. 바로 그 때, 일본군들이 백군파가 떠난 지방(영토)을 점령하기 위하여 러시아 동쪽 해안으로 침입하게 되었다. 따라서 다수의 한국 항일 운동가들은 러시아 혁명군편에서 항일빨치산 투쟁에 나서게 되었다. 반대로 일본군들은 러시아에 거주하는 대부분의 한국인 농민들을 다시 자신들의 식민지 백성으로 지배하려고 하였다. 이들 러시아에 거주하는 한국 농민들은 부유한 러시아인 지주 밑에서 소작인으로 살고 있었다. 이 때 시베리아에 머물던 일본인들은 4년 반 동안이나 지배자로 행세하다가 패전으로 철수한 적이 있다. 특히 1919년 4월5일부터 1922년 10월 25일까지 일본인들은 한국인들뿐만 아니라 러시아인들을 상대로 착취와 강간, 살상 등 온갖 악독한 행패를 부렸다.

　일본군의 만행에 많은 피해를 당한 원동지역 러시아인들은 이로 인해 일본의 식민지 국민인 한국 사람들에게 까지 좋지 않은 악감정을 가지게 되었다. 러시아 공산당의 극동 원동지역위원회(1923.1.18.)는 한국인들을 일본사상의 선동자(일본인 첩자)쯤으로 몰아 그들을 국경지방인 하바로스크나 아므르지역으로 추방할 것을 결정하였다. 고려인의 지도자 한명세는 콤민테른 중앙본부에 이와 같은 부당한 처분을 중지해달라고 청원하였다. 이러한 정보를 알게 된 레닌파 지도자(적군파)들은 항일빨치산투쟁에 적극적으로 참여한 한국인(고려인)들의 공로를 인정하면서 그들에 대한 변방지역 추방은 안 된다고 청원하였다. 이 일이 1923년~1934년에 있었던 일이다. 그러나 이와 같은 러시아 공산당의 결정은 임기응변에 불과 하였다. 러시아의 대한반도 정책은 철저한 제국주의 질서에 따른 것으로, 러시아의 국익에 따라, 한국의 자유와 독립을 지지, 방해, 탄압, 무력행사도 서슴없이 저질렀던 것이다. 빨치산으로 10월 혁명에 적극적으로 참여한 한국 항일혁명가들을 14년이 지난 후 레닌이 죽고 스탈린이 집권에 승리하자 소비에트 공산당 20주년인 1937년에 한국인들을 일본간첩으로 몰아 불모지인 중앙아시아 오지로 내몰았던 것이다. 그 때부터 대한국의 혁명가 후손들이 지금까지 자기들의 뿌리인 한민족의 전통문화와 역사도 모르는 채, 살아온 중아아시아의 한국동포들이다. 소비에트 볼세비키 혁명을 위해 일본침략군과 싸운 한국인들에게 가해진 강제 이주는 부당한 처사였다. 일본간첩이란 말은 소비에트의 한국인 추방을 위한 구실에 불과했다. 한국인 빨치산들은 그저 러시아 적군파와 백군파간의 내전에서 백군파편을 들어 일본군을 무찔러야만 한국의 자유와 독립이 빨리 올수 있다고 믿었던 것이다.

   1920년대 만주에서 독립군의 무장활동은 일본군의 공세로 큰 타격을 입었지만 그래도 독립군의 명맥은 유지할 수 있었다. 그러나 고려인의 제2고향이었던 원동지역에서는 1925년 이후 어떤 독립운동 흔적도 찾아볼 수 없게 되었다. 모스크바대학 '남' 교수는 이에 대해, 스탈린 볼세비키 정권은 일본간첩을 처형한 것이 아니라 한국 민족의식을 처형하였던 것이라고 일갈하였다. 1937년 한국인들은 민족전멸의 위기속애 끝까지 살아남기 위해 개인적으로 또는 집단적으로 온갖 수모를 겪으면서 빨치산으로 또 집단농장 생활을 견뎌왔던 것이다. 이들은 걸핏하면 영문도 모르면서 비밀재판에 불려나가 심문을 받고 처형되는 억울한 죽음을 당하기도 하였다. 소련비밀경찰에 현지인들의 고발에 의해 불순분자로 즉결처분에 처해져 죽어 가기도 했다. 불순분자로 지목받아 이주자로 결정되면 3·4일 전에 여행통보를 받은 후 중앙아시아행 검은 상자(가축이동열차)에 강제로 실려 약 1달가량 이동하였다. 죄수 아닌 죄수들은 심판관이 자신을 향해 외쳤던 '인민의 적' '스탈린 헌법'이라는 이름으로 판결을 내릴 때, 마치 구호를 외치듯 받아 소리치면서 죽음의 열차를 타고 실려 갔다. 이 한 해에만 해도 한국인 18만 여 명의 강제이주 조치야말로 그 과정이 반인도적이었으며 강압적이고 위협적인 분위기 속에 비밀리에 진행되었다. 당시 소비에트 수뇌부들은 추후에야 강제이주 아닌 시베리아 강제유형의 참혹함을 잠자리에 들어서도 자신들이 체험했던 유배의 잔인함에 치를 떨면서 머리를 쥐어박으며 반성하였을 것이다. 레닌을 비롯한 러시아 공산주의 사상가들은 후진농업국가인 러시아에 사회주의 사상을 전파하기 시작하였다. 이 과정에서 레닌은 차르(tsar)정부에 의해 체포되어 1897년~1900년 2월까지 시베리아 유형을 체험했다. 트로츠키도 1898년 체포되어 시베리아 유형생활을 하였고 카메네프 역시 제 1차 세계대전 초기에 체포되어, '나는 레닌과 무관하며 볼세비키와도 무관하다'고 외쳐대면서 시베리아 유형 길로 내쳐졌었다.(이영형. 시베리아 지역연구. p.46.) 그래서였을까? 레닌은 끔찍한 정적政敵유형에 적극적으로 반대하였다. 그는 와병 중에서야 오지유형은 죽음의 동행과 절망으로 잔인하고 비인도적인 고통과 형극의 길임을 깨달았던 것이 아니었을까…? 레닌은 10월 혁명 후 한국인 빨치산들의 추방을 적극 반대하여 14년간이나 유예시킨 셈이다. '고려인 빨치산' 부대들은 일본군과 백군파를 패퇴시키는데 적극 협력한 사실상 '동무'였다는 것을, 그는 알고 있었던 것일까? 한국인에 대한 모독은 볼세비키의 저주였던 것이다.

　레닌파의 한국인 빨치산들에 대한 지지와 옹호는 소비에트 볼셰비키 정책에 반영되어 10여 년 동안 한국 이주민들이 모스크바 식민지 원동공화국에서 평화를 누리며 살 수 있었다. 1868년 추운겨울 함경북도 산골 농촌에서 농사짓던 13가구 가족들이 얼어붙은 두만강을 건너 뼛속까지 얼어붙는다는 동토의 땅 극동 시베리아 연해주로 이주한 후, 136년이 흘렀다. 그 후손들인 유 니콜라이와 김. 그레고리가 부르는 우리 민요 '아리랑'을 듣는 일은 감격적이었다. 1923년 소련군 한인계 병사인 두 사람은 1차 대전 중 소련군에 징집되어 싸우던 중에 포로가 되어 독일 포로수용소 내에서 독일 민속학자 뮬러 박사의 녹취된 이민족 신민속연구 '아리랑'을 불렀다. 비록 당시 디지털 음원 아리랑을 듣는 귀한 시간은 디아스포라의 불운한 한민족 유랑의 슬픈 추억의 만남이었다. 이 귀한 자료는 지금 한국의 경상도 문경, 옛길 박물관에 소장되어 있다. 이처럼 소중한 선조들의 개척정신은 "러시아 10월 사회주의 혁명"을 옹호하고 초기 볼셰비키 당에 적극 가담하여 소비에트 정권의 안위를 위한 투쟁에 적극 참여한 대가로 소위 민족평등 대우 "를 받게 되었던 것이다. 비록 러시아인 지주나 부호의 땅을 소작하거나 머슴살이로 겨우 먹고 살던 한국농민들에게도 토지분배가 일시적으로 이루어지게 되었다. 소비에트 정권은 전쟁 후 "병사들에게는 평화를, 땅 없는 농민들에게는 토지를!" 이란 구호아래 신경제정책을 실시하면서 농촌에서 토지개혁을 실시하였다. 그리고 제정러시아에서 실시되던 한국인주민의 '원호인'(귀화인) '루호인'(비귀화인)에 대한 차별정책도 폐지되면서 모두 소비에트 공민이 될 수 있었다.(정판룡. 10년간의 황금시절. p.26.) 그리고 한인들이 주로 모여사는 '뽀시에트'나 '수청', '추풍' 지역에는 민족자치가 이루어졌다. 뽀시에트 구역에는 전체 인구의 95%가 한인들이었으며 행정 책임자도 한국인이 맡게 되어 있었다. 이 같은 조치는 10월 혁명 후 한국인들에 대한 볼세비키당의 신임을 상징하는 조치이기도 하였다.

　이와 같이 한국인들의 자치는 레닌주의 민족평등 정책으로 한국인들이 자기 민족어로 강의할 수 있는 각급 민족학교를 운영할 수 있게 되었다. 따라서 각 지방의 한국인 자치지역에서 30년대 중반까지 초등의무교육이 실시될 수 있었다. 통계에 의하면 1931년~1932학년도까지 연해주에서만 3만 4천명의 학생이 있는 380여개소의 민족학교가 운영되고 있었다. 이 중에 꼴호스 청년학교를 포함한 중학교만 해도 25개소나 되었다. 이들 민족학교는 설비나 규모면에서 블라지보스토크나 하바롭스크와 같은 큰 도시에 있는 러시아학교에 비해 결코 뒤지지 않는 규모였다고 한다. 블라디보스토크시립 제8 모범중학교는 한국인 중학교였는데 4층 학교건물에는 과목별 교실, 물리과학실험실, 목공 철공실, 체육실을 비롯한 많은 현대적인 교육 설비들을 갖추고 있었으며 기숙사도 완비되어 있었다. 농촌중등교육은 주로 꼴호즈 청년학교에서 실시되었는데 처음에는 한국인 꼴호즈청년학교라고 불렀다.

　1920년대 말엽 한국인 꼴호즈트가 추풍지역에 건립되면서 학교 안에 세워진 꼴호즈트 추풍청년학교는 연해주에서 가장 모범적인 학교로 이 학교 졸업생들은 러시아 전문학교, 대학에 입학하여 후일 이름 있는 학자, 교원, 기사들로 배출되었다. 특히 연해주지역에는 한국인 중등전문학교와 대학이 설립되었다. 우수리스크 조선인 사범학교, 조선인 벼 재배전문대학, 뽀시에트 조선인사범학교, 해삼위 조선인사범대학, 원동어업대학 조선어학부, 조선인 의과전문대학, 조선인 상과전문대학 등이 있었고 하바롭스크에도 고급농업혁교, 공산대학에 조선인학부를 두어 조선인 전문인재를 양성하였다. 그리고 1932년에는 조선인학교 380개소로 늘어났으며 해삼위에 도서관만 221개가 있었으며 한글로 된 신문이 7종, 잡지 6종이 출판되고 있었다. 한글 잡지로는 '조선제문제', '태평양로동자' 조선어문전, 조선어문법 등이 있었다. 그리고 원동교육출판사에서는 조선출판부를 따로 두어 매년 조선인중등학교 및 대학교재들을 출판하였으며 전문서적을 출판하였다. 30년대 초. 조선인 문단이 발족하였다. 어느 조선 문단 책의 머리말에서 조심스럽게 쓴 달도 별도 없는 잔인한 밤을 예고하듯 민족의 짧은 서사시를 적어놓고 있는 것을 볼 수 있었다.

"우리 문단에 두 번째 꽃다발이 나간다. 100여 년 전부터 봇짐 메고 도망온 사람들의 자손들이 그늘에 이렇게 꽃을 피울 줄이야 누가 알았을까…?. 이 얼마나 기쁜가! 참, 얼마나 기쁠 것인가…?"(조명희)

소련 연해주 조선인들의 문화가 그때로부터 계속 발전하였더라면 지금쯤 어느 문화 못잖게 최상의 민족문화로 부상하였을 것이다. 당시 소비에트 볼세비즘의 정체성인 숙청과 불신에 의해 한국인들이 구축한 문화가 일조일석에 훼멸되고 말았던 것이다.(김경일. 중국조선족문화론, 요녕민족출판사. p.39.)

10월 혁명이 끝나고 1934년 후반에 이르러 마르크스 유령의 먹구름이 휘몰아치던 그 때까지 한국 이주민들은 원동의 황무지를 갈아 옥토를 만들면서 평화로운 삶을 누린 셈이 되었다. 그러나 볼세비키 인민주의 정체성의 한계는 정적의 숙청과 이민족에 대한 불신을 피할 수 없었던 것 같다. 1945년 해방이 되고도 두 나라로 갈라선 한민족의 잔인한 운명은 중앙아시아 한국인 후손들을 또 다시 러시아 사할린의 어부나 캄자카 반도의 산림벌목공으로 고된 삶을 살아가도록 했다. 소련군정시절 북한에서 있었던 일로 1946년~1948년에 걸쳐 6개월~3년간의 계약으로 모집해 송출한 노동자들이 있었다. 당시 소련은 사할린을 비롯한 원동지역의 경제개발을 위해 수만 명의 인력이 필요하였다.(김호준 앞의 책.p.334.) 그들 중 일부가 지금도 한반도 북쪽 국경지역인 '보시에트' 작은 도시에 도시인구 90%나 되는 3만 8천명의 한국인 후손들로 1928년 고려인 자치지역으로 공포된 이후 아직도 살고 있다고 한다.(쓰베틀라나 남. 교회와 한국문제. p.16.) 러시아에서 '페레스트로이카'가 시작되자 그 전의 잘못된 정책을 시정하고 1990년 11월 소련의회 결정에서 스탈린 시절 아무 죄도 없이 억압받는 민족들을 다 인정하라는 법령을 채택하였다. 그 후 러시아 의회는 1991년 4월 25일에 그들이 탄압한 민족들이 빼앗긴 권리들을 회복하여 받을 수 있다는 법령을 채택하였다.

그러나 그들 역시 제외 동포들의 디아스포라 유랑민의 한스러운 고난을 벗어날 수 없었다. 해방의 갈림길에 일시적으로 무국적자가 된 이들은 그 동안 고된 징용과 개척민으로 신분마저 애매한 무국적자로 수년간 고통 속에 삶을 이어갔던 것이다. 역사적으로 1932년 관동대지진에 행해진 일본 군부와 경찰에 의한 조선인 학살과 1937년 스탈린의 대형대대의 20만 한인 중앙아시아 추방을 원인으로 하는 조선인 노동악취의 책임은 소련과 일본에 그 책임을 물을 수밖에 없다. 현재 러시아에는 한 때 일본영토였던 카라후토에도 일제시대에 징용과 징집으로 강제 연행되었던 동포들이 4만 여명이 1945년 해방 후에 귀국길이 막혀 무국적자가 되고 말았다. 소련과 북한으로 귀화를 강요받으면서도 대한민국으로 가기 위해 끈질긴 망향 투쟁을 하면서 무국적자로 살고 있었다. 한인들에 대한 노동착취을 강요했던 일본과 소련 당국의 무책임한 처사로 인해 고국의 귀환길이 막힌 동포들은 다시 피눈물을 흘려야 했다. 그들은 일본 패전 직전 한국에서 현해탄을 건너 일본으로 들어가 다시 일본본토에서 율경해협을 건너 북해도에 건너가 거기서 또다시 호오츠크 해, 즉 3개의 해협을 건너간 동포들과 그 후손들이었다. 오직 고국으로 돌아가겠다는 일념으로 후손들의 학교입학, 취직, 의료 등 사회복지문제도 챙기지 못했던 그 자손들을 우리가 보호하여야 한다. 해체 철학자 자크 데리다가 말하는 "산자들이 이제는 약자에 대한 책임을 져야 한다"는 책임을 수행할 수 있는 길을 찾아야 할 것이다. 나라를 지키지 못해 망국·유랑민으로 떠돌았던 수모와 고통을 묵묵히 조국의 수난으로 받아들였던 동포들을 돕는 길은 복음화 민족통일뿐이다.

이때 민족통일을 기원하는 대한민국은 세계평화를 위해 6·25의 구원舊怨을 잊고 구소련의 개혁개방을 환영하면서 14억 7,000만 달러상당의 경제지원금을 전달하였다. 그러나 1991년 갑자기 구소련이 해체되면서 한국의 경제지원금을 러시아 정부가 떠안고 상환하겠다는 결정이 내려지자 한국은 현금대신 헬리콥터 48대를 받기로 하였다. 이 헬리콥터들은 지금도 한국산림보호를 위해 소방헬기로 하늘을 가르며 맹활약을 하고 있다. 1935년 러시아에서는 블라디보스토크 북부에 제2차로 만들어진 고려구역으로 '수차느라'라는 새로운 민족구역이 만들어지고 있었다. 그러나 1937년에 고려인 중앙아시아 강제 이주가 시작되면서 이 지역들에 대한 인도적인 결정도 자연히 없던 일로 되고 말았다. 이점도 한국과 러시아가 앞으로 경제교류를 확대 소통을 통해 그곳에 거주하는 한국 후손들인 고려인들이 보다 자유롭고 평화로운 생활을 할 수 있을 것으로 기대해 본다.

앞에서 본 것 같이 일제식민통치를 피해 만주대륙과 연해주로 이주한 한국인들은 온갖 서러움과 고난의 세월 속에 조국의 독립을 위해 싸웠다. 간도를 중심으로 한 동북 일대를 독립운동기지로 삼아 싸운 항일독립투쟁은 일본군대와 치열한 싸움으로 명맥을 유지하였으나 러시아의 혁명을 도와 싸운 고려인 빨치산 부대는 고비마다 러시아의 배신으로 1925년 이후 원동지역에서 한국인의 독립운동은 무력화되었고 1937년 고려인 강제 이주 후 한국독립운동의 흔적조차 찾을 수 없게 되고 말았다. 그 원인과 폭력과정을 단계 별로 살펴보면 다음과 같다.

첫째, 군국주의 일본은 1910년 대한제국 병탄 후 우월한 국력을 바탕으로 러시아측에 한국인 항일독립투쟁 활동저지를 강력히 요청하였다. 러시아는 이에 동의하여 같은 해 가을 이범윤, 유인석, 이상설 등 42명의 항일독립운동 지도자들을 체포하고 이범윤 등 8명을 '이르츠크' 지역으로 추방하였다.

둘째, 1921년 6월 28일 자유시 사건 당시 만주지역 한국독립군부대들의 통합이라는 명분으로 러시아령 '이만' 으로 유인한 후, 이루쿠츠크파 고려군정회의가 러시아군의 지원을 얻어 상해파 부대를 무장해제시키는 과정에서 독립군 수 백 명의 사상자를 내는 동족상잔의 참변을 일으켰다. 피해자인 대한의용군 측 발표에 의하면 전사 372명, 익사 31명, 실종 250명, 무장해제 후 러시아군에 포로로 넘겨진 인원이 917명이나 되었다고 한다. 이처럼 일방적인 피해를 보게 된 이유는 피해자인 대한의용군들은 동족간에 맞 총질을 거부하고 응전을 하지 않았기 때문이었다. 고려군정회의는 1주일간 포로 심사를 하였는데 고려혁명군법원 재판부는 채동순(위원장), 홍범도 박승만 3명으로 구성하였고 여운형은 배심원으로 참여하였다.(김호준.디아스포라의 아픈역사.p.118.) 여기서 재판결과를 보면 무죄평결 364명은 고려혁명군에 편입시켰고, 나머지는 죄수부대로 편성해 삼림지대인 우수문에서 1년이 넘도록 무보수 강제 노동을 하였다. 중대범죄자로 분류된 상해파 장교들은 3명 징역 2년, 5명 징역 1년, 그리고 24명에게 집행유예 1년을 각각 선고하고 나머지 17명은 방면한 것으로 알려졌다.

셋째, 1922년 러시아의 백군파와 적군파간의 내전은 종식되었고 고려인 빨치산 부대 46개 부대원 1만 여 명은 적군 파를 지원하여 백군파와 일본군을 격멸하는데 큰 도움을 주었다. 이 전투에서 고려빨치산 부대원 2,000 여명이 전사하였고 많은 수의 부상병이 발생하였다. 고려공산당 한명세가 콤민테른에서 연해주 고려인에 자치주 부여를 요구하였으나 러시아 공산당 원동공화국 서기장 '크바크'는 이를 반대, 고려인들을 일본식민주의자들로 몰아 원동지역에서 추방할 것을 강력히 주장하였다.

넷째, 일본군의 철수 후 원동공화국은 러시아의 본격적인 소비에트화에 통합되어 한국인 사회의 독립운동세력을 무력화 시켰으며 한반도(본국)와 유리되어 독립운동세력이 격리되고 말았다. '연해주'는 단지 고난의 시기 한국인들의 거주지로 인식되는데 그치고 말았을 뿐이고 지금은 다. '수찬' 지역에서는 러시아인들로부터 고려인 추방운동까지 일어났으며, 연해주 기반의 사할린부대를 빼고도 1000여 명에 가까운 간도 독립군들이 무장해제를 거쳐 결국 영구히 무명용사가 되고 말았다.

다섯째, 자유시 사건에서 상해파 무장해제와 학살극이 일어나면서 러시아령 연해주는 잔류 고려인 독립군부대 모두를 러시아군편제에 편입시켜버려 대한독립군 존립자체가 없어졌다. 또한 고려인 빨치산의 정체성마저 분명하지 않게 되었다. 칼럼리스트 동아일보 송평인 논설위원의 정의에 따르면 "빨치산은 소련에서 국민전쟁(러시아 10월혁명 후 내전) 당시 조선민족주의 독립운동이 사회주의적으로 전환되면서 등장하였다."고 하였다. 레닌의 포상을 받은 홍범도는 카자흐스탄 고려인신문 '부고란'에서, 다음과 같이 고인을 추모하고 있다.

"홍범도 동무는 레닌_스탈린 당의 충직한 당원으로서 …당의 사명을 꾸준히 실행하기에 정력을 아끼지 않으셨다."

레닌은 10월 혁명 승리 후인 1921년 3월 제 10차 당 대회에서 '전시공산주의 정책을 폐지'하고 현물세제도를 도입하여 잉여곡물의 판매를 허용하였다. 자본주의 정책 일부를 수용(네프; 신경제정책)한 것이다. 즉, 사私

경제정책과 공公경제정책의 혼용을 택함으로서 농민과 노동자의 생산 활동을 자극하기 위한 신경제정책이었던 것이다. 레닌의 구상 속에는 광활한 시베리아 공간은 수십 개의 문화국가들이 충분히 들어갈 수 있는 넓은 땅으로, 원시적인 관습, 야만성이 지배하는 공간이었다. 시골길은 문화 자본, 문화도시와의 물질적 관계로부터 철저히 분리되어 있었다. 지역적 낙후성에 빠진 시골로부터 사회주의 개혁은 적극적인 농기계 보급과 집단농장으로 개편하여 나무로 만든 원시적 경작쟁기(써래)를 퇴출시키는 것이라고 확신하였다. 농촌 집단화는 10월 혁명에 버금가는 혁명적 대변혁으로 농촌에서 사회주의를 강화하는 것이었다. 그러나 예상대로 농촌 집단화에 대한 인민들의 반발로 인해 농촌경제의 파탄수준은 심각하였다. 1922년 생산은 1913년의 절반수준으로 떨어져 있었다.

  그렇다고 레닌의 야심찬 농촌집단화 정책은 멈추지 않았다. 1924년에 72대의 외제 트랙터를 도입 보급시켰으며 농기계 대리점(대여와 수리)을 425개소로 늘려 집단농장 기능을 활성화 시켰다. 레닌의 시베리아 개발에 대한 열정은 식을 줄을 몰랐다. 시베리아를 소비에트의 내부 식민지로 개발하여 식량기지로 삼겠다는 그의 계획이 1928년 경제개발 5개년계획으로 정착하였고 '국영농장(sdvkhdz)제도'를 도입하여 한국인들의 농업기술(관개시설)을 도입 미곡생산에 성공하였다. 레닌의 소망인 시베리아 농촌경제를 다른 문화도시와 대등한 수준으로 발전시켰고 1929년 4월 제 16차 당대회에서 콜호즈(kolkhoz)농민은 소비에트 권력의 견고한 발판이 된다고 강조했다. 이와 함께 당 지도부는 집단화를 위해 완벽한 독재의 필요성을 절감하고 있었다.

  "농업을 재정비하기 위해서는 분산된 개인적 농민경영을 대규모농장, 집단농장으로 통합시켜야 한다. 우리는 집단농장에 기초해서 농업을 건설해야 하며 집단농장을 확대하여야 한다. 낡은 국영농장과 새로운 국영농장을 발전시켜야하며 노동을 집단화 하도록 돕는 기계와 트랙터 시스템을 발전시켜야 한다. 한마디로 우리는 소규모 개인적 농민 경영을 점차 대규모 집단생산기지로 전환해야한다." (이영형, 시베리아지역연구. p.50.)

1924년 레닌 사후 뒤를 이은 스탈린은 세 차례나 시베리아를 시찰, 레닌의 안목에서 출발한 시베리아 식량개발 정책의 무게를 둔 독재체제를 강화하였다. 스탈린은 지속적인 집단화와 함께 계급적인 부농박멸 정책을 추진했다. 이로 인해 테러수단에 의한 농민층 탄압을 피할 수 없었다. 이는 1929년 12울 27일 부농계급의 타파를 요구한 스탈린의 연설직후에 시작되었다. 수개월동안 경찰력과 콤소몰(Komcomol)의 지원을 받아 당은 총력을 기울여 농민층을 급속히 집단농장으로 재편성했고 테러를 행사하여 부농의 소유지를 몰수하는 작업이 강행되었다. 부농, 정치범과 사상범, 일부 민족 집단들을 시베리아와 극동지역으로 강제 이주 혹은 추방시키면서 노동력 배분 정책을 추진하였다. 그 결과 1940년 시베리아에서는 531개 국영농장과 2만 3천개 이상의 집단농장이 존재하게 되었다. 1940년 한 해에 시베리아는 트랙터 4,490대와 콤바인 3150대를 보급 받았고 기계-트랙터 보급소는 937개로 증가하여 트랙터 총 11만 6천8백대, 컴바인 3만7천3백대를 보유하게 되었다. 이와 같은 레닌의 집단농장 꿈은 우랄산맥 이동의 시베리아 광야를 소비에트 제국을 뒷받침하는 식량 및 원료기지로 전환시키는 기반을 닦아놓았던 것이다.

자유시 사건으로 치명적인 피해를 입은 한국독립군 부대들은 병력의 대손실은 물론 지휘체계마저 무너져 뿔뿔이 흩어진 채 시베리아 령인 이만을 떠나 다시 중국으로 넘어갔다. 그러나 주력으로 러시아군의 지원을 받는데 대한 의구심을 갖고 있던 김좌진, 서일, 이범석은 문창범과 홍범도의 재촉에도 '이만' 으로 가지 않고 외곽지역에 있다가 화를 면하였다. 이들은 동족상잔의 비극에서 개인별로 탈출하는 병사들을 수습하여 각각 간도로 귀환하였다. 상해 임시정부 북로군정서 총재 서일은 일부 병력을 수습 귀대도중에 쾌당벌 마적단을 만나 교전하던 중 부하들과 장비를 많이 잃고 낙담하여 민족 앞에 사죄하는 유언을 남긴 채, 자결하였다.

"조국광복을 위하여 생사를 함께하기로 맹세한 동지들을 모두 잃었으니 무슨 면목으로 살아서 조국과 동포들을 대하리오. 차라리 이 한목숨 버려 사죄하는 것이 마땅하리라." (1921. 8. 28.)

한편 대한독립군 총 사령관 김좌진은 귀환 후 백산농장을 만들어 은밀히 독립군을 양성하던 중 1930년 1월 24일 공산주의자의 프락치 박상일에 의해 저격 암살당하였다. 이범석은 250명의 독립군을 온전히 인솔 간도지역으로 철수하였으며 이청천은 포로로 잡혔다가 탈출한 후 홀로 귀환하였다. 홍범도는 처음부터 볼세비키에 협조하여 사건 후 부대원 400여 명과 함께 소련군 편제에 편입되었다고 한다.

김호준의 연구에 의하면 자유시 사건의 발단은 러시아 볼세비키가 대한독립군을 일본군과 백군과 세력퇴치를 위한 전위대로 활용할 목적으로 한 기만전술이었다고 하였다. 볼세비키 정부는 시베리아에서 활동하던 대한민국 독립군 부대를 소련군 예하부대로 통합시킨 후 제 2차 소련과 일본간의 협정을 통해 연해주 대한독립군의 활동을 금지하려는 암묵적인 위계였던 것이다. 원동공화국 내전에서 적군파에 가담하여 싸웠던 한국인 빨치산 부대들은 조국 대한의 미래 독립을 위해 콜호즈 사회주의 조직 활동에서부터 열성적이었다. 그러나 러시아 볼세비키 정부는 이들을 소련군편제에 편입시켜 내전에서 승리하여 원동에서 일본군을 제압하기 위한 강력한 군사력 확보에 목적이 있었을 뿐이다. 따라서 그들은 적·백 내전 승리 후, 대한독립군단 (고려의용군, 인민혁명군, 수청의병대, 강국모의 혈성단, 임표·낌

홍일의 군비단 등) 36개 부대 3,700여명의 전력강화에는 그 어떤 관심도 두지 않았다. 철저한 소련의 이익중심 전략에 따라 대한국인들의 독립운동을 이용하고 있었던 것이다.

폴 케네디 저서, '강대국의 흥망'에서 보면 세계 1차 세계대전의 러시아 참전일지를 통해 러시아 볼세비키의 정체성을 알게 된다. 1914년 1차 대전에서 러시아군은 최신병기인 대포대신 50여개 사단의 기병대를 운영하며 100여 만 마리의 말을 이동시키면서 싸웠다. 전선의 이동에 따라 식량 의류 등 군수품 보급과 함께 말먹이 '마초' 운송에 큰 부담을 안고 있었다. 철도가 있었으나 넓은 영토에 비하면 아직 초보적인 운송수단에 불과 하였다. 이처럼 열악한 군사동원 체제에서 일본침략군의 공세를 미리 막아내기 위해 자신의 영토 내에서 대한독립군의 활동을 더이상 못하게 한 것이다. 1차 대전과 이념에 의한 내전으로 국력이 약화된 볼세비키 정부는 전쟁을 통해 겪게 될 개인의 손실과 고난, 파괴 등 과중한 피해를 막기 위해 더 이상 고려인 빨치산 투쟁을 용납할 수 없었으며, 일제의 압박으로 소비에트에 거주하고 있는 대한국인들의 조국독립을 위한 투쟁을 용인할 수 없었다. 마지막 블라디보스토크 관헌들은 윤혜, 신숙 등 40여명에게 추방명령을 내렸고 콤민테른은 창조파 국무위원들에게 여비까지 내어주면서 출경을 요청하였다. 김규식, 조완규, 원세훈 등은 소련선박 레닌호에 실려 상해로 추방당했다. 결국 볼세비키 정체성의 한계를 체험한 위원들은 자기 이익을 위해서는 신의를 헌신짝처럼 내버리는 배신감을 느끼면서 뿔뿔이 흩어지고 말았다.

소련 볼세비키 정책에 대한 의구심은 혁명 초기부터 있었다. 1918년 러시아 단독으로 독일제국과 맺은 '브레스트·리토프스크' 협정(러시아의 브래스트지역)이 그것이다. 물론 짜르체제가 혁명에 휘말려 전쟁을 수행할 경황이 없었겠지만, 러시아와 독일, 두 나라간의 협정으로 소비에트 정권 성립 후, '평화에 대한 포고'를 발표하면서 즉각 휴전과 화해를 주장하였다. 이 때 적국인 독일제국도 장기적인 지구전에 지쳐 전쟁을 감당하기 어려운 상황이었고 오스트리아-항가리제국에서도 소비에트 형태의 혁명이 일어나고 있었다. 이에 따라 연합군측에서는 전세를 낙관하던 차에 갑자기 러시아가 1918년 3월 단독으로 독일과 강화조약을 맺어 연합군 측에서 이탈한데 대한 충격이 컸다. 연합국의 일원이었던 러시아는, 이에 그치지 않고 소비에트는 제정러시아가 체결한 비밀협정인 '사이크스·피코 협정'까지 발표할 조짐을 보이자 연합국인 프랑스와 영국 등은 서둘러 미국과 일본을 설득하여 서방진영의 간섭전쟁에 참여하도록 설득하였다. 영국과 프랑스군은 시베리아 철도 공동관리를 위해 러시아 북부 무르만스크와 아르한스크를 점령하였고 블라디보스토크에는 군사물자 보호라는 명분으로 미군과 일본군이 상륙하게 되었다.

　이때 일본은 거류민 보호라는 명분으로 블라디보스토크에 쳐들어와 반일성향의 한국인 마을들을 돌며 소총과 기관총으로 살육하였다. 특히 일본군은 학교, 신문사. 교회 등이 몰려있는 고려인 자치행정구역 '신한촌'을 습격하여 시설들을 파괴 방화하고 한인(고려인)들을 체포, 폭력, 방화를 저질러 한국인 300여 명을 살해하고 수 백 명의 부상자를 발생시켰다. (김호중. '4월 참변'. 유라시아 고려인 150년. p.103.) 이 때부터 국제사회는 소비에트를 1차 세계대전을 혼돈 속에 빠트린 부랑아쯤으로 취급하여 국제연맹에서 배척하였다. 소비에트의 모순과 배신은 국제관례로 볼 때 적대적 행동임이 분명하였다. 서유럽, 동유럽, 중동, 중국, 일본과의 관계를 악화시켜 스스로 적대관계를 조성하는 등 무모한 마르크스 유령의 음모를 실천한 것이다. 레닌은 동유럽의 의회민주주의를 불허하였으며 그의 볼세비키 혁명과 서방에서 발흥중인 인류애의 가치를 가차 없이 압살해버려야 한다고 선언하였다. 그는 공산주의 주체를 농민과 노동자라고 하는가 하면 사회주의 발전의 원동력을 폭력이라고 서슴없이 말하여 볼세비키의 정체성을 스스로 검은 이데올로기로 단정하였다. 더구나 국제연맹 역할에 대한 영국과 프랑스, 미국 등 선진국간에 해석차이와 의구심을 불러 일으켜 세계평화를 위한 경찰 또는 중재역할에 대한 군사력 행사를 할 수 없게 만들어 집단안보를 위한 실질적인 국제기구가 되지 못하도록 방해한 결과가 되고 말았다.

그 때문에 국제연맹은 전쟁 방지는커녕 민주진영의 혼란만 가중하는 꼴이 되었다. 민주주의 진영이 군사적으로나 심리적으로나 대응 전략이 전무하다시피 한 순간 민주주의는 근본적인 위험에 직면하였다. 민주주의 진영은 1919년 강화 이래 협조가 가장 잘 안 되는 때였다. 유럽이 베르사유조약을 체결한지 20년 만에 또 다시 전쟁에 돌입하였다는 점에서 학자들이 '단지 20년간의 휴전'으로 규정하고 위기와 기만, 잔인함과 불명예로 가득 찬 음울한 좌절의 시기로 묘사한 것도 당연하였다. '갈라진 세계' '잃어버린 평화' '위기의 20년'이라는 저서들은 독자들의 박수를 받았다. 인간의 양식과 상식을 저버린 품위 없는 정치인들의 반성을 촉구하는 거대한 거짓의 노출이었기 때문이다. 이와 같은 전쟁의 우매함은 1차 대전 중에 러시아 볼세비키에 의해 연출되었던 망명군단 체코군의 행군을 통해서도 잘 나타나고 있다. 반인륜적인 볼세비즘 이데올로기는 식민지 군대인 체코군의 관리에서도 볼 수 있었다. 체코와 슬로바키아는 합스부르크 왕가의 오스트리아-항가리 제국의 식민지였다. 슬로바키아는 항가리 영토였고 체코는 오스트리아 영토였다. 식민지군대인 체코군은 연합국의 동부전선 우크라이나에 배치되어 러시아와 싸우도록 명령받았다. 그런데 체코군은 오스트리아 항가리, 독일의 동맹국에 속하면서도 연합국측인 영국, 프랑스, 러시아가 승리하여 독립하기를 은근히 기대하였다. 그래서 체코군은 로마노프 왕가의 러시아군과 싸우면서도 일부러 러시아군에 집단 투항하거나 포로가 되었다. 합스브르크 군대가 패하여야만 자기들의 독립이 쉽게 이루어질 것이라고 믿기 때문이었다. 그러자 짜리 러시아제국은 투항한 체코군과 교민들로 체코군단을 만들어 러시아군복을 입히고 러시아 무기를 지급하여 오스트리아와 항가리 군을 상대로 싸우도록 하였다. 소위 망명군단으로 불리는 체코군단은 무려 6만 5천여 명에 이르렀다. 그런데 1917년 2월 전쟁 중에 제정러시아에서 사회주의 혁명이 일어나 체코군단을 지원하던 로마노프 왕조가 무너져버렸다. 다행스러운 것은 '겔렌스키' 혁명정부가 연합군 측에 서서 전쟁을 계속하여 체코군단은 러시아 영토에 남아 어정쩡하게 유지되고 있었다. 그러나 또 다시 레닌의 10월 볼세비키 혁명이 성공하면서 '겔렌스키' 정권을 밀어내고 러시아는 단독으로 적대국인 독일과 단독강화조약을 맺어 전투를 중단하고 연합국에서 이탈하였다. 망명군단 체코군은 겔렌스키 임시정부마저 없어지자 싸울 상대가 불분명해지면서 귀국길이 막혀버리고 말았다.

체코 망명군단은 조국 체코로 돌아가기 위해 프랑스, 이탈리아 서부전선으로 탈출을 시도하였다. 그러나 우랄, 시베리아, 볼가 등 여러 소비에트 지방정부들이 반대하였다. 비록 우호적인 망명군단으로 연합국을 위해 싸웠지만 독일제국과 강화를 맺은 적국이 된 체코군단에게 러시아영토를 관통하는 탈출로를 열어줄 수 없었기 때문이다. 더구나 1918년 3월 15일 '트로츠키'는 망명군단 체코군의 무장해제를 명령하였다. 그러나 혁명군 지도자 '레닌'의 주선과 '라돌라 가이다' 장군의 지휘로 체코군단은 제1진과 2진으로 나누어 북쪽으로 이동, 러시아 횡단 열차를 이용하여 9,000km나 되는 블라디보스토크까지 철수하여 태평양·카나다·미국·파나마운하를 통과하여 대서양으로 빠져나가 서유럽으로 가는 귀국일정을 잡았다. 체코군은 1920년 11월 역사적인 대장정을 마칠 때까지 2년이란 긴 세월동안 24,000km의 장정을 통해 연합군의 일원으로 간섭전쟁에 참여하여 블라디보스토크를 장악 연합군에게 개방하는데 성공하였다. 이 세기적인 철수과정에서, 체코군은 부대에 잠입한 볼세비키 무장조직원 300여명을 색출 처형하였고, 세르비아, 항가리 포로들과 충돌하면서 백군 지도자

해군제독 '콜자크'의 도움을 받아 러시아 볼세비키 적군파를 격파하는데 성공하였다. 그러나 체코군은 탈주과정에서 우군 지도자 콜자크를 불가피하게 적군파에게 넘겨주는 등, 우여곡절 끝에 신생독립국 군대로 귀국할 수 있었다. 체코군단의 대장정에 대해 미국 윌슨대통령 측근인 '찰스 클레인'은 다음과 같이 술회하였다.

"이 어찌 위대한 세기적인 사건이 아닌가? 그 최고의 낭만은 이 세계를 우드르 윌슨이 다스린다는 사실뿐만 아니라 러시아에서 5천 마일을 가로지르는 체코슬로바키아군단의 행군은 외국 땅에서 정부도 없고 한 뼘의 국토도 없이 이룩한 신생독립국의 승전이야말로 마사리크(체코 임시대통령)의 승리가 아닌가.? 경이로울 뿐이다."

체코의 임시대통령 마사리크의 독립외교는 당시 강대국을 상대로 체코 임시정부의 승인을 받아내기 위한 분투로, 대한민국 임시정부 대통령 이승만 박사에게 영감과 함께 큰 충격으로 다가와 자신의 외교독립노선에 대한 확신을 갖는 계기가 되었다. 그러나 고종황제는 강대국 러시아를 믿고 군국주의 일본의 침략을 피해 잠시 그들 공사관으로 몽진蒙塵까지 하였으나, 러시아 볼세비즘(Bolshevism)은 철저한 국익 중심의 이데올로기 국가로 변심한 상태로, 마르크스 유령의 길목을 만들고 있었다. 군사적 절대주의, 이단적인 정교회중심교육, 관리중심 행정, 농·노제도로 인한 심각한 결함을 갖고 있었다. 스탈린의 표현인 대형 대대(battalions) 스타일이었다. 1924년 레닌사후, 1927년 12월 제15차 당 대회까지 23명의 정치엘리트들이 제적 되었다. 스탈린은 먼저 군 숙청부터 착수하였다. 군요직중 78%가 숙청되었다. 원수계급 장군 5명중 3명, 군사령관 15명중 13명, 군단장 85명중 62명, 사단장 195명중 110명, 여단장 406명중 220명이 숙청 되었다. 대형 대대란 직급까지 정적 제거보다 훨씬 능가하는 규모의 숙청과 조선인 추방의 상징이다.

　1937년 10월 원동지역에서는 한국인(고려인)이 남아있지 않았다. 캄차카반도와 오츠크 등에 700명 정도 한국인이 남아 있을 뿐이었다. 한국인들을 태운 비극의 수송열차는 총 3만 6,442가구 18만 여 명을 싣고 장장 6,000km를 3차례로 나누어 달려 중앙아시아 황무지에 내다 버렸다. 그 중 2만 170가구 9만 5천 256명이 카자흐스탄 공화국에, 1만 2,726가구 7만 6,525명이 우즈베키스탄 공화국에 각각 짐을 풀 듯 유기(遺棄) 되었다. 이것은 10월말까지 1차로 수송이 완료된 이주민 숫자이다. 그 후에 수송된 4,700명 이상의 숫자를 포함하면 18만 여 명이 된다. 소련인민위원회는 한국인 이주에만 총 1억 9,000만 루불을 사용하였다. 강제 이주 도중 열차사고, 기근, 질병, 추위 등으로 수많은 한국인이 목숨을 잃었다. 특히 집단 발병이 많았으며 어린이들의 경우 홍역에 걸리면 60%가량이 사망하였다. 이주도중 박해를 받고 희생된 경우도 수백 명에 이른다. 비밀경찰은 수송과정 내내 고려인들을 감시했다. 수송열차에 동승한 비밀경찰 요원들은 불순분자를 수색하여 체포하고 이들을 도착 즉시 현지 보안요원에게 인계하였다. 기소된 고려인들은 일본간첩으로 재판을 받고 형을 살았다. 도착지 중앙아시아 당국도 걸핏하면 고려인들을 강제 수용소에 수감하였다. 타슈겐트 김병화 농장에서 일하던 한 노인의 경험담을 채록한 김호중의 글에는 다음과 같은 가슴 아픈 사연이 들어있다.

　"잉기까지 오는데 한 달 넘어 걸렸지. 짐승이 실리는 기차에 한 바곤(객차)에 네 가족씩 탔었지. 추웠지. 배 골았지….해서 애들은 죽고 어린아이들도 많이 죽었지. 기차가 스면 부모들은 죽은 자식들을 땅에 묻고 또 기차를 탔지. 어디 매로 가는지 아무도 몰랐지 ….처매 잉기는 전부 깔 밭(갈대밭)이랬지. 그래 손으로 호매로 밭을 매고 물길 내고….깔로 집을 지었지. 정말 짐승들 처럼 살았지 ….인잔 일없소

(괜찮소)." (김호중, 앞의 책. p.196.)

여기서 스탈린의 '대형 대대'라는 말을 다시 음미해본다. 그 말은 소비에트 볼세비키를 내세운 '대러시아주의'를 의미하는 것이다. 스탈린은 민족주의 성향이 강한 적성민족들을 분산시킴으로서 전쟁에 먼저 대비하였던 것이다. 스탈린의 야만적 이민족추방 정책은 한국인들을 강제 이동시키기 전부터 있었다. 소련 내 폴란드인 3만 6,000명, 독일인 1만여 명, 이란인 6,000명, 쿠르드인 2,000명 등을 강제 이주시켰다. 소련은 2차 세계대전을 앞두고 불순하고 의심스럽거나 예방적 조치가 필요하다고 생각한 소수민족들을 강제유형流形 시켰던 것이다. 이 때 희생된 소수민족들은 게르만, 튀르키에, 칼메크, 인구스, 켈트 등, 11개 민족들이었다. 러시아 볼세비키의 명령을 받는 밀정, 경찰, 군인, 공산당원 등을 총 동원 소비에트 볼세비키를 위해 외국인의 가정을 파괴하고 개인의 소중한 인권과 자유를 구속하고 민족 말살을 시키는 인류역사 최악의 검은 이데올로기 맷돌질이었다. 그동안 볼세비키의 엄중한 비밀장막에 가려져 있었던 살인과 폭력의 흑막이 1990년대 초 고르바쵸프의 개혁개방 조치에 따라 세상에 알려진 바에 따르면, '대형 대대'의 비밀 조치는 다음과 같다.(1937년 8월 21일 소련 부장회의주석 몰로토프와 소련공산당중앙총서기 스탈린이 서명한 1428-326호 비밀문건)

첫째, 일본간첩의 원동지구에 대한 침투를 제지시키고 소련의 안전을 도모하기 위하여 원동지구의 조선이주민을 전부 '남 까자호스탄', 아랄해와 발하슈오 연안지역, 그리고 우즈베끼스탄 가맹 공화국으로 이주시킬 것….

둘째, 이주는 늦어도 1938년 1월 1일 이전으로 전부 끝내야만 한다.

셋째, 이주하는 조선인들에게 재산, 가사도구, 가정집기들을 가지고 가도록 허가해 줄 것.

넷째, 이주하는 조선인들에게 그들이 두고 가는 동산과 부동산, 거두지 못할 수확물 수하물에 대해서는 일정한 보상을 용인한다.

다섯째, 까자흐스탄 가맹 공화국과 우즈베끼스탄 가맹 공화국에서는 이주민들을 안착시킬 지역을 정해주며 그들이 새 공장에서 무사히 지나도록 후원해줄 것 등이다.

이 같은 지시에 의해 1937년 연해주와 하바롭스크주에 거주하던 조선인은 모두 중앙아세아지역으로 강제이주 당하였다. 강제이주 임무를 집행한 내무인민위원 '예조부' 가 부장회의 주석 몰로토프에게 보낸 보고서에는 다음과 같은 내용의 기록이 쓰여져 있었다.

"1937년 10월 25일 원동지구 조선인 이주는 끝났다. 이주한 조선인은 도합 3만 6,442세대 17만 1,781명이며 그들은 수송열차를 타고 중앙아시아로 갔다. 깜차까와 오츠크에 남아 있는 조선인은 그 외 특별 이주자를 포함하여 약 763명가량 되는데 이들도 금년 11월 1일 전부 열차로 떠나게 될 것이다. 1만 6,272세대 7만 6,526명은 우즈베끼스탄 공화국으로, 2만 170세대 9만 5,256명의 조선인들은 까자흐스탄, 키리키즈, 트루크메니아 공화국으로 분산하여 후송하였다." (정판룡. 세계속의 우리민족, 요녕인민출판사. p.46-50.)

이들 조선인 이주민에게는 적성민족이라는 비밀딱지를 붙여 현지 행정부서의 신분증을 발급받을 수 없어 이주의 자유를 박탈당하여 같은 조선인들 간에도 내왕을 하지 못하게 막았다. 그래서 이들은 학교에 가서 교육받을 권리도 군대도 갈 자유가 없고 특히 도시에 있는 대학고등교육을 받지도 못하였다. 따라서 직업선택의 자유도 누릴 수 없었다. 광활한 중앙아시아 벌판에 만들어진 적성국민의 소비에트 볼세비키 포로수용소나 다름없었다. 그러나 조선인들은 2~3년의 피나는 고생 끝에 황무지 갈밭을 갈아엎어 밭을 만들고 물길을 만들어 논을 풀어 벼를 재배하게 되었다. 그러자 주변의 조선인들에 대한 현지인들의 인식도 달라져 집단농장에서 신뢰를 얻게 되었고 조직원으로 발언권도 행사하게 되었다. 벼를 재배할 수 있는 기술은 한국인들만 할 수 있는 재능으로 집단농장에서 한국인들을 초청 그 기술을 전수받기 시작하였고 이로 인해 한국인들의 살림살이도 점차 나아졌다. 그렇게 되자 한국인들의 교육열이 되살아나 집단농장을 중심으로 학교가 세워지게 되고 1938년 우주베키스탄에 학교가 96개소 개교하였다. 이중 소학교가 50개, 초·중 7년제 학교가 32개소, 고·중 10년제 학교가 14개소, 학생총수는 2만 여 명이 되었다.

그러나 소비에트 명령을 받는 현지 학교에서는 수업시간에 한국어 사용을 금지 하였으며 아예 한국어 교육과 민족문화에 대한 교수를 전면 금지하였고 여기서도 연해주에서처럼 소련공산당 정치국의 내부지시를 따르도록 하였다. 즉 일부 자산계급 민족주의자들은 민족교육 발전이라는 명목아래 다시 민족학교를 꾸리고 있으며 각 민족 아동들에게 자산계급 민족주의 사상을 주입하지 말 것을 다음과 같이 경고하였다.

"이 자산계급 민족주의자들은 소비에트 각 민족의 공통어인 러시아어를 배우게 하지 않고 자기들의 소수민족 언어만 배우게 하고 아동들에게 자기민족 사상만을 주입하고 있어 소비에트 생활과 이탈하게 하고 있으며 소비에트 문화와 과학을 배우지 못하고 있다."

라고 지적하였다. 그래서 민족학교를 세울 것을 주장하거나 민족학교를 꾸리고 있는 사람들을 체포하여 구속하고 비밀리에 처형하였다. 이와 같은 엄중한 시국에서 민족학교는 러시아학교로 개명을 하게 되었고 우주베끼스탄 한국민족학교는 1940년~1941년 사이에 모든 학과목을 러시어로 교수하게 되고 말았다. 이렇게 되자 그동안 원동에서 간행되던 한글신문 잡지들도 한국인들이 중앙아시아로 이주하는 동시에 모두 없어지고 현재는 '선봉신문'과 '조선인극장'만이 천신만고 끝에 유지되어 왔던 것이다. 선봉도 처음에는 '벼'를 위하여!로 제호를 바꿀 것을 강요받아오다가 1992년 소련이 해체되면서 '고려일보'로 이름을 바꾸었다. 이처럼 민족교육이 소실되고 민족문화가 쇠퇴하니 한국인 제3, 제4세대는 모국어를 완전히 잃어버리게 되었으며 제1, 제2세대들인 고령자들도 점차 모국어 사용에 서툴게 되었다. 1959년만 해도 한국인의 후세들 중 70%가 중앙아시아 농촌지역에 살고 있었으나 1970년에는 근 60%의 한국인의 후손들이 자녀교육 등을 위해 농촌을 떠나 도시로 나가 산다고 한다. 이러한 추세대로 간다면 중앙아시아 지역 한국인 후세들은 모국어를 잃어버리는 것은 물론 이름까지 러시아식으로 부르게 되니 점차 러시아문화에 동화되고 있는 것이다.

11

 '중국조선족 역사상식'에서 보면 근대적 의미에서 말하는 중국조선족은 한반도 내에서 이미 단일민족으로 형성된 후, 여러 원인으로 인하여 중국에 이주하여온 민족이다. 따라서 중국조선족은 사회, 정치, 경제, 문화, 교육 등 여러 중화민족의 우수한 민족적 특징을 공유하고 있으면서도 조선인으로서 많은 우수한 특징을 갖고 있다.(중국조선족력사상식. 연변인민출판사. p.2.) 이주민으로서 조선족의 이주는 다음과 같이 여러 단계를 거쳐 이루어졌다.

첫 단계: 1620년부터 1677년(명말~청초 이민강제시기)
 이시기는 청나라에 의한 강제 이주시기라고 할 수 있다. 조선은 명나라를 원조하여 후금의 누루하치 군대를 물리치기 위하여 1619년에 장수 강홍립을 앞세우고 파견된 1만 2,000여 명의 조선군들이 후금과의 전쟁에서 패한 후 살아남은 수 천 명에 달하는 군사들과 1627년 정묘호란과 1636년 병자호란 때에 두 차례에 걸쳐 조선을 침공한 청나라 군사들이 납치해간 수 만 명의 포로들 중 일부가 강제로 철기 군에 편입되었다. 그리고 대부분 납치된 사람들은 청나라 왕실과 귀족들의 전리품이 되어 농노로 전락하였고 본의 아닌 이주민으로 동북 땅에 정착하였다. 당시 청나라는 강제로 끌고 간 민간인들을 '환속금'이라는 이름으로 조선에 되팔아 막대한 부를 축적하였고, 이도저도 의지할 때가 없는 백성들은 노예시장에서 처럼 청(淸)인들에게 배분되어 고국에 돌아가지 못하였다. 이들이 동북이주

민의 선조가 되고 말았다.

둘째 단계:1677년~1881년(불법 월경시기).

청나라는 압록강과 두만강 이북지역에 대한 청조의 봉금령이 내려짐에 따라 백성들의 거주, 및 작물 경작은 물론 사냥을 금하여 불법출입을 엄금하였다. 그러나 기아에 굶주리는 관내에 청국인 파산농민이 몰래 동북관내에 불법월경을 하는 경우가 종종 있었다. 특히 한반도 함경도 지역에 가뭄이 들어 농사를 망친 조선농민들도 두만강을 건너와 산림 속에서 봉금령을 어기고 산삼을 채취하고 또는 인삼을 재배하여 청인들에게 밀매하였다. 대담한 조선인들은 불법경작을 하다가 조선왕조의 '쇄국령'을 위반으로 사형을 받는 안타까운 경우까지도 있었다. 더욱 심한 경우 깊은 산속에 숨어 만주 마적단이 되어 불법을 저지르다 발각되어 벌을 받는 경우도 자주 일어났다. 또한 죽기 살기로 강을 넘나들며 가난과 싸우는 조선 농민들은 압록강 두만강 연안지역에 불법 거주를 통해 제법 큰 마을을 조성 이주민으로 정착하게 되기도 하였다.

셋째단계:1882년~1910년(이민초간시기)

1875년 청나라는 종전 동북지역의 간황지澗黃地에서 이미 수십만 이주민들의 정착을 기정사실로 인정하였다. 따라서 이미 조선인들이 거주하고 황무지를 개간하는 것을 사실상 인정함에 따라,1897년 통계에 따르면 동변도 일대에 조선 이주민 수는 3만 7,000 여 명에 이르렀다. 이처럼 동변도 지역 개간과 이주민을 금지하던 청나라가 돌연 이주민을 인정하게 된 것은 짜리 러시아의 남진정책이 두려워 이를 막기 위해서였다. 1881년 두만강 북쪽 연안 즉 연변지역에 대한 봉금지역을 해제하고 '이민실변' 정책을 채택하였다. 청나라는 연변지역을 개간하고 지방재정 수입을 늘려 군인들의 식량문제를 해결하기 위한 목적으로 훈춘에도 '초간총국'을 세우고 많은 이주민을 받아들였다. 특히 1885년에 연변을 조선족조선인의 '전문개간지역'으로 확정함으로서, 1894년 연변이 조선인 집거지역으로 되면서 당시 두만강 북안, 4개 보(洑)에만도 5,990 세대의 조선인들이 정착하고 있었다.

넷째단계; 1911년~1920년(자유이민 시기.)
　　1910년 일본군국주의가 대한제국을 병탄한 후 일제의 환위이민換位移民 정책으로 파산된 대한제국 농민과 망국식민지 노예가 되기를 거부한 지식인과 의병출신 대한국인들이 다량으로 동북지역에 들어가 망명정부를 세우고 한인타운을 조성하였다. 본세기초부터 중국의 조선족과 주변의 중국인들 간에 산동, 하북 등지에서 밀려오는 생활공간 확보를 위한 이주는 엄청난 규모였다. 즉 이들의 극심한 유동성 가운데 조선족의 '우리주의' 문화구조와 중국인들의 '가족주의' 문화구조 간에는 예상과 달리 큰 갈등 없이 화해의 접촉관계를 유지하였다. 그 이유는 두 문화구조간의 경쟁은 투쟁이 아니라 일본군국주의의 식민통치라는 배후의 문화공간에서의 각자 생존을 위한 공간 건설이었기 때문이다. 두 민족은 일제의 정치적 침략과 경제적 수탈 속에서 제나름대로 부락을 조성하고 새로운 공동체로 발전을 도모하는 과정에 경쟁보다는 협조관계가 더 필요로 하였던 것이다. 정착 후에는 자기공동체의 민족적 가치보존에 더 집착하는 경우가 많았으나 초기 정착과정에서는 일제에 대한 생활공간 확보를 위한 심리적인 공동대응이 필요하였던 것이다. 특히 조선족의 정착과정은 토착문화 아닌 이주문화라는 점에서 경쟁과 갈등보다는 협조라는 가치 중심의 공동체 형성에 유리하였다. 그러나 현장의 정착과정에서 겪은 문화조합은 피눈물이 함께한 수난의 역사였다.

다섯째단계; 1921년, ~1931년(이민제한시기)

1915년 일본제국주의 핍박 밑에(21개조약)이 조약이 체결된 후 일본군 국주의는 동북 대한인에 대한 통제-이용정책을 실시하면서 대한인들에 대한 치외법권 적용을 강요하였다. 중국정부에서는 일제가 대한인 보호를 구실로 영토주권을 침범하는 것을 방지하기 위하여 대한인들에게 귀화 입적할 것을 요구하는 동시에 일본제국주의 압박을 받는 대한인 들에 대하여는 박해, 구축정책을 실시하면서 대한인 이주를 제한하는 조치를 취하였다. 이와 같은 정책 실시로 인해 1927년에 대한인들은 개척한 땅을 버리고 고국으로 돌아가거나 연해주로 이주를 할 수밖에 없었다. 통계에 의하면 1931년 동북 대한인의 인구는 63만 982명으로서 대한인 이주숫자가 대폭 감소하였다. 그뿐 아니라 대한국인들은 중국이나 러시아의 인종적 차별 속에 조국 근대화의 목표인 항일독립투쟁 전개에 영토공간과 문화구조 갈등조짐에 또다시 망국민의 서러움을 겪어야 했다. 더구나 1차 대전 후 전후처리(식민지 처리) 과정에서 벌어진 연합국간의 갈등 즉, 영국, 프랑스의 식민통치를 포기하지 않으려는 태도와 이에 대한 미국의 의구심과 불만이 노골화 하였다, 그리고 동북아시아의 작은 황색 종족 일인들의 급격한 국력 신장에 힘입어 '미국 땅에서 한국독립군 양성을 추방하라'는 오만한 일본의 요구에 미국의 중립적 태도 역시, 동북지역 한국독립군 활동에 막대한 지장을 가져오고 말았다.

여섯째단계; 1931년~1945년(강제집단이민시기)

1931년~1936년까지는 이민통제시기였다. 9·18사변 후 일본군국주의는 동북지역에서 식민통치가 아직 안정되지 못한 까닭에 대한인들에게 통제와 안정정책을 실시하는 동시에 집단이민사업 준비를 다그치면서 새 이주민은 조선총독부의 '이주민증'을 휴대하도록 하고 이주 후에는 집단부락 밖으로 여행을 금지하여 통행자유를 금하기도 하였다. 1936년에 이르러 동북의 대한국인 인구는 85만 4411명에 달하였다.

1937년~1941년까지는 집단이민시기였다. 동북에서 일본군국주의 식민통치가 비교적 안정되자 동북지역을 대륙침략의 병참기지로 건설하기 위해 일제는 이민정책을 3대국책의 하나로 삼았다. 그들은 20년 동안에 100만 세대를 중국에 이주시키데 그 보완 수단으로 해마다 대한인 이민 약 1만 세대를 이주 시킴으로서 동북지방 토지개발에 대한인들을 투입시키기로 하였다. 이러한 정책 실시로 연변과 동변도, 길장 및 북만 지역의 39개현에 다량의 대한인들을 이주시켜 1939년에 동북지역 대한국인 인구는 105만 5,528명이나 되었다.

또 1941년~1945년까지는 개척이민 시기였다. 일본군국주의는 늘어나는 침략전쟁의 수요를 충족시키기 위해 새 농지조성계획을 실시하면서 대한인개척단 이민으로 북만주와, 서만주 일대에 강제로 이주시켰던 것이다. 1945년 광복 때까지 대한인 인구수는 총 215만 명에 달하였다. 1945년 항일투쟁이 승리로 끝난 후 많은 대한국인들의 고국으로 귀환하였으며 중국에 남아있는 대한인은 120만 명으로 감소하였다.(중국조선족역사상식. 연변인민출판사. p.6.) 특히 우리 한국인들의 항일 독립투쟁에 물심양면으로 적극 지원을 아끼지 않았던 대종교 교단이 광복에 때맞춰 독립운동조직과 함께 귀국함으로서 동북지역에서 민족종교의 그 열렬한 위업을 더 이상 발견할 수 없게 되었음은 안타까운 일이다.

얼마 전까지만 해도 중국조선족 역사는 약 100여 년이 되는 것으로 알려졌다. 그런데 이러한 추측이 '박씨' 성을 가진 조선족들이 하북성 청룡현 '박장자촌' 과 요녕성 개현 '박가구촌' 요령성 본계현 '박보촌' 에 살고 있었다는 사실이 80년대 후반 한 조사연구에서 밝혀졌다. 이러한 '박씨촌' 들은 어떻게 형성되었으며 박씨네 조상들은 어느 때 어디에서 이곳에 와서 정착하게 되었을 까? 명나라와 청나라가 교체하는 시기에 후금의 누루하치와 청태조 황태극은 대내적인 전쟁을 일으켰었다. 그 중에 1619년 명나라와의 짜르전쟁 후 1627년 정묘호란 및 1636년 병자호란 때 두 차례에 걸쳐 조선침략 전쟁에서 후금은 많은 조선인들을 포로로 잡아다가 만주 팔기 군에 편입시켰다. '만주팔기씨족통보'에 따르면 팔기내의 조선인 성씨는 모두 43개였는데 박씨 역시 그 중의 하나였다. 이로보아 박씨촌의 선조들은 명나라 말기와 청나라 초기의 전란에서 포로들이었다는 것이 확실해졌다.

연구에 의하면 하북성 청룡현에 사는 박씨네 선조들은 팔기군에 편입되어 그들을 따라 관내로 들어갔다가 청나라 순치년 간의 궁정정변에 연루되어 파직당하고 박장자라는 곳에 정배되었다가 다시 지금 살고 있는 곳에 와서 정착하였다고 한다. 요령성 개현과 본계현에 살고 있는 박씨네 선조들은 후금에 의해 점령된 요동, 요남 일대에 설치된 만주왕공귀족의 농장에 농군으로 분여되어왔다고 한다. 이러한 사실은 청나라가 포로나 잡혀간 조선인들을 왕공귀족장원의 농노나 가정노예로 배치했었다는 역사문헌 기록과 일치한다. 박씨 족보에 따르면 지금까지 그들은 중국에서 이미 15~16세대를 살아오고 있다. 만약 한 세대가 25년 차이라면 그들의 1세대가 중국 땅에 정착한 기간은 지금으로부터 약 370년 전인 명나라말기나 청나라 초쯤으로 된다. 사회적 역사적 원인으로 말미암아 몇 백년간 박씨촌 사람들은 수 백 년 동안 내려오면서 자기가 조선인의 후손임을 숨기고 살아온 것이 된다. 그 들은 청나라 때, 민족적 차별과 핍박을 받지 않기 위해 자신을 만족이나 한족후예로 고쳤던 것이다. 그들은 비록 오래 동안 자기의 언어와 문자 풍속을 숨기고 살아왔지만, 자신이 조선인이라는 사실만큼은 잊지 않은 채, 살았다. 다만 중국공산당 정권이 들어선 후에도 문화혁명이라는 장벽에 막혀 '대한국인'이라는 민족정체성을 밝히지 못하고 있었다. 그러다가 중국공산당 11기 3차 전원회의 이후 민족정책이 시달됨에 따라 박씨 주민들은 1982년 시행된 '민족성분을 회복하거나 고치는 문제의 처리 원칙에 대한 통지'에 따라 박씨촌 주민들의 조선족 족적을 회복할 수 있었던 것이다. 최남선은 '조선상식문답'에서 다음과 같이 주장하고 있다.

"조선민족은 옛날에 태양을 하나님으로 알고 자기네들은 이 하나님의 자손이라고 굳게 믿었다. 태양의 광명을 표시하는 의미로 흰색을 신성하게 알아서 흰옷을 자랑삼아 입다가 나중에는 온 민족의 풍속을 흰빛으로 이루게 된 것이다."라고 하였다.(김경일. 중국조선족문화론. p.79.)

이와 같은 설명은 흰옷은 태양숭배에서 기원하였다는 뜻이다. 역사적으로 우리 한민족은 백의민족으로 불리어왔다. 중국의 위지(魏志)에는 대한국인의 원류인 부여족들이 저고리와 바지 그리고 두루마기를 흰색으로 입었다고 기록되어 있다. 그 뒤의 신라에 대한 기록에도 흰 옷에 대하여 말하고 있으며 명나라 사람 '동월'이 지은 '조선부'에도 고려 사람들은 옷이 모두 희다고 쓰여져 있다. 즉 한국 사람들은 먼 옛날부터 백의를 숭상하여 자신들이 하나님의 자손이라고 믿었던 것이다. 비록 조선족이 한 때 흰옷 입는 것을 금지당한 일이 있었지만, 1909년 광무개혁 때나 일제 때를 제외하고 일반 백성들은 계속 흰옷을 입어 민족정체성을 밝히고 있었다. 19세기 말 러시아 문호 '가린'은 밭에 나가 보리마당질을 하는 흰옷 입은 사람들을 쉽게 볼 수 있다고 하면서 1892년에 러시아에서 한국인들이 들에 있는 것을 백조白鳥로 오인하고 총을 쏘았다는 이민초기 이야기를 적어놓고 있다. 고려대학교 임승국 교수는 수많은 우리말의 원형을 고대부터 내려오는 한민족의 밝고 깨끗한 사상성을 반영하고 있다고 하였다. 한민족은 이스라엘과 함께 역사를 하나님의 나라라고 기술한다.(동아백과사전) 나라를 이해하는 데는 고대지명과 언어에 대한 이해가 전제되는 것이다.

셈족의 장자 손임을 자부하는 우리 한민족은 옛 부터 밝은 지명, 아름다운 풍광, 깨끗한 마음을 가지고 살아오는 민족이다. 여기에는 셈의 장자인 '엘람'의 이름처럼 톈을 높이 받드는 심성을 닮은 고대 수메르인들의 언어를 중심으로 민족사상의 원형을 연구하고 있다.

옛날 우리나라와 민족을 상징하는 한자 차음借音의 기록을 보면 한韓·汗·大·多와 밝光明으로 표현하고 있다. 한국桓國 한족韓族 배달培達 백민白民 단국檀國 단민壇民 등이 그것이다. 환인桓因은 우리말 하나님을 한문으로 음역한 차음인 것이고 '환'이란 말은 하늘의 준말이라고 주석을 달았다. 태백일사에는 하늘로부터 내려온 광명을 한桓이라고 하였다 또 광명으로부터 비친 땅을 단壇이라고 하였다. 성경은 인류의 구체적인 행로를 제공하는 것은 아니지만 한 가지 인류의 실마리는 풀어주고 있다. 모든 인류의 족속은 하나의 같은 혈통으로 만들어 졌다는 것을 확실하게 말해주고 있다. 즉, 아담과 하와의 후손이 그것이다. 셈으로부터는 26개 족속, 함으로부터는 80개 족속, 야벳으로부터는 14개 족속 등 총 모두 70개 족속이 하나님의 섭리에 따라 창조된 것이다. 그동안 고고학적 유물의 연구 대상으로 삼아온 수메르어를 중심으로 '한' 사상을 연구하는 학자는 한신대학교 김상일 교수로 그는 일찍부터 성경 속에 들어있는 수메르사상을 설명하고 있다. 또 미국 시카고대학 강신택 교수는 수메르어 속에 들어 있는 우리말의 많은 원형들을 찾아내어 설명하였다. 한편 우리나라 유명한 신문 칼럼을 쓴 이규태 선생은 수메르 언어 중, 우리말의 원형과 유사한 단어가 500여 가지나 된다고 말하고 있다. 수메르어는 하나님이 인류의 역사를 혼잡하게 하셨던 바벨탑사건 이전(창11:9)의 언어임을 확인할 수 있다고 주장한다. 인간의 삶은 지구 내에서만 삶의 영역을 제한 받지만 기독교인의 신앙을 가진 우리들은 성경을 통해 천국의 삶 영역까지 확대되고 있는 것이다. 성경을 통해 영생구원의 민족정체성을 확립한 대한국인들은 한국과 하늘 생명의 근원으로서 하나님, 동방의 마지막 해뜨는 나라를 위해 구원의 사명감으로 한민족의 역사를 지켜야 한다.

이 처럼 흰옷의 유래가 깊듯이 밝은 세계는 한국문화의 기원과 함께 깊은 유래를 가지고 있다. 단군이 내려왔다는 태백산, 그 '백' 자는 흰빛, 즉 밝음을 상징한다. 배달민족의 어원을 따지면 밝은 땅의 겨레라고 한다. 고구려 시조 동명왕의 명明, 그 아들인 유리명왕의 '명', 모두 밝다는 뜻이다. 환웅도 환하다는 뜻을 가지고 있다는 의미로, 하나님도 환한 땅의 임금으로 해석할 수도 있다. 캄캄한 밤하늘에 숨겨져 있던 온갖 만물도 해가 뜨는 밝은 아침에는 모두 그 모습을 나타내야만 한다. 박혁거세의 '혁거세' 도 광명을 뜻하는 것이며 '박' 자는 흰빛과 관계가 있는 것으로 해석한다. 한국 사람은 문화의 표증을 밝게 단장할 뿐만 아니라 인간의 사유방식이나 행위방식 등에 대한 긍정적 평가도 이 밝은 색깔로 표현한다. 예를 들어 예의를 잘 지키면 예절이 밝다고 하며 시비계산이 정확하면 시비가 밝다거나 사리가 밝다고 하며, 심성이 정직하면 마음이 맑다고 하고 웃음이 유쾌하면 밝은 웃음이라고 하고 참된 모습은 밝은 모습이라고 한다. 무엇을 잘하면 무엇에 밝다고 한다. 보는 힘이 좋은 데는 귀가 밝다고 한다. 밝은 색채에 밝은 마음, 이것을 한민족 문화의 표증과 심증의 주색채로 묘사할 때 그 문화를 밝은 문화로 이름 지을 수 있는 것이다.

우리 한민족은 광명정대光明正大한 민족이다. 질서를 숭상하고 평화를 사랑하는 민족이다. 이를 세계적으로 인식시켜준 증거의 하나가 1919년 기미독립운동이다. 그러나 한민족의 평화지향적인 성격형성은 한국민족사와 그 기원을 같이 하고 있는 것이다. 일찍기 '이선근' 은 한민족의 공명정대하고 평화를 사랑하는 마음과 빛나는 주체적 문화창조와 슬기를 다음 두가지 측면에서 밝히고 있다.

"그 첫째는 한민족의 전통적인 한韓사상과 역사적인 근거에서 찾아볼 수 있다. 한민족은 옛 부터 '한'이라는 말을 광명정대하다는 뜻으로 써왔다. 한은 광명하고도 정대한 우리민족의 한사상의 시작이었음을 알 수 있다. 민족전체를 표상하는 이름으로 국호도 대한大韓으로 불렀다. 맑고, 바르고, 크고 위대한 나라임을 뜻하여 일상 용어에서 한겨레, 한나라로 하였다. 또한 '한글', '하고한 빛' 이라고 할 경우 크고 큰 것, 즉, 더없이 광명하고 정대한 우리 민족(나라)을 의미한다 우리민족은 광명정대한 한이라는 말에 절대적 가치를 부여해 왔으니 그 역사적 근거는 삼국유사 단군신화에 의거하여, 단군의 성은 한桓이며 그 후예들을 한왕韓王으로 기록하고 있다."

　마한, 진한, 변한, 삼한의 이름 '한'은 평화를 사랑하는 밝음의 사상이다. 남의 것을 탐내거나 남의 나라를 침략하는 따위의 어둠의 사상을 철저히 배격하는 사상이다. 이러한 민족성의 기반은 오늘날 인류가 지향하는 최고의 가치기준인 인간의 존엄성에 대한 신념과도 결부된다. 민주주의의 본질인 인간의 존엄성과 평등의 개념은 궁극적으로 평화를 염원하는 홍익인간정신의 이상과 슬기인 것이다. 참으로 조국과 민족이라는 대아大我 앞에 우리는 무엇을 해야할 때인가를 겨레의 광명정대한 역사의식 속에서 밝혀주어야 한다. 어느 나라 역사를 들추어보아도 그 민족국가의 생존을 지탱하는 정신적 지주가 있다. 지금 우리에게는 반만년역사의 정신적 지주로 굴절 없는 한韓의 빛을 되살려 홍익인간주의 정신을 실천하는 것이다. (이선근. 에세이한국학. 조국과 민족 그리고 오늘. p.15.)
　홍익인간弘益人間은 동이조선족 이념으로 고조선과 삼국시대를 넘어 고려와 조선 그리고 대한제국·대한민국으로 이어지는 우리 한민족사 첫머리에 서 있는 사상사적 정통성을 의미한다. 홍익인간은 단순히 호의와 덕을 베푸는데 끝이지 않고 인간의 천부적인 인권보장을 약속하는 것이며 배달민족 반만년 역사를 말한다. 이처럼 장구한 한민족사의 정통이념으로 전해오는 홍익인간의 역사적 배경은 1945년 해방정국에서 미군정의 '조선교육심의회' 100여명의 심의 위원들이 20여차례나 국가이념에 대한 논의를 하였으나 좀처럼 결론을 내리지 못하고 있었다. 그 때, 연희대학교 백낙준 학장이 '홍익인간'을 제의하였다. 1920년대 대한민국임시정부 건국강령 제 1장에 건국정신으로 명시되어 있었던 홍익인간은 형상윤, 안재홍, 정인보 등의 적극적인 찬성을 거쳐 대다수 심의 위원들의 동의를 얻어내 합의 하였다. 그러나 홍익인간의 정의를 내리는데는 여전히 여러 주장으로 갈려 결론을 쉽게 내릴 수 없었다. 백낙준 박사는 기독교 목사로 성경을 바탕으로 다음과 같이 홍익인간의 정의를 내렸다.

"…… 솔롱고스 즉 무지개나라(창세기 9:13)를 내세워 나보다 이웃의 유익을 먼저 구하여 그들의 구원을 얻게 하라고 하셨습니다. (고전 10:33). 그래서 하나님 말씀 따라…, 홍익인간 정신 구현을 위한 평화의 나라 단군조선을 경영하였다고 믿는 마음에서, 선타후아의 홍익인간을 정의하는 것이 좋을 듯합니다."

백낙준의 제안은 인간의 가치와 그 가능성을 실현하는 이념으로 패권주의 폭력을 행사하는 제국주의 사상을 배제하는 민족문화의 유구한 전통 속에서 민족적 이상을 가장 잘 표현하는 제안으로 인정받았다. 홍익인간이 너무 민족주의적이라고 우려하는 백남운 등 일부 좌파 심의위원들의 이의가 있었으나 마침내 절대다수의 찬성으로 신생대한민국의 건국정신으로 성안되기에 이른 것이다. (조흥윤. 홍익인간사상의 연원과 의미.)

근대 대한국인의 개화 이념은 기독교 사상을 토대로 한 생명력 있는 홍익이념으로 자유, 평등, 인권을 중요시한다. 대한의 역사성과 미래를 위한 국민의 개성을 기초로 문화목록어(Innventory)를 천명闡命하게 된 것이다.

여기서 문화목록어라는 표현을 쓰게 되는 것은 반만년의 역사적 전통을 가진 홍익인간주의 윤리 속에는 선진국민을 예상하는 인류문화가 따르기 때문이다. 아무리 원시민족의 하찮 윤리라도 역사와 문화를 예상하기 때문이다. 필자의 경험 중에 그나마 기억에 남는 일화는 중등학교 천막교실에서 듣던 일화가 있다. 한 참 전쟁 중에 "소련에 속지 말고 미국도 믿지 말자" 이 말은 전란 3년 동안 자주 듣는 이야기였다. 3·8선을 사이에 두고 밀리고 밀어내는 약소민족의 신세타령의 슬픈 단면이었다. 점점 학년이 올라갈수록 이 비극적 사연은 그럴 듯한 수사를 달고 은밀히 우리사회를 뒤흔들고 있었다. 해방되던 해 1945년 말, 소련의 '페대로프' 중좌의 점령군 보고서에는 다음과 같은 소련군 군정하의 북한의 실상을 다음과 같이 보고하고 있다.

"우리에게 러시아군의 비도덕적인 작태는 다음과 같다. 사병 장교 할 것 없이 매일 곳곳에서 약탈과 폭력을 일삼고 비행을 자행하고 있다. 대낮에도 거리에서 술에 취한 군인들을 심심찮게 볼 수 있었고 신의주내 70개 이상 여관과 공공건물에서는 밤마다 질펀한 술자리가 벌어지고 있다. 우리 부대가 배치된 시안군 어디에서나 밤에 총소리가 끝이지 않고 있다. 특히 술에 취해 행패를 부리고 부녀자를 겁탈하는 범죄도 만연해 있었다."라고 지적하였다. 한국전략기획포럼 연구원인 이강호의 글에는 당시 북한에서 체험한 소련 해방군의 부도덕한 전후처리를 기억하는 '함석헌'의 증언을 다음과 같이 쓰고 있다.

"소련군 사령관은 당신들이 원하는 대로 어떤 형태의 정부를 세워도 자유요. 그것은 말뿐이었고 소련 일색으로 기울어지는 것이었다. 신의주 학생사건으로 사망자 20~150명, 학생 시민 1,000여명 체포, 시베리아로 200여명 유배형에 처해졌다. 그리고 북조선의 군수중공업(공장)은 전리품이 되고, 일본이 소련에 끼친 전쟁배상으로 소련이 뜯어갔다. 미국의 점령은 일본을 대상으로 한 것으로 조선인민의 오랫동안 노예상태와 적당한 시기에 조선을 해방 독립시키려는 연합국 결심을 실천하는데 있었다면, 함석헌은 그 때, 악마를 보았노라고 하였다. 그들이 시내로 들어오자마자 온 나라는 불안과 공포분위기에 싸였고 해방군이 먼저 한 짓은 약탈이었다. 시계, 만년필을 닥치는 대로 '다와이' (내놔라). 그 다음은 여자였다. 장소를 가리지 않고 어디서나 여자가 끌려갔다. 어디서 무슨 일이 있었다. 하는 소리가 끊임없이 들렸었다. 이러한 소련군의 약탈행위는 해방군의 위상을 추락, 불신시켰고 극도의 불안으로 500만의 월남피난민을 발생시켰던 것이다.

한편 미국에 대한 불만은 6·25의 전쟁 발발 원인이 미국의 극동방위선 안에서 대만과 한국을 배제시킴으로써 일어났다는 불안에서 더 이상 미국을 믿지 못하겠다는 호소였다. 3·8선을 넘어오는 끊임없는 소련 해방군의 만행 소식을 듣는 서울의 민심은 흉흉하였다. 소련군이 동구권의 약소국들을 점령하면서 똑같이 약탈과 만행 속에서도 끝까지 해방군을 주장한 것은 잘못된 이념이 불러온 악마화 과정이었다. 이데올로기에 대한 허왕된 믿음이었고 그에 입각한 스탈린의 '대형 대대' 식 프로파간다(propaganda) 결과였던 것이다. 비록 만족스러운 것은 아니었지만, 항일독립투쟁의 목표였던 입헌주의 민주공화국 달성을 위한 대한민국 건국은 다행한 일이었다. 특히 유엔의 결의를 통해 유일합법정부로 인정받은 것은 민주주의 승리였던 것이다.

대한민국의 정통성은 유엔의 자유민주주의라는 권위의식을 충족시키는 인도주의 정신을 담은 홍익이념에 있었다. 서구선진국을 대표하는 미국과 영국, 프랑스, 독일의 국가적 정통성의 표준인 자유, 평등, 인권이라는 기독교적 가치관을 충족시킬 수 있었기 때문이다. 영국의 신사紳士, 즉 젠틀맨쉽, 프랑스의 봉상스良識, 독일인의 쿨트루맨슈文化人 그리고 미국의 휴머니즘전통人道主義傳統이라는 윤리적 권위의식과 매치될 수 있었기 때문이다. 홍익윤리는 종교, 윤리, 철학, 예술, 과학의 발전을 가져올 수 있는 인류의 소중한 문화 창조의 윤리가 될 수 있기 때문이었다. 미국의 인도주의 전통은 링컨의 노예해방으로 구현되었다. 이것은 바로 미국을 우월한 민주주의 권위의식의 상징으로 되었으며, 오늘 날 미국인의 긍지가 되었다. 또 한 가지는 프러그마티즘實用主義이다. 미국인의 모든 행위를 지배하고 있는 것은 이 실용주의의 원칙이다. 실용성 없는 생활, 실용성 없는 교육은 모두 의미가 없다고 생각한다. 실용주의 사상가들은 미국인들의 이 실용주의적 사고방식과 생활양식을 대표해서 나타난 것이라고 믿어도 좋을 것이다. 우리가 미국사람을 이해하려고 할 때는 민주주의가 윤리화하고 있다는 것, 또 인도주의 전통에 대해 국민적 긍지를 가진다는 것과 함께 실용주의적 사고방식이 생활화, 성격화되어 있다는 사실을 명심하여야 할 것이다.

아직도 우리 국민들 사이에서는 1950년 6·25 악몽의 원인을 미국의 극동 방어선에서 한국을 소외시킨 탓이라고 애치슨 선언을 원망하는 것은 바로 미국인들의 실용주의 사고방식을 이해 못하는데도 원인이 있을 것 같다. 미국의 세계적인 전략의 키워드인 몬로주의도 바로 이 프라그마티즘에서 오는 것일 수도 있다. 미국 제 5대 몬로 대통령은 1823년 '몬로 독트린'을 발표하여 서반구인 아메리카 대륙을 미국세력권에 편입시키면서 유럽열강들을 아메리카 대륙에서 배제시켰다. 미국의 전통적 정책이 된 몬로주의는 그 후 프라그마티즘(실용주의) 표준에 따라 미국정책의 변화(중립과 참전)를 가져오고 있는 것이다. 1990년 미·중 수교의 주역이었던 당시 닉슨 대통령은 국제외교의 달인 '키신저'를 대동하고 중국에 가서 모택동을 만났다. 그는 양국 간의 수교회담을 마친 후 중국을 떠나면서 의기양양하여 말했다. "적어도 앞으로 아시아의 안보문제는 아시아인들의 손에 의해 만들어 질 것이다." 이 말은 한국인들에게 청천벽력 같은 소리였다. 미국이 만드는 세계질서에 의존하여 살아오는데 익숙한 생사문제가 위기감으로 다가왔기 때문이다. 후에 닉슨은 '중국이라는 프랑케슈타인을 만든 것 같다' 는 독백을 하였다고 한다. 창조자의 도움으로 인간사회 적응을 시도하였으나 실패하자 창조자에게 복수를 시도한 소설 속 괴물 말이다.

위에서 말한 애치슨 선언에 대한 한국인들의 비판은 일부 바른 면도 있지만 국제전 성격을 갖는 한국전쟁에서 미국의 이념과 실용주의 간의 선택결과였음을 헤아리지 못하는 것일 수도 있다. 당시 2차 대전 후 미국의 세계전략의 초점은 극동에서 소련의 남하정책을 견제하는 것 이었다. 여기에 동원 되는 동맹세력은 한국과 일본 둘 중에서 아시아의 작은 황색거인으로 성장한 일본이었다. 아직 신생독립국에 불과한 한국보다는 세계제패를 꿈꾸며 청·일전쟁, 러·일전쟁에 이어 미국을 상대로 태평양 전쟁에 도전했던 일본이 무장폭력 파트너로는 더 미더웠던 것이다. 또한 애치슨 선언에 대한 '북한 남침 유도설의 오해' 는 전 후 많은 연구자들에 의해 그렇지 않다는 사실이 밝혀졌다. 특히 냉전사 분야에서 세계 제1인자라는 평을 듣는 '존 루이스 개디스' 예일대 교수는 애치슨 연설이 북한의 남침을 유도했다는 해석을 전면 부인하였다.(김학준. '특집 육이오 전쟁 70년' 신동아, 2020년 6월호. p.323.) 이러한 미국의 현실주의적 이해와 도덕주의적 고려와 갈등을 어떤 방향으로 조정해 나가느냐에 따른 한국인들의 안보불안은 얼마든지 볼 수 있었다. 한 예로 미국 제39대 대통령선거를 앞두고 공화당 후보 지미 카터는 느닷없이 선거공약으로 주한 미군철수를 내놓았다. 베트남전에서 한·미간의 밀월도 끝나고 불법로비의 박동선 사건(1976)으로 두 나라의 관계는 살얼음판 위를 걷는 형국이었다. 1976년 주한미군철수를 공약으로 삼은 카터의 백악관 진출은 한국인들의 안보불안감은 극도로 예민하였다. "인권에 반하는 국가는 공개적으로 비공개적으로 혹은 합법적 비합법적으로 결코 지원하지 않겠다." 는 미국의 대외적 정책 천명은 노골적으로 주한미군철수를 겨냥한 군사정책 방향을 제시하고 있었다. 카터정부는 한국 측에 정치범 석방과 긴급조치 9호 해제를 정상회담 전제로 요구하고 있어 도덕주의적 요소를 담은 인권문제가 주요변수로 등장하고 있었다. 우여곡절 끝에 한·미간 정상회담 일정(1979년 6월 29일 카터 대통령 방한, 2박 후 7월 1일 이한.)이 잡혀 준비에 들어갔다.

   그런 와중에 카터 대통령이 방한하던 날 뜻밖의 사건이 일어났다. 동맹국 대통령을 맞는 한국인들은 워싱턴의 기류가 현실주의적 고려보다 도덕주의가 우선적으로 고려되는데 대하여 불안한 가운데서도 인권에 앞서 군사·경제적 협력방안이 깊이 있게 논의되기를 은근히 바랐다. 그러나 이러한 염원은 단순히 기대에 끝일 것 같다는 조짐이 나타났다. 국빈으로 방한한 카터 대통령이 공항에서 청와대로 들어가 박대통령과 상견례를 할 것으로 믿었다. 그러나 카터 대통령은 청화대를 패싱, 동두천에 주둔한 미군부대를 방문 미군들과 먼저 회포를 풀었다. 거리에 나와 국빈을 맞기 위해 태극기와 성조기를 든 학생들과 시민들을 외면한 채, 모든 환영절차와 의전을 무시한 채 미군막사에서 하루 밤을 보낸 카터 대통령의 결례에 한국인들은 경악하였다. 남의 집에 소님으로 왔으면 먼저 집주인을 만나 서로 정중하게 인사를 나눠야지 이게 뭐하는 짓이냐? 너무 무시하고 모욕을 주는 것이 아니냐? 우리가 베트남 전쟁터에서 함께 피흘려 싸우기까지 하였는데…,그 순간은 6·25 한국전쟁에서 유엔군의 위용과 미군들의 그 많은 희생은 싹 덮어둔 채, 눈앞에서 벌어지는 카터 대통령의 무례함과 모욕에 당황하였다. 한국인들은 약소민족의 서러움에 민감하다. 그날 밤 많은 한국인들이 밤잠을 설친 까닭은 코앞에 닥친 주한미군 철수로 인한 국가안보에 대한 극도의 불안감이 무엇보다 컸다.

   다음날 청와대 정상회담은 팽팽한 긴장감이 감도는 가운데 진행되었다. 한국 측에서는 정상회담에 대한 더 이상 기대할 것이 아무것도 없다는 분위기였고 카터 대통령도 자신의 선거공약이었던 주한미군 철수를 관철하고 말겠다는 위압적인 자세를 숨김없이 내비쳤다. 의제는 그동안 양국 관계부서에 의해 논의된 내용으로 언론을 통해 이미 밝혀졌으며 양측 측근 참모진에 의해 사전 조율되고 있어 서로 간에 합의된 안건에 따라 진행되었다. 먼저 카터 대통령은 특유의 저음으로 마치 교회 주일학교 선생님이 학생들에게 위엄 있는 설교하듯 주한미군 철수 계획을 조리 있게 설명해 나갔다. 그리고 미국의 철군 계획을 추진하는데 한국의 성의 있는 협조를 하여줄 것을 엄중히 요청하였다. 병력만 해도 수 만 명이며 한반도에 배치된 전술핵무장만 해도 숫자로 헤아리기 어려운 상황이며, 그 밖의 군사시설에 대해서는 한마디 설명도 없이 참모가 건네준 서류를 읽어 나갔다.

  카터 대통령의 설명을 듣고 있는 박 대통령의 굳은 얼굴은 카터 대통령 음성 조절에 따라 얼굴색을 변화시키며 진행되었다. 카터 대통령은 예상대로 정치범 석방과 긴급조치 9호 해제를 언급하였다. 이미 각오하고 있었다는 듯 박 대통령은 굳은 얼굴을 풀며 오른 손 바닥으로 상대를 어르듯 제스처를 보내는 여유까지 보내고 있었다. 박 대통령의 격한 반응을 예상했던 카터 대통령조차 의외라는 듯 다시 박 대통령의 반응을 살피고 또 살폈다. 갑자기 전의를 잃은 듯 카터 대통령은 연신 박 대통령의 얼굴을 힐끔거리며 주한미군철군정책은 자신이 미국인들을 상대로 한 대선공약이었음을 상기시키려는 듯 주한미군 철수는 타협 없이 추진되어야 한다는 점을 강조하였다. 박 대통령은 카터 대통령의 발언을 경청하면서 그의 마음속에 품고 있는 미군철수 계획까지를 알고 있다는 듯 담담한 표정을 짓고 있었다. 박 대통령은 무엇인가 각오를 한 듯 굳은 표정과 특유의 카랑카랑한 목소리로 철군의 부당성을 치분하게 설명해 나갔다. 북한의 공세와 소련의 팽창주의가 해소되지 않는 한 주한 미군의 철군은 부당함을 역설하였다. 또한 주한 미군은 유엔군의 주축이었던 만큼 한반도에 유엔군 사령부가 존재하는 한 유엔의 공론화가 필요하다는 점을 분명히 하여 미군철수에 반대한다는 뜻을 밝혔다. 카터 대통령은 박대통령의 열기에 찬 철군 반대의 설명을 들으면서 자신의 군사정책에 반대하는 유엔군 참모장

'존 싱글러브' 소장이 명령불복종으로 백악관에 소환되어 있으면서도 주한미군철수의 부당함을 강력하게 주장하던 분노에 찬 목소리를 다시 서울에서 듣고 있다는 착각 속에 빠졌다. 그만큼 박 대통령의 설명은 열정적이었다. 국가 원수로서 또한 국군통수권자로서 자기책임을 다하겠다는 결의를 다지는 모습은 함께 참석한 백악관 참모진에게 까지 깊은 감명을 주었다. 국민과 나라를 지키겠다는 지도자의 결의 와 품격을 확인하는 자리였다.

싱글러브 장군은 미국 중앙정보국(CIA) 서울지부 근무에 이어 6·25 참전용사로 유엔군 사령부 참모장이었다. 당시 그는 미국 장성 중 최고의 용장으로, 1977년 5월 워싱턴 포스트와의 인터뷰에서 5년 안에 주한 미군을 철수시키겠다는 카터 대통령의 무모한 계획은 전쟁의 길로 들어서는 오판이라고 비판한 뒤 워싱톤으로 소환되어 사실상 강제 전역을 당하였다. 한국인들은 그를 주한미군 철수를 막아 한국의 안보에 크게 기여한 용기 있는 장군으로 기억한다. 그의 영웅적인 행동은 민주주의 문민정부 통제의 원칙으로 인정받고 있는 것이었다. (김태훈 국방전문기자,-blog. naver.Com 2022.02.01. 입력기사.)

카터 대통령의 분기에 찬 눈초리가 박정희 대통령의 얼굴을 잠시 비켜가는 틈을 타 박 대통령의 충정어린 공세가 다시 시작되었다.

"대통령 각하! 북한에 해방군 소련의 공산체재가 들어선 후에 미국은 그에 대한 그 어떤 대책도 없이 한국에서 미군을 철수시켜 버렸습니다. 이승만 대통령은 이에 대해 북한의 도발과 소련의 팽창주의를 지적하면서 한국군 현대화의 일환으로 탱크를 비롯한 군사지원을 해 줄 것을 계속 요청하였지요. 그러나 미국은 한국은 평야지대가 아니고 산악지역이 많아 탱크를 사용할 수 없다면서 무조건 거절하였습니다."

　미국의 오판이 한반도의 안정을 해칠 수도 있음을 은근히 상기시켜 미군 철수를 더욱 강력하게 반대하는 박 대통령의 우국열정 앞에 카터 대통령은 더 이상 자기의 주장을 내세울 수만은 없었다. 1978년까지 미군 3800명을 감축하였으나 그 후 의회와 군의 반대와 압력에 따라 마침내 철군계획을 포기하였다.

　1950년 6월 25일 공산군이 탱크를 앞세우고 남침을 감행하면서 서울상공에 북한 야크기가 나타나 기총소사를 가하고 인왕산을 넘어가고 있었다. 이 때, 필자는 중앙청 인근 사직공원 쪽(내수동) 내무부 정문 앞에서 보초를 서던 경찰이 정문 옆 느티나무에 올라가 멀리 날아가는 야크기의 꽁무니를 향해 기관단총을 쏘고 있는 모습을 보았다. 당시 중학교 1년생에게 보여준 남·북전쟁의 실상이었다. 용산 철도정비창을 향한 북한 전투기의 공격을 바라보면서 광화문 동아일보 가판대의 신문기사를 읽으며 모여섰던 시민들은 스피커를 단 스리쿼터가 거리를 질주하면서 휴가 중인 장병들의 빠른 귀대를 외치는 여군의 애절한 호소를 들으며 혀를 차고 있었다. "만약 북한군들이 3·8선을 넘어 쳐들어 온 다면 우리 국군은 아침은 개성에서 먹고 점심은 평양에서 그리고 저녁은 신의주에서 먹을 것이다."라는 당시 국방장관 신모씨의 허언도 저녁식사 자리에서 라디오를 통해 듣고 있었다. 이어서 라디오에서는 우리의 용감한 국군들이 해주에서 북한 공산군을 물리치고 있으니 조금만 참고 기다리라는 아나운서의 목멘 소리만 허공에서 맴돌았다.
　그러나 당시 저명한 기독교 부흥사 '빌리 그레함' 목사는 한국전쟁을 이데올로기 전쟁으로 규정하고 마르크스주의자들의 필연적인 결과라면서 설교를 통해 한국전쟁을 공산주의와 기독교간의 이념전쟁의 시작이라고 선언하였다. 여기에 공감한 유엔군 사령관 맥아더 장군을 비롯한 릿지웨이, 워커 장군 등은 한국전쟁을 신학적 전쟁으로 해석하여 공산주의 괴멸에 나섰던 것이다. 특히 미합중국 트르먼 대통령은 유엔 회원국 21개국 참전으로 이루어진 유엔군을 편성, 한국전쟁에 투입하여 무도한 공산군 박멸에 나섰다. 또한 한국 이승만 대통령은 1950년 7월 14일 맥아더 유엔군 사령관에게 서신을 보내 한국군의 작전권을 유엔에 이양하여 한국군 및 유엔군의 전력을 강화하는데 동의 하였다. 전시 작전권의 단초가 된 이승만 대통령의 서한 내용을 보면 다음과 같다.

"대한민국을 위한 유엔의 군사적인 공동노력으로 귀하가 유엔군 사령관에 임명되어 대한민국과 그 인접지역에서 싸우고 있는 모든 유엔군이 귀하의 작전지휘권 아래 편입 된 사실에 비추어, 본인은 현재의 전쟁상태가 지속되는 동안 대한민국 국군의 지휘권을 귀하에게 이양하게 된 것을 다행으로 생각 합니다."

이 때부터 유엔회원국이 아닌 한국군도 유엔군 편제에 편입되어 카투사(KATUSA)라는 이름으로 국제공산군에 맞서 피 흘려 싸웠다. 카투사 43,660명중 7,361명이 산화하여 하늘의 큰 별이 되고 말았다. 그들은 유엔군에 배속되어 전투지형에 대한 지식과 언어소통 등 상호협력을 통해 연합군 전력자원으로 크게 기여하였다. 초기 카투사의 역할은 단순한 병력지원 수준에 머물렀으나 유엔의 기능강화와 조직 확대에 따라 카투사의 역할도 점차 군사작전으로 그 비중을 높여갔다. 보병, 포병, 기갑, 공병, 통신, 보급, 행정, 헌병, 군종, 의무병 등 다양한 임무를 수행하여 유엔군 대열에 참여, 공산군을 물리치는데 함께 하였다. 특히 카투사는 세계 유일의 유엔 산하 연합군 조직으로, 과거 세계 제1차 대전 후 결성되었던 '국제연맹'이 갖지 못했던 경찰권 행사를 통해 세계분쟁지역에 유엔군으로 파견되어 세계 평화를 위한 질서 확립에 참여하였다는데 큰 의미가 있었다. 세계의 평화와 자유를 위해 세계 공론公論에 따라 각국 젊은이들이 한국전쟁에 참여하여 싸우는 일은 일찍이 인류가 바라던 위대한 역사적 실현으로 시대를 앞선 인류의 양심이었다. 이것은 누가 시켜서하는 일이 아니고 순전히 역사적 현상이었다. 그것은 역사가 시킨 신성한 의무였던 것이다. 종교적 용어로 말한다면 '하나님의 섭리' 였다. 불법적인 공산군의 침략 행위를 격퇴하기 위해 유엔군이 참전하여 응징하는 행동은 유사 이래 처음 있는 대 사건이었다. 인류전쟁사를 볼 때, 국가 간의 전쟁에 세계 여러 나라가 힘을 합쳐 침략군을 조직적으로 제재하고 응징하는 사례가 없었다. 그래서 1차 대전 후 세계평화와 자유를 위해 더 이상 전쟁을 하지말자는 '파리공론' 을 통해 만들어진 '국제연맹' 도 바로 분쟁과 전쟁을 예방하기 위한 제재와 응징을 할 수 있는 국제경찰권 확보에 실패하여 20년 평화기간을 허송세월로 끝내면서 얼마 안 되어 제 2차 세계대전에 들어갔던 것이다.

　유엔의 공론을 통해 결의한 무장을 동원 침략세력을 제재하고 응징할 수 있는 권위와 힘을 가진 UN 안전보장이사회의 국제경찰권도 유사 이래 처음 있는 일이었다. 한국전쟁을 시작으로 조직을 강화하여 세계평화를 위한 실천적 권위를 갖춘 유엔(국제연합)이 출범하면서 강한 힘에 의한 권위를 인정받으면서부터 그 동안 세계 정부론을 주장하던 국제사회의 여론도 잠잠해지게 되었다. 공산주의나 '코스모폴리타니즘' 도 한낱 유토피아적 이론과 논의도 더 이상 필요 없었던 것이다. 따라서 지금도 카투사는 유엔군의 일원으로 유엔의 자유와 평화 수호라는 위대한 역사창조를 위해 강력한 군사적 지지를 보내며 그 책임을 다하고 있는 것이다. 그렇다면 미국의 힘에 의해 세계질서를 이끌어가는 미국 카터 대통령은 왜 그토록 무모한 주한미군 철수를 강요하였을까? 그는 미국 남부의 작은 마을 플레인즈(별명)에서 침례교 목사인 아버지 밑에서 엄격한 신앙교육을 받으며 자랐다. '조지아주의 강력한 목련'이라는 별명을 가졌던 제 39대 태통령 지미 카터는 교회 성경학교에서 성경을 읽으며 자랐고 성경학교 교사로 하나님 사랑을 통해 세계적 변화라는 안목을 키운 그는 백악관의 주인이 되어서도 무장폭력인 전쟁은 그 어떤 이유에서도 악이라는 인식을 갖고 있었다. 앞뒤 안 가리고 전쟁의 불씨만 잠재우면 된다는 식의 강대국 우선주의 방식의 삶의 철학을 익혔던 것이다.

카터 대통령 퇴임 후 많은 정치비평가들이 그의 통치철학의 배경을 알 수 없다는 평을 하면서 백악관 4년간 그의 흉중을 살피는 것도 그의 독특한 성장과정만큼이나 비밀스럽기 까지 하였다. 특히 그의 초기 백악관의 도덕외교는 마치 한국을 상대로 한 것이었다는 생각이 들 정도로 가혹하였다. 힘에 부친 베트남전쟁의 짐을 털어내기 위해 협상의 달인 '키신저'와 공산주의자 '레독토'를 내세운 프랑스 파리협상을 통해 1973년 '파리평화협정'을 맺고 1974년 주월 미군은 빈손으로 철수를 하였다. 1975년 4월 30일 북베트남군은 사이공을 함락함으로서 협상 2년 후 남베트남은 역사 속으로 사라졌다. 당시 사이공 인근 바다에는 미 해군 7함대의 시누크 대형헬기를 대기시키고 미국시민들과 남베트남인, 대한민국 교민들과 총영사관 직원들을 탈출시키고 있었다.

주월 미군을 철수 종전을 한 후, 패전의 이미지를 씻어내기 위해 결단을 내린 미국은 베트남전쟁의 최대 협조국(파병)인 한국을 마치 무장폭력의 배후쯤으로 인식하는 듯 주한미군 철수부터 마구 몰아붙였다. 카터 대통령의 박정희 정권에 대한 지나친 모욕이라는 표현을 서슴없이 말할 수 있는 원인제공이 한국에도 있을 것이라는 생각이 드는 것도 사실이다. 1974~5년 미국 정치인들 상대의 불법로비활동의 '박동선' 청문회, 중앙정보부장 김형욱의 미국 망명과 깊숙한 기밀폭로, 그리고 카터 대통령의 미군철수 압력 등은 한국이 미국의 우방이라는 외교적 수사마저 부담스러위 하는 형태로 나타나 연일 언론의 비판대상이 되고 있었다. 미성숙한 민주주의, 그리고 일부 좌파 성향의 정치문화, 무분별한 여론공세 등은 국가원수에게 거침없이 총격을 가할 정도로 사회가 혼란에 빠졌던 것이다. 카터 대통령의 방한이 후 불과 3개월만이었다.

 호사가들의 호들갑이 아니더라도 은인자중한 채 추이를 지켜보던 한국의 주류 애국시민들은 닉슨독트린으로부터 시작된 미국의 주한미군 철수 정책에 대한 의구심과 위기의식을 갖는 것은 결코 무리가 아니었다. 닉슨독트린이 나오기까지 중국공산당은 죽의 장막 속에서 미국의 속내를 알아내기 위해 밀도 있는 숙의를 거듭하였다. 미국의 움직임을 주시한 많은 외국 외교 전문가들의 결론은 소련의 남하를 중공의 힘을 이용하기 위함이라는 설과 베트남전의 출구전략이었다고 했다. 이에 비해 중공측은 민주주의 파괴방법을 알고 이를 전쟁전략으로 이용하였던 것이다. 민주주의의 정책추진과정의 비효율성, 국민의 애국심 결여와 도피심리, 자본주의의 불평등, 여론의 선동과 집단간에 시기, 질투. 정부의 관용 등을 중공지도자들은 대륙에 공산정권 투쟁과정에서 풍부한 경험을 통해 이미 알고 있었다. 미국의 대만과 단교한 후, 1978년 중국 공산정권이 유엔안전보장회의 상임이사국이 된 것은 예정된 수순이었다. 선진국이며 강대국의 입장에서는 국제평화를 내세우면서 명분을 만들어 적을 달래면서 자기나라 이익을 위해 정책을 조정하는 여유가 있었겠지만, 약소국의 경우 안보상의 조그만 문제라도 정책수행에 오판이 있을 경우 자멸의 원인이 될 수 있다는 점을 모두가 알고 있다. 이런 점에서 강대국과 약소국의 특정사항에 대한 정책방향이 항상 같을 수는 없는 것이다. 박정희 대통령이 1969년 샌프란시스코에서 닉슨을 만나 주한미군의 계속 주둔을 요청한 결과 미 7사단만 철수하고 한국군의 현대화를 지원, 강화하겠다는 내용의 공동선언을 도출하였으나, 카터 대통령 체제에서 또다시 미군 철군문제를 되짚어 봐야 하는 것도 약소국의 생존을 위한 비애중의 하나였기 때문이다.

"인권에 반하는 국가를 공개적으로 비공개적으로 혹은 합법적 비합법적으로 결코 지원하지 않을 것이다."

라는 카터행정부의 세계차원의 인권정책과 미군사 정책은 카터 대통령의 방한에서 처음으로 한국이 안고 있는 정치적 리스크로 고스란히 들어나고 말았다. 박대통령의 장기 집권으로 인식되는 유신독재와 정치범 구속 그리고 긴급조치 9호는 한국의 안보상 버팀목인 미군철수를 중단시키는 요지부동의 전제조건으로 등장하였다. 베트남전에서 사실상 패배를 뜻하는 1974년 미군철수는 청바지 차림의 장발을 한 조지아 마피아사단으로 불리는 반전여론을 무마시켰으나, 민주주의 본산이며 기독교국가라는 세계지도국 미국 이미지에 많은 사람들이 의혹의 시선을 보내게 되었던 것이다.

닉슨의 뒤를 이은 제럴드 포드 대통령이 남베트남 탄손누트 공항에서 피난 난민들을 태운 항공기가 미국공군기지에 도착한 여객기 트랩에 올라가서 어린이를 팔에 안은 채, 손을 흔들며 세계를 향해 어색한 미소를 보냈다. 그러나 세계 제1의 미군의 패전에 대한 주류 미국인들의 자존심과 상한마음을 달랠 수는 없었다. 그 장면은 '통킹만'의 어뢰정 수모(1964.8)에서 비롯된 미국인들의 분노와 불만과 부정적 사회분위기를 더욱 비참하게 만들었을 뿐이다. 미국인들의 공허한 마음을 달래고 새로운 미국의 강한 모습을 새롭게 보여주기 위해서는 무력한 정치, 무너진 도덕과 질서를 바로 세우는 '아메리카 퍼스트의 깃발에 '정의'라는 승리의 두 글자를 다시 새겨 넣어야만 했던 것이다. 그것은 베트남전 패배에서부터 쌓인 카터 대통령의 도덕주의 정책을 새삼 부각시키게 되었던 것이 아닐까? 이러한 동맹국의 분위기를 재빨리 알아차린 한국의 박정희 대통령은 국정기조를 전환시킬 새로운 대안을 찾아내야만 하였다. 그 것은 상대에게 부담만 안겨주는 의존적인 동맹국이 아니라 신뢰받는 강한 파트너가 되는 것이었다. 1969년 닉슨의 '아시아의 안보는 아시아인들의 손으로……'라는 슬로건이 나올 때부터 세계의 외교 전략은 베트남 전쟁의 장기화에서 오는 반전 여론과 미·소 데탕트라는 새로운 바람이 불던 시기였다. 영국 전략연구소가 발표한 북한의 군사전략은 한국의 3배를 넘어선다는 발표는 한국 자주국방의 절박성을 강조하고 있었다. 세계 모든 나라가 자국 이익을 위해 어제의 적국을 오늘의 우방으로 삼고 피도 눈물도 없는 적자생존의 시대로 돌아서고 있었던 상황이었다.

"1975년 4월 30일 가족이 함께 남베트남의 사이공을 탈출하지 못했던 당시 10살의 난민출신 구앙 팜(Guang Pham)은 여동생 둘과 어머니와 함께 미국으로 탈출하던 이야기를 자서전으로 썼다. 남베트남 군인이었던 그의 아버지는 함께 탈출하는데 실패하여 10년 넘게 베트남의 재교육 수용소에 수감되어 사상교육을 받고 1992년에야 미국으로 건너올 수 있었다. 당시 100만 명의 피난민이 미국으로 탈출하려고 하였으나 17만 4000여 명이 탈출에 실패 재교육 수용소에서 베트남 당국에 의해 사상교육을 받아야만 하였다." 그 당시 새벽에 메콩강에 나가 고기를 잡는 어부들은 종종 정체불명의 시신들을 자주 목격하기도 하였다고 한다.

우리는 여기서 제 38대 대통령 제럴드 포드대통령의 높은 인도주의적 공로를 칭송하는 말을 듣게 된다. 포드 대통령은 베트남 전쟁 패전에서 잔류중인 미국시민과 베트남인들의 피난을 돕기 위해 재정확보를 의회에 요청하였다고 한다. 미국역사상 최초로 투표에 의하지 않고 닉슨의 뒤를 이어 대통령에 취임한 포드는 이와 관련한 위원회를 조직하여 위원들을 설득하고 노력을 하였으나 정치권에서는 일부 부정적이었다고 한다. 결국 표결에 들어가 14:3으로 구조자금 요청이 통과 되었으나 반대한 상원의원이 3명이나 되었다고 한다. 이들은 군인들의 철수는 국가의 책임이나 피난민의 철수에는 도덕적인 책임이 없다는 이유로 불참하였다고 한다. (위

키리스크 한국-Wikireaks News. 승인.2019.7.5. 이회수 기자 인용-)

박정희 대통령은 국제외교의 냉엄한 현실을 이해하고 "싸우면서 건설하자"는 구호를 내 걸고 자주국방의 목표를 세우고 매진하였다. 그의 주변에는 정적들의 험담(인권부재와 부정부패) 과는 달리 부국강병의 첨병 엘리트 보좌관도 있었다. 그 중의 한사람이 '오원철' 경제수석이었다. 그의 '방위산업과 중화학공업을 연계' 시키는 자주국방의 빅 아이디어는 박대통령의 과단성과 깊은 신뢰감으로 국정기조의 전환점을 만드는 계기가 되었다. 탱크국산화와 철도기관차는 현대 그룹 '정주영' 회장이 맡고, 항공과 자주포는 삼성 '이병철' 회장에게, 포탄생산은 구리로 식기를 만들던 '평산금속' 이 맡도록 분담시켰다.(후에 한화로 이양) 그리고 1970년 중반의 경남기계공업단지 조성으로 한국의 '한강기적' 을 견인하는 버팀목으로 성장시켰던 것이다. 1978년 주한미군 철수를 위한 최종 검토를 위해 미국하원 군사위원회 회원들이 창원을 방문하였다. 베트남전 패배에서 오는 반전사상과 닉슨대통령의 정치지도력의 불신과 도덕성상실은 미국의 계층 간, 세대간 대립 분열을 심화시켰다. 여기에 한국정부의 미국 의회를 상대로 한 불법 로비사건(박동선 청문회)과 인권문제, 그리고 핵무기 개발 시도와 중화학공업 육성 등으로 악화된 반한정서에서 오는 주한미군 철수 문제를 정리하기 위한 의회시찰단의 최종심의 안으로 올라온 보고서 내용은 다음과 같다.

"한국은 이미 자위력을 확보하였음으로 미국의 우방으로 남겨두는 것이 미국의 국익에 부합한다. 만약 창원이 북한으로 넘어가면 그 후폭풍이 만만치 않을 것이다."

라며 철군 정책 포기를 제안 하였다고 한다. 박정희 대통령! 그는 국가원수로 그리고 국군 통수권자로 역사적 소명의식을 갖고 대한민국을 우뚝 세웠다. 비록 군사쿠데타를 통해 민주주의 훼손이라는 정치적 공과를 논할 수는 있지만, 온갖 비리의 장본인으로 지탄받는 것은 안 될 것이다. 특히 자주국방과 중화학공업 육성은 정치 경제적 안정을 가져와 10년 혹은 20년 동안 계속 발전에 의한 대기업 육성으로 오늘날 부국강병의 기틀을 다질 수 있었다. 그의 애국열정과 과단성 있는 대통령으로 지금도 국민들 가슴속에 살아 있는 것이다. 우리 민족의 해방은 1945년으로 끝나는 것은 아니었다. 그 후로 80년간 자유민주주의 국가 건설을 위한 국민들의 위대한 투쟁과 한강의 기적을 일궈낸 한마루언덕에 빛나는 역사가 있기까지 국민들의 피땀흘리는 투쟁이 있었으며 정치인들만이 아닌 각계각층 지도자들의 현명한 지도력과 최고 통수권자의 자기희생 적인 통치철학이 있었던 것이다. 싸우면서 일하는 국제경쟁의 도전과 시련 문제라면 어찌 방위산업, 중화학공업 굴기에만 국한되겠는가? 앞선 세대들의 불굴의 투쟁정신을 자랑스럽게 추앙하고 현세대를 당당하게 만들어 세운 진정한 '해방일지'들이 얼마든지 있을 것이다. 이렇게 위대한 나라를 건설한 우리가 과거의 불행으로 끌려들어가 서로 물고 뜯어야 할 이유는 없는 것이다. (조일훈. 동아일보 논설실장)

12

 일본군국주의가 조선을 완전한 식민지로 만들기 위한 조작은 두 가지였다. 첫째, BC 108년부터 AD 313년까지 약 500년 동안 한사군 중의 하나인 낙랑군이 평양에 있었다는 설(낙랑군 한반도설). 둘째, 신라와 백제와 함께 있던 가야가 본래 일본의 식민지였다는 주장이었다. 일본이 한민족사를 허구로 만들기 위한 시간과 공간의 축소 조작이었던 것이다. 북한 역사학자 '리지린'은 북경대학 박사학위논문 고조선 연구'(1958)에서 고조선족은 이미 국가 형성 이전에 여러 지역으로 이동하였는데 그 일부는 오늘의 중국 하북성 예수濊水지역까지 진출하였고 또 다른 일부는 압록강 남쪽으로 진출하여 그곳 원주민과 융합하여 한韓민족을 이루었다고 하였다. 또한 연변대학 박진석 교수도 '압록강 이남에는 이미 '독로국' 을 비롯한 80여개의 크고 작은 '한' 이 존재하고 있었다고 증언하고 있어(박진석, '후루다선생의 론문 왜지의 사료비판을 읽고' 조선학연구. 제4집. 1992. p.141.) 옛 부터 한반도와 동북지역은 고인돌 문화로 상징되는 문화목록어(Inventory) 가 존재하고 있었다. 리지린도 그의 연구에서 지상에 노출된 바둑판 형태의 큰 사각 돌 판을 땅 밑에서부터 받치는 지석支石없이 단순한 잡석으로 쌓아 올린데 대하여 '원시 노예제' 의 무덤으로 주장하고 있다. 그는 민속적 종족적인 색체가 강한 고조선과 한족이 동일한 종족으로 보고 있다. (리지린. 고조선연구. p.277.) 리지린은 삼국사기의 역사적 기록이 사실과 부합한다는 사실을 믿고 인정하고 있었던 것 같다. 그는 또한 '맥' 나라가 이미 문자를 사용하였다고 한다. "나는 이러한 전제로부터 출발하여 서주西周

의 고한국古韓國을 맥국의 한국汗國이었거나 그렇지 않으면 그 영지를 정복하고 건립한 서주의 다음에 선, 나라였을 것이라고 믿는다."고도 하였다. 그 근거를 말하면 첫째로 고한국 지역은 중국북방에 까지 진출 했던 맥족과 서로 교류하고 있었다는 사실이다. 즉 그 맥에 정복당했던 것이다. 둘째는 한자 중에서 한韓은 '한국'의 한이란 의미 외에 다른 어떤 의미도 찾을 수 없으니 이것은 본래부터 한자인 것이 아니라 맥족의 어휘 한汗에서 유래된 것으로 인정된다고 하면서, 고조선, 부여, 진나라에는 일찍부터 '한'이 존재하였음을 인정하였다. 이처럼 고대 한국종족은 기원전 1,000년경에도 예, 맥, 한의 세 종족이 있었으며 동북 땅 만주벌에 우뚝 서있는 동아시아의 로제타석(Rosata Stone)이라 불리는 광개토 대왕 비문에도 한·예인이 명시되어 있다. 다만 리지린은 한韓·汗이 고조선의 속번屬藩으로 있는 지방행정단위에 불과하였다고 이해하였다. 이 것은 한국이 세계 거석문화의 시원이라고 한, 미국 고미술학자 존 카터 코벨(John Covel)처럼 제3국학자의 명쾌한 논리에는 미치지 못하는 것 같다. 코벨은 '한국문화의 뿌리를 찾아'에서 "우리는 아주 일찍 깬 민족으로 석기시대부터 요동과 한반도에 제일 먼저 정착했던 주인이었다."(최태영. '코벨의 한국고대사연구' 인간단군을 찾아서. p.297.) 라고 증언 하였다. 특히 그는 일본은 36년 동안 조선을 식민통치하였으나 한국은 일본을 1,000년 동안 문화적으로 지배한 선진 문화민족이라고 주장하였다. 리지린은 말하길 "또 고조선에는 한국이 존재하였으나 위만 시기에는 이미 '한' 제도가 폐지되었다."라고 말하여 '한'의 사회정치제도와 그 기능을 대략 다음과 같이 정리하고 있다.

"위만이 정권을 잡으면서 한국汗國제도를 폐지하고 비왕裨王제도를 만들었다. 비왕제도는 '한'에서처럼 토지를 소유하는 등 전제적이지 않았다. 그 전의 '한'은 낡은 노예나 농노제도의 권력집단으로, 상당히 강력한 정치적 권력을 행사하였으나 그 '한'들의 신화적 경제적 기초가 무너지면서 그 권력은 약화되고 국왕의 전제권력을 어느 정도 제약하는 정도가 되었다. 초기 부여의 가(加수준)의 군사적 민주주의 기능을 통해 왕을 교체하여 밀어내기도 하고 심하면 왕을 죽이는 풍습까지 있었다. 고조선에도 어느 시기에는 아시아적 공동체가 존재하였으며 그 위에 군림한 작은 전제로서의 '한'들이 존재하였다고 추측된다. 그 후에 '한'의 권위는 점차 약화되어 귀족 민주주의 제도가 오래도록 계속되었다고 믿어진다. 그것은 본래 '한국'이 변형된 형태이며 왕이라고 칭한 통치자는 아시아적 공동체의 붕괴와 함께 봉건제 요소가 발전하면서 그 '한'은 국왕의 관리 수준으로 되었다고 보여 진다고 하였다.

여기서 말한 아시아적 공동체는 현대사회의 정치경제체제를 고려하여 헤겔과 마르크스가 사용한 '아시아적'이라는 개념이다. 아시아적 공동체는 예종隷從제라고도 불렀다. 개개인은 자치적인 공동체의 일원이다. 하지만 그 공동체 전체가 왕의 소유였기 때문에 왕은 공동체에 개입할 필요가 없었다. 사람들은 공동체의 일원이라는 연계에 의해 구속되고 있었다. 그러므로 국가는 공동체의 자치를 통해서 지배가 가능하였다. 이것이 아시아적 공동체이다. 리지린이 그의 연구에서 말하는 군사적 민주주의와 귀족적 민주주의도 마르크스의 아시아적 공동체 개념수준에서 사용한 것이라고 믿어진다. 다만 학자들은 리지린이 북한의 일제식민사관 청산을 위한 민족사의 연구에서 사·공을 축소하여 단군을 허구의 인물로 만들었다고 주장하였다.. 한국사의 공간축소는 대륙과 한반도, 해양에서 진행되었던 한국사의 활동무대에서 대륙과 해양을 삭제하다보니 반도사로 축소시킨 결과라고 평하고 있다. 특히 리지린은 중국고대의 4개 역사서 사기史記 한서韓書 삼국지三國志 후한서後漢書를 통해 그 풍부한 한국고대사의 진실한 실체(대륙, 해양활동)를 밝히는데 초점을 두고 연구하였다.

이지린은 고조선 연구에서 서주에 예속되었던 제후국이 한반도 내에 있었다는 중국학자들의 주장을 논박하고 있다. 특히 청나라 말 장태염章太炎이 현재 한반도 내에 '한후국'이 있었다는 주장과 한무자의 아들 환국桓㵤이라는 근거가 전혀 없다고 강하게 부정한다. 그러면서도 주의할 점은 서주시대의 조선인민이 중국 한족漢族은 아니며 고대 조선족이라는 점을 유의해야 한다고 주장하였다. 시경 한혁편에 이르기를

"높은 저 '한' 나라 성이여, 먼 나라 백성들이 완성했다네. 왕께서 한후韓候에게 추追나라와 맥貊나라를 내리셨네."

라는 구절이 나온다. 한 나라 성을 연나라 백성들이 쌓았다는 것이다. 또한 한후가 추나라와 맥나라를 관장했다는 노래도 나오는데 여기서도 '한국'을 중국 한족漢族의 나라로 볼 수 있는 근거가 되겠느냐고 반박하고 있다. 리지린이 한혁편에 나오는 한족국가에 대한 부정적인 주장을 펼 수 있는 근거는 고한국古韓國지역인 오늘의 산시성 북부에는 일찍부터 맥족이 거주하였으며 맥족과 한후 간에 장기간 투쟁이 있었던 곳이다. 그 지역은 '고한국'은 맥족의 거주지역으로 볼 수 있기 때문이다. 리지린은 북경대학 유학(1958) 시절부터 이처럼 중국사학자들을 봉건사학자, 대국주의자, 중화주의자로 비판하면서 민족의 주체적 사관정립에 매진하였던 것이다. (이덕일.고조선연구 출판강연.2018.11.8. 종로구 재동 의백학교.)

다만 그는 해방 후 북한이 조선을 나라 이름으로 취했기 때문이지 고조선에 대해서는 다음과 같이 말하고 있다.

"조선朝鮮은 실로 우리나라 문명의 역사를 열어놓은 최초의 국가이다." 라고 긍정적인 평가를 하면서도 삼한三韓 모두를 포괄 하는 진국辰國을 설명하면서는 중국 땅에 있던 '한' 나라 후손들의 이주는 부정하고 있는 듯하다. 다시 말해 진辰나라의 3한족인 한·예인과 맥貊족 계통의 사람

들로 결국 국가 성립시기의 선후가 있을 뿐이지 민족적 차이가 있었다고는 보이지 않는다.(조선전사 2권. p.103~168.) 고 주장한다. 반면에 '대한제국'에 대해서는 전혀 언급하지 않으며, 대한민국 임시정부에 대해서도 '상해 임시정부'로 표현하고 있을 뿐이다. 그것은 대한제국에 대한 저들의 평가와도 관련되겠지만 대한大韓이라는 어휘를 피하려는 의도가 아닐까 싶다. 이와 관련하여서는 북한 내의 정치적 이유가 그 원인이라는 생각이 든다. 이러한 점을 고려하여 필자는 이 책에서 윤내현 교수의 연구인 '한韓의 정치와 사회변화'를 자세하게 소개한다. '한'과 '조선'은 결코 남·북한의 국호 대결이 아니라 고대 우리 한민족의 나라이름 표기의 두 갈래일 뿐이다. 고대 '한' 나라에 대해서는 북한에서도 인정하고 있다. 그 내용을 자세하게 설명하면 다음과 같다.

　우리 한국인들은 선조들이 일궈놓은 광대한 동북대륙을 경략한 역사적 사실을 자각하고 영토수호 의식을 되새겨야 한다. 북방 최강대국으로 위상을 드높였던 고구려와 발해의 판도가 한반도와 만주지역을 넘어 멀리 몽골지역과 시베리아 '바이칼 호수' 일대를 포괄하고 있었음을 자긍심으로 삼아 한(Hanism)의 문화를 발현하여야 한다. 남과 북 역사학자들의 연구가 비록 정치적 위상에서 차이가 있기는 하나 '한' 나라는 고대부터 하나님이 우리 민족에게 내린 천명闡明이었던 것이다. 웅장하고 화려한 밝고 광명정대한 표현은 한국, 한반도, 한국인, 대한제국, 대한민국으로 이어진 반만년 역사를 이어오고 있다. 고종실록에도 대한국은 삼한三韓을 잇는다고 분명히 밝히고 있다. 어느 나라던 그 나라의 상징인 문화목록어는 민족관념이나 개성 이전에 민족적 성격의 표현이고 국민도덕의 생리生理인 것이다.(김범부. '국민도덕의 역사성.' 화랑외사. p. 208.) 신화나 전설을 가진 원시민족이면 그 수준에 맞는 문화목록어에 대한 역사를 가지고 있다. 국민은 역사를 예상하고 역사는 반드시 문화를 예상하고 있는 것이다. 따라서 문화 있는 곳에는 아무리 유치하다고 해도 윤리도덕이 존재한다고 보아야한다. 우리나라는 근대화 과정에서 서구문화의 기독교 가치관인 자유, 평등, 인권 가치를 토대로 하는 홍익문화弘益文化중심의 국민도덕을 가지고 있는 민족이다. 영국인들은 신사인 '젠틀맨'을 숭상하고 미국인은 '인도주의' 전통을 바탕으로 하는 실용주의 생활화와 성격화에 대한 긍지를 갖고 있다. 또 독일인들은 인간형의 표준은 쿨트루멘슈(문화인)로 문화를 창조할 수 있는 사람을 의미한다. 프랑스인들의 가치관 표준은 봉상스良識人이다. 선천적으로 선악을 분별할 수 있는 능력을 가진 사람이란 뜻이다.

　삼한의 통치영역은 청천강을 경계로 하여 그 이북 쪽인 동북지역은 직접 통치하였고 그 이남은 간접 통치하였다고 했다. 고조선은 북경 근처에 있는 난하灤河를 서쪽 경계로 하여 동북부는 흑용강 밖에까지 이르러 만주와 한반도 전 지역을 그 영토로 하고 있던 동아시아의 대국이었다. (윤내현. '고조선의 영토' 한국고대사. p.70.) 고조선에는 종교적 조직으로 중앙과 제후국에 신에게 제사지내는 성지가 있었다. 그리고 중앙에는 제사지내는 신단神壇이 있었고 각 제후국에는 소도蘇塗라고 하였다. 단군은 제후를 봉할 때, 제사의식에 필요한 종교적 상징품인 홀圭을 제후들에게 하사하여 종교적 권위를 일부 나누어 주었다.그리고 각 제후국에는 우두머리로 하늘에 제사를 관장하는 천군天君을 두었다. 단군은 종교적으로 천군들의 우두머리이기도 하였으며 정치적으로 신권 통치자였다. 단군의 고조선 통치는 중앙은 상相·장군 등의 관료들이 보좌하고 지방 조직으로 제후·박사 등이 있었다.

　후한서나 삼국지에서 '한'의 기록을 한전韓傳이라고 한 것은 그 명칭이 삼한이 아니라 그 이전 한韓이었기 때문이다. 한은 지역에 따라 마한, 진한, 변한으로 불렸지만 그들이 분열, 독립된 정치집단을 의미한 것은 아니었다. 한 전체가 고조선의 통치권 안에 들어 있었지만 자주성과 독립성이 강한 하나의 정치 단위였다. 한은 전체가 고조선의 대제후국, 가운데 하나였는데, 고조선 시대의 한은 다른 제후국들과는 달리 직접 통치를 받지 않왔다. 고조선의 대제후국인 진국辰國을 통해 간접 통치를 받고 있었다. 당시 진나라는 지금의 한반도 북부에 걸친 청천강 이북의 넓은 지역을 차지하고 있었던 고조선의 가장 큰 제후국 중 하나였다. 그런데 진나라는 지리적으로 한에 접해 있었고 고조선 왕실과 '한' 사이에서 교량 역할을 하였던 것이다. 단군조선(고조선)과 '진' 나라 그리고 '한' 의 관계를 명확하게 구분하기 위해서는 현대 영연방제도를 이해하는 것이 좋을 듯싶다. 과거 세계 패권 국가였던 영국은 52개국의 식민지를 거느렸던 대제국이었다. 그러나 세계 1·2차 대전을 거치면서 식민지들이 독립하면서 1949년에 와서는 대부분의 식민지들이 독립하였고 1950년 한국전쟁에서는 캐나다, 호주, 뉴질랜드 등 주요국 중심의 영연방국가(Commonwealth of Nations)들로 '영연방군' 을 조직 독자적 군사작전권을 갖는 유엔군으로 활동하였다. 지금은 대영제국 표현인 'British' 가 빠진 영연방제도를 유지하고 있다. 본국인 영국은 군주국이나 연방에 소속된 캐나다, 호주, 뉴질랜드 등은 입헌군주제와 의회민주주의를 결합한 독립 국가이다. 다만 영연방의 '국가 원수' 는 영국에서 선출하는 국왕이 맞게 된다. 이와 같은 국가 제도는 시대의 변천에 따라 종주국과 식민지간의 권력구조의 변화로 인한 통치제도인 것이다.

'한' 의 자주적인 독립성은 고조선이 건국되기 훨씬 전인 부락사회 단계의 문화권 형성 때부터 가지고 있었다. 윤내현 교수는 부락사회 단계인 한반도와 만주지역의 문화는 고고학적 '사귐문화' 질그릇으로 특정지어지고 있음을 주장하고 있다. 후한서 한전에 한이 고조선의 제후인 진왕辰王의 통치를 받은 것으로 되어 있다. 또한 한 지역에 고조선의 최고신인 '한울님' 에 대한 제사를 주관한 '천군' 이 있다고 기록하고 있다. 이와 같은 주장들로 미루어보아 '한' 이 고조선의 통치권에 속하고 있었음을 알게 한다. 강화도의 참성단과 삼량성의 단군유적이 있다는 것은 고조선

지배계층의 점유물인 비파형 동검이 한반도 남부지역에서도 출토되고 있다는 사실은 문헌에 기록된 사실들을 강력하게 뒷받침하는 것이다. 그러면서도 전국시대 연燕나라 화폐인 명도전明刀錢이 청천강을 경계로 하여 그 이북지역에서는 다량으로 출토되면서도 그 이남지역에서는 별로 출토되지 않고 있다. 이와 같은 사실은 '연' 나라가 직접 교역을 하였던 고조선 주민들이 주로 청천강 이북지역에 거주 하였다는 증거이다. 그리고 고조선 내에서도 청천강을 경계로 하여 그 이북과 이남이 지역적 거주권이 형성되어 있었다는 사실을 알게 하는 것이다. 한은 단군의 직접 통치를 받지 않고 간접통치를 받았기 때문에 마치 소왕국과 같은 독자적인 정치조직도 같고 있었다. 한 내에는 78~80여개의 제후국과 같은 정치적 지역단위가 있었고 각 정치집단에 따라 종교적 조직도 있었다. 이와 같은 한은 지역에 따라 서부지역을 마한, 동부지역을 진한, 남부지역을 변한이라 불렀는데 정치와 문화는 마한에 의해 주도되었다. '진' 나라를 통한 정치·종교적 관계도 마한지역에서 가장 강한 정치세력을 가진 거수渠帥가 관장하였다. 그런데 일부 학자들은 '한' 을 삼한이라 부르고 고조선과는 전혀 관계가 없는 것으로 보았다. 그 뿐만 아니라 삼한은 수십여 개의 작은 정치집단으로 분리되어 있었고 수준도 매우 낮았던 것으로 잘못 인식하고 있었다. 그러나 고대 문헌을 통하여 보는 고조선의 서쪽 영토는 중국, 북경에 있는 난하에 이르고 동북쪽은 흑룡강 밖까지 이르러 지금의 중국 하북성 동북부 일부와 요녕성, 길림성, 흑룡강성 및 한반도 전부를 차지하고 있었던 것이다. (윤내현. 한국고대사. '한의 정치와 사회변화'. p.136.)

첫째, 제왕운기에는 고조선의 중심지가 요동지역이었다고 기록되어 있는데 사기史記 진시황 본기에는 고대의 요동이 지금의 요서지역으로 난하灤河의 동쪽 지역을 지칭한다. 따라서 고조선의 영토가 지금의 요서지역, 즉 난하유역 까지였음을 뜻한다.

둘째, 중국 서주역사를 기록한 일주서逸周書 왕회王會 편에서는 BC 12세기 경에 숙신, 예, 고구려 등이 지금의 요하유역에 거주하였던 것으로 나타난다. 이들 지역은 고조선을 구성하고 있었던 제후국이었고 한민족을 형성한 구성원 중 일부였다. 왕회 편의 기록은 BC 12 세기경의 고조선 영토가 난하까지였음을 알게 한다.

셋째, 중국 상商 왕국이 주周 족에 의해 멸망하자 상 왕실의 근친으로 상 왕국의 제후였던 '기자'가 중국의 동북방 지역으로 망명하였는데 그 후손들이 중국의 진秦나라에 의해 통일되기 전에는 난하의 서부유역에 거주하다가 중국이 통일 되어 중앙집권화 되자 난하 동부 유역으로 이동하여 고조선의 제후가 되었다.

넷째, 시경 한혁韓奕 편에는 고조선의 통치자가 BC 9세기경에 서주를 방문했을 때, 그를 칭송하여 부른 노래인데 그 내용에 의하면 고조선은 '추' '맥' 등 여러 제후국과 부족을 통치한 것으로 되어 있다. 그런데 맥은 난하 유역에 있었던 고조선의 제후국이었다. 따라서 한혁편의 내용은 난하 유역이 9세기 경에는 고조선의 영토였음을 말하고 있는 것이다.

다섯째, 중국이 통일되어 '진' 제국이 출범한 후 진시황은 만리장성을 쌓았는데 그 동부는 갈석 산에서 시작되어 난하를 통과하였다. 이러한 사실은 만리장성의 동쪽 끝부분이 전국시대의 연나라와 고조선의 국경과 동일한 위치에 있었음을 알게 한다.

여섯째, 사기 조선열전에 의하면 전한이 건국된 후 서한은 고조선과의 국경이 너무 멀어서 지키기 어려움으로 국경지역의 초소를 서한지역으로 다소 옮겼다고 하였다. 서한 초기는 BC 2세기 초로서 고조선 말기였다. 따라서 고조선 말기까지도 고조선의 서부 영토는 줄어들지 않았고 오히려 국경실상의 서한 초소가 서한지역 쪽으로 다소 이전하였던 것이다.

13

　작가는 앞에서 우리 근·현대사를 기술함에 있어 대한민국임시정부를 중심으로 대한민국의 이념과 정통성을 논하였다. 이런 필자의 판단 근거는 '함병춘' 교수의 논문인 '한국의 정치적 정통성'에서 그 타당성과 이론적 근거를 찾았기 때문이다. 우리처럼 같은 민족이 남·북으로 분단된 상황에서는 정통성 문제를 논하는 데는 더욱 신중을 기하여야 한다. 필자의 강단 경험을 통해 볼 때, 해방 이후 6·25 전쟁 이후 군사정권에서 반공을 제 1 의 국시로 내세울 때 까지는 대한민국의 국가적 정통성에 대해서 큰 시비는 없었던 것으로 안다. 동아일보대기자 '김순덕 칼럼'에 의하면 '김득중'의 '빨갱이 탄생'에 대한 글은 1948년 여순사건 때, 양민학살로부터 생겨났다는 얘기고, 2019년 정해구(대통령 정책기획위원장) 씨에 의해 '빨갱이 탄생' 서평을 써서 반공에 대한 의미심장한 글을 남겼다고 한다. 그러나 서울 올림픽을 치룬 후, 주사파와 좌경이 분단용어로 사용되면서부터 언론에 오르내리기 시작하였고 '반공'이라는 단어 자체가 대학캠퍼스에서 조차 시비의 대상이 되고 있었다. 특히 1992년 사회주의 종주국으로 군림하며 동·서 냉전을 주도하던 소련 공산당의 서기장 '고르바쵸프'가 "쬐그 맣고 단단한 도토리가 강하고 큰 상수리나무로 성장하여야 한다"면서 야심찬 소련정치체제의 '개혁'과 '개방'을 주장하였다. 그러나 이 과정에서 소련은 마르크스·레닌주의 혁명관이 붕궤 되면서 동구권 위성국들이 하나 둘 떨어져 나가기 시작했고 막강했던 크레믈린 대제국은 15

개 나라로 분리되면서 해체되고 말았다. 누구도 상상하지 못했던 고르바쵸프의 정치 역정은 서방진영에서는 일약 '평화'의 사도가 되어 환영받았으나 러시아에서는 조국을 몰락시킨 배신자로 몰려 1996년 대통령 선거에 출마하여 0.5%의 득표율에 끝이는 참패로 놀림감이 되고 말았다. 마치 프랑스 해체 철학자 '자크 데리다'의 분석에서처럼 세기적 공산제국은 마르크스 유령처럼 종말의 원인을 짚어보는 연구의 대상으로 전락하고 말았던 것이다.

우리나라에서는 이 때부터 남·북한 체제의 정통성에 대한 본질적인 연구 보다는 체제선호鮮好에 대한 감성적인 접근이 앞섰던 것 같다. 주사파니 좌경이니 하는 용어가 정치권과 언론에 등장하면서부터 그 때까지 민주주의 가치로 인식되었던 반공교육에 대한 비판이 일어나기 시작하였다. 이 같은 사태는 곧 '민주공화제'를 기반으로 하는 1919년 대한민국임시정부를 대한민국 원년元年으로 이어받은 대한민국 정통성에 대한 논의로 옮겨 갔다. 이와 같은 시비는 대한민국 헌법자체에 대한 것이라기보다는 군사정부와 유신헌법에 대한 비판이었다. 이점을 의식한 듯 함병춘 교수는 국가의 정통성을 두 가지 관점에서 설명하였다. 즉, 정통성이란 현존하는 정치기구가 사회를 위해 가장 적절하고 정당한 것이라는 신념을 불러 일으킬 수 있는 정치체제가 갖고 있는 능력과 정치기구들의 적절성 내지 정당성이라고 정리하였다. 따라서 정통성이란 어느 개인의 주관적 판단이 아니라 하나의 경험적인 사실로 정치제도가 가지고 있는 능력을 말한다고 하였다. 함병춘 교수는 여기에 더하여 현대에 와서는 정치적 안전성이 정통성 문제와 결부되면서 정치적 정통성의 문제가 다루어진다는 점을 지적하였다. 체제내의 구성원들이 현존기구나 제도의 적절 혹은 정당하다고 생각하는지 아닌지는 하나의 사실이며, 구성원의 다수가 그렇게 생각하고 있으면 정통성으로 인정된다는 것이다.

필자는 이러한 의미에서 3·1운동의 피로 세워진 대한민국임시정부를 끝까지 지지하고 국민적 단합을 통해 항일 구국민족투쟁을 승리로 이끌어 온 안창호, 이승만, 이동녕, 김구 등의 대한민국임시정부를 지지한다. 특히 안창호는 앞에서 살펴 본대로 당시 임시정부 주변의 불화요인을 정리 몇 차례의 대안을 찾아가며 임시정부 중심의 통합을 위해 노력하였다. 신채호 김창숙의 국제연맹 위임통치 청원과 관련된 이승만 탄핵과 이동휘의 기독교 신앙에서 공산주의로의 전환 등 일제식민통치 아래서 일어나는 지역적 이념적 갈등을 조정하고 통합하는 매우 큰 난제 중 난제였다. 기독교 상동교회 청년회원으로 참신한 신앙인이었던 '김산' 이 일제의 폭정에 밀려 중국망명길에 상해 대한민국 임시정부를 찾았을 때는 일단의 노인들이 상심과 실의 속에 빠져 앉아있는 곤궁한 모습이었다고 했다. 이동녕, 이시영, 조완구, 김구, 조소앙 등 몇몇 인사들만이 불안한 모습을 하고 있었다는 것이다.(안천. 대한황실독립전쟁사, 교육과학사. p.160) 임시정부의 형편은 곤궁 그 자체였던 것 같다. 이런 와중에서도 1920년대 연해주를 근거지로 한 대한국민의회, 한인사회당, 대한민국임시정부 간의 극단적인 이념분쟁으로 인한 분열에서 시작한 대한민국임시정부의 불화와 분열은 계속 되었고 안창호는 그 때 마다 나서서 통합운동에 앞장섰다. 1923년 '국민대표회의' 실패 후, 안창호는 이동녕과 함께 다시 유일당 운동으로 통합에 나섰다. 그러나 이번에는 1928년 크레믈린의 12월 테제로 사회주의 세력의 좌·우합작 거부로 또다시 실패하고 말았다. 좌파는 독자적으로 유호 한국독립운동자동맹을 결성했고 안창호는 이동녕과 우파만으로 한국독립당을 창당해 이에 대응하였다. 더구나 1932년 윤봉길의 상해 홍구공원 일본군 전승기념식장 폭탄투척 사건으로 인해 김구는 일제가 끈질긴 추적에 나서자 이들을 따돌리면서 8년 동안 장제스의 도움을 받으며 상해에서 충칭까지 대한민국임시정부를 여덟 곳이나 옮겨 다녀야만 했다. 그 과정은 김구의 신변안전과 임시정부 피난과정으로, 안창호 등과도 자주 연락을 취할 수 없어 소외되었고, 반대세력들로부터 임정 무용론이라는 비난까지 받아야만 했다.

특히 이동휘는 대한민국임시정부를 이름뿐인 사상누각으로 비난하면서 독립운동의 대표성을 인정할 수 없다면서 탈퇴까지 하였다. 이와 같은 사태는 훗날 대한민국임시정부의 정체성에도 부정적 영향을 가져왔다. 해방 후, 대한민국임시정부의 법통성을 계승한 대한민국 정통성을 부정하는 세력이 나타났고 북한에서는 소련주도의 볼세비키 공산혁명정권이 들어서게 되었던 것이다. 여기에는 소련의 지시를 따르는 동북항일연군과 중국 팔로군출신 조선족 그리고 의열단 세력들이 합세하였다. 연해주 이동휘 일파가 레닌의 노·농정부로부터 200만 루불 지원(통일전선 지원자금)을 받은 사건에 실망한 이승만이 미국으로 들어간 후, 김구는 분노하여 비자금 운송에 간여한 윤해를 김상옥을 시켜 저격하였고, 김립도 백주 대낮에 국제도시 상해에서 사살되고 말았다. 레닌의 지원 자금 선수금 40만루불은 이동휘 주관으로 출판 등 문화사업으로 집행하는 과정에서 김구는 물론 여운형 일파까지 소외당하면서 큰 불화와 충돌로 이어졌다. 연해주 대한국민의회는 볼세비키 노선으로 흡수당하면서 한인사회당은 1920년 9월 한인공산당으로 개명하고 이동휘가 책임자가 되었다 사실상 크레믈린 동방부장 '보이스턴스키' 휘하로 들어간 한인공산당은 중국, 일본 공산주의자들과 제휴아래 문제의 레닌정치자금 200만 루불 잔금 모두를 국내공작과 무장투쟁에 모두 사용하였다는 공론으로 일단락 되었다고 한다. 이 과정에서 저항민족주의를 바탕으로 홀로 대한민국 임시정부를 이끌던 김구는 한국국민당을 창당하여 위기를 벗어난 후, 조소항과 이청천, 이범석 등과 힘을 합쳐 대한민국임시정부를 지켜냈다. 그러나 연합군의 일원으로 참전한 광복군이 김구 주석과 함께 귀국하여 첫 임정 국무회의를 열었을 때는 내각 외朴 인사로 유일하게 이승만 한 사람만이 참석할 정도로 그 위세가 잦아들었던 것이다. 미 군정당국의 요청으로 대한민국임시정부 요인들이 개인 자격으로 귀국하였기 때문이었다.

앞에서 본 바와 같이 이승만은 대한민국임시정부 대통령 시절부터 김구와 협력 독립운동을 함께하던 중에 임시정부 내분에 실망하여 미국으로 돌아갔었다. 김구는 1942년 이승만을 '구미외교위원회' 위원장으로 임명하여 미국을 중심으로 강대국들을 상대로 국제외교를 펼쳤던 것이다. 대한민국 헌법전문에 나오는 임시정부법통을 중심으로 하는 정통성을 따지자면 이승만, 안창호, 이동녕, 김구 등이 그 법통을 잇거나 지킨 지도자들이다. 대한민국임시정부의 가치와 정통성을 지키기 위해 누가 더 많은 노력을 하고 누가 훼방꾼이었는지는 분명히 밝혀진다. 1925년 조선공산당의 창당은 항일독립투쟁을 민족진영과 공산진영으로 분열시키는 계기가 되었고 무정부주의자들까지 끼어들면서 항일독립운동 지도노선에 큰 혼란을 가중시켰다. 레닌의 10월혁명 후, 피압박민족에 대한 볼셰비키 혁명 수출에 목적을 둔 대한국인들 상대의 공산당 지원은 새로운 분열의 계기가 되고 말았다. 이념적 갈등으로 인해 자유와 민족주의 성향의 대한민국임시시정부와 소비에트 공산당계열의 독립운동 세력으로 완전히 갈라졌으나 일반국민들은 항일독립투쟁의 이념과 사상의 정체성에 대하여 그 한계를 두는 수준에까지는 아직 이르지 못한 상태였다. 역사학자이며 독립투사였던 '신채호'는 이 나라를 망쳐놓은 것은 바로 민족내부의 분란이었다고 일갈하였다. 선조들이 목숨 바쳐 일궈놓은 동북 땅에 우뚝 선 6.39m의 동아시아의 로제타석(rosetta stone)은 그 규모나 내용면에서 한韓나라, 부여, 신라, 백제, 일본영토 깊숙이까지 동아시아 대고구려주의를 세계에 내놓고 자랑할 만한 문화유산이다. 일찍이 수나라 군사 100만 대군의 침략을 물리쳤고 여기서 혼이 난 당 태종은 수하들에게 다시는 고구려와 싸울 생각도 하지 말라는 훈계까지 하였다. 그렇던 대고구려가 668년 9월 연개소문이 죽자 그 세 아들간의 불화로 멸망하고 말았다. 이태리 종교철학자 '안토니노 폴테'에 의하면 일찍부터 고조선은 한(韓·Han)으로 이어지는 동아시아의 대고구려와 발해로 계속되어 온 천년왕국을 이어왔다고 증언하였다. 그는 '에릭 쮜르허' 여행기를 인용하여 7세기경 중원 땅 동쪽에 '한' 문화가 있었음을 기록하고 있다. (도광순 편. 동아시아 문화화 한국문화. p.112.)

"한국 승려들이 인도양 부근 제타나바(jetanabana) 사원에 순례차 들렀다는 소식을 전해들은 먼저 와있던 중국 승려들이 놀라며 말하길, 이제 중국 '낙양'은 더 이상 세계의 중심이 아니다"

라고 하면서 탄식하였다고 한다.

혈육과 조국을 배반한 큰 아들 '연남생'의 길 안내를 받은 당 나라 '이적'은 군사들을 휘몰아 평양을 쉽게 함락 시켰고, 이 때 신라군도 합세하여 같은 해 7월 장군 김문영이 군사들을 이끌고 고구려를 공격하여 패망시켰다. 연남생이 당나라의 군사지원을 받기 위해 15세의 아들을 연락책으로 당 나라로 보낸 적이 있는데, 그 아들 연헌성泉獻誠은 후에 당나라로부터 석부위장군石武衛將軍이라는 높은 벼슬을 받았고 그의 비석(碑石;공적비)이 1935년 '루오젠유'에 의해 발표되었다. 연개소문은 죽을 때, 자식들에게 "너희들 형제는 고기와 물과 같이 회합하여 직위를 두고 다투지 말라"고 당부하는 유언을 남겼다고 한다. 그러나 그는 아들들의 다툼을 제대로 살피지 못하여 나라는 망하고 백성들을 도탄에 빠지게 한 책임을 면할 수 없게 되었다. 지금의 중국 동북공정 앞에서 우리는 한없이 초라한 몰골로 변하고 있다. 중국이 역사의 만리장성을 쌓고 있기 때문이다. 그 동안 동북 땅을 사람살기 좋은 옥토로 개발한 우리 선조들의 흔적이 하나 둘 사라지고 있기 때문이다. 최근 '시진핑' 국가주석은 소수민족정책회의에서

'사상적 만리장성'을 구축하자고 제의하였다. 그 여파가 지금 연변지역에 서서히 나타나고 있다. 우리민족 혈통의 상징인 광개토대왕비가 3.8cm의 두꺼운 유리방 속에 갇혀 관광 상품으로 전시되면서 그 위엄을 잃어가고 있다. 그 뿐만 아니라 연변 조선족 자치주의 상징이었던 한글간판 우선마저 보기 힘들게 될 것 같다. 조선족 학교에서 배우던 한글교과서도 2020년부터 중국어 국정교과서로 대치되었다. 대학입시에서도 소수민족 가산점(10점)이 없어지고 역사, 정치, 어문과목 시험은 중국어로 치뤄야 한다.

우리 선조들은 북간도로 불리는 백두산 이북지역에 터 잡은 조선족들이다. 함보函普의 후손들이 중국내 55개 소수민족 중에 13번째로 수가 많다. 지금은 중국국적 공민公民이지만 고구려와 발해 후손이라는 민족 정체성을 갖고 '한' 민족문화의 전통을 살려온 사람들이다. 문화대혁명 당시 한글로 된 책들이 불태워지고 한국어를 가르치던 조선족 교사들이 홍위병들에게 탄압받던 아픈 기억도 갖고 있다. 그래도 소수민족 중에서는 최초로 민족대학(연변대학)을 설립하여 민족문화 창달에 앞장섰던 대한의 혈족들이었다. 그런 조선족들도 중화민족 공동체론을 앞세운 중국정부의 강력한 중국화 정책에 순응할 수밖에 없는 위기에 봉착해 있다. 소수민족 정체성을 약화시키고 이들을 중국문화권에 동화시키려는 중국몽은 점차 강화되고 있다. 2017년 신장위구르 자치주, 2018년 티베트자치주, 2020년에는 네이멍구 몽골족 자치구에서 중국어 교과서 사용 의무화를 밀어부쳤다. 이에 반대하는 현지 소수민족들의 저항에 경찰과 군을 동원하여 막았다. 우리에게도 위에서 열거한 것처럼 사상의 만리장성 위기가 닥쳐오고 있다. 그러나 동북공정으로 사상의 만리장성 벽을 아무리 높이 쌓다고 한들, 우리 '한' 민족의 정체성인 고유의 언어와 한글만은 결단코 지켜내고 말 것이다. 고고학의 발굴로 고구려와 발해 유민들의 옛 동북 강토에서의 집단 거주 사실이 속속 밝혀지고 있기 때문이다.

먼저 고구려유민들부터 살펴보자. AD.342년 고국원왕은 당시 선비족이 세운 전연前燕의 침략을 당해 수도 국내성이 함락당하고 아버지 미천왕의 시신마저 뺏기는 수모를 당하였다. 전연군대는 고구려의 항전에 쫓겨 가면서 5만 여명의 고구려인들을 포로로 잡아갔다. 그러나 최근 이들 고구려인들이 중국내에서 집단으로 살면서 고구려인들의 정체성을 유지해온 사실이 밝혀졌다. '이성재' 동북아 역사재단 연구위원이 계간지 '중국고·중세사연구' 46호에 실린 논문 '고구려유민의 요서지역 주거와 존재 양상' 이 그것이다. 논문은 691년 사망한 고구려 유민 '고영숙' 의 묘지명에 새겨진 글을 분석한 결과이다. 이성재 연구관의 분석에 의하면 "고운高雲이 일어나 연나라를 멸망시켰다는 사실과 함께 고씨 가문을 소개 하였다. '고운' 은 고구려 출신으로 후연에서 활동했던 인물이다. 묘지에는 고운의 후예이자 고영숙의 증조부 고희高會와 증조부 고농高農이 본번 대수령本蕃大首領을 지냈다고 밝히고 있다. 본번 대수령은 고구려인으로 이루어진 집단의 장을 의미한다. 고구려인 수령이 존재하였다는 사실을 통해 당시 요서지역에는 고구려 유민들이 자신들의 정체성을 지키며 살았음을 증언하고 있는 것이다. 이들은 4세기부터 7세기까지 살던 고구려 유민들로 중국 한족漢族들의 정권 교체시기에도 고구려인 수령자리를 유지하며 고구려인으로 살았던 것이다.

한편 고구려의 후신 발해인들도 동북 대륙에서 200년간 해동성국의 정체성을 지켰다. 최근 발간한 '새롭게 본 발해 유민사' (김도형, 임상선. 동북아역사재단) 에서는 발해가 멸망한 뒤에도 오랫동안 부흥운동을 펼쳤던 역사를 정리하고 있다. 926년에 거란에 의해 역사적 종언을 고한 발해인들은 수백 년간 거란과 요나라에 저항하였으며 금나라에서는 고위관직까지 지내면서 '한' 민족문화의 정체성을 지키는 투쟁을 펼쳤다. 발해를 침략하여 세운 동단국 우차상右次相은 발해 유민들의 저항과 후환이 두려운 나머지 동단국을 928년 요양遼陽지역으로 옮겼다. 이를 거부한 발해 유민들은 고려와 여진으로 탈출하였고 발해 멸망 200여년 후까지 요나라에서 반란을 일으키기도 하였다. 한국외국어대 '나염남' 교수 연구에 의하면 1115년 금나라 건국에 자극받은 '고욕'이 요나라에 반란을 일으켰고 다음해에는 '고영창'이 대발해국 황제를 참칭하면서 한 때 요동의 50여개 주를 함락시키는 일도 있었다고 한다. 특히 금나라에서는 발해유민들의 활동이 활발했는데 금나라의 시조가 고려인인 '함보'였기 때문이다. '사서'에 요양발해인으로 기록된 '장호'(1162)는 금태조부터 무려 5명의 황제 아래에서 관료직을 맡아하였고 남양 군왕 등의 작위를 받기도 했다. 이처럼 금나라 조정에 발탁되어 활발한 역할을 한 발해 유민들은 현재 중국의 동북공정의 허구를 밝혀내는 산 증인이 되고 있다. '임상선' 연구관은 "발해유민은 발해 멸망 이후 약 200년 간 어디에 살건 상관없이 거란인 또는 송나라사람이 아니라 발해인으로 자칭하였고 그렇게 분류됐다"는 증언은 중국인들이 사상의 벽 만리장성을 아무리 높이 쌓더라도 북방대륙에서 발해의 혼을 지울 수 없다는 것을 깨우쳐 주고 있다.

    함보函普는 금金나라의 시조이다. 그의 후손들이 그를 추중追贈하여 지어준 이름이 함보이다. 함보가 어느 때 어디에서 여진족 완안부完顔部로 들어갔는지는 자세히 알 수 없으나 연변대학 방학봉 교수가 쓴 "중국 고대사에 이름을 남긴 조선사람들"(1998)에서는 그의 고향이 황해도 평주라고 하였다. 함보는 황해도 평주를 떠나 함경도를 지나 두만강을 건너 송화강 중류 일대에서 생활하는 여진족 완안부로 들어간 것이 확실하다. 시기적으로는 10세기 30년대쯤으로 추정된다. 이 때는 신라와 고려가 교체하는 시기로 고려 초기이다. 고려는 918년에 건립되었고 신라는 935년에 끝났으니 918년부터 935년 사이에 함보가 여진 완안부로 들어간 것을 부정할 수 없다. 함보의 본성은 '김' 씨이고 고려 사람이다. 고대 송나라 문헌인 송막기문(宋漠記問)과 우리나라 문헌통고(文獻通考)에는 함보를 신라사람으로 쓰여 있는데 이 것은 김 씨가 신라의 큰 성씨였고 신라는 고려 왕건에 의해 병합되었기 때문이다. 그래서 금사金史에서는 함보를 고려인이라고 한 것이다.

삼형제로 가난한 부모 밑에서 자란 함보는 동생 보활리保活里를 데리고 형 아고네阿古迺와 헤어져 두만강을 넘어 유랑을 하다가 송화강 유역에서 거주하던 여진족 완안부 마을로 들어가게 되었다. 성품이 어질고 힘이 장사인 함보는 여진인 마을에서 도둑질과 살인 등 크고 작은 범죄가 자주 일어나자 그 사건들을 맡아 중재하고 조정하는 추장자리에 앉게 되었고 성품이 너그러운 여진족 여인과 결혼을 하게 되었다. 문헌 3조북맹회편三朝北盟會緶에 의하면 함보는 60세였고 그의 여진족 아내는 40세 현녀賢女로 슬하에 2남 1녀를 두었는데 맏아들은 오로烏魯고 둘째 아들은 위로幃魯, 그리고 딸은 주사판注思板 이었다. 자손들의 성은 외가성을 따라 '완안'이라고 하였다. 함보 일가는 완안부 복간수僕幹水 물가에 자리 잡고 살았으며 보활리는 야란耶懶이라는 곳에서 살았다. 함보의 명성이 날로 높아져 후에 함보의 직계 후손 완안 아구다完顏阿骨打가 금나라를 세우게 되자 함보를 금나라의 시조로 추대하였다. 후에 그의 시호를 경원황제景元黃帝 혹은 시조자헌황제始祖嬾憲黃帝라고 부르게 되었다.

금나라와 그 후신 청나라 종실의 성이 애신각라愛新覺羅였다. 몽골어로 말하면 '아이신지료'인데, 아이신은 '금金'을, 또는 '밝음'을 의미하고 지료는 겨래族를 뜻한다. 따라서 '애신각라'의 성씨는 "신라를 사랑하고 신라를 잊지 않겠다"는 일종의 선언이었던 것이다. 위에서 살펴 본대로 청나라 12대 황제였던 부이傅儀는 철없는 3살짜리 청나라 황제로 등극한 후, 황실권력의 꼭두각시였고 장년이 되어서는 만주국 황제로 일본제국주의 정치세력의 희생물이었다. 또 1945년 2차 대전 후에는 중국의 전범으로 소련에 체포되어 5년간 억류생활을 하고 풀려났다. 1950년대 중국이 마르크스·레닌주의 유령의 길목에 들어서서, 신민주주의 시대가 도래 하자 중국문화혁명 파동에 휩싸이면서 황족의 특권을 박탈당하고 통렬한 자기

반성을 통해 평범한 중국공민의 신분으로 돌아가는 파란만장한 인생을 살다가 60세의 나이로 죽었다. 지금 중국은 동북공정에서 고구려와 발해를 중국의 지방정권이었다고 억지를 부린다. 대한국인의 고대사를 고조선-단군-기자- 위만으로 이루어진다고 하면서 '기자'는 은나라 사람이고 '위만'은 연나라 사람이며 고조선은 신화에 불과한 만큼, 조선의 역사는 중국사에 속한다는 망언을 계속하고 있다.

그러나 금나라와 청나라는 한국사에 편입되어야 한다는 생각을 하게 된다. 너무 과한 생각일까? 이들의 뿌리가 한반도 남부(신라, 고려, 조선) 이기 때문이다. 고대 중국인漢族들의 국가인 송宋나라를 강남으로 몰아내고 대륙을 지배한 금나라와 중국 최대 강국인 청나라가 한국사에 포함된다는 역사를 논하기로 치자면 그 증거는 헤아릴 수 없이 많다는 것이 역사학자들의 주장이기 때문이다. 이쯤해서 동북공정은 중단되어야 하지 않을까? '애신각라'에 스며든 역사 이야기도 무궁무진하다. 몇 가지만 간추려 보면 다음과 같다. 17세기 청나라 태조 '누루하치'는 자기 나라를 하늘이 세운 나라라고하면서 연호를 천명天命으로 정한 후 하느님이 보살펴 주시는 사람을 창피를 주고 힘들게 하는 사람이 잘되는 것을 아직 본 적이 없다고 단언하였다. 그는 2만의 기마군단으로 명明나라와 요동에서 치열하게 싸울 때, 조선조정(광해군 13년)이 중립외교를 내세우며 후금을 적극 지원하지 않은데 대한 서운한 마음을 이렇게 표현한 것이다. 그는 재차 말하기를…,

"조선이 의리를 내세워 명 나라를 버리지 않으려고 하나 이것은 하늘의 뜻이 아님을 알아야 할 것이다. …너희가 어떤 결정을 하든지 나는 너희에게 맡겨 두겠다."

라고 의미심장한 말을 남겼다. 그러면서도 누루하치는 역시 광해군 데에 명나라를 지원하기 위해 파병하였던 강홍립 휘하의 1만 조선군들이 '청' 나라에 스스로 항복한 포로를 10여명만 남기고 모두 조선으로 돌려 보내주었다. 그는 다시 조선으로 귀국하는 조선 병사 편에 국서를 보내 말하기를, "내가 알기로 주 나라 무왕이 그의 신하 기자를 보내 조선의 왕으로 봉하였으나 본래 요동 땅은 조선의 땅이었다." 라고 명확하게 해명하였다. 이와 같은 사실은 누루하치가 자신의 한韓민족 혈맥을 이어받았음을 스스로 고백한 것이다. 실제로 요사堯史지리지에는 동경요양부는 조선 땅으로 기록되어 있다. 이러한 사실은 1964년 10월 '조(북한)·중' 국경 확정 과정에서도 나왔다. 중국공산당 최고 지도자인 모택동(마오) 주석과 주은래(저우) 총리는 북경을 찾은 북한 과학원 대표단장 최용건을 만나 다음과 같이 말하였다.

"본래 당신들의 경계는 요하 동쪽 요동인데 봉건주의가 조선 사람들을 압록강변으로 내몬 것이다. 동북지방 저네를 당신들의 후방으로 삼아야 한다고 하면서 그 영역은 요하유역을 뛰어 넘는다 라고 말하였다."

주은래 총리도 1963년 6월 북한 대표단을 접견하는 자리에서 모택동 주석과 같은 말을 한 것으로 확인되고 있다.

"우리는 당신들의 땅을 너무 좁게 내몰았던 사실에 대해 조상들을 대신해서 당신들에게 사과해야 한다고 말하였다."

이와 같은 증언 내용은 한국 '이종석' 세종연구소 수석 위원의 연구를 통해 밝혀지고 있다. (조선일보. 2014년 3월 1일자 기사인용) 이러한 중국과 한민족간의 연緣에 대한 연구자는 상해 화동사범대학 냉전사 연구소 소장, '선즈하' 교수였다. 위와 같은 한·중간의 영토에 관련한 문제는 외신

내용에서도 소개된 적 있다. 호주 "시드니 몬닝 헤랄드' 5월 30일자 기사 내용이 그것이다.

이처럼 금·청은 스스로 한韓민족의 혈통임을 스스로 자임하면서 고려를 어버이 나라로 섬겼다. 그러나 조선조에 이르러 성리학과 그 정신세계를 따르는 사대 유신들이 광해군을 폐위시키고 '인조'를 새로운 임금으로 추대하면서 재조지은再造之恩을 운운하면서 친명정책을 실시 하였던 것이다.

특히 누루하치는 조선에서 임진왜란이 일어나자 왕실과 조정이 도성을 버리고 임진강을 건너 평양을 향해 피난길에 나서자 그는 조선을 구하고자 다음과 같은 글을 조선조정(선조)에 보내기까지 하였다.

"부모의 나라를 침략한 섬나라 왜병들을 소신이 4만의 기마군단을 동원하여 힘을 보태겠나이다. 부디 윤허하여 주옵소서." (조선조 실록 30.).

그러나 조선조정은 명나라에 사대하는 입장이어서 후금의 요청을 거절하였고 이로 인해 1637년 12만 대군을 이끌고 조선을 침입한 청 태종 '홍타이지'로부터 '삼전도의 굴욕'을 당하였다 그의 분노에 찬 힐문은 다음과 같다.

"임진왜란 때, 왜병들이 바다를 건너와 도성을 불사르고 백성들을 살육할 때, 우리 태조께서는 황군을 거느리고 나와 왜적을 진멸코자 하였으나 조선 국왕은 (선조) 받들지 않았느니라. 그러면서도 중국 한족漢族 명나라에 구원병을 요청하였으니 너희는 같은 부모를 둔 혈통보다 오랑캐가 더 미덥더란 말이냐? 괘심한 것들 같으니라구…."

청태종의 노기 띤 책망 속에는 지원병으로 출정한 명나라 군사들의 행패와 수탈로 도탄에 빠져 고생한 조선백성들의 원망까지 들어 있었던 것이다. 그의 질타는 사대주의 환상 속에 빠져 혈맥까지 업신여긴데 대한 배신감이 진하게 배어 있었던 것이다. '왕건'의 삼한일통三韓一統 명분 속에는 고구려의 다물입국多勿立國의지를 이어받아 중원의 고토를 회복하는 것이었다. 그러나 신라의 왕업을 이어받은 고려 왕실은 중국 한족인 송나라와 교류하면서 성리학의 명분주의와 왕도정치의 독선에 빠졌고 고려만을 '한'의 혈맥을 계승한 세력으로 만들었으니, 대륙이 아닌 한반도 안으로 '한'의 세력을 위축시켰던 것이다. 특히 고려의 개경중심 문벌귀족들은 송나라와만 교류하면서 사대주의 정책으로 일관하였다. 더구나 과거시험을 통한 관리 등용은 문에 숭상의 기풍을 가져와 경서四書五經에 밝은 문인 중심 정치세력을 키웠고 사대부 중심 문벌정책은 무신을 없신 여겨 국방력을 약화시켰다. 그 결과 대륙중심 '한' 혈맥 (한,예,맥)을 멀리 하면서 문화적 소통과 결속력마저 무너뜨린 결과를 가져오고 말았다. 앞에서 본 것처럼 청 태종 홍타이지가 "조선은 아직도 우리를 오랑캐로만 본단 말인가?"라고 힐문詰問한 것도 북방혈맥을 소외시킨데 대한 분노였을 것이다. 청나라 장수 '마부대'는 화의를 위해 청군 막사를 찾아간 조선 대신 '최명길'을 향해 다음과 같이 꾸짖었다.

"우리가 언제 부모의 나라에 대한 신의를 저버리고 맹약을 깨거나 힘으로 위협을 가한 적이 있었소? 우리는 언제나 형제 국에 위기가 닥치면 항상 도와주려고 나섰단 말이요. 특히 이민족의 힘을 빌려 형제국인 당신들을 괴롭히거나 정복하는 패륜행위를 저지른 적은 한 번도 없었잖소?"

'마부대'의 말은 옳았다. 후금과 청나라는 부모의 나라 고려와 조선에 대해서는 중원 대륙의 송나라를 남쪽으로 밀어내 영토를 뺏거나 정벌하여 멸망시키는 패륜을 저지른 적은 없었다. '함보'의 후손답게 조백도皁帛徒의 기백으로 같은 혈족으로 대하였을 뿐이다. 고구려가 당나라를 상대로 길고 힘든 싸움을 할 때면 여진족과 말갈족은 언제나 고구려를 도와 힘을 합쳐 피흘려 싸워주었다. 이것은 조의선인皁依仙人의 충서忠恕 윤리에서 나온 검은 복장의 무사집단의 용기로 그들은 전쟁에 나가 싸우다 죽어 돌아오는 것을 영예롭게 생각하는 무사정신 이였다. 다만 요나라 태조본기 1월조에서 보면 926년 발해가 요 나라의 침공을 당했을 때, 신라는 토번, 당항 회흘 등과 함께 참전했다는 기록이 있다. 결국 신라는 당나라를 끌어들여 고구려와 백제까지 멸망시킨데 이어 237년간 동북의 고토를 지켜낸 해동성국 발해의 패망까지 도왔다는 누명까지 쓰게 되었던 것이다.

일찍이 민족주의 사학자이며 대한민국임시정부 제 2대 대통령 '박은식'은 '몽매금태조전에서' 여진을 우리 혈족으로 주장하였고 신채호는 조선상고사에서는 '금' 나라를 우리 민족사에 포함시키기를 주장하였다. 그리고 대한민국임시정부는 이와 같은 자주적인 민족사관을 바탕으로 엮은 국사교과서로 금·청 역사를 한국역사에 편입시켜 학교와 사회교육 및 군사교육에서 강의 하였다. 지금도 강화 마리산 중턱에 있는 커발한 개천각에 환인, 환웅, 환검과 함께 금나라 태조 '완안 아골타'의 화상이 함께 보존되어 있는 것도 여진과 한민족이 같은 혈맥관계에 이어져 왔음을 보여주는 증거이다. 본래 혈맥이란 같은 주거문화, 장례문화, 토템신앙, 무속 등이 같으면서 동일한 언어계열과 생물학적으로 체격조건이 같은 사람들이 자연환경이 다른 생활양식에 적응하면서 혈맥을 이어가는 것이다. 고구려의 광개토대왕은 '다물의 기치' 아래 고조선의 옛 강토를 화목하고 역사에서 갈라져 나간 말갈과 여진족 등 북방 혈족을 하나로 통합하는데 성공하였던 것이다. 중국 자치통감에는 다물多勿은 고구려 말에 옛 땅을 다시 찾는다는 의미라고 되어 있다. 조백도 무리는 조의선인의 지도 아래 매일아침 대동강가 을밀대에 모여 다물홍방가를 불러 중원과 동북대륙에

고이 묻힌 대한민족 혼을 되살리겠다는 이상과 꿈을 키웠다. 함보는 일찍이 두만강 건너 여진족 추장이 되어 고구려와 발해 유민들 중에 각 지역에 흩어져 사는 조백도 후예들을 수습하여 두만강가 책성부에 다물 무사집단을 재건하였던 것이다. 완안부 여진족을 중심으로 조직을 꾸민 이들은 본격적으로 다물오계를 학습하여 신라 화랑과 백재 싸울아비, 무사정신으로 이어진 강한 다물 전사들의 전투력을 갖추었다. 천둥과 번개의 새, 삼족오 三足烏의 다물전사들의 검은 복장은 '우리가 가는 길에 죽음은 있으나 패배는 없다'는 아리랑 승전가를 부르며 지금도 만주벌의 대 장정을 쉬지 않고 꿈꾸며 '선구자 아리랑'을 부르고 있다.

20세기 초 한국의 지성인들은 근대화의 개념을 독립투쟁의 목표와 일치시켜 생각하였다. 한국 최초의 유학을 다녀온 윤치호는 귀국길에 베트남을 거쳐 오는 동안에 잘 정돈된 도로와 주변의 선진국 못지않은 건물들이 즐비하게 서 있는 것을 보면서 놀라움을 금치 못하였다. 당시 베트남은 프랑스의 식민지로 윤치호가 체험하는 일제 식민통치와는 크게 다르다는데 크게 놀랐다. 비록 주권을 빼앗긴 굴욕적인 삶이 아니라 깨달음과 종교적 신앙의 중요함을 새롭게 인식한 것이다. 종교적 인식은 하나님의 섭리와 하나님은 내편이라는 확신이었다. 식민통치 아래서라도 내 조국을 잘 사는 나라로 만들 수 있으며 그러기 위해 선진국에서 선진교육을 받은 사람들이 앞장서서 근대화선진국 건설에 힘을 합쳐야 한다고 믿었다. 그는 1887년 4월 9일 생에 최초 개인주의 첫 경험인 상해 남감리교회 '벤넬' 목사에게 세례를 받고 한국 감리교 신자가 되었다. 그는 귀국 후 국민계몽운동과 독립투쟁을 기독교 신자인 안창호, 서재필 등과 함께하며 이념과 가치방향은 기독교 사상이었다. 1906년 상동교회에는 상동청년회 '엡윗'이 조직되어 있었다. 이 학원은 전덕기 목사를 비롯 김구, 이준, 이동녕, 이동휘, 노백린, 이희영, 남궁혁, 시내호, 이상재, 이상설, 양기탁, 주시경, 이

필주, 이승훈, 안창호, 이승만 등 쟁쟁한 민족독립 운동가들이 활동하고 있었다. 상동파 청년학원을 중심으로한 상동교회는 당시 사실상 독립운동 본부였으며 이곳에서 초기 한국기독교의 애국가가 연주되며 항일민족투쟁의 철혈운동이 시작되었던 것이다. 이 애국가는 개인의 이름으로 지어진 것이 아니고 대조선 달성회관 예수교인들 이름으로 소개된 것으로 1896년 7월 23일 발행된 독립신문 1권 47호에 널리 알려졌다. 당시 기독교인들의 신금을 울린 가사 내용은 다음과 같다. 달성회관은 1893년 12월 개관하여 달성교회, 상동교회로 발전하였으며 한국기독교 지도자들을 양성 독립운동의 요람이 되었다.

"독립공원 굳게 짓고 태극기를 높이 달세
상하만민 동심하야 문명예의 일궈내 보세
전국 국민 깊이 사랑 부강세계 주야 빌세
앞 뒷집이 인심 료양 급히 급히 합심하세
천년 세월 허송 말고 동심합력 부대 하오

하나님께 성심기도 국태 평화 민 안 책을
님군 봉축 정부 사랑 학도병정 순검 사랑
사람마다 애자 품어 공평정직 힘을 쓰오
육신세상 있을 때에 국태평이 지일 좋다
국기잡고 맹세하여 대 군주의 덕을 돕세

이 두 소절에서 독립공원 굳게 짓고는 당시 독립협회의 자주, 평등, 자립, 자유의 근대 시민운동을 가리킨다. 민경배는 그의 저서 '한국의 기독교'에서 1885년 4월부터 한국에서 기독교 전도활동이 시작되었다고 하였다.(민경베. 한국의 기독교.P.36. 참조) 언더우드, 아펜셀러, 스크랜톤, 헤론 등이 그들로 이 때부터 서재필, 안창호, 윤치호가 교회 신앙생활을 중심으로 개화운동 및 항일민족 독립투쟁을 전개하였다. 1907년에 한·일간에 정미 7조약이 체결되면서 한국의 독립운동은 절정에 달하였으며 이 여파로 개신교의 교회중심 반일 저항운동이 격화되었다. 1904년 4월 일본군에 의해 황실이 포위되고 고종황제의 신변이 위험하다는 소식이 알려지자 멀리 평양에서 기독교 구국결사대 파견결의까지 하였으며 실제로 대한문 앞에서는 기독교인들의 항의 집회에서 예배와 앞에 적은 애국가를 봉창하면서 구국예배를 드렸다. 이 때, 대한문 앞에서 양주 전도사 '홍태순'이 약을 먹고 극단적인 행동을 하였고, 상동감리교회 전덕기 목사는 학생들을 모아 군사훈련을 시작하였다. 이동휘는 여기서 처음으로 기독교 신앙을 접했던 것이다. 교회는 매일 기도회를 열었고 기독청년회(YMCA), 서울자강회 회원들과 합세 친일기관 일진회 신문사를 습격 파괴한 후 대규모 집회를 강행하였다. 이 때 이동휘는 기독교인들의 폭력을 통해 세상불의와 싸우는 모습을 보고 강력한 무력 응징을 행사하는데 기독교군단에 앞장서 싸웠다.

"나의 형제 곧 골육의 친척을 위하여 내 자신이 저주를 받아 그리스도에게서 끊어질지라도 원하는 바로라." (로 9:3)

는 말씀의 뜻을 새겨 정의와 인류평화를 위해 세상불의와 싸우는 일은 애국과 신앙 사이의 조화를 실현하는 일로 결코 하나님의 계명을 벗어나는 일이 아님을 확신하게 되었다. 옛 선조인 동이족의 후예들이 알타이 산맥을 넘고 바이칼 호수를 건너 주변의 시베리아 땅 고토를 찾아왔듯 일제식민통치를 피해 압록강과 두만강을 건너 한민족의 정신적 고향, 고려인 연해주(신한촌)를 찾아 하나님을 섬기며 이웃을 사랑하는 복음의 진리를 전파하는데 망설임이 없었다. 본래 구한국군 장교 출신 의병장 이동휘도 동북 땅에 정착한 후 "그는 교회 하나 학교 하나를 세우면 우리 나라가 독립한다"고 하면서 열심히 국민교육과 전도활동에 노력 하였다. 그는 우덕순의 시속에 녹아 있는 대한국인 안중근 의사의 애국혼을 떠올리며 기독교 전도인으로 무도한 침략군 일군을 격멸하기 위해 기도하며 싸운 충실한 한국 의병장이었다. 다음은 우덕순의 시귀절이다.

"앉을 때나 섰을 때나 앙천하고 기도하기를
살피소서, 살피소서, 주 예수여 살피소서.
‥‥‥.
동쪽반도의 대 제국을 내 원대로 구하소서
오호라 간악한 노적 이등박문(이토히로부미)아
우리민족 이천만을 덕 닦으면 덕이 오고
범죄하면 죄가 온다. 너뿐인줄 알지마라
너의 동포 오천만을 오늘부터 시작하여
하나둘씩 보는대로 내 손으로 죽이리라 "

을사늑약이 체결된 후 이동휘가 남긴 유고에는 다음과 같은 글들로 구국신앙을 격려하고 있었다.

"자주 자강의 기초는 기독교에 있으며 충군애국의 기초가 기독교에 있으며 독립단합 기초가 기독교에 있다. 기독교가 아니면 상애지심相愛之心이 없고 기독교가 아니면 독립지심獨立之心이 없다. 기독교 이념만이 공산주의를 이길 수 있다."

고 확신하면서 대한민국임시정부의 민주공화정의 정통성을 지지하면서 자주·자강의 독립정신을 외쳤다.

"2천만 동포는 다 최후의 1인이 죽기까지 최후의 한사람의 혈점 파기까지 독립을 쟁취할 것을 확신한다. 정의를 표방하여 우리 독립을 국제연대에 요구함도 물론 외교상에 한 수단이겠지만 나는 우리 독립을 단순한 외인의 찬조에 의함보다 내가 피흘려 싸움으로서 우리자손 억만대의 광영이며 성공하리라고 믿는다." (혁신공보 대한민국임시정부 특파원과의 인터뷰 중에서 인용)

이 때 이동휘는 우여곡절 끝에 1919년 만주 길림에서 대한독립선언서를 선포할 때 한 사람으로 참여하고 같은 해 11월 3일 대한민국임시정부의 첫 총리로 취임한 후의 대담 내용은 외세 배격, 자주·자강 무장독립운동을 주장한 것으로, 마르크스 유령론을 따르던 여 전사 '알렉산드라'의 영향이 컸던 것이다. 알렉산드라는 전설적인 고려공산당의 전사로 러시아만이 조선의 독립을 달성할 수 있다고 한, 열혈 공산당원으로 1918년 연합군의 지원을 받는 백군파 정권이 들어서면서 체포되어 처형당하였다. 이 때부터 이동휘의 독립운동 방향은 볼세비즘으로 전향 되었음을 짐작할 수 있다. 그는 국무총리로 있으면서 이승만 대통령의 외교독립노선을 극력 반대하는 입장이었다. 김구는 후일 백범일지에서 이승만과 이동휘 간의 불화로 임시정부에서는 매일 불화가 끝이지 않았다고 하였다. 이 무렵 감리교 '신학세계'는 새 업무를 시작하는 중에 한인사회당 회원들과 대한민국임시정부 요인들 간에 러시아의 원조문제를 놓고 몇 차례 논의가 있었다는 정황을 알 수 있다. 이에 대해 민경배 교수는 저서를 통해 당시 교계의 이념문제로 인한 갈등에 대해 다음과 같이 쓰고 있다.

"사회주의적인 사상이 창궐하면서 청년층에 만연되기도 하고 또 순수한 종교적 동기에서 교회문을 두들기지 않던 사이비 기독교인들이 일거에 사회개혁을 표방하고 공산주의로 전향한 것이 이 때였다.

이동휘와 같은 이들이 그 전형적인 인물이다. 이런 전향에는 국권회복에 대한 참신한 동력제공이 공산주의에 있다고 하는 동기도 크게 작용하고 있었다. 그 것은 서양(유럽) 기독교가 마르크스 유령의 길목에 놓인 덧에 걸렸던 상황과 같은 경로와 다를바 없었다." (민경배. 한국의 기독교. p.121)

14

 이러한 시대적인 변혁의 흐름 속에 이동휘는 대통령제를 폐지하고 국무위원제를 의안으로 제안하였으나 이 안건이 의정원에서 부결되자 1921년 대한민국임시정부를 탈퇴하였다. 좌파의 한인사회당은 곧바로 공산당으로 이름을 바꾸면서 이동휘가 책임중앙위원으로 선출되었으며 1921년 5월 20일 고려공산당 대표회의에서 중앙위원장이 되었다. 1910년~20년대 계몽운동의 좌파적 계승은 사실상 한국사회주의 사상의 토대가 되었으나 신민회 좌파 지도자 이동휘는 공화주의자로서 민주주의 자체를 독립적인 가치로 인식하지 못한 채, 소련의 막강한 무덕武德에 대한 동경에서 볼세비키 혁명운동가로 전향하게 되었던 것이다. (박노자. 나를 배반한 역사 p.286.) 레닌의 노·농 정부의 절대적인 지원을 받은 이동휘는 1922년 1월 원동인민대표대회에서 조선문제와 관련하여 광범한 통일전선의 결정만이 현 단계에서 유일하고 정당한 노선임을 제시하였다. 이와 같은 '콤민테른'의 방침에 따라 좌파에서는 대한민국임시정부를 민족통일전선으로 개조하기 위한 국민대표회의 소집운동이 추진되었고 한형권은 임시정부의 반대에도 불구하고 레닌의 지원금 20만 루불을 국민대표회의 비용에 충당하도록 여운형과 안창호에게 넘겨주었다. (김호준 앞의 책. p.93.)

 이로 인한 독립운동 조직에 스며든 마르크스 유령의 손길에 불평, 불만, 불신의 대상이 정치에 대한 영역을 넘어 사회전반에 대한 불평등과 불공정 심판으로 확산되면서 사회주의 운동에 힘을 실어주게 되었다. 당시 이대위李大偉는 YMCA 일부 인사들의 사회의식이 우리 기독교인이 동경하는 정의롭고 공정한 사회의식은 사회주의 이념과 상통한다고 까지 믿게끔 되었다면서 기관지 '청년' (1923) 에 다음과 같은 글을 올렸다.

"오인吾人이 이 불평등 불만의 세계를 부인하고 오인이 동경하는 무슨 신세계를 조성코자 함에는 기독교 사상과 사회주의가 상통한다고 사유된다." (이대위. 사회주의와 기독교 · 청년 Vol.3 no.5. p.9.)

이처럼 한국교회가 마르크스 유령의 피해를 입게 된 것은 당시 연합국인 영국과 프랑스가 미국과 일본에 러시아의 볼세비키 혁명 확산을 막기 위해 시베리아 예비전쟁에 참전을 요청하면서 부터였다. 아시아의 작은 황색인종 일본군은 1918년 11월 까지 레닌의 혁명정부가 시베리아 장악을 못하도록 7만 여 명의 일본군을 5년간 시베리아에 주둔 시켰다. 연해주, 아무르주, 바이칼주 북안에 일본군을 재배치하고 호르바트, 세메노프, 칼미코트 등 반 볼세비키 지역을 장악하였다. 이 기회를 이용하여 일본군은 러시아를 압박하여 연해주에서 한인들의 항일독립 운동을 종식시킬 좋은 기회로 이용 러시아 정부를 압박하였다. 러시아는 신흥 일본세력에 굴복하여 1911년 6월 일본과 '범죄인 상호인도조약' 을 체결하면서 일본 주장대로 조선인은 러시아 영내에 거주할지라도 일본 제국 신민임을 인정하였던 것이다. 러시아의 짜르와 일본 천왕의 틈바구니에서 한인들의 법적 지위가 매우 불안정하게 되었다. 러시아와 일본은 다시 밀약을 통해 "두 나라는 자국 영토 내에서 상대국의 국가기관과 행정기관에 대한 음모, 선동, 조작을 방관하지 않을 의무를 진다." 는 약정을 맺었다. (김호중. 디아스포라의 아픈 역사. p.58.)

이와 같은 러시아와 일본 간의 적대관계에서 출발한 제국주의 간의 일시적 동맹관계는 공산주의 음모에 이용되어 기독교를 미국문화를 배경으로 하는 반동종교라고 까지 선동하였다. 따리서 인자人子의 러시아를 사회주의 종주국이라고 믿도록 훈련받은 공산주의자들은 우월감에서 개신교를 자본주의 질서에 충성하는 종교로 호도하면서 이로 인한 약소국 조선의 독립을 가져올 수 있다고 주장하였다. 특히 공산주의자들은 일제의 간악한 식민통치에 고국에서 추방당한 가난한 조선인 성도들에게 성경 말씀을 왜곡되게 가르쳐 성도들 간의 불화를 조성 마르크스 유령의 음모를 꾸며 대기도 하였다.(행 4; 32). 그 결과 불신과 불평등에 대한 혐오감에서 상호 적대감을 키워 교회를 증오하고 마르크스 유령의 강령에 따라 교회 파괴의 충동에 빠져들게 하였다. 교회를 파괴하며 불을 놓고 목사와 전도인들을 살육하는 끔찍한 범죄를 저지르게 된 것이다. 사랑과 구원의 종교인 기독교를 불평등과 착취와 평화를 파괴하는 괴물로 선동하였다.

1925년 교회와 공산주의간 충돌은 침례교인 '동아교회'에서 시작되었다. 만주지역 길림성에 파송된 전도인 윤학영, 김이주, 박문기, 이창희는 터무니 없이 일본 스파이로 몰려 공산당원들에게 순교당하였다. 연이어 두 번째 동아교회의 수난은 김영국, 김영진 형제 목사의 순교였다. 1932년 10월 14일 간도의 종송동 교회에 갑자기 공산당원 30여명이 침입하여 마을 사람들을 예배당에 모이게한 후 신자들을 따로 집합시켜 두 목사의 간증을 듣게한 후 잔인하고 혹독한 방법으로 살해하였다. 같은 날 정춘우 집사 역시 총살형으로 순교 당하고 말았다. 서창희 목사가 보낸 동만교회에서 일어난 공산당의 잔인한 살상폭력에 대한 보고를 보면 다음과 같다.

"연길현 와룡동의 교회는 공산당의 방화로 불이나 성도들이 다 흩어졌으며 적암동 교회의 노진성 영수는 피살되었고 교인들 역시 모두 흩어졌으며 루터교회는 두 번씩이나 공산 빨치산의 공격을 받아 큰 피해를 입었다면서 동만교회를 위해 기도해줄 것을 당부하고 있었다." 같은 해 감리교 연회에서 파송 받아 시베리아 신한촌에서 전도하던 김영학 목사가 9월에 어름이 갈라져 강물에 빠져 순교하였다. 김 목사는 1930년 1월 반동분

자라는 이름으로 소련 경찰에 체포되어 징역 10년을 받고 중노동을 하던 중이었다. 공산당 들은 동족들마저 반동으로 몰아 처형하였던 것이다. 1931년 가을에는 남만 길림성에 있는 쌍거천에서 최태봉, 김광옥 등 7명을 공산당 가입을 거부한다는 이유로 공산당 빨치산에 의해 잔인하게 살해 당하였으며 1935년 1월 4일에는 장로교회 한경희 목사가 북만주 호림현에서 순행 전도 중 오소리 강에서 공비 40명을 만나 목사 신분이 들어나자 총에 맞아 죽고 얼어붙은 강물에 던져진 채, 순교한 일이 있었다. "

　북만北滿대륙의 '한인교회'는 순교로 쌓은 교회였다. 우리는 북만 순교자라면 위에 적은 한인 목회자들만 알고 있지만 그 외에도 순교한 교역자와 성도들의 이름을 헤아릴 수 없이 많았다. 잔악을 극한 공산당원에게 맞아죽은 순교자들은 정수리에 못 박혀 죽은 성도, 망치로 맞아 죽거나 머리가죽이 벗겨진 채 죽은 순교자 등. 차마 글과 말로 표현할 수 없을 만큼 학살을 당한 남·녀 성도 순교자들이 기십 명에서 기백 명에 달하였다. 죽임을 당하지 않은 김현란 목사와 같이 공산당에게 살가죽을 벗겨지기까지 핍박을 당한 교회 지도자들도 많았다. 어떤 목자의 집에는 거처가 어려운 움막집이었고 어떤 가정은 사모가 입을 옷다운 옷이 없었고 자녀들도 바람 가릴 옷이 없었다고 하였다.(민경배. 우리는 어찌 무심하였을까? -김인서 글, 한국기독교회사 p.406)
　이처럼 천인공노할 공산당의 만행은 강대국 특히 소련의 정치적 목적을 위한 투쟁중의 하나였다. 음험한 유령의 세계, 즉 볼세비키 세력인 소련은 짜르의 왕정체제를 2월 혁명으로 무너뜨리고 곧 레닌의 10위 혁명을 통해 교회권력 체제마저 장악에 나섰다. 1917년 볼세비키 혁명이 완전히 진행되는 가운데 러시아 '소보르노아' 광장의 정교회는 크레물린의 볼세비키 혁명가들에 의해 완전히 점거 되었다. 따라서 러시아 정교회의 이념은 생명교회운동이라는 개혁프로그램에 의해 지속적으로 변형되었다. 그들의 일반적인 이념은 영적인 개념을 유물론적 개념으로 전이시키고 교회를 사회투쟁의 도구로 만드는데 있었다. 즉 초자연적인 구원의 복음을 유물론적인 '사회 복음'으로 대체한 것이다. 모든 명예스러운 교인들은 인본주의적인 진리의 전사가 될 것을 요구받았다.

이를 위해 그리스도와 사도들의 가르침까지 다시 해석 되는 혼란이 벌어졌다. 자본주의는 큰 거짓이며 죽어야할 죄악이고 소비에트 정부는 형제애와 평등의 세계평화를 위한 세계지도자라는 혁명 의식을 1918년부터 1927년까지 10여년에 걸쳐 꾸준히 고취시키고 있었다. 여기에는 모스크바로부터 멀리 떨어져 있는 우랄 동쪽의 광활한 시베리아 영토를 지켜야한다는 볼세비키의 사명감에서였다. 정치적으로는 미국과 일본의 시베리아 진출을 막아야 한다는 강박관념에서 나온 급진 정책이었다. 이 두 가지 목표를 달성하기 위해서는 마르크스주의 사상의 변용과 왜곡을 하면서까지 잔인한 공산주의 훈련을 실시하였던 것이다. 이를 위해 스탈린의 '대형대대'라는 약소민족에 대한 온갖 폭정과 음모, 즉 현대 문명사회에서는 절대 있어서는 안 될 만행까지도 서슴없이 자행되었다. 더욱 앞에서 살펴본 한국 기독교에 대한 마르크스 유령의 음모와 폭력 그리고 살상은 기독교를 미국 반동종교라고 믿는 적대감을 갖도록 자학적 패류의 길로 들어서게 되었다. 한 때 대한제국은 시세時歲에 어두운 나머지 일찍 서구문명에 대한 개화를 서두르지 못한 채, 일본과 러시아에 국권을 농락당하는 수모를 겪어야 했던 것이다.

동방의 등불 대한제국 고종황제는 뒤늦게나마 헐버트 선교사에게 밀명을 주어 루스벨트 대통령에게 한·일 병탄의 억울함을 호소하고 미국의 힘을 빌려 을사늑약의 억울함을 풀려고 하였다. 그러나 미국정부는 힘없는 한국보다 한국을 실제 식민통치하고 있는 일본의 힘을 이용하는 것이 실용적이라는 판단에서 헐버트 특사의 대통령 접근마저 거부하였다. 한국은 또다시 약소국의 서러운 눈물을 삼켜야만 했다. 한국의 머리 위에서 세계

전략을 구사하는 제국주의 열강들은 철저하게 국익우선의 외교 전략을 구사한다는 것을 깨닫지 못한 또 하나의 외교실책이었다. 볼세비키 혁명 과정에서 큰 혼란을 겪는 러시아만해도 짜르시대부터 모스크바에서 멀리 떨어진 시베리아 지역을 내부 식민지로 개발하기 위해 장거리 시베리아 철도를 건설하여 태평양 진출을 꾸준히 시도하였다. 특히 레닌, 트로츠키, 카메네프 등 지도급 인사 들 조차도 과거 자신들의 시베리아 유형생활의 구원舊怨을 잊은 채, 정적을 원망하기 전에 '슬라브주의' 영광을 위한 꿈을 함께 키우고 있었다. 이처럼 대범한 그들이 동토위에 그린 시베리아 개발 지도(기획)는 정치 성향에 관계없이 미래 러시아 국가발전에 유용한 소중한 자료로 활용되었다.

　러시아인들의 시베리아 개발의 거대한 프로젝트에는 러시아인들의 고난의 역사가 들어 있었지만 결국 공산제국주의는 공포 이데올로기로 둔갑하여 70여년간 혼돈과 암담한 광분의 세계질서를 만들어 놓았던 것이다. 우리의 독립투사 중 한 사람인 이동휘의 드라마틱한 민족 투쟁도 거대한 공산주의 음모와 왜곡된 검은 이데올로기 속에 만들어진 신앙의 전면전(Total War)인 유령의 막다른 길목에 부딪혔다는 의혹은 아직까지 현재 진행형으로 남아 있는 것이 아닌지 우려스럽다. 왜 이 시점에서 북한군들은 우크라이나 전장에 나가 피를 흘려야 하는 것인가? 아직도 우리 민족은 마르크스 유령의 음모에서 벗어날 수 없단 말인가? 안타까울 뿐이다. 러시아는 세계 1차 대전 연방 소비에트 대회에서, 러시아 소비에트 연방 사회주의 공화국, 자캅카스 소비에트 사회주의 연방공화국, 우크라이나 소비에트 사회주의 연방공화국, 벨로루시 소비에트 사회주의 연방공화국 등 슬라브족 중심지역을 엮어 소비에트 사회주의 공화국 연방을 탄생시켰다. 2차 대전 후, 독일 제3공화국에 맞서 싸운 소련정부는 공산주의자들이 부루주아적 사상이라고 평가하였던 애국주의, 민족주의를 강조하면서 소련인들을 하나로 단결시켰다. 그리고 기존에 국교로 인정하지 않았던 러시아정교회의 지위를 회복시켰고 소련군의 명칭도 붉은 군대에서 소비에트 군으로 바꾸고 국가國歌 역시 국제공산당가인 인터내셔널가를 '소련찬가'로 바꾸었다. 프로레타리아트에게는 '조국'이 없다는 공산주의 기본 이념마저 버렸다. 소련은 중부유럽과 동유럽 점령이후 연이어 공산주의 정부를 세워 소련의 위성국으로 만들었다.

이에 비해 이동휘 공산당은 소련의 국익 우선주의에 따라 변하는 국가 정책을 따라 이념적 동지로 굳게 믿으며 적군파 빨치산으로 전쟁에 참여하여 이데올로기적 헌신을 하였다. 따라서 1920년대부터 활발하였던 좌파 항일독립운동은 러시아를 조선해방을 위한 진정한 벗으로 믿는 잘못을 저지르고 말았던 것이다. 이와 같은 이동휘류의 민족독립투쟁의 오류는 레닌 사망후, 콤민테른의 약소민족 혁명운동 지원보다는 러시아 내부혼란 수습에 더욱 관심을 기울인 나머지 조선인 적군파 빨치산 무장부대 해산과 함께 한인들의 소련경내 임시정부활동도 하지 못하게 하였다. 시베리아 내전당시(1917~1922) 조선인 주도의 빨치산 부대는 46개부대로 참여 인원만도 1만여 명에 달했다. 이들 중에 전투 중 사망자는 민간인을 포함해 2,000여 명이나 되었으며 부상자만도 헤아릴 수 없을 정도였다. 그러나 러시아는 끝내 콤민테른 한인 국무위원급 대의원과 독립운동지도자들을 추방함으로서 1925년 이후 연해주 일대 시베리아 지역에는 아예 항일민족 독립 투쟁의 흔적조차 찾아 볼 수 없게 되었다. 소련은 1929~1931년 조선인 입국을 사실상 금지시키면서부터 국경수비대에 '백조사냥'을 명령하였다.(흰옷 입은 조선인 단속 은어) 여기에다 일본군의 남만주 침략을 위한 전초전으로 국경지역 긴장이 높아지면서 일본이 조선과 소련, 만주와 소련국경을 통제하고 소련도 국경너머 전통적인 무역로를 폐쇄하면서 조선인 방문객의 문호를 닫아버렸다. 여기에는 불법입국자에 대한 엄격한 처벌규정까지 만들어져 1860년대 이래 존속되었던 조선인의 연해주 이주는 완전히 폐쇄되고 말았다. 특히 스탈린 체제에 들어오면서 조선인 귀화

정책을 강화하여 농업 집단화 속에서 고려인들의 생활은 크게 변하였고 콜호스 고려인들은 소련의 충실한 시민이 되었다. 소련은 1933년 대숙청 작업을 통해 열성적인 스탈린 지지와 함께 소비에트 공산주의자들로 사상 개조를 단행하였다. 이로 인해 연해주 항일민족 독립군단은 해체되었고 소련군 편입을 거부한 이범석과 김규식 군대 250여명은 무장을 한 채로 중국으로 넘어가 대한광복군으로 싸우다가 1945년 8월 해방을 맞아 조국 대한민국으로 귀환하였다.

여기 또 한사람 장기락…. '김산'으로 더 많이 알려진 민족혁명가가 있다. 33세 젊은 나이로 살다간 항일독립운동가 김산도 공산주의자로 살다 갔지만 후세인들은 그를 공산주의자로 인정하는데 주저한다. 이점은 이동휘와 독립투쟁의 사상 면에서 차이가 있는 것 같다. 그의 고달팠던 삶에는 은근한 기독교 신앙이 묻어 있었기 때문이다. 김산은 평안도 용천에서 태어나 미션스쿨인 평양의 숭실학교를 다니다가 3·1만세 운동에 참여하였다는 지적을 받아 학교에서 제적을 당하였다. 물론 퇴학에는 일본경찰의 날카로운 감시의 촉수가 작용하였겠지만, 독실한 기독교인이었다는 이유도 한 원인이었던 것 같다. 김산은 후일 이 때 기독교에 대한 의문을 품게 된 이유를 다음과 같이 고백하고 있다.

"이 며칠 동안 나는 여러 가지 충격을 받았다. 마치 지진 속에서 살아난 것만 같았다. 나는 무장한 악마와 무저항의 공허함을 깨달았다. 기독교 신자인 하나님의 딸들이 거리에 모여서 찬송가와 민족독립만세를 부르며 기도할 때, 일본 헌병과 경찰들은 그녀들을 행해 총을 쏘는 것을 몇 차례나 목격하였다. 그런데도 여신도들은 도망치지 않고 조용히 서서 하늘을 우러러 보며 계속 기도할 뿐이었다.….어느 기독교 지도자인 한 사람은 서대문 밖에서 십자가에 매달려 있는 것을 보앉으며 왜인들은 이놈은 기독교 예수쟁이니까 이렇게 죽여야 천당에 가겠지…? 하면서 그를 십자가에 못 박으며 낄낄댔다. 나는 이 잔인한 광경을 본 후 예수에 대한 믿음이 깨어져버렸다. 나는 신은 존재하지 않으며 그리스도의 가르침은 내가 태어난 투쟁의 세계에서는 별로 적용되지 않는다고 생각하였다."

김산은 3·1운동이 실패 한 후 형제의 도움으로 도쿄로 건너가 유학생활을 준비하였지만 관동 대지진으로 또다시 일본 군중들에 의한 조선인 학살 사건이 일어나자 이를 피해, 학업을 중단하고 일본을 탈출하여 현해탄을 건너 평양에 도착하였다. 그러나 고향 마을에는 어머니도 집도 없었다. 집은 일본경찰들에 의해 불탔고 어머니는 그 불길 속, 연기와 함께 하늘로 올라갔기 때문이다. 마을에는 불타 없어진 집터에 검게 그을린 주춧돌과 미처 다 타지 못한 석가래 만 여기저기 흩어져 있었다. 김산은 다시 고향을 등지고 만주 망명길에 나서 압록강을 건너 700백리 고난의 길을 건너 임시정부를 찾아 나섰다. 그러나 김산은 아이러니 하게도 그의 험하고 힘든 길목에서 한 작은 도시에 사는 목사님의 도움을 받아 굶주림과 추위를 벗어나 살 수 있었다. 김산은 이 때의 하나님의 도움을 다음과 같이 기록으로 남겼다.

"나는 이 목사님 댁에서 한동안 지내면서 심신의 피곤함을 털어내고 건강을 회복할 수 있었다. 그 목사님은 80여리 떨어진 역시 작은 도시에 교회를 세우고 열심히 전도하고 있었다. 내가 마음에 든 목사님은 나를 양아들로 삼고 싶다고 하면서 만일 양자가 싫으면 자기 딸과 결혼해도 좋다고 하였다. 목사님 두 아들은 초등학교 와 교회성경학교 선생님이었다. 목사님은 자신이 시무하는 교회에 나를 사찰직원으로 채용하여 함께 신앙생활을 계속할 수 있도록 기회를 마련해 주겠다고 약속하였다."

16살의 김산은 교회 일을 맡아 열심히 일을 하였으나 독립군이 되겠다는 자신의 뜻을 펴기 위해 목사님의 허락을 받아 상해 임시정부를 찾아 나섰다. 다행히 임시정부에서는 이광수가 편집하고 있던 독립신문 식자공 일을 배우면서 안창호와 이동휘를 만나 지도를 받게 되었다. 두 사람은 기독교인으로 어린 김산을 신앙적으로 이끌어주면서 신흥무관학교로 인도하여 후에 훌륭한 다물단의 항일민족독립 투사로 성장시켜 주었다. 다물단은 신흥무관학교 출신 동창모임으로 항일 독립투쟁을 위한 호국청년 조직이었다.

김산이 항일독립투사로 활동한 젊은 시절 주요 직책들을 보면 주로 중국공산당의 요직을 맡아 활동하였음을 알 수 있다. 1919년 3·1운동 이후 만주 땅 신흥무관학교에서 군사학을 배운 후 1921년 황포군관학교와 중산대학 경제과를 나와 1923년 공산청년동맹에 가입하였으며 1925년 중국공산당 입당과 조선혁명동지회 청년 분과에 가입하여 '청년지' 발간에 참여 활동하였으며 1929년 중국공산당 북경시위원회 조직부장이 되었다. 또 '장명'이라는 가명으로 조선청년연맹에 가입, 만주와 화북지방 조선인들을 중국공산당에 적극 가입시켰다.(김동화, '중국조선족에 대한 중국공산당의 민족정책의 역사적고찰' 21세기로 달리는 중국조선족.p.8) 김산의 공산주의 활동은 1931년 장가구 탄광 노동자와 북경에서 1·19 학생시위에서 스차장의 4,000여명 학생들을 동원하면서 지도력을 인정받았다. 이 무렵 중국공산당이 내전중지 와 일치항일을 외치자 상해에서 조선민족혁명가의 임무를 수행하였으며 조선민족해방동맹을 결성하여 활동하였다. 그 후 1938년 신강성 소비에트지구 조선혁명가 대표, 연안의 한일군정대학 교원이 되었으나 공산주의자와 민족주의자들간의 충돌에 휘말려 당국에 체포되어 구금

되었다가 석방되었다. 그러나 1936년 모택동의 연안 대장정에 참여한 일로 모함을 받아 1938년 신강성 변구 보안처에 반역자, 일본스파이, 트로츠키주의자로 낙인 찍히면서 다시 체포되어 1938년 10월 9일 카메네프파에 넘겨져 비밀리에 처형되고 말았다. 김산의 항일민족투쟁의 내용은 님 웨일즈(미국 종군기자)의 소설 아리랑에 소개되어, 중국공산당의 혁명을 통해 조선의 해방을 꿈꾼 한 좌파 독립운동가가 마르크스 유령의 길목에서 배신과 좌절당하는 공산주의 실상을 깨닫게 되었다.(안천. 대한황실독립전쟁사. p.213 참조.)

김산은 충실한 중국공산주의 운동가로, 결혼하여 두 자녀를 둔 가장으로 모택택동 연안 대장정에 참여한 중국공산혁명의 전사였다. 그러나 약소민족으로 중국공산당에서 자신의 역할이 더 이상 계속될 수 없음을 깨달은 듯 석가장에 있는 아내에게 한통의 편지를 보냈다.

"나는 지금 연안 강변에 서 있소. 눈물이 강가의 모래밭을 적시고 있다오. 곧 연안을 떠나 전선으로 갈 작정이오. 아이가 자라면 백의민족 조국 대한을 위해 분투하는 사람으로 길러주기 바라오."

이동휘는 죽는 순간까지 조국의 볼세비키 혁명을 이룩하라는 유언을 남겼으나 김산, 그는 아들만은 조국 대한의 백의민족을 위해 살아가기를 바랐던 것이다. 김산의 처음 독립투쟁 시작은 중국공산당의 혁명 성공을 위한 싸움이었고 중국혁명투쟁을 통해서만 조국 대한의 광복이 달성될 수 있다는데 심취되어 있었다. 그러나 자신이 의심받고 미행당하는 상황에서 그는 더 이상 자신의 투쟁이 계속될 수 없다는 것을 깨닫게 되었다. 마르크시즘 제3 변용인 중국혁명이 새삼 자신의 조선독립투쟁과는 아무런 관계가 없는 싸움이라는 것을 깨달았던 것이다. 그의 광란의 세계에서 방황

213

하는 중에도 신흥무관학교에서 익힌 다물정신은 미션계통인 숭실학교에서 배운 '아침 해가 떠 오르는 밝음의 땅….' 하나님을 섬기며 배달겨레를 위한 독립투쟁이 아니었다는 것을 직감적으로 느끼게 뙤었던 것이다. 1930년 11월 북경 서역지구에서 체포되어 만주국 일본경찰관과 천진행 1등 열차로 호송될 때, 경찰은 김산에게 승리의 인터내셔널가를 듣고싶다고 요청하였다. 그러나 김산은 이를 거부하고 조선의 혼을 담은 '아리랑'을 불러주었다. 아리랑을 통해 이제까지 자신의 혁명투쟁이 실패하였고 지금 패배와 죽음의 고개를 힘겹게 넘어가고 있음을 스스로 고백하였던 것이다. 김산의 공산당 경력으로 보아 그의 지성은 공산당에 대한 역사적 심판을 알고 있었다. 그래서 자기 아들은 아버지가 실패한 길을 다시 가지 말고 조국 대한을 위해 살도록 아내에게 부탁하였던 것이다.

처음 러시아 혁명에서 레닌의 10월 혁명을 열렬히 지지하던 니콜라스 벨자예프(Nicolas A. Berdyacp) 등 소련지성인 25명은 1922년 볼세비키 혁명을 거부 비판하면서 소련 당국에 의해 영구 추방당한 사건이 있었다. 이들은 마르크스·레닌 혁명이 처음과는 달리 개인의 자유를 유린하고 유물론을 절대시하는 혁명 이념에 빠진 것에 대해 실망하여 자신들이 추종하던 볼세비키 사회혁명을 부정하고 정신신앙주의자로 전향한 사건이 일어났다. 벨자예프 지성구룹은 개인의 자유를 핍박하는 혁명정부에 강력하게 저항하였던 것이다. 정신이 인정되지 않는 곳에서는 자유도 인정받을 수 없다는 것이 그들의 주장이었다. 변증법적 유물론은 실존 그 어떤 정신적 실재도 거부하였으며 단순한 경제학설이 아닌 공산주의 세계관이며 인생철학이고 하나의 통일성을 가진 사이비 종교에 불과하였음을 깨달았다. 뿐만 아니라 공산주의는 철저하게 행동적이고 무력적이고 공격적이고 파괴적이며 이기적이었다.(김천배. '벨자예프' 사상계 논문집 7. p.453) 이미 기독교 이념에 접한 신앙생활의 경험을 갖고 있는 김산은 중국 내전과정에서 체험적 교훈인 콤민테론 의 음모와 배신을 깨닫고 있었다. 특히 그는 손문과 장개석의 중국혁명 과정에 공산주의 자체 모순과 위험이 날로 커지는데 대한 번민을 떨칠 수 없었다.(전해종. 손문과 장개석 시대. 사상계 논문집. 13. p.256.) 김산의 혁명 길은 굶주린 배를 안고 중국, 만주, 일본어 사전을 옆구리에 끼고 진리 발견을 위한 순례 길이었다. 마르크스주의자 대부분은 현대철학에서 태어난 사생아였다. 그가 체험한 마르크시즘은 빗나간 수정주의자들의 사상에 붉과였다. 레닌, 스탈린, 마오쩌둥과 같은 독선과 권력욕에 붕타는 확신에 불과하였다. 마르크시즘의 혼돈시대에 태어난 정치폭력을 위장한 위선에 불과하였다. 압박받는 약소민족을 해방시키겠다는 진정성 있는 공산주의는 어디에서도 찾을 수 없었다. 모두가 공산주의 유령속에 방황하는 탕아들이었다.

중국 여인 '조아평'을 만나 결혼한 김산이 종군기자 출신 님 웨일즈를 만난 것고 이 무렵이었다. 그 후 그녀는 1941년 뉴욕에서 김산의 일대기 아리랑(Song of Ariran을 출판하였다. 그녀는 김산이 강생과 임표 중 급진파에 의해 반혁명 분자로 몰려 처형된 것도 모른 채, 김산을 기독교인으로 굳게 믿으며 열렬히 변호하였다. 그녀는 김산이 불꽃 같이 살다간 일대기 아리랑 출판에서 다음과 같이 기록하고 있다.

"김산의 사상적 편력은 무정부주의 , 공산주의, 민족주의 등에 영향을 받았지만 내가 느끼기에는 가장 궁극적인 영향은 어린시절의 기독교적 영향, 즉 진리와 구원의 윤리로부터 온 것이었다. 그는 탐욕이나 이기주의가 아니라 압박 받는 사람들에 의한 사랑이었다. 사람들은 아무 효과도 없는 기도드리는 것을 비웃었지만 내가 보기에는 그의 마음속에는 기독교 이념으로 가득차 있었다."

그는 참된 도덕을 존중하고 공산주의자들의 생각, 정신, 심리를 가장 정확히 꾀뚫어 보는 사람중 하나였다. 김산은 천부적 지도자의 자질을 갖춘 혁명가였다. 복수, 살인 같은 원시적 본능을 극복하기 위해 노력하는 진보적 사고의 소유자였다. 1937년대 중국혁명에서는 트로츠키 파는 중국공산당 혁명을 반대하는 정파였다. 김산은 급진적인 카메네프파에 넘겨저 처형되었다. 김산은 자신의 마지막 혁명과정을 다음과 같이 외쳤다.

"나는 내 인생에서 오직 한 가지만 제외하고 모든 것에서 패배하였지만, 나는 오직 나 자신에게만 승리하였다…."

김산은 연안 대장정까지 참여한 자신의 행동을 크게 뉘우치고 있었다. 그것은 무엇 때문이었을까? 아리랑의 공저자인 '님 웨일즈' 가 이미 코맨트를 하였으니 (He belived Chinese. He was stupid.) 더 무엇을 말하겠냐만, '중국혁명 성공이 곧 조선 해방' 이라고 믿었던 어리석음에서 일찍 깨어났던 것은 다행이었다. 훗날(1949) 중국 정부는 만주와 중국본토에 있는 조선인 부대를 심양, 하얼빈, 길림, 연길, 일대에 집결시켜 북한 인민군식으로 개편하였다. 제 4야전군 소속 조선인부대(제 166사) 1만여 명을 방호산 소장 인솔아래 7월 압록강을 건너서 신의주에 주둔하여 북한군 제 6사단으로 개편하였다. 제 6사단은 10월까지 재령, 사리원, 신의주에 각각 분산 배치되었다. 그리고 제 4야전군 소속 제 164사 소속 1만여 명도 김창덕 소장 인솔로 두만강을 넘어 나남에 옮겨와서 북한군 제 5사단으로 개편되어 나남, 함흥, 철원으로 이동했다. 이들 중국혁명군 소속 조선인 부대들은 1950년 소련군 고문단의 전투지휘에 따라 6·25 한국전쟁의 주력군으로 참전, 뜻밖에 조국을 향해 총부리를 겨눴던 것이다.(주영복. 내가 겪은 조선전쟁.(1). p.143.)

김산의 아리랑은 비극적인 슬픔을 담고 있다. 중국 마르크스 유령과 동행하는 고난과 죽음의 길을 걷는 한 독립투사의 신앙고백이었다. 일제식민통치, 항일독립투쟁을 거친 역사의 가장 불우했던 고난시절 파란만장한 삶을 살아가는 가시밭길이었다. 그러나 김산은 일찍 죽음의 상황에서 벗어나 새 생명을 얻는 길을 찾았다. 그의 전 생애를 전하고 있는 아리랑 고개는 죽음의 고난을 감내하는 복음의 고갯길이기도 하였다. 그 고갯길을 올라가면 맨 꼭대기에 노송老松 한 구루가 서있다. 이 소나무는 죄인들이 마지막 길을 올라가 올가미를 거는 푸른 소나무다. 세상에서 온갖 죄를 저지른 사람들이 죄를 뉘우치며 아리랑을 부르며 고개를 오른다. 배신자, 산도적, 사기꾼, 선비도 끼어있었다. 죽기 전에 세상에서 저지른 검은 죄들을 아리랑에 담아 노래 불렀다. 남자도 여자도 부자도 가난뱅이도 자기가 살아온 즐거움과 슬픔을 담은 아리랑을 부르며 고갯 길을 올라갔다. 그것은 죄인들이 마지막 올라가는 최후 심판의 길이었다. 푸른 소나무에 떨리는 마음으로 올무를 거는, 아무도 대신할 수 없는 외롭게 살다 죽는 심판의 길목이었다. 하늘과 땅 사이 길에는 망국의 비극만이 있는 것은 아니었다. 죽음만 있는 것도 아니었다. 치열한 삶이 있었고 구원이 약속된 회개의 길도 있었다. 그것은 이승의 올무에서 해방되는 영생의 길이었다.

 그러나 김산이 부르는 아리랑은 밤에만 부를 수 있는 아리랑으로 변해 가소 있었다. 그것은 죽음의 길이었다. 중국 혁명속의 조선혁명과 민족주의, 민주주의, 온갖 사상과 이념들이 소용돌이 치던 1920년에서 30년대 중국역사 속에 김산이 열정적으로 외친 '대한독립만세' 는 '중국혁명 만세' 로 어둡고 침울한 허망한 아리랑이 되었다. 당시 동북지역은 조선의 민족해방을 전 동북의 중국혁명과 연계되어 있었으며 노·농민주주의 소비에트건설에서만, 한민족의 민족자결이 인정받았다. 1929년 11월 국제공산당에서 파견한 모스크바 공산대학 출신 조선인 '한빈' 과 중국인 '이춘산' 을 상해에 파송하여 동북지역에서 조선인 공산당 각파 조직을 해산시키고 콤민테른 〈1국 1당〉 조치에 따라 중국공산당에 가입시켰다.(김동화. 앞의 책. p.1.) 이로서 만주 조선공산당은 4년간의 우여곡절 끝에 종지부를 찍고 만주 조선공산주의 운동은 중국공산당의 지원 아래 새로운 역사를 쓰게 되었던 것이다. 공산당 승리와 영광 속에서만 조선독립만세를 부를 수 있게 되었다. 1923년 콤민테른의 국무위원급인 김규식 원세훈 등 지도자들이 소련 경내에서 추방당한 이후 조선공산당에 대한 두 번째 배신이었다.

1930년 봄부터 중국 조선공산당원들은 '조선의 해방과 독립을 위하여' 대신 '중국 혁명을 위하여'라는 불요불굴의 투쟁을 전개하였다. 그러나 한·중간 형과 아우의 관계는 민족정풍 운동인 민생단民生團 사건에서 '한국주의'는 철저하게 반동으로 취급 강력한 처벌을 받았다. 지방민족주의를 반대하여 간도 또는 대한민족주의를 탄압하면서 마르크스·레닌주의 민족관 수립에 나섰던 것이다. 민족문제에 관한한 중국 경내의 소수민족은 철저한 아루나 후손으로 만든다는데 목표를 두고 있었다. 특히 1932년~1938년 조직된 유격대는 동만, 남만, 수녕, 하동, 탕원, 길동, 오하, 호림, 흑노 등에 유격본부와 유격지구를 창설 조선족 청·장년들을 동원하였다. 연변지구에서는 한韓인 소비에트, 한인자치, 한인독립단이란 구호 자체를 금하였다. 이와 같은 주장은 일제와 그 친일주구단체에서 군중을 기만하는 악질적인 선동이라고 하면서 제국주의와 반동파로 몰아 숙청하였다. 한인소비에트는 일제의 침략정책을 지지하는 것으로 레닌주의 소비에트를 모독하는 것이라고 하면서 레닌주의 민족자결과 아무관계도 없다고 하였다. 또한 1933년 11월부터 동만의 당, 단, 군, 및 혁명 군중단체 내에서 반(反)민생단 투쟁을 벌였다. '민생단'이란 친일 반공단체로 1932년 2월에 조직된 뒤 불과 5개월도 못되어 7월에 조직된 조직이었다.

그러나 동만 특위에서는 이들 모두를 '한국주의자', '파벌주의자' 내부 민생단의 활동과 연계시켜 혁명조직에 잠입한 민생단원으로 몰아가면서 조선인 당원 및 간부들 가운데서 색출하여 잔혹하고 무자비하게 숙청하였다. 체포된 사람이 561명, 그중 431명이 현, 환급 이상 간부들로 40여 명의 우수한 조선인 당원과 단원 그리고 군대 간부들이 총살 당했다.(김동화. 앞의 책. 연변인민출판사. 1993. p.16.) 그 후에도 반우파투쟁과 민족정풍운동, 문화대혁명 등을 비롯해 조선족에 가해진 박해와 핍박은 중화대인민가정이라는 말이 무색해질 정도로 잔인하고 모질었다. 김산은 일제의 조선침략과 전쟁폭력에 저항하여 중국공산혁명에 참여하였었다. 그러나 그곳에서도 그의 사상은 인정되지 않았고 자유가 인정되지 않는다는 것을 직접 체험하였다. 김신은 동북 망명길에서 기독교 신앙의 소중함을 체험하였고 신흥무관학교와 다물단의 훈련을 통해 하나님께서 예비하신 놀라운 계시, 조국 대한에 대한 꿈과 비젼을 갖고 있었다. 그 것은 한민족의 독립과 구원사역에 대한 묵시默示였다. 아내 조아평에게 아들이 백의민족을 위해 살도록 양육할 것을 부탁한 그 속에는 자신이 한민족 정체성 회복의 도구로 쓰임 받게 해달라는 하나님의 계시를 구하는 간절한 소망이었다. 승리한 자로 흰옷을 입고 생명책에 그 이름을 올려 하나님과 천사들 앞에 시인받기 위한 신앙고백이었다.(계 3;5).

  하나님은 김산이 몇 차례나 힘들고 어려운 고비를 만날 때마다 그의 눈을 열어 구원사적 사명을 깨닫게 하였던 것이다. '님 웨일즈'를 만나 함께 아리랑을 부른 것은 영靈의 혁명을 통해 동방의 밝은 빛, 위대한 Korea를 향한 고난의 행군이었다. 그 길은 자유를 유린하는 행동적이고 무력적이고 공격적인 교리체계를 극복하여 그리스도가 약속한 평화의 영을 '대한의 땅'에 강림토록 하여 신성한 인류사의 건설과 문화 창조를 이룩하는 유일한 길이었다. 훗날 중국공산당의 과거 지향적이고 회고적인 분위기에서 싸우는 사회혁명에서, 거룩한 종교(기독교)적 감격으로 사회개혁을 실천해야 하는 김산의 혁명관과는 사뭇 먼 길로 그에게는 거듭되는 고심의 고통을 감내하는 회개의 길이였다.

15

한국인보다 더 한글과 아리랑을 사랑하였다는 '헐버트' 선교사는 아리랑은 언제 어디서나 들을 수 있다고 하면서 3520일간 지속되어 왔으며, 1883년에 대중적 사랑을 받게 되었다고 하였다. 아리랑 가락은 수많은 즉흥곡으로 대치되어 왔지만, 그 후렴 '아리랑 아라리요' 만큼은 변하지 않고 불려왔다고 하면서 다음과 같이 말하고 있다.

"한국인에게 아리랑은 쌀과 같다.…….조선인들은 서정적이고 교훈적이고 서사적이며 이런 것들이 한데 뭉쳐서 있는 사람들이다."

라고 하면서, 아리랑이 지닌 의미의 구성 요소를 쌀, 조선인, 만남(사랑)을 교훈으로 꼽았다. 그것은 미래와 영생을 꿈꾸는 삶이지 다시 못올 죽음의 길을 의미하지 않는다고 하였다. 그러면서 아리랑 전체의 흐름은 한恨이 아닌 사랑하고 그리워하고 즐기는 환희의 지속을 꿈꾸는 미래와 만남에 있다고 주장했다. 아리랑은 고구려 이래로 압록강과 두만강을 지켜온 발해와 여진족 부족들이 우리와 함께 만들어내고 퍼뜨린 대중의 노래이다. 백두산을 뿌리로 하여 태백산 줄기를 타고 내려오면서 각 지역의 중생들의 마음을 꽃피우고 산 메아리를 담아 내려오는 노래라는 것이 '헐버트'의 해설이다. 우리 대한 민족은 옛부터 하나님 백성으로 이 세상에 태어나면서부터 기쁠 때나 슬플 때나 하나님부터 찾았다. 하나님의 역사役事는 벼락치기로 이루어지는 것이 아니다. 하나님이 계신다는 마음의 확신 속에 서서히 분명하게 이루어지는 것이다. 한국인들의 아리랑은 구원과 승리의 노래로 묵시와 같다. 구약성경 잠언에서도 묵시가 없으면 백성들이 방자해진다고 하였다.

"묵시가 없으면 백성들이 방자히 행하거니와 율법을 지키는 자는 복이 있느니라." (잠 29;18.)

묵시는 선지자들을 통해 주시는 하나님의 계시(啓示)로 꿈과 이상을 의미한다. 선지자가 묵시를 선포할 때, 비로소 백성들에게 하나님의 뜻을 바르게 알도록 전달 된다. 하나님의 계시는 비전(Vision)의 근원이다.(유석근. 아리랑 민족. p.1) 우매한 백성들은 말로만 하면 알고도 행하지 않는 근성이 있어 스스로 낮아지고 멸망 하고 만다. 주님의 백성들은 묵시를 통해 하나님의 말씀을 헤아려 구원의 축복을 받는다. 그래서 한민족의 아리랑정신은 귀한 것이다.

헐버트는 열강들 틈에서 몸부림치는 한국인들에게 자강독립정신을 강조했다. 어둠가운데 헤메는 한민족에게 복음으로 구원을 알려주었다. 기독교는 역사적 종교로 한국에 들어왔다. 따라서 한국인들에게 하나님과의 관계(신앙)를 깊이하면서 바른 역사관을 길러주었다. 하나님의 뜻을 역사 질곡에서 받아들이는 생활을 하도록 격려하였다. 대한의 운명이 풍전등화 같을 때, 바른 역사관을 통해 독립의지를 실현시키기 위한 자신의 책임감을 갖도록 하였다. 미래를 준비하는 역사의식이다. 오늘과 함께 내일을 준비하는 역사관을 갖게 되어 내가 오늘 하는 일은 미래의 관계를 만드는 원인이라는 책임감을 갖도록 한 것이다. 헐버트는 선교활동을 통해 하나님의 역사 안에서 한국을 활기차게 변화 발전시킨 선교사였다. 한국인들은 이에 힘입어 교회생활의 비전을 통해 냉전 이데올로기를 극복하고 서울을

림픽을 개최 한강의 기적을 세계에 널리 알려주었다. '손에 손잡고'(Hand in Hand) 그 노래를 인류화합의 올림픽 정신을 구가한 명곡으로 대한민국의 영광과 승리를 준비한 아리랑 정신이었다.

〈손에 손잡고〉
하늘 높이 솟는 불꽃
우리들 가슴을 고동치게 하네
이제 모두 일어나
영원히 함께 살아가야 할~길
나~서자
손에 손잡고 벽을 넘어서
우리 사는 세상
더욱 살기 좋도록
손에 손잡고 벽을 넘어서
서로 서로 사랑 하는
한마음 되자
손~잡고 어디서나 언제나
우리의 가슴 불타게~하자
하늘 향해 팔 벌려
고요한 아침 밝혀주는 평~화
누리자 (Arirang)

노래 말 끝에 아리랑은 후렴으로 음악의 사회적 기능의 중요성을 강조한다. 단순한 노래가 아니었다. 아리랑 속에는 광개토 대왕 돌비 기록인 한예인韓穢人이 살아 숨 쉬고 고구려를 이은 발해 영혼과 신라 향찰이 담겨 있어 그 안에 배달민족 5천년 역사를 노래 하는 영원한 명곡이다. 88 서울

올림픽은 국내는 물론 해외동포 500만을 포함하여 8천만 대한민족을 매직 서클(magic circle)로 이끈 동인이었다. 성취감과 자부심 그리고 환희의 기쁨은 과거의 고통과 회한의 세월까지 말끔히 씻어낼 수 있었다. 이처럼 아리랑은 백의민족이 겪어온 고통과 아픔을 극복하고 기쁨과 즐거움을 만들어낸 마법의 힘이었다.(Homo Ludens Johan Huizinga) 이에 대해 정동화 교수는 아리랑 정신을 불굴의 얼撃인 불사조 정신, 즉 질경이 정신이 핵심이라고 하였다.(정동화. 아리랑은 왜 명곡인가? p.149.) 악마 '멤피스토 페레스'의 마법에 걸려 천국 가는 길이 한없이 멀어진다고 해도 인간적 노력이 하늘에 닿아 천사들의 도움으로 영혼구원을 받는 것처럼 '파우스트'의 끈질긴 인내심을 안고 '더 앞으로!'를 외친 선조들의 한혈마汗血馬의 기개와 용기는 더없이 중요한 자산임을 알아야한다. 결코 아리랑의 키워드는 슬픔과 좌절을 의미하지 않는다. 인도의 시성 타골은 Korea를 동방의 한마루 언덕에 우뚝 선, 세계를 밝게 빛낼 미래 등불이라고 하였고 25시의 작가 '게오르규'는 '열쇠의 나라' 즉 25시의 절망에서 인간을 구원할 미래를 노래한다고 말했다.

여기에는 종교가 중추적인 역할을 하는 것이다. 역사를 통해 과거를 알고 현재 나의 책임의식이 미래 설계의 동인이 되기 위해서는 역사의식에 대한 올바른 심판의식을 가져야 된다. 역사의 바른 심판의식에는 도덕성을 수반한다. 이처럼 인간행동의 일련의 과정은 종교 활동에서 좌우되는 것이다.

    "여호와를 경애하는 것이 지식의 근본이거늘 미련한자는 지혜와 훈계를 멸시하느니라.(잠 1;7.)

라고 하여 하나님을 아는 것이 모든 지식의 근본이 된다. 도덕성(윤리)과 종교는 일체 양면을 이룬다. 성경의 진리는 우리 인간이 반드시 이뤄야할 목표지만 도덕은 인간의 도덕성 수준을 가늠하는 인간의 인격성장을 의미한다. 종교가 윤리적이지 않으면 '아편'이 되고 윤리가 종교에서 떠나면 물 없는 우물이 되고만다는 말이 있다. 고대인들은 자연과 밀접한 관계 속에 살았다. 자연에서 철학을 탄생시키고 신神과의 깊은 관계를 통해 역사관을 발전시켰다. 신의 뜻을 역사 속에서 받아들였기 때문이다. 옛날부터 기독교가 역사적 종교로 성장해온 것이 이를 잘 증명하고 있다.

서구 열강 중 프랑스와 러시아는 근대화 과정을 피 흘리는 혁명과정을 거쳤지만 영국은 일찍이 산업혁명을 완수 하면서 앞의 두 나라와 달리 혁명투쟁이 아닌 종교중심의 사회개혁을 착실히 이룩하여 근대화에 성공, 선진국이 되었다. 영국은 소수의 지도층과 함께 튼튼한 중산층이 구축되어 있었고 대부분의 국민이 피지배층에 속해 있었다. 따라서 영국은 두터운 중산층이 형성되어 있는 사회로 러시아와 프랑스처럼 항상 소수 지배층(지도자와 통치권력 독점)과 다수 피지배층간의 불평등으로 인해 사회적 불안이 없는 사회였다. 영국은 중산층의 이해관계를 고려한 지배층의 정책 수행이 원만하게 운영되어져 사회적 불평등이 완화된 상태에서 사회적 융합이 가능하였던 것이다. 특히 종교의 역할이 원만하여 이상사회 건설을 위한 국민적 합의 도출이 쉬웠다. 평소 교회생활에서 익힌 민주주의 훈련을 통한 합리적인 절차를 통해 국민의 사회참여 기회를 확보하였다. 또한 지배와 통치 세력에 중산층 인사들이 선출될 수 있어 국정운영에 종교계와 국민들의 의견이 반영되어 통치 권력의 독선을 막을 수 있었다. 역사적으로 영국교회가 일부 통치 권력과 결탁할 위험이 일어나자 '요한 웨슬리'가 창시한 감리교가 창시되어 사랑과 관심으로 국민들의 자각과 사회참여 의식을 높여주어 정·교 유착을 막을 수 있었다. 또 구세군은 가난한 사람들을 위해 신앙 활동에 열중하여 그들이 중견사회에 동참할 수 있는 능력과 기회를 길러주었다. '구제냄비'를 들고 빈민층을 위해 거리로 나설 만큼 진취 적이었다. 북구의 스코틀랜드에서도 장로교가 탄생하여 국민교육을 통해 종교개혁의 지대한 공헌을 하였다. 국민대중을 계몽하여 박애와 국민 모두를 보듬는 사회적 책임을 감당하였다. 새로운 교회들은 초, 중, 고등학교 대학교육을 위한 발전된 교육계획을 세우고 국민교육을 실천하였다. 시골에서는 목사님들이 교장으로 나가 교육활동을 할만큼 국민들을 위해 최상의 선을 정착시키는데 열정을 쏟았다. 17세기에는 각 교구마다 자체 학교를 가졌고 대성당의 대학교를 세울 만큼 종교개혁 차원에서 교육발전계획을 수립하였다. 종교 개혁가들의 정책은 일차적으로 종교적 자유였다. 이를 통해 시민적, 정치적, 자유로 발전시켰다.(황봉환. 스코틀랜드 종교개혁과 존 낙스의 신학. p.142.)

이에 비해 전쟁 폭력을 통해 공산혁명을 성공시킨 러시아는 적·백 세력간의 긴 내전으로 국력이 많이 소모되었고 산업기반(농업)이 무너지면서 후진국으로 전락하였다. 그러자 마르크스 유령주의 길목을 닦아 공산혁명을 성공시켰다. 러시아는 소수 지도층이 '1국 1당' 독재권력으로 통치권을 행사하면서 마르크스·레닌주의 실현을 명분으로 한 숙청과 유배, 처형으로 공산사회를 만들어 갔다. '러시아 정교'는 정치와 유착하여 공산 독제체제의 도구로 전락하였다. 특히 레닌 사후 스탈린의 '대형대대'(동원할 수 있는 모든 방법과 기회를 동원한다)는 유례없는 처형과 추방 및 약소민족 침탈로 범슬라브주의 중심 소비에트 볼세비키 정권 창출에만 심혈을 기울였다. 그 결과 지배층과 피지배층이라는 국가구도 속에 사회의 완충형인 중간계층의 몰락으로 이어져 지배계층만을 위한 복종만을 강요하는 사회가 되고 말았다. 치열한 계급투쟁을 통해 사회적 불평등이 해소되었음으로 '이제 정의사회가 되었다'면서 볼세비키 혁명과정에서 일어난 인격유린과 비과학 정신에서 발생한 온갖 탄압과 비리를 숨기기 위해 종교와 철학을 비판하면서 무용론을 주장하게 되었던 것이다.

그러나 이념과 진실이 충돌할 때, 사실事實 편에 서는 것이 정의正義이다. 진실위에 정의를 세울 수는 있으나 정의 위에 진실을 세우는 것은 조작에 불과하다. 공산주의자들은 이처럼 이데올로기를 앞세워 종교와 철학을 부정하였던 것이다. 종교는 하나님이 개인과 역사, 우주를 구원하여 그의 안에서 조화를 이루게 하시는 신神적인 생명운동으로 인간생활 영역의 동력과 동기가 되는 것이다.(김재준. 인간생활과 종교. '사상계 논문집'. 1. p.25.) 이처럼 볼세비키 정권을 세운 러시아는 소수 지배층과 다수 빈곤층 간의 갈등과 국정이 계속 불안하였다. 혁명전 반동제국에서 왕족과 귀족중심으로 권력을 대물림 하던 것과 다름없었다. 볼세비키 정권은 대외투쟁을 통해 국민의 관심을 밖으로 돌리기 위해 주변의 약소민족을 탄압 침략하여 '소비에트사회주의연방공화국'을 창건하였다. 권력구조의 안정을 위해 민주주의 정치이념을 내세웠지만, 개인주의와 시민의식이 결여된 무늬만 민주사회인지라 항상 폭력혁명의 악순환을 걱정하여야만 했다. 또한 공산주의 이념수출을 위해 약소민족의 영토를 꾸준히 침탈하는 과정에서 70여 년간 이념분쟁을 일으켜 동·서간의 냉전체제를 만들어 이데올로기 분쟁으로 세계평화를 위협하였다. 2차 대전 후 소련은 중동과 아시아를 마르크스 유령주의 거점으로 공략, 끊임없이 공산주의 확대를 추진하였다. 최대 관심은 중국의 공산화였다. 서구열강의 공산주의 침략으로 주권상실 위협 속에 빠진 중국사회는 윤리와 사회도덕을 강조하였으나 과학이 없었고 국민들의 역사의식이 없었다. 손문 중심의 근대화 혁명과정에서 천天과 자연 순응의 보수성향과 현실안정을 원하는 민중의 역사의식은 운명적이고 숙명적으로 정체되어 있었다. 모택동의 신민주주의혁명이 추진되었으나 무지와 이기적인 자기 인격의 존엄에 대한 자존심을 갖지 못한 민중을 가지고 민주주의 실현을 할 수 없었다. 특히 장개석의 국민당 정권에 밀려 도시를 벗어나 대장정을 시작하면서 농촌지역을 전전하다가 소련의 볼세비키 정권의 지원을 받아 클레물린의 1국1당 공산주의 위성국 체제에 합세하게 되었다.

극동에 드리운 마르크스 유령주의를 막기 위한 영적 보루堡壘가 무너진 것은 일본에 의해서였다. 1931년 일본관동군이 만주 유조호柳條湖 인근 철도를 '폭파하면서 만주 침략을 감행하였고 끝내는 '만주국'을 세워 청국 마지막 황제인 애신각라 푸이溥儀를 1934년 '만주국 황제'로 세운 후 동북 땅을 경략하였고 제 2차 대전에서는 중원까지 장악하였다. 일본이 이처럼 강력한 강대국이 된 것은 1905년 영국의 지원을 받아 최신 함대를 편성하여 러시아의 북양 함대를 격파하여 러·일전쟁에서 승리하였기 때문이다. 서구에서는 강대국 지위를 확보한 일본을 가리켜 극동의 '작은 황색인종'이라고 부르면서도 사실상 러시아의 남하를 막아주는 보루로 인정, 일본은 미국의 파트너가 되었다.

박용만은 1912년 미국에 와서 처음세운 한인소년병학교 (The Young Korean Military School.)의 군사교육이 본격화 되면서 훈련에 들어갔다. 1914년 6월에는 하와이에 대조선국민군단을 창설하였고 1915년 5월 23일 대조선국민군단 사관학교 낙성식을 거행하였다. 더욱 고무적인 것은 하와이 정부로부터 특별경찰권 승인을 받아내 대한국민회 경찰부장을 임명하는 등 한인 자치제를 실시하기도 하였다. 박용만은 계속하여 1917년 상해에 있던 김규식, 조소앙, 박성하 등과 연계하여 대동단결 공동선언문을 채택하고 간도와 북만주 그리고 연해주에 이르는 동북지역에서 강력한 항일 무장투쟁을 하기로 결의 하였다. 뿐만 아니라 국민군단 사관학교에서 훈련받은 군관들을 동북지역 항일독립군 부대에 배속시켜 조선국내의 항일 독립투쟁에 참전시키기로 하였다. 그러나 미국정부가 일본의 요청인 미국 경내에서 한인군사 활동을 금지 요청을 받아드림으로서 대조선국민군단은 와해되었고 사실상 미국에서 독립군 활동은 금지되었다. 이로 인해 임문전, 한태경, 한치윤 등 현지 3인 소유의 파인애플 농장을 한인자치기관에 양여하여 독립군 양성을 도우려던 계획마저 무산되어 재미교포들의 애국독립운동 활동마저 중단되고 말았던 것이다. 동북지역 한인독립운동 연고지인 연해주에서 마저 독립운동조직이 일본의 농간으로 소련당국에 의해 와해되거나 독립군들이 소련군에 흡수됨으로서 중국경내의 독립군 활동만이 겨우 명맥을 이어가게 되었던 것이다. 그러나 이마저도 중국의 국·공 내전이 격화되면서 다시 크레믈린의 1국1당 제도가 중국공산혁명 투쟁에 반영되면서 간도·만주지역 한인독립운동 활동마저 중국공산당의 지도를 받아야만 하게 되었다.

일찍이 우리 대한국민군단의 독립투쟁은 하나님이 제시하신 언약규정을 진심으로 지켜 행하는 구국민족 투쟁이었다. 이동휘 와 김산의 독립운동도 처음 출발은 하나님을 굳게 믿는 언약규정에 따라 마르크스 유령인 공산주의와의 싸움이었다. 북한과 중국공산 지원군의 참전에 의한 6·25 한국전쟁 비극으로 연장되었던 마르크스 유령주의 침략이었다. 하나님은 유엔군을 동원, 언약 규정을 충실히 따른 우리 성민聖民 백성들을 지켜주시어 승리하였고 대한민국을 지킬 수 있었다. 이처럼 고난을 이기고 승리할 수 있었던 것은 하나님이 베푸시는 언약규정을 한 치의 의심도 없이 진심으로 지켜, 언약백성의 국가적 삶을 실천하여 하나님의 영광을 빛 낼 수 있었기 때문이다.

> "그런즉, 여호와께서 너를 그 지으신 모든 민족위에 뛰어나게 하사 찬송과 명예와 영광을 삼으시고 그가 말씀하신대로 너를 네 하나님 여호와의 성민이 되게 하시리라." (신 26;19.)

는 보배로운 말씀을 굳게 믿고 하나님의 영광을 빛내기 위해 전쟁으로 폐허화된 국토에 예배당을 세우고 성경을 읽고 찬송을 부르며 하나님께 기도를 드렸다. 그 영광스러운 성전에 선진국에서 보내오는 우유를 받고 이웃 성당에서 끓여주는 옥수수죽 한 그릇으로 점심을 때울 때, 우리는 행복하였으며 바다 건너 먼 나라에서 밀가루와 강냉이 가루를 보내주는 하나님의 성도들에게 감사하였다. 해외 성도들이 보내오는 구제품(헌옷)으로 겨울추위를 막으며 견뎠고 씩씩한 대한 건아들은 미군 작업복을 검게 물들여 입고 미군 군화인 '워카'를 역시 검정색으로 만들어 신고 신문배달을 하였고 뒤축이 다 달아빠진 조백화(早帛靴;고구려의 조백도들이 신던 군화)를 신고 졸업식장에 참석하였다. 워카는 남쪽의 신라 화랑도들이 신는 비단신발(그림)에 빗댄 전쟁중에 가난한 고학생들이 지어낸 신발 이름이었다. 고구려의 조백도早帛徒는 이두문으로 선인先人·仙人으로 불렸으며 검은 복장에 검은 머리띠를 두르고, 평소에는 성벽을 쌓고 보수하여 외적을 막고 나라를 지켜 냈다. 그들의 애국심은 고려인 함보의 후손들이 세운 금나라 군사들에게 무훈武訓이 되었고 후에 검은 복장의 금나라 군사들은 중원을 정복 송나라를 내쫓고 청나라를 세웠다.(신채호. 조선상고사上. p.173)

16

　연해주와 북만주, 미국에서 독립군의 활동이 일제의 견제에 따라 위축되었으나 국내에서는 3·1운동을 계기로 기독교(개신교)의 교세확장과 함께 기독교로 개종하는 민족주의자들의 다수가 적극적인 참여로 독립운동에 다시 활력을 불어 넣었다. 그러나 서구 개인주의 즉 내면의 자유를 지키려는 의지를 표방하는 서재필과 윤치호의 자세는 당시 조선사회의 충실한 구성원의 덕목인 충의효친忠義孝親을 숭상하는 유교전통주의 생활이 너무 생소하고 부담스럽게 느껴졌다. 이러한 윤치호와 서재필의 심적 갈등과 태도는 교계, 특히 선교사들과의 충돌로 나타났으며 함께 독립운동을 하는 동지들마저도 두 사람의 태도에 대해 오만하다는 비판을 가하게 되었다. 특히 신앙생활에서 교리, 설교 등 이념적인 면과 개인주의적인 자세는 선교사들 조차도 불편해할 정도였다. 또한 공공성의 부재를 일상적으로 접해야 하는 윤치호와 서재필의 일상 또한 소외감을 갖게 되었고 왜?라는 자문자답이 계속되면서 사회생활이 혼란스러웠다. 이와 같은 현상은 사회적 전통이 그들의 자아 해방의 길목을 가로막는 장벽으로 까지 느껴질 정도였다. 이와 같은 장애는 두 사람에게 기독교인으로서 사회참여와 신앙적 한계를 극복 감수해야 하는 모순으로 나타나게 되었다. 서재필과 윤치호는 친미 독립운동가로 미국생활을 직접체험한 지도자로서 독실한 기독교인에 틀림없었다. 서재필은 갑신정변이 실패하자 김옥균과 함께 밀본으로 망명했다가 미국으로 건너가 미국시민권자가 되었고 윤치호 역시 갑신정변 잔당으로 몰려 중국으로 일시 망명하였다가 미국으로 건너가 유학생활을 마친 후 귀국한 상태로 한국의 대표적인 기독교인으로 알려지고 있었다. 특히 안창호와 함께 신민회를 조직 기독교 세력을 대표하여 애국독립운동을 선도하였음은 널리 알려진 사실이다. 윤치호 서재필은 당시 미국 생활을 체험한 고급영어를 구사할 수 있는 우월한 지위에서 제3세대 개화파인 이승만, 안창호, 이원근, 양기탁 등의 사실상 스승으로 '대한매일신보'에 논설을 게재하면서 대한의 2천만 민족이 살길은 오로지 기독교를 믿는 것뿐임을 강조하였다. (1907년 7월 31.) 아직도 일본의 강한 영향력 아래서 정치활동의 핍박을 받고 있던 이들은 자신의 언행과 행동에 자제력을 잃지 않고 신중한 자세로 조선조 유학의 대가인 정약용의 수오재기守吾齋記 교훈을 실천하고 있던 자유주의와 개인주의 사상가였다. 그러나 이들에게도 가혹한 외부여건이나 타인과의 교류에서 자기만의 독립된 생활영역을 지켜내는 일은 쉽지 않았다. 이와 같은 불편한 사회생활의 결과는 후대에 와서 '마음'을 다스리지 못한 사상의 배신자, 지조를 지키지 못한 친일 지식인으로 비판 받을 만큼 민족지도자의 길을 수행하는데도 평탄치 않았다.

후대에 와서는 마음을 다스리지 못하여 자신은 물론 민족해방의 길을 가로막아 서는 배신자였다는 가혹한 비판을 면치 못했다. 그 혹독한 비판을 받아야만 했던 이유는, 독립운동 초기 일본을 비롯한 제국주의 열강문명을 비판 없이 개화 도구로 삼았다는 것이었다. 또한 개화파의 지도자였던 두 사람과 함께 기독교 중심의 구국독립운동을 추진하였던 개화파 지도자, 즉 자유투사들은 전통종교인 불교를 소외시켰다는 비난까지 감수하여야만 했다. 윤치호는 조선 사회에 부동의 덕목으로 굳어버린 부자유를 타파하기 위한 정치개혁에 심혈을 기울인 것은 큰 공이었으나 농민을 핍박하고 착취하는 마름제도(지주의 대리인)를 유지시켜 대지주들의 보수적인 우민관愚民官으로 종사시켰다는 것이 큰 흠이었다. 마름제도는 구한말 지방 탐관오리의 대표적인 부정부패의 상징이었다. 근대화 과정에서 해방

후 북한 공산주의자들은 순진한 농민들을 상대로 계급투쟁을 벌이면서 많은 지주들을 반동계급으로 몰아 숙청하였다. 민주주의는 경제생활에서도 평등사회 건설을 위한 윤리의 표준을 세워야만 했다. 그 표준을 향해 일반 대중들을 계몽 훈련하여 신국민新國民들이 진정한 선과 행복에 대한 이해와 열의를 갖도록 훈련시켜야만 했던 것이다. 거룩한 하나님 앞에서 문제없이 양심적으로 심판받는 근엄한 신국민을 양성하는 교육만이 강조되던 시대였기 때문이다. 그러나 계몽운동에 앞장섰던 윤치호의 공과는 독립협회와 만민공동회의를 폭력으로 강제해산 시키고 자신의 개화동지들을 감옥에 구속시켰던 고종황제로부터 덕원감리監吏에 임명됨으로서 재산과 안일한 일상을 추구하는 마음을 내보였다는 반민중, 반외세의 배신 대열에 동참하였다는 불명예를 안게 되었다.

윤치호의 행적에 대한 부정적 평가의 결정적인 계기는 1945년 8·15 해방직후 혼란한 사회 현상을 보면서 다음과 같은 고뇌에 찬 일기를 끝맺고 있다.

"공산주의를 막아내기 위해서는 조선인처럼 몽매한 백성들에게 계몽적인 독재가 절대 필요할 것이다." (박노자. 앞의 책. p.138.)

라는 그의 언명은 제 1세대 개화파로 1884년 김옥균의 갑신정변 실패 후 일본 망명에서 돌아온 박영효의 정치 행각에서처럼, 친일 배신 세력으로 지탄받을 수밖에 없었다. 반봉건적 사회질서 개혁을 위해 온갖 부자유한 적폐를 바로잡기 위해 많은 노력을 기울였던 그였지만, 해방공간에서 겪는 국가존망을 좌우하는 정치환경에서 부닥치는 이데올로기 갈등은 독립운동가 김산이 처했던 신앙인의 고뇌와 다름없었다. 황실의 사위로 망명길에서 돌아온 박영효가 조선귀족회회장(후작)에 임명되고 매국공채 28만원을 받았으며 중추원 부의장(1926) 직책까지 받는 비애국적 현상은 당시 많은 애국계몽활동에 참여한 지성인들의 떳떳치 못한 모습이었다. 그러나 윤치호의 행적을 놓고 단순히 권력욕이었다고 말하기에는 신국민을 지향하는 사회윤리 정립에 앞장서는 기독교 신앙인의 처신으로는 부적절하였다. 당시 한국기독교인 대표라는 그의 입지로 볼 때, 이데올로기적 비판만으로 타협적이고 기회주의적이라는 것은 정당할까? 깊이 생각해볼 일이다. 김구, 여운형, 송진우 등 유력 인사들이 정치 폭력으로 생명을 잃는 사태에서 기독교의 윤리는 재점검하는 것은 당연한 일이었다. 폭력으로 빚어지는 혼탁한 사회질서를 바로잡아야하는 면을 부인할 수 없었다. 당시 개화파 지성인들의 사회진화론 담론 중에서 황성신문의 사장 장지연의 자강주의는 그들의 우주와 세계의 불변법칙으로 삼강오륜의 유교 가치관을 대치하는 세계관이었으며 시대정신이라는 주장도 있었다. 이와 같은 개화사상은 대한의 '신국민'들이 우승열패의 철학을 체득하고 국가주의적 정신으로 무장할 것을 주문하였다는 점에서, 자유주의자들은 개화기 한국독립운동을 '제국주의'를 모델로 하는 일종의 지적항복이라는 모욕까지 당해야 했다.

당시 일본을 통해 들어온 국내 공산주의 세력은 '마르크스 유령론'을 내세우며 김옥균, 서재필, 윤치호 등 개화파 세력들을 향해 물질적으로 부패한 부루조아들은 해방을 가로막는 마음속 유령의 길목(정체성)을 먼저 거두라고 외쳤다. 이들은 결국 해방공간에서 자본주의는 '대 거짓말', '죽을 죄'라는 말로 반기독교세력으로 전환 되었다. 또한 한국 민주주의 기반을 근대 애국계몽운동, 3·1운동, 대한민국임시정부를 인정하는데 부정적이었고, 대한민국의 자유민주주의 정통성마저 부정하는 시각을 서슴없이 내세웠던 것이다.

일찍이 송창근은 한국 기독교가 들어올 당시 기독교의 종교적 차원과 서양문명의 차이를 구별하지 못했다는 것을 지적하였다. 이것은 한국교회가 역사적으로 순수한 종교적 신앙에 머문 적 없이 다만 민족운동이나 교화운동에 밀착되거나 동일시 되어 민족의 비운을 만회하려는 동기와 혼돈되었었다고 주장하였다.

"교회는 결코 사회, 노동, 평화, 국제문제를 말하는 곳이 아니다. 예수그리스도의 속죄의 복음, 중생의 복음이 중심이 되어야 하며 초자연적 실재와의 교통….지극한 동경과 경건 그리고 신비의 열정과 엄숙과 성령의 움직임이 있는 곳임을 깨닫기 원하였다."

따라서 한국교인들 입장에서는 전통적인 유학자나 천도교인들과 함께 구국운동을 하는 데에 부담을 느끼는 경우도 있었고 한국에 파송된 미국 개신교 선교사들은 과거 카톨릭교회의 전도형태인 야만을 문명화 시킨다는 차원에서 붕당정전崩黨政戰에 휘말리지 않도록 조심하였다. '모페트'(S A Moffett) 선교사는 순수하고 소박한 선교사업을 하기 위해 노력하여 한국교회가 일본인들을 미워하는 마음을 회개하지 않으면 하나님의 저주를 받는다고 하였고 블레어(W.N. Blair) 선교사는 하나님을 거역하는 모든 죄에 대하여 깊은 깨달음이 평양부흥회의 동기임을 강조하였다. 또한 게일(I.S. Gale)선교사는 정치에 관여하는 선교사는 선교사 명부에서 빼버리자고 까지 주장하였다. 이와 같은 선교사들의 정교분리 원칙에 따른 선교활동은 신학적으로 경건주의 신앙이었으며 정치적으로는 세상과 교회와의 단절 즉 무시와 무관심으로 정리되었다. 영혼의 구원이라는 본래 신앙적 관심에 초점을 두게 되어 교회는 우선 종교적인 신적 공동체로 인식되어야 한다고 주장했다. 그 가치의 전개도 신앙의 민족적 외연外延이 전개될 여지는 있지만 교회가 곧 민족운동의 한 기관으로 이용되는 것을 반대하였다. 이와 같은 신앙패턴은 깊은 내면화의 신앙에서 밖으로 확대하여 민족 구원에까지 이르는 열정의 포괄적 신학이었다. 교회의 신앙의 관심은 나라와 한 영혼의 안녕安寧에 이르는 것이었다.

하나님과의 동행은 온갖 두려움을 이길 수 있었다. 백의민족은 옛부터 하나님의 백성이었다. 한 사람 한 사람의 심령에 거룩한 하나님의 손길이 와 닿았다는 감동에 감사하는 마음뿐이었다. 일본의 무력이 두렵지 않고 열강의 모욕쯤은 감내할 수 있는 영적 축복이 충만하였다. 이제 기독교는 한국에서 다만 인도人道나 정의의 문제, 도덕적 원숙의 문제에만 관심을 두는 것이 아니었다. 독립, 국민 그것과 함께 민족생존을 보존하는 경지에까지 이르렀다. 이 때부터 기독교인은 곧 애국자와 동의어였다. 한국인의 기독교 신앙은 인권문제와 국제문제영역까지 관심을 넓힌 차원에서 논의되고 있었던 것이다.

최남선의 이념적 기행문에서는 한국기독교가 참여 신앙으로 확산되었던 배경을 일제의 폭압정책과 경제적 착취 때문이라고 설명하였다. 일본의 경제침략은 농촌생활의 피폐를 가속화 시켰다. 한국의 삼남지역에서 생산되는 질 좋은 쌀을 모조리 거두어 일본으로 실어가는 산미産米정책은 자작농을 격감시켰으며 이민으로 들어온 일본인 지주의 소작농으로 전락하였다. 이와 같은 일제의 조선농민의 궁핍화 정책은 농지마저 빼앗긴 농민의 이주를 부추겨 고국을 등지고 압록강과 두만강을 건너 간도와 만주와 연해주 등 동북경내로 떠나는 이주민으로 넘쳐나게 하였다. 1922년 감리교 신학교 정경옥 교수는 조선농촌의 피폐와 농민의 이주참상을 다음과 같이 노트에 옮겨 써놓고 있었다.

"너 새 무리는 물을 볼 때
단 물과 같이 보이려니와
우리 동포 눈으로는
방금 쏟아져 나온
피눈물의 흔적으로 보인다.

너는 산을 볼 때
맛있는 떡과 같이 뵈려니와

우리민족의 눈으로는
가도 가도 끝이 없는
험한 고난의 뭉치로 보인다."

이광수의 심미적 기행문에서는 다음과 같이 외쳤다. "여러분, 우리 조선 사람이 얼마나 가난한가를 짐작하십니까?" 이 궁핍과 기아의 가장 비참한 희생자는 농민들이었다. 이들은 삶의 터전이오 고향인 농토를 빼앗기고 떠나 유랑의 길을 방황할 수밖에 없었다. 이 때부터 한국교계는 사회혁신과 지적인 분위기에 직면하면서 그 책임을 통감하게 되었다. 선교사들의 경건주의, 전통에 대한 경멸, 보수주의적 완고함, 지적 훈련에 대한 경계는 한국교회에 대한 후견인적 감독권 행사와 함께 자립교회 발전을 방해하는 것으로 오해받아 불필요한 갈등을 일으키기도 하였다. 이와 같은 현상에 대한 반성은 한국교회 발전에 끼친 선교사들의 공로의 인정과 함께 미래 새로운 교회발전을 모색하는 새로운 시도를 하게 되었던 것이다.

때마침 만국장로교연합회의에 대표로 참석하였던 임종순이 돌아오면서 '교권자립'의 필요성을 강조하였다. 그는 "우리의 일은 우리가 할뿐이오니 실력 양성이 제일인 줄 압니다. 총회에 고등교육 장려부 일을 속히 힘쓰시와 인물 양성을 어서 속히 힘쓰시기를 간절히 바랍니다." 라는 보고서를 발표 하였다. 그동안 한국교회는 일부 선교사들의 우월감에 대해 인종적 우월감에서 나오는 그릇된 간섭이라고까지 생각하게 되었다. 한국교회는 교권이나 신학 및 교리에서 민족 교회적인 고백을 기축으로 한 독자적인 교회의 창설을 은연중에 모색하고 있었던 터였다. 당시 조선일보의 사설에서도 그 문제를 예민하게 분석하고 있었다.

"조선인으로서 기독교에 대한 주밀周密 명쾌한 비판을 시행하였으나 그로 하여금 새로운 기틀을 잡지 못하였고 조선적으로 사상적 심오하고 튼튼한 바탕을 이룬 바도 없었으니….외국 선교사도 조선인

교도에 대하여 경외감을 보이지 않아 때로는 스스로 오만 방자한 태도를 취했던 것이다." (1926. 3. 7.)

한국 교회에서 교권 자립 문제를 논하기 시작한 것은 1922년 장로교회 총회에서 헌법 개정을 단행하기 이전부터였다. 선교사들도 한국 교회의 교역자들과 똑같이 대우를 받아 상회上會 치리治理를 받도록 하는 것이 옳다는 취지였다. 감리교회에서는 토착 기독교 에큐메니칼(교회연합회) 정신 및 지적 기독교의 성격으로 나타났고 장로교회의 경우 평양 부흥회를 거치면서 1907년 9월 대한국예수교장로회 노회老會, 곧 독로회가 4장로교파의 기구로 출범하면서 '만국 장로교연합 공의회'에 가입하였다. 특히 교회가 우리나라에서 처음으로 의회제도 운영을 시행하여 독립운동 과정에서 국민계도의 민주주의 훈련에 크게 기여하였다. 비록 3년여의 검토와 연구를 거듭한 끝에 1910년 제 4회 독로회에서 채택하였으며, 교권의 독립과 주체성을 거듭 밝혀 의회 운영에서 군림하던 의장의 고퇴叩槌가 특징이라고 할 정도로 민주주의 정수를 보여주었다. 교회의 모든 일의 처리가 민주주의 표결로 가름되었다. 교회 이명은 교인의 명단과 분리되어 나간 교인들의 이름은 기록하지 않았다.

"은으로 십ㅈ、가를 면에 샤이고 청홍靑紅으로 태극太極을 머리에 그리고 광채 잇ㄴ、ㄴ 은으로 띠를 씌운 견고ㅎ、ㄴ 맛치 고대 십자군 같았다. (《독로회록》일회. p.6.)" 십자가와 태극은 한국 기독교의 참 모습이었다. (민경배. 앞의 책p.70.)

그러나 지금도 동북아의 마르크스 유령의 길목에는 아직도 인류종말 위기를 불러올 전운戰雲이 계속 감돌고 있다. 우리는 하나님의 언약 규정을 진심으로 지켜 언약 백성의 국가적 삶을 통해 하나님의 영광을 빛내어 오고 있다. 우리한민족은 결코 좌절하지 않을 것이다. 2024년 6월 19일 대통령직속 '저출산고령사회위원회'는 인구문제위기 해결을 위한 '인구국가비상사태'를 선포하였다. 국가적 재앙, 종족 소멸이라는 긴장감 넘치는 용어를 사용 할 만큼, 지금 한국 미래를 대비하는 생산가능인구확보와 국방력 강화를 위한 인구확보문제는 심각한 상황에 직면해 있다. 부존자원이 부족한 한국은 일찍부터 수출입국 기조아래 '둘만 낳아 잘 기르자는 인구정책을 추진하여 왔다. 그러나 최근 통계청 발표에 의하면 서울과 부산 그리고 수도권 일부 대도시를 제외한 전국 기초단체 206곳이 인구소멸을 걱정해야하는 취약지역이 되고 있는 것으로 나타났다. 출생 율은 0.78로 세계에서 가장 낮으며 이미 출생 율 100 아래로 떨어진지 오래되었다. 국내에 살고 있는 한국국적 외국인도 6년 만에 그 수가 줄어 들어 총인구 5,000천 만 명 아래로 떨어질 위험에 직면하고 있는 실정이다. 2022년 내국인은 5.002만 명에서 2023년 4.985만 명으로 17만 명이나 줄어들은 상태이다. 다만 외국인 체류자가 22만명 늘어나 전체 인구가 약간 늘어났을 뿐이다. 내국인 인구만으로 따졌을 때, 한국은 1인당 국민소득 3만 달러 이상, 인구 5천만 명 이상을 대상으로 하는 '30~50클럽'에서 탈락할 위기에 처해있는 상황인 것이다.

　한국정부에서는 이에 대응하여 인구정책을 뒷받침할 재원확보와 제도개선을 통해 청년들이 대도시로 몰리는 현상을 막기 위한 청년 일자리마련과 아이를 안심하고 키울 수 있는 환경조성 등에 더욱 관심을 쏟고 있다. 특히 제도개선은 종전 여성에게만 해당되던 육아휴직을 남성에게도 적극 권장 확대하고 있으며, 매력적인 금전보상을 실시하고 있다. 출산 장려금 외에 주택청약 우선권과 대학등록금 면제를 통해 자녀교육에 대한 경제적 부담을 경감하여 청년들이 애향심을 갖고 지방에 뿌리 내려 정착할 수 있는 지속가능성을 담보하고 있다. 그렇지만 이러한 생산인구 확보정책은 앞으로 15년 내지 20년 후에나 그 성과를 기대할 수 있는 장기적인 제도 개선일 뿐, 영구적이고 효율적인 대책은 못된다. 인구문제 전문가들의 인구 증가에 대한 긍정적인 기여도는 출산율 3배정도를 높일 수 있는 전망치에 불과하다는 평가까지 나오고 있는 실정이다. 따라서 지금부터라도 인구정책은 외국인 상대의 '이민청'을 적극 추진하여야 한다. 날로 고급화되는 기술인력 확보를 위한 질 높은 첨단산업기술교육 실시와 함께 해외고급인력 유치를 위한 종합적인 이민정책을 서둘러야할 때이다. 일부 인구전문가는 2042년에 가서는 내국인 인구가 지금보다 300만 명이나 줄어들고 저출산, 고령화에 따라 생산노동인구는 더 큰 폭으로 감소하여 한국은 '30~50클럽' 7개국대열에서 탈락위기를 맞게 될 가능성이 높다고 경고하고 있다. 일할사람은 줄고 청년층과 장년층의 사회적 부담(고령화인구 부양)은 지금의 두 배로 늘어날 것이라는 예상이다. 세계적 인구학자인 '데이비드 콜먼' 영국 옥스퍼드대학 교수는 이미 한국을 인구소멸 가능 국가 중에 세계 제 1호군으로 지목한지 오래 되었다. 다만 한국인들만 이에 대한 관심을 두고 있지 않았을 뿐이다. 이 같은 긴급 상황 속에서도 한국인들은 유모차에 반려 견을 태우고 다니는데 익숙해져 가고 있다. 여성들이 '개모차'를 밀고 아침저녁 산책길에 나서는 기이한 풍경을 자주 보게 된다. 저 출산으로 운영이 어려워진 어린이 집은 '요양원'으로 바뀌어 가고 있고 분유업체들은 노인 건강식품업체로 사업전환을 서둘고 있다는 우울한 소식이다.

  우리는 지금 극단적인 표현인 '국가멸망위기'에 처해있다는 말이 나올 정도로 불안한 생각을 떨칠 수 없다. 국력의 근간인 인구를 늘리기 위한 출산장려정책 못잖게 낯선 이방인들과 함께 살아가는 이민청 설치문제와 함께 국민 숫자 늘리기 지혜를 연구해야만 할 때이다. 이민청을 서둘러 꾸리고 언어와 생활습관이 다른 외국인들과 사귀고 함께 일하며 조화를 이뤄 대한민국의 수출입국 저력을 중단 없이 발전시켜 나아가야 한다는 말이다. 인구감소가 사회에 미치는 현상은 매우 가혹할 것이다. 국가존립과 민족파멸과 같은 대 재앙을 불러온다. 학생이 없어 학교가 문을 닫고 새로운 첨단과학교육을 위한 대학교육 마저 중단하게 될 것이다. 생산인력을 더 이상 양성할 수 없어 수출산업마저 격심한 경쟁에서 뒤떨어져 수출입국의 기조마저 흔들릴 날이 목전에 와 있다. 노령인구의 급속한 증가는 일자리를 찾지 못한 청·장년들을 실업수당수혜자로 전락시키고 국가재정운영이 어려워진다. 머지않아 금융 시스템마저 무너지면서 나라는 빚더미 위에 올라앉게 되고 국민들은 살길을 찾아 고향을 등지고 안전한 곳을 찾아 방황 하게 될지도 모를 일이다.

우리는 이미 일제 식민통치를 비롯하여 74년 전 국제공산주의 침략에 의한 참혹한 전쟁비극을 체험한바 있다. 파괴와 살육과 수탈의 공포를 피해 삶의 터전을 버리고 전 국민이 유랑 길에 나섰으나 나라 잃은 백성으로 '조센징' 과 '까우리팡스' '반동' 이라는 저주와 멸시를 받아야 했다. 내 고향을 등진 채 중국, 간도와 만주, 시베리아(연해주) 몽골, 일본 광산촌까지 찾아다니며 굶주림과 핍박을 당했다. 독립운동가 '안재홍' 은 1926년 우리 선조들의 유리걸식流離乞食 참상을 다음과 같이 그의 기행문에 담고 있다.

"산악이 크고 곱더라. 봉우리가 수려하더라. 모두 조선민족이 편안하게 살고 성장하던 수천 년의 아름다운 땅이더라. 그러나…,곳곳마다 이 세상의 험한 풍상을 겪으면서 오히려 암담한 앞길에 슬퍼하는 수많은 동포를 만날 때마다 표현 할 수 없는 무언의 비극은 끊일 새가 없더라." (황우갑 민세 안재홍 선생기념 아카데미 대표)

1925년 조선총독부가 발표한 조선인 이농현황移農現況을 보면 조선농민 2.88%의 농민이 간도와 북만주, 시베리아로 떠났고 16.85%가 일본으로 떠났다고 기록하였다. 이러한 비극의 행렬은 일본 민족제국주의 경제침략이 시작된 1905년부터 이미 시작되었다. 1920년 까지 유랑민으로 전락한 동포들은 250만 명을 헤아리고 있으며 당시 만주 목단강 지역에 있던 서양 선교사들의 목격담(백조사냥) 에서도 자주 등장하는 비극적 삶이었다. 총독부 이농移農 통계에서 보는 농토를 잃고 떠나는 농민뿐만 아니라, 의병 출신 독립군과 지식인 교육자, 종교인 그리고 일자리를 찾아 이동한 과거 우리 한민족이 겪는 수난이었다. 근대에 와서 국력이 약화되면서 제국주의 열강의 지배를 받게 되면서 다양한 영혼이 흐르는 고난의 역사를 갖게 되었던 것이다. 영국인, 프랑스인, 독일인, 이탈리아인 등 서구 이방인들과 함께 우리 피붙이들인 조선인, 또는 조선족, 고려인, 한국동포라는 이름으로 동북 땅을 생활 근거지로 삼아 고난의 역사를 체험한 것이다.

이들은 혈연적으로 우리의 선조들이며 그 후손들이 틀림없다. 지금은 이들 대부분이 중국공민의 자격으로, 또 외국인 근로자로 내왕을 하고 있지만 우리는 그 때 보다 더 위중한 고난의 멍에를 다시 짊어져야 하는 것은 아닌지 걱정스러운 안보상황에 직면해 있다. 이미 조선족은 우리와 옛날의 혈연적인 유대와 일부 문화적인 유대성을 갖고 있으면서도 잔인한 역사의 맷돌질로 인해 우리와는 이념적으로, 사회적으로 다른 국가체제의 나라 즉, 중국, 러시아, 몽골 그리고 과거 중앙아시아인 우즈베키스탄, 카자흐스탄 등으로 강제 이주당한 동포들이 사할린 등에 흩어져 고난의 세월을 보내고 있다. 최근 여기에 갑자기 러시아의 우크라이나 침공으로 북한군들이 낯선 전쟁에 참전하여 배달겨레의 피를 흘리고 있어, 마르크스 유령의 공산주의 위협이 현실화 되고 있다. 결국 70여 년 전 북·러 군사동맹의 부활과 한반도 적대적 두 민족 분단국가론의 재등장은 세계 속 이주동포 180만 명을 포함한 8,000여만 명 한민족의 선한 '자유민주공동체' 국가건설을 다시 위협받고 있다. 우리는 그 어느 때보다 자유·평화를 위한 튼튼한 안보체제를 갖춰 하나님 축복 속에 지켜온 역사와 성민의 백성으로 살아온 삶의 터전을 지켜야 한다. 정직과 진실, 자유와 복지 등 인권가치실현을 통해 후손들에게 영생의 구원을 약속하는 하나님 사랑과 이웃사랑을 실천하는 신앙인의 사명을 감당하여야 하는 것이다.

　북한은 그들 스스로 더 이상 남북통일을 지향하는 동족관계를 단절하는 물리적인 조치들을 취하고 있다. 2024년 말부터 개성공단과 연결되는 육로인 경의선 역 일대에 지뢰를 매설하고 동해선까지 폐쇄하는 공세를 취하고 있다. 그러나 우리 대한민국은 복음화 통일정책을 포기할 수 없다. 비록 북한이 핵무기 개발에 자신감을 얻어 말르크스 유령의 길목을 막아서서 배달겨레의 통일을 방해하고 있지만 우리역시 공산주의를 허락할 수 없는 것이다. 성경은 한반도 복음화 통일달성을 위한 크리스천의 거룩한 사명에 대하여 분명히 말하고 있다.

　　　"너희는 이 세대를 본받지 말고 오직 마음을 새롭게 함으로 변화를 받아 하나님의 선하시고 기뻐하시고 온전한 뜻이 무엇인지 분별하도록 하라." (롬12; 2.)

고 하셨다. 이제까지는 교회를 지키면서 북한동포들을 위한 기도에 힘썼다면, 이 땅에 공산주의 사회 건설을 위해 마르크스 유령의 공세를 취하는 북한의 도발을 막는데 최선을 다하라는 하나님의 말씀을 새겨듣는 변화가 필요한 것이다. 그 변화란 군 개인의 장비는 물론 공용화기 강화와 개선 등과 함께 핵무기를 비롯한 최신 과학 병기 개발을 의미한다. 특히 주변국들의 드론과 전투로봇 위성~기지국 없이 장거리 내 정보교환, 자동 충전이 가능한 공중기지국 개발 등을 예의 주시하고 미래 우주 전에도 대비하여야 한다. 세계평화를 지키기 위한 자주적인 핵무장체제에도 관심을 기울여야 할 것이다. 1994년 우크라이나는 당시 소련의 붕궤를 계기로 3,700여 개의 핵무기와 핵 제조시설까지 핵보유 강국인 미국, 영국, 러시아의 국가

안전보장을 확인받고 '부다페스트 양해각서'를 체결 러시아에 핵 주권을 넘겨주었다. 그러나 2022년 러시아의 전면적인 침공을 받아 크림반도와 우크라이나 동부를 강제병합당하고 말았다. 또한 2014년 러시아의 크림반도 강제 병합과 우크라이나 동부지역 내전 격화로 이어진 정전불안을 해소하기 위한 우크라이나와 유럽안보협력기구(OSCE)가 벨라루스 수도에서 체결한 '민스크협정'도 친러 반군점령지역의 자치권을 인정하고 우크라이나가 국경통제권을 가진다는 핵심적인 내용도 2022년 2월 러시아의 전면적인 침공으로 흐지부지되고 말았다.

본래 전쟁 종결을 위한 협상은 힘의 논리아래 협상하는 것으로 강대국 국익 우선으로 협정이 맺어지는 것이다. 우리도 70여 년 전, 한국전쟁 중 공산국들과 휴전협정을 맺는 과정에서 약소국의 서러움을 당한 경험이 있다. 다행이 이승만 대통령을 중심으로 온 국민이 단합하여 휴전을 성사시켰고 특히 이승만 대통령의 대미외교 성공으로 한·미방위조약 체결을 통해 이제까지 동맹관계를 유지해오고 있는 것이다. 그 당시 중학교 3학년 생이었던 필자또래의 전쟁세대들은 용감한 국군들이 압록강과 두만강 가에 도착 통일의 기세에 힘입어, 휴전을 반대하면서 '통일이 아니면 죽음을 달라!'고 외치며 거리시위를 하였지만 유엔군의 동의를 얻지 못한 채, 통일의 기회를 챙기지 못한 채, 젤렌스키의 억울함과 슬픈 눈물을 먹음같이, 휴전을 맞을 수밖에 없었다. 세계인들은 한·미동맹을 '고래와 새우'의 동맹으로 삽화를 그려대며 웃었지만, 우리 국민들은 마르크스 유령의 길목을 철통같이 막아 한반도의 평화를 수호하고 있다. 우리의 국토수호 의지 속에는 하나님 계명의 실천의지가 살아있는 것이다.

"오직 강하고 극히 담대하여(……) 네게 명령한 그 율법을 다 지켜 행하고 우로나 좌로나 치우치지 말라. 그리하면 어디로 가든지 형통하리니, (수 1;7)"

17

우리는 하나님의 묵시적 계명을 통해 이 시대적 사명을 바르게 인식하여 크리스천의 책임을 다해야 한다. 초저출산 문제로 야기되는 인구문제를 해결하여 한민족 생존과 나라를 지키는 튼튼한 국방력과 안보체제를 갖춰야한다. 대한민국 발전과 번영을 위한 문제의 해답을 여기서 찾아야 할 것이다. 미래 한국의 좌표는 분단국가의 생존전략이 무엇인지부터 파악하여야 한다. 그 것은 첫째 국가안보와 성장동력. 두 번째 중·장기적으로 선도적인 기술개발. 셋째 저출산 고령화 극복을 통한 국방 방어인력 확보 등 3가지가 전제되어야 할 것이다.

1) 2023년 4월 북한은 정찰위성 발사로 인한 1992년 체결된 '9·19 남북기본합의서' 가 파기되면서 한반도의 긴장이 고조 되고 있다. 따라서 성장 동력이 낮아지면서 지정학적 리스크도 높아졌다.
2) 인공지능(AI)과 차세대 무선정보통신으로 대표되는 4차 산업혁명과 관련, 한국은 미국이나 중국, 독일보다 인적자원이나 최신과학기술 발전과 제도와 같은 분야의 투자가 미약하다. 따라서 이 분야에 대한 투자확대가 중점적으로 이루어져야 한다. AI를 포함 신기술에 대한 충분한 연구개발(R&D)에 대한 투자 없이는 국가차원의 경쟁력을 상실할 우려가 있기 때문이다.
3) 국가발전에 가장 광범한 영향력을 미치는 것은 저 출산 고령화다. 이 문제가 야기할 생산인구 감소 방지를 위한 특단의 대책을 시급히 세

워야 한다.

위의 3가지 방안의 실천을 위해서는 국민통합이 절대적으로 필요하다. 한국사회에서 국민통합에 방해가 되는 요인은 강한 이데올로기 즉 마르크스의 검은 유령인 공산주의이다. 일찍이 '레닌'은 동유럽의 의회민주주의와 대결하였다. 그의 볼세비키 혁명과 서방에서 발흥중이던 인류애(人流愛)의 가치를 끊임없이 말살해버려야 한다고 선언까지 하였다. 그는 공산주의 주체를 농민과 노동자들이라고 하였으며 사회주의 발전의 원동력을 폭력이라고 말하여 볼세비키의 정체성을 검은 이데올로기라고 단정하였다. 그 결과 우리 한민족은 1937년 스탈린의 대형대대 즉, '적성분자'라는 올가미를 씌워 러시아에서 추방당하는 비극을 경험하였다. 레닌과 스탈린 등 러시아 공산주의자들은 자신들을 피압박민족 해방자로 자칭하면서도 약소민족인 한국인 추방 이전부터 폴란드인 3만 6천명, 아랍인 6천명, 쿠르드인 2천명 등 러시아 경내에서 거주하던 독일인 1만 명을 간첩으로 몰아 무자비하게 추방한 전력이 있었다. '자크 데리다'는 마르크스 유령은 현재 정치체제가 무엇이든 우리 삶속에 현재와 미래에 끊임없이 출현할 수 있는 망상임을 경계하라고 하였다. 이를 바로 이해하기 위해, 존재론을 넘어서서 마르크스 유령에 대한 깊은 인식을 할 필요가 있다. 비록 문서로는 웅장한 프로그램이지만 결코 우리 후대 세대들의 의식세계에서는 용납될 수 없는 망상적인 공산주의 유령의 음모인 것이다.

따라서 우리사회의 적대적 사회적 대결을 해소하기 위해서는 무엇보다 먼저 마르크스 유령의 발호를 막아야한다. '작크 데리다'의 유령론에서 보면 음험하고 혐오스런 사상 대결에 공산주의를 막는 데는 강한 국력과 국민의 사상적 통일성이 필요하다는 것을 강조하였다. 공산주의 속성은 상대가 강하면 스스로 물러서지만, 상대가 약하다싶으면 수단방법을 가리지 않고 도발하고 파멸시키려고 덤빈다. 따라서 1848년부터 지금까지 인류역사를 혼란에 빠트리는 마르크스 유령의 길목을 튼튼히 지켜서, 공산주의 음모를 막아야 한다. 그러기 위해서는 사상전에서 이길 수 있는 실효성 있는 안보체제교육 프로그램이 개발되어야 한다. 안보교육 프로그램 내용은 기독교 가치관 중심의 복음주의 통일을 위한 기본정책으로, 성경은 하나님의 말씀을 사람들에게 선포한 '영적 메시지' 임을 확신하여야 하는 것이다. 성경에 기록된 계시를 포함하여 하나님의 말씀은 정확무오한 것임을 믿어야 한다. 성경의 기록은 성령의 영감에 의한 하나님의 계시인 만큼 하나님의 말씀에 근거하여 크리스천의 신앙심을 굳게 지켜야만 한다. 하나님의 말씀은 신앙의 기초이며 기독교적 소중한 체험으로 성경 그 자체로 권위를 가지며 우리의 사상과 신앙과 행위를 지배하는 명료성과 무오성과 단일성의 복음화 통일 구현의 푯대가 되어야 하는 것이다..

우리는 이미 과거 소련의 지령에 따라 북한과 중국공산 지원군의 참전에 의한 저주스러운 전쟁폭력을 경험한바 있다. 지금 다시 북한과 러시아의 군사 동맹은 또 하나의 민족수난을 잉태시키고 있는 것이다. 한 TV 프로에서, 탈북민의 증언에 따르면, "학교교실수업 참관 중에 한 학생이 6·25 한국전쟁의 표현을, '육점 이오 전쟁' 이라고 말하는 것을 보고 큰 충격을 받았다고 하였다. 북한에서는 전쟁훈련이 일상화되어, "총폭탄 되어 당의 중앙을 지키겠다면서 미제국주의로부터 남조선을 해방시켜야 한다" 는 전쟁관이 뚜렷한 데 비해, 한국 학생들은 자신의 부모세대가 겪은 전쟁조차 바르게 말하지 못하고 있었다고 우려하였다. 이제부터라도 공산군의 정체와 도발을 바로 알려 전쟁광기의 진실을 이해시켜 경계하는 마음을 갖도록 하는 유비무환有備無患의 안보교육의 실천이 필요하다. 여기서 말하는 안보교육은 분단 상황에서 체제수호 교육이며 복음화 통일교육을 의미한다. 현재 존재하는 남·북 대결의 이념전쟁에 끝이지 않고 민족통합을 위한 체제교육이 되어야 한다. 죽음의 상황에서 벗어나 생명을 얻는 길을 찾는 교육인 것이다. 성경에서 말하는 사랑의 교훈 즉 '탕자의 비유'에 대한 예수의 하나님 나라에 대한 이야기로, 우리 신앙인들에게 주는 가장 소중한 구원의 복음이다. 누가복음 15장 (11절~32절)에 담겨있는 둘째 아들인 탕자와 그를 대하는 첫째 아들의 이기적인 자기주장도 넉넉한 아버지의 자애로운 사랑으로 가장 소중한 화합의 잔치를 열게 된다는 하나님 나라의 복음을 가장 잘 설명해주고 있다.

이 성경 이야기에서 하나님의 말씀에 순종치 않고 자기주장만을 내 세우는 것은 주님을 떠나는 죄일 뿐만 아니라 절망과 죽음의 결과를 가져오는 것임을 직시하여야 한다. 죄의 본질은 하나님에 대한 인간의 옳지 않은 생각과 태도를 보이는 것으로, 마치 뿌리가 뽑힌 나무가 차차 잎이 시들고 가지가 말라 죽는 죄상이 되고 마는 것과 같다. 뿌리가 깊고 튼튼하게 뻗어나간 소나무는 항상 푸르름을 유지할 수 있다. 독립투사 김산도 자신의 중국공산당을 위한 헛된 독립투쟁을 반성하면서 아리랑 고개를 올라가 마지막 올무를 걸 나무는 푸른 소나무라고 말했다. 일찍이 쟈크 데리다는 물욕을 자극하여 인간과 사회를 물질만능 병에 걸려 죽이는 마르크스 유령의 음모를 경계하였다.

쟈크 데리다는 유령론을 중심으로 자신의 윤리론과 정치사상을 전개한 현대 프랑스 해체철학자이다. 살아있는 것도 죽은 것도 아닌 유령들의 현상은 기원부재紀源不在로, '해체원리'에 의해 살아있는 사람들에게 '불의'를 바로잡고 '정의'를 실행할 것을 명령하는 '망령'의 모습으로 나타나 배회한다고 하였다. 그의 유령에 대한 해설은 우리의 삶을 현재내의 단일 정체성으로 요구하는 모든 종류의 억압(권력과 권위)에 맞서면서 놀이로 대응하는 사유思惟를 10개의 광범한 Key Word로 제시하고 있다. 해체와 음성중심주의, 자연과 대리 보충, 타자, 유령, 환대, 애도, 용서, 도래할 민주주의이다. 쟈크 데리다의 해체철학에서는 우리 안에 주권적으로 인도하시는 우리 삶의 전 역사에 관여하는 한분, 하나님의 섭리에 대해서는 설명할 수 없다. 그럼에도 불구하고 전통적인 서구사상을 가지고 있었던 독선적 아집을 벗어버리고 받아드릴 것은 비평적으로 받아드리면서 우리도 모르게 고착되어 가는 구조주의적 틀을 벗어나야 한다고 주장한다. 자크 데리다의 새로운 국제사회는 '과학시대'의 재앙으로 불리는 다량살상무기로, 그가 내린 가장 현실적인 정치적 난제들은 칼 마르크스와 프리드리히 엥겔스의 공산당선언이 있기 이전부터 잉태한 역사적 모순들이었다. 1948년 파리에서 시작된 혁명이 이탈리아, 오스트리아 등 여러 나라에 파급되자 마르크스는 브리셀, 파리, 퀼렌 등지로 가서 직접혁명에 참여하였다. 그러나 그곳에서 마르크스의 혁명실전은 좌절되고 말았다. 경제적 어려움에서 오는 정신적 혼란과 빈곤의 고통에 시달렸기 때문이다. 1851년부터 미국 '뉴욕 트리분지'의 유럽 통신원, 영국 '맨체스터에 있는 자기 아버지 방직공장에서 일하는 혁명동지 엥겔스의 도움으로 겨우 궁핍을 면했으나 그의 5명의 자녀들은 기아와 질병으로 인해 사망하였다. 좌절감에 고통 받고 있던 마르크스는 후일 부인의 장례식에도 참석 못할 만큼 삶의 어려움 속에 빠져 있었다고 한다.

그러나 20세기 마르크스는 혁명에 대한 신념은 잃었으나 자본주의 비판이론으로는 여전히 명성을 얻고 있었다. 유럽에 고집스럽게 남아있던 구전체주의 광기에 대한 모순을 지적하면서 억압적 통치, 경제적 실패, 인권탄압 등에 대한 복수 혈전의 공산주의 계급혁명론은 그의 성가를 계속 높여주었던 것이다. 19세기 중반 마르크스로 대변되는 공산주의는 전 유럽을 배회하는 공포의 대상이었지만, 마르크스의 유령은 1917년 러시아 혁명을 통한 현실이 되어 있었다. 1919년 동유럽의 소비에트 볼세비키, 1949년 아시아의 중국공산화 혁명과 북한 공산화, 1959년 중남미대륙의 쿠바 공산화 등이 실현되었다. 그리고 1991년 볼세비키 멸망까지 열강들의 제국주의 야욕을 이용하여 정교한 무화가 나뭇잎으로 거짓을 가리듯, 무신론적 마르크스 유령의 전체주의 광기를 옹호하는 법이 만들어지고 있었다. 그 법은 국가권력과 권위에 의해 무소불위의 정의와 진실로 확인받게 되었던 것이다. 여기서 더 나가 지배적이고 사법적 권위로 무장한 사악한 권력은 공식적인 진실과 정의로 둔갑하면서 국가 사회에 큰 피해를 입히고 있었다. 공산당 민주주의는 부루주아의 부와 권력을 누리는 사람들이고, 플로레타리아트는 노동력 이외는 별 대안이 없는 사람들이다. 그러나 자기 힘으로 사회를 발전시켜 독립적으로 살아가는 국가목표를 세워 민족 자주성과 자기결정권을 갖는다고 확대시켰다. 따라서 사회주의는 자본주의의 비인간적이고 물신숭배 사상을 무너트리는 공산주의 체제로 우리 인간의 삶을 풍요롭게 하며 행복하게 한다는 식의 어깃장을 놓고 있었다. 그 영향력은 모든 국가 사회에 미치는 일종의 공포스러운 사회현상으로 나타나고 있었다. 현재 까지도 전체주의 체제를 유지하고 있는 국가들에 도전하면서 마르크스 유령은 자본주의 물신사상, 자유주의 취약공간에 파고들면서 사회를 혼란에 빠트리는 비인간화에 큰 영향력을 미치는 공포 이데올로기로 군림하고 있다.

쟈크 데리다의 해체주의는 우리가 전형적으로 파악하고 있는 사회와 문화의 구조를 해체함으로서 사회 문화적 구조에 얽매이지 않고 새로운 사고방식의 길을 찾아 나서게 한다. 해체는 기존 질서를 부정하지 않으면서도 그 안에 숨겨진 해체 작업의 전제를 드러내면서 진리를 찾는 길을 열고 있는 것이다. 우리들이 사용하는 언어는 결코 투명하지 않다. 신화를 예로 들어보아도 그 안에는 형이상학적인 서술이며 진리라고 여겨지는 것조차도 은밀한 권력구조에서 탄생하였음을 알 수 있다. 자크 데리다의 해체철학은 절대적 진리나 진리의 터전을 인정하지 않고 그 근원의 독선적 횡포를 거부하며 이분법적 사고방식으로부터 탈피하여 상대 즉 타자(他者)를 이해하고 인정, 포용하는데 적극적이다. '책방'을 통해 문자언어로 설명되어 나오는 많은 책속의 해설이나 학설 그리고 논리들은 일종의 기호에 불과하다. 기호는 더 이상 확실하지 않으며 그 의미 역시 유동적이고도 일시적으로 유보된 상태에 있는 것이 대부분이다.(소영두. '언어기호의 특성' 기호학.p.164.) 따라서 지식인과 지식대상 사이에는 이을 수 없는 단절이 있을 수 있다는 것을 깨달아야 한다. '바르트' 는 구조주의적 접근방법이 모든 문화적 사회적 기호적 기초체계를 설명해준다고 생각하였다. 그러나 쟈크 데리다는 바르트의 구조주의를 비판하면서 거기에 기독교의 신앙적 신뢰만을 인정할 수 없다고 하면서 그에게는 우리의 삶을 인도하고 주도하는 어떤 불변의 진리가 있다는 것을 인정하는데도 소극적이다.

그러나 우리 삶은 타자와 관계없이는 교차를 생각할 수 없다. 타자란 두 사람의 만남에서 교차하는 가운데 공조할 수 있고 살아있게 만들어 주는 화해가 있게 마련이다. 상호간에 이질적인 것을 남겨두면서도 교차하는 두 사람의 기대에 찬, 만남과 같은 것이다. 기독교에서는 이러한 만남을 '사랑' 이라고 표현하였다. 쟈크 데리다가 말하는 진정한 타자는 나를 사람답게 만들어주는 사람으로, 자기 나름의 삶을 찾아가도록 인도하는 절대적 타자를 말한다. 예수가 이 땅에 사람의 몸으로 낮은 자세로 오신 것은 인간의 죄를 구속하기 위함이었다. 이러한 타자 개념은 해체철학에 대한 종교적 해석을 시도한 것은 '포스트 모더니즘' 주의자 '죤 카푸트' 였다. 그는 데리다의 '해체' 를 심장 없는 시대의 뜨거운 심장과 기도로 해석함으로서 대륙철학자들에게 큰 영감을 주었고 종교와 철학 간에 대화에 기여를 하였다. 그러나 '마틴 해글루트' 는 쟈크 데리다의 해체철학을 무신론적으로 해석하여 근본 악, 생존, 생명의 무한성을 주장하면서도 신神 관념의 선, 영원 등의 절대 순수관념의 불가능성을 주장하였다. 아를 통해서 무신론의 상대개념이 아닌 독자적 개념으로 정의 지으려고 하였던 것이다. 마틴 해글루트와 죤 카푸트 두 사람의 주장은 다 근거 있는 주장으로 쟈크 데리다의 유령론에 대한 철학적 해석을 하는데 방법상 도움을 주고 있다고 한다.

　지금 우리 한국인들에게 중국조선족 또는 중국동포라는 호칭은 어떤 의미를 가지고 있을까? 그들은 대한민국 현대사의 비극과 불행을 먼저 우리에게 떠올리게 한다. 그만큼 조선족 동포들은 우리 한국인들의 불행한 역사와 밀접한 관계에 있는 혈통이기 때문이다. 3·1운동과 6·25 한국전쟁, 그것은 지금 비록 지나간 과거역사(비실체)로 남아 있으나 그들을 떠나서는 말할 수 없다. 중국인들이 뇌까리던 항미원조(抗美援朝) 보가위국(保家衛國)과 함께 아직도 가당치 않은 검은 이데올로기로 남아 있기 때문이다. 그 말속에는 부모님에 대한 애절한 기억이 있고 전쟁고아의 슬픈 눈물이 고여 있다. 3·1독립운동의 실패에서도 잔악한 일인들의 탄압과 폭력이 있었으며 선조와 동포들이 고향을 등지고 정처 없이 떠나 중국오지와 중앙아시아, 그리고 시베리아의 동북 땅, 황무지를 떠돌며 유랑 하던 추방당한 이주민, 조선족의 한恨이 아직도 맺혀있음을 절감한다.

　지크 데리다는 이러한 현상을 두고 "인류 역사는 유령과도 같은 존재들이 점차 실체화 되는 과정과도 같다"고 하였다. 모든 기록은 나라고 하는 주체의 부재 즉 나를 대신하는 나의생각, 나의 의미를 전할 수 있는 장치를 만들어낸다고 믿었다. 1980년대 이후 자크 데리다는 그의 해체철학을 유령의 정의가 불가능한 윤리와 정치적인 주체로 확대시켜 나갔다. 그가 부여한 유령의 텍스트적 개념은 "죽은 것도 살아있는 것도 아니고 현존하는 것도 부재하는 것도 아니기 때문에 형이상학을 초월하여 살아있는 자들에게 불의를 바로잡고 정의를 실행할 것을 역설하였다." 자크 데리다의 유령론에 근거한 조선족 이주노동자들, 인종적 차별과 종교적 박해를 받는 피해자들, 사형수 및 그 외 많은 약자들에서 이러한 구체적인 유령들의 현실태를 발견하고 이러한 타자들의 부름, 정의에 대한 호소에 응답하고 환대하는 일이야말로 살아있는 사람들이 감당해줘야 할 윤리적 정치적 책임이라고 하였다. 또 다른 유령은 포스트 모더니즘의 원조인 환영幻影으로 전환되었다. 그 유령들은 1991년대 소련의 미하일 고르바초프의 '개혁 개방' 정책에 의해 동구 사회주의권의 몰락과 붕괴가 남긴 외상을 치유하기 위해 또는 은폐하기 위한 유령으로, 실체 없는 허깨비로 등장하였던 것이나, 소련을 중심으로 한 동유럽 사회주의 국가들의 연쇄몰락으로 와해된 마르크스 사유의 의미와 가치를 옹호하는 잠시 숨어버린 유령일 뿐이었다. 사실상 이러한 마르크스 유령은 이미 존재하지 않으면서도 그동안 전체주의 권력을 벌벌 떨게 하던 유령의 위세는 아니었지만, 자크 데리다의 윤리적 종교적 전환에서 다시 만나는 유령일수 있다. 데리다는 어떤 굴절된 사상도 들어있지 않은 유령론을 기대하였다. 그는 우리가 친근하게 믿어왔던 환영幻影과 춤추면서 우리가 철칙으로 믿어왔던 것들의 무덤 위에 올라 계속 춤을 추고 있는 것을 기대하였다.

    다만 여기서 말하는 유령은 자크 데리다의 해체철학에서 자신과 교차하는 타자(他者)를 의미한다. 자기 나름의 삶을 찾아가는 사람, 즉 나를 사람답게 인도하여주는 타자만이 절대적 타자가 되는 것이다. 그는 세상의 온갖 부귀영화를 마다하고 오직 인간의 죄를 구속하는 사명을 다하기 위해 오신 예수님만이 절대 타자가 될수 있음을 강조하였다.

    지금 한국은 급격한 경제발전과 저 출산 고령화 문제해결을 위해 외국인 노동자를 적극적으로 받아들이고 있다. 그 결과 외국인 인구는 지속적으로 증가하고 있으며 한국사회 전반에 걸쳐 중요한 변화를 일으키고 있다. 2024년 기준 대한민국 총 인구는 5,175만 명이며 그중 외국인은 약 226만 명으로 잔체 인구의 약 4.4%를 차지하고 있다. 이처럼 외국인 증가문제는 한국의 경제 사회적 변화를 주도하는 중요한 연구과제로 떠오르고 있다. 2024년 기준 대한민국 거주 외국인 상주 분포상황은 다음과 같이 나타나고 있다. 괄호 속 숫자는 한국 총 인구와 외국인의 비율을 나타낸다.

중국인(조선족); 48만명(0.9%). 베트남인; 22만명(0.43%). 미국인;14만명(0.27%), 필리핀; 2만명(0.23%). 우즈베키스탄; 6만명(0.12%) 기타; 127만명(2.45%)으로 분포되어있다. 외국인으로 한국에 상주하는 사람 중 가장 많은 수는 중국공민신분을 가진 조선족으로, 이들은 F4(재외 동포) 비자를 받아 입국하여 쉽게 취업하고 있다. 외국인 입국자들의 취업 상황은 제조업, 건설업, 서비스업, 등 다양한 직종에 종사고 있으며 드물게 중국 본토출신들도 F4 비자를 받아 취업하는 경우가 있다. 이밖에 우즈베키스탄, 인도, 몽골, 네팔, 방글라데쉬, 스리랑카인들이 F3(비전문) 비자와 F6(결혼이민) 등의 비자로 입국하여 농업, 축산, 어업, 서비스(간병, 요양, 가정) 등에 종사하는 것으로 나타나고 있다. 외국인 유입은 정치적 지형에도 영향을 미치고 있다. 외국인들에게 지방선거 투표권을 부여하는 정책이 도입되었으며, 이는 외국인의 정치적 권리를 확장하는 중요한 변화이다. 그러나 외국인 노동자들에 대한 차별과 혐오문제도 여전한 듯하며 이러한 갈등을 해결하기 위한 정책적 노력이 필요하다. 새로운 이민청을 만들어 언어와 생활습관이 다른 이웃을 맞아들여 화합과 노력으로 대한민국의 수출입국 저력을 쉼 없이 발전시켜야 할 것이다. 장차 외국인들은 우리 사회의 중요한 구성원으로 점차 자리 잡아가며 경제와 교육 사회구성원뿐만 아니라 정치적 변화에도 영향을 미치게 될 것이다. 이러한 변화는 향후 한국사회가 다문화 사회로 전환하는 데 주요 기반이 될 수 있으며 생산역군 양성에도 큰 도움이 될 수 있다는 것을 알아야 한다.

정치만으로는 나라를 구할 수 없다. 우리 민족의 정신세계를 풍요롭게 하는 것은 교육이나 종교, 예술이 아니면 안 된다. 이러한 문제는 우리보다 먼저 다문화 체험을 하고 있는 유럽지역 이민에서도 사회문제로 등장하고 있다. 독일, 오스트리아에서는 뒤르케(예), 계통의 이민자와 같은 민족이 배척당하고 프랑스에서는 아랍계 민족들이 배척당하고 있다. 저 출산의 한국은 지금부터 이주자에 대한 수용문제에 관심을 기울여야 할 것이다. 3D 업종 분야에 외국인 노동자들이 맡아야할 업종들이 점차 늘어날 추세에 있기 때문이다. 한국은 경제성장에 따라 동남아시아 등에서 외국인들이 이주하는 주요 이주입국移住入國 대상이 되고 있다. 안타까운 것은 한국이주를 원하는 상당수의 사람들 가운데는 과거 일제 식민통치 아래 착취와 추방을 당해 정든 고향 땅을 뒤로하고 남부여대 먼 이국땅을 향해 떠난 후 나라 잃은 천민으로 살아온 우리 동포의 후손들이 많다는 점이다. 중국오지나 일본, 만주, 연해주, 시베리아 화태 등 불모지를 찾아 움막을 마련하고 땅을 일구면서 '조센진' '까오리팡스 고려인' 이라는 낯선 이름으로 살았던 피붙이들이다. 인구 고정화와 업무수용 향상은 3D를 외국노동자에 감당시켜 작년 출산율 0.65명으로 최저치 출산율로 돌아선다고 해도 고용증가에는 몇 십 년이 소요되는 문제이다. 인구감소 대안으로 이민청 신설이 시급히 요청되는 이유가 바로 여기에 있다. 이주자들도 나이를 먹고 결국 노동력 부족은 계속되고 새로운 인력은 필요하게 될 것이다.

앞에서 지적한 대로 한국은 증거에 기반 한 효과적인 정책수립으로 수십 년 간 유럽에서 저지른 실수를 반복하지 말아야 한다. 내국인의 통계도 2022년 5002만 명에서 2023년에 4985명으로 17만 명이 줄어들었다. 다만 외국인 체류 자가 22만명 늘어 전체 인구는 소폭 증가하는데 끝였다. 내국인 인구로만 따진다고 하면 한국은 이미 '30~50' 클럽 (1인당 국민소득 3만 달러 이상, 인구 5,000만 명 이상) 7개국 대열에서 탈락 위험에 떨어졌다. 2042년에는 내국인 인구가 지금의 인구보다 300만 명이 줄어들고 저출산, 고령화에 따라 생산연령 인구는 더 큰 폭으로 감소할 것이다. 인구감소가 사회적으로 미칠 파장은 엄청날 것이다. 일할 사람은 적어지고 고령 인구는 늘다보니 청년과 중 장년 층의 부양부담은 배로 늘어나게 된다. 인구문제가 사회 전체적으로 미치는 파장은 학생이 없어 학교는 문을 닫고 군 복무요원이 부족하게 되어 국가안보 문제가 심각해질 것이다. 군·외인부대軍外人部隊마저 검토해야할지 모를 정도로 국가안보가 위기에 처할 수도 있다. 지금도 우리는 국가 안보에 관한한 과거 아느 때 보다 심각한 위기에 직면하고 있다. 불과 70 여 년 전 6·25 동족상잔보다 더 아픈 전쟁 폭력을 체험할지도 모른다.

　북한은 배달겨레의 핏줄 연緣을 끊어버리겠다고 공공연히 위협하며 하늘에서 땅에서 여러 형태의 도발을 하고 있다. 민족의 사멸과 전쟁의 공포는 생각만 해도 끔찍할 정도로 민족 소멸을 가져오는 악마의 맷돌질이기 때문이다. 이미 우리는 일찍부터 동북아시아를 떠도는 마르크스 유령의 길목에 드리운 함정에 빠져 약소민족의 비운을 충분히 체험하였다. 영국 옥스퍼드 대 명예교수 데이비드 콜먼은 한국을 인구소멸 1위 국가로 경고한지 20년 가까이 되어간다. 그의 연구 수치대로라면 한국의 외국인 노동자 규모는 120만 명으로 증가할 것이다. 이로 인해 떼 법이 늘고 떼거리 시위도 지금처럼 사람이 없어 못하게 되어 시위문화에도 큰 변화가 올지 모르겠다. (김재열 칼럼 인용) 하물며 국가 안보에 대한 위협은 말해 무엇 하랴….세계 최대 인구를 가지고 있는 중국마저도 전투 로봇을 생산하고 위성~기지국간 드론 중심 정보시스팀 체계개선을 준비 중에 있다고 한다. 이와 같은 새로운 과학기술문제는 인구문제와 연결된 안보환경과 직결된다는 점을 깨달아야 할 것이다. 더 나아가 앞으로도 차질 없이 추진되어야 할 복음화 민족통일 문제와도 관련된 놓쳐서는 안 될 엄중한 통일정책 과제상의 문제이기도한 것이다.

　대한민국의 국토통일과 민족통합의 이념적 굴대는 성경의 복음주의 통일안이었다. 자크 데리다는 이데올로기적인 입장에서도 통일의 주체까지 단순한 허구로 취급하는 것은 아니었다. 우리의 이념적 근원이 순수한 타자로 돌아가려고 해도 이 소망에 저항하면서 책임소재를 분명히 하는 윤리적 근거를 가지려는 다툼과 갈등이 많이 나타날 수 있기 때문이다. 자크 데리다의 자유로운 언어분석(해체)은 전통적인 형이상학이 가지는 신비한 주관적 범주를 해체한다는 점에서는 구조주의와 포스트 모더니즘과 그

맥脈을 같이한다고 볼수 있다. 진짜도 가짜도 없이 그저 사유의 차이만 있다는 입장이었다. 자크 데리다의 초기 저술은 전통적인 형이상학과 관련된 언어의미, 실재 등의 문제에 몰두하였다. 그러나 후기 저술에서는 주로 윤리, 정치, 종교등과 같은 실천의 문제를 집중적으로 다루고 있다. 다양한 수준과 문맥에서 문제를 구성해가는 윤리학은 신중한 성격을 띠고 있다. 자크 데리다의 기독교적인 관점에서 볼 때, 이 세상에 주어진 모든 것은 하나님의 선물이다. 철학들 간의 서술적 차이는 신이 어디에 자리를 잡아 주느냐의 차이일 뿐이라고 하였다. 우리에게 나타나는 서로 다르게 보이는 것은 사물의 차이에서 오는 현상으로, 이것이 차이철학의 일반적인 공통된 물음일 뿐이다. 서로 다른 철학의 어원에 숨은 차이로 신의 선물차이, 증여하는 차이에 불과한 만큼, 모두 신에 대한 감사기도의 대상이라는 설명이다. 자크 데리다는 현대사회의 종교는 완전히 경제로 대치되었다고 말하여 경제가 종교라는 모태에서 출발했다는 주장으로, 이는 현대 사회에 만연된 맹목적인 물신숭배사상을 풍자하는 것인 듯싶다. 고대 유럽의 옛 사원 발굴에서 서민생활과 관련 있는 소액 동전들이 자주 발견된다는 사례까지 친절히 소개하고 있다.

 자크 데리다의 해체론적 텍스트의 개념은 항상 유동적이다. 특히 공산주의와 마르크스주의는 자본주의를 포함한 모든 제도를 반대하면서 국민들이 현제도와 체제에 대한 부정적인 의문을 갖도록 선동하여 일종의 유령이 되어 소환된다. 사람들은 자본주의의 모순을 지적하고 파시즘을 비판하면서도 마르크스 논리에 따라 사회개혁에 관심을 갖게 된다. 이에 따라 마르크스주의는 저술과 미디어를 동원하여 끊임없이 유령이 되어 국민들에게 접근하고 있는 것이다. 이 때쯤 우리들은 스스로 자신에게 물어야 한다. "나는 지금 마르크스 유령의 유혹으로부터 자유로운 것인가?" 우리들이 삶에 지쳐 힘들 때나 삶에 의문을 품을 때일수록, 마르크스 유령은 점점 더 선명하게 다가오고, 검은 이데올로기로 마르크스 유령의 실체로 세뇌당하도록 유혹한다. 따라서 마르크스주의는 살아질 수 없으며 우리 모두가 마르크스 유령에 서서히 지배받게 되는 위험에 빠질 수 있는 것이다. 자크 데리다에 의하면, 이 때부터 오염된 문자기호와 오염된 미디어에 의해 조작된 저술과 메시지가 책방에 숨어들어 마르크스 환영(幻影)을 전파하여 혁명에 나설 것을 부추길 수 있다는 것이다. 이 때쯤 당신은 스스로 깨달아야 한다. "권력에 의해 옹호 받는 마르크스 유령은 진실이 왜곡되고 재생산 된 법法을 수행 적 폭력으로 변화시킬 수도 있다"는 것을…. 과거 히틀러의 노동자당의 '나치'와 스탈린의 '대형대대'의 폭정도 음지에서 의회권력의 도움을 받아 악법을 만들 수 있었다. 한번 법이 만들어지면 합법이든 불법이든 상관없이 법은 수행폭력이 되고 법적 진실로 확정되고 마는 사례를 얼마던지 보게 된다.

이와 같은 자크 데리다의 두 번째 경고를 받았을 때, 우리는 예수님의 '저항정신'을 깨달아야만 한다. 예수 그리스도의 사명은 세상의 권력과 영화를 누리며 살아가는 제왕이 되는 것이 아니었다. 경멸받고 고통 받는 외로운 사람들의 영혼구원을 위한 저항이었다. 예수의 부활은 하나님과의 약속을 지키기 위해 치열한 저항정신의 구현으로 십자가에 못 박혀 죽으신 구세주의 상징이다. 주님의 저항정신은 우리가 영원히 본받을 부활정신이며 성령강림의 거룩한 체험이었다. 여기에는 우리 크리스천의 의무수행의지와 강인한 용기가 필요하다. 하나님 말씀을 굳게 믿고 항상 주님과 동행하는 확신과 수행적 실천이 따라야 하는 것이다.

"내가 아버지께 구하겠으니 그가 또 다른 보혜사를 너희에게 주사 너희와 함께 영원토록 있게 하시리니 저는 진리와 영이라…. 너희는 그를 아나니 그는 너희와 함께 거하심이요 또 너희 속에 계시겠음이라." (요 14;16~17)

자크 데리다의 해체론적 텍스트 개념은 항상 애매모호한 가운데 유동적이라는 비판을 받지만, 마르크스 유령에 대한 경고만큼은 우리에게 매우 유용한 해석으로 유령의 절대적 거짓의 실체를 확인시켜 주고 있다. 이 점만은 우리의 미래 복음주의 통일추진에 유용한 정보가 될 수 있을 것이다. 급격한 경제발전과 저출산과 고령화사회문제 해결을 위해 외국인 노동자를 적극 유치해야하는 한국은 '이민청' 신설을 서두를 때이고 외국인 노동자를 불러들여 인구소멸의 위기를 극복하여야 한다. 여기서 공식적이든 비공식적으로 맞아들이는 해외 인적 자원은 앞에서 본 통계표에 나타난 대로 주로 동남아 아시아권 국가 노동자들이다. 더욱 관심을 갖아야 하는 점은 이들 중 절대 다수가 우리민족의 조선족 이주민 들이라는 점이다. 이들은 누구인가? 과거 일제 식민통치에서 고국을 뒤로하고 중국오지나 만주, 시베리아 등 우리 한민족의 옛날 고구려와 발해의 연(緣)을 갖고 있던 동북 땅을 찾아 이주했던 동포들이다. 그동안 역사적 질곡 속에 고국을 떠나 해외를 떠돌며 고난을 겪은 동포들이 경제적 번영을 이룩하고 잘산다는 고국소식을 듣고 찾아오는 것이다. 이들은 유럽의 어느 나라 난민들의 거주이전 명분과는 형편이 분명 다른 사람들이다.

  그러나 불행하게도 그들이 뿌리내리고 살던 동북 땅은 대부분 마르크스 유령의 길목에 자리 잡고 있는 나라들로, 피붙이 하나 없는 낯설고 거친 황무지였다. 일부 저술에서는 이들을 용감한 개척민으로 써놓고 격려하지만 사실은 추방당한 나라 없는 불쌍한 조선인 유랑민들로 복지에서 소외된 사람들이었다. 역사적으로만 본다면, 그들이 머물던 곳에 삶의 터전을 잡아 그곳에 뿌리를 내리고 눌러 살면서 한민족의 옛 땅의 주인으로 살아야만 했다. 중국 역사에는 만주나 동북이 아예 없었으니 말이다. 그러나 우리 동포들은 조국을 떠날 때, 너무 억울하고 슬픈 사연들을 갖고 있었다. 나라는 형편이 어려워 백성을 돌볼 힘이 없어 나라를 왜적에 빼앗겼고 백성들은 침략자에게 문전옥답마저 뺏긴 후, 지게에 이불 한 채와 솥 단지 하나 없어 짊어지고 쫓겨 나던 그 정황을 어떻게 필설로 설명할 수 있겠는가? 그 참담한 유랑걸식의 길은 서러운 눈물을 쏟는 이별 길이었고 가슴 저미는 아픔을 가슴에 품고 정처 없이 떠다니던 고난의 길이었다. 천신만고 끝에 움막생활에서 벗어나 토담집을 짓고 벽에 배달겨레의 성민聖民상징인 하얀 회칠을 하고 갈대 지붕의 초가삼간을 꾸려살면서 "여기 조선인이 살고 있으니 어서 오시라고 손짓하였던 것이다." 그러던 어느 날 태양 속 의리의 새(천둥과 번개 새) 세발 까마귀가 배달겨레의 하얀 집들을 찾아다니며 "해방, 해방이 되었어요" 라고 까악, 까악, 까악, 울어대고 있었다.

옛 부터 우리 한민족은 배달겨레·배달민족으로 불리는 백의민족이었다. 1898년 영국 여류여행 작가 '이사벨라 비' 여사는 '한국과 그 이웃나라들' 이라는 책을 써서 한국인들의 흰옷에 대해 이렇게 말하였다.

"한국의 흰 빨래는 성경에 마가가 예수님의 흰옷에 대하여 말했듯, 세상의 어느 빨래집도 그렇게 깨끗하고 하얗게 빨아놓을 수는 없을 정도로 청결하다고 했다. 또 일본인 '야나기 무네요시' 는 조선 미술이란 글에서 한국인의 흰색 옷에 대해 찬사를 아끼지 않았다.

"늙은이나 젊은이나 남자나 여자나 다 같은 흰색의 옷을 입는다는 것은 어찌된 연유일까? 이 세상에는 나라도 많고 민족도 많다. 그렇지만 이같이 기이한 현상은 어느 곳에서도 찾아 볼수 없는 현상이다."

'유석근' 은 또 하나의 선민 '아리랑 민족' (2019) 에서 고대 한국인들은 하나님의 자손임을 믿고 빛의 근원이신 하느님의 광명을 표시하는 의미로 흰빛을 신성하게 알아서 밝고 환한 흰 옷을 만들어 자랑삼아 입었다고 하였다. 흰색은 하늘의 빛으로, 하나님 백성인 우리 겨레는 빛의 옷인 흰옷을 즐겨 입은 백의민족으로, 우리가 사는 땅도 빛이 시작되는 동방의 끝에 자리 잡고 있다고 하였다. 1974년 '문학사상'의 초청으로 한국을 방문한 적이 있는(이화여대 · 계명대 초청) '25시' 작가 '게오르규'는 한국인들이 일찍부터 하나님 백성임을 잘 알고 있었다고 하면서 자기가 젊은 시절 성경에서 읽은 '욥'과 같은 존재라고 격려한 적이 있다.

"한국은 25시의 절망에서 인류를 구원할 열쇠의 나라라고 정의하였다. 지도를 보면 한국은 열쇠처럼 생겼는데, 동아시아와 유럽의 러시아가 시작되는 태평양의 열쇠 나라라고 평하였다. 이 열쇠는 아시아와 유럽 그리고 아프리카를 연결하는 대륙의 모든 난제들이 열쇠의 나라 한국에 의해서 풀릴 것이라고 예언하였다. 그의 영적 직감은 작은 나라 한국은 25시의 어두움 속에서 미래 하나님의 영적 등불로 매우 존귀한 나라가 될 것이다."

가난한 변경인, 조선인들은 미처 '독립'과 '해방'을 구별 할 수 없어 '대한독립 만세'를 부르며 그립던 고향 길을 향해 한 거름에 내달렸다. 아니, 그동안 그리운 부모님과 형제자매들의 얼굴을 떠 올리며 내달렸던 것이다. 그러나 이를 누가 알았으랴!. '대한독립 만세'는 일찍부터 중국 땅에서는 금기禁己였다. 북만주 일대인 동북영토는 벌써 1935년부터 중국 인민 해방군이 혁명의 지름길로 달려 12개의 항일 유격대가 조직되어 있었다. 동만 남만 수녕, 하동, 탕원, 길동, 요하, 호림, 흑노, 등지에 유격 근거지를 만들고 조선인 청년들도 가담 활동하였다. 이 때부터 동북지방에 본격적인 마르크스 유령의 음모에 따라 연변지구에 조선족 중심의 '한인 소비에트' '간도자치', '한인자치' 등의 구호가 터져 나오기 시작하면서 별천지가 되었다.

그러나 1928년부터 중국공산당 만주성위원회는 곰민테른 '1국 1당'

원칙에 따라 1930년 10월부터 동만 공산당 조직아래 연길, 화룡, 왕청, 훈춘 4개현 위원회를 두고 만주지역 조선인 공산당원들을 모두 중국공산당에 편입시켜 당을 중국공산당의 지도를 받도록 만들었다. (김동화. 당대 중국 조선족 연구, 연변인민출판사. 1993. p.16.) 이와 같은 조치에 항의하는 조선공산당은 1932년부터 '간도민생단' 등 자주적인 독립투쟁운동을 전개하였다. 이에 대해 중국공산당은 조선인들의 민생단 투쟁을 친일분자. 제국주의 앞잡이, 반동으로 몰아 탄압하였고 '조선독립만세'를 부르면, 친일분자로, '한인독립만세'는 '대한민족주의자'로 561명을 체포하여 다수의 당원과 단원, 군대와 간부를 처형하였다. 이러한 사실을 모르는 채, 해방 조국을 향한 열정에 대한민국만세를 부르면서 춤을 추던 동포들은 두만강을 넘기도 전에, 스스로 패망한 일본 야마다군大和軍 과 그 뒤를 따라 들어오는 말 탄 해방군 로스케(소련군)들을 만났다. 이들은 민간인을 약탈하고 폭력으로 부녀자를 겁탈하는 등, 무법천지를 만들면서 만주벌을 마르크스 유령의 이데올로기로 검게 변모시키고 있었다. 그 때, 조선인 피난민들은 또 하나 엉성한 조직인 보안대가 총 한 자루만 메고 피난민들의 질서를 정리하고 있었는데 이들의 좌·우익을 구분할 수 없어 그들 앞에서는 무조건 '해방군 만세' '중국 공산당 만세' '중·소인민영웅 만세' '항일구국영웅 만세'를 불러 모택동군의 분노를 피할 수 있었다. 사실 만주 일대에서는 1930년대 중반이후부터 국민당 정부의 영향력은 상실 된지 오래였다. 4년여의 우여곡절 끝에 고국을 향한 귀국길을 다시 결심하고 '돈화'에 도착한 귀국 동포들은 동북(만주) 각 지역으로부터 몰려드는 북새통을 이루면서 다시 말 못할 불의의 고초로 피눈물을 쏟아야 했다. 애초부터 군기라고는 없는 군대인 듯 해방군 로스케의 행패와 패망한 일본 황군의 자학적인 폭력행위와 만주군벌 간의 세력다툼으로 아비규환阿鼻叫喚의 생지옥이 만들어지고 있었다. 천신만고 끝에 남행을 서둘러 돈화에서 열차를 타고 두만강을 건너 회령에 도착하여 찾아간 나의 외가댁은 온데간데없고 궁색한 초가집 터는 옥수수 밭으로 변해 있었다.

　나보다 먼저 목단 강에서 헤어져 귀국하신 부모님의 행방도 알 수 없게 되었다. 1년 전 경험했던 민주청년단 완장을 팔뚝에 두른 청년단원 3명에게 보안서에 연행되어 심문을 받은 후, 청년단에 가입하라는 권유를 받았다. 나는 당혹스러운 제안을 받으며 부모님을 찾기위해 귀국중이고 더구나 나는 조선인 이기 때문에 청년단에 가입할 의무가 없다고 주장했으나 보안서장은 "보다시피 조선인 귀국자들이 하도 많아 역에서 그들을 질서 있게 조선으로 수송하는데 도와줄 사람이 필요하니 안내원으로 한 일주일만 도와달라는 말로 간곡히 부탁하였다. 그러면서 부모님과 함께 두만강 역에 나가 귀국 열차를 태워드리고 나는 일주일 후에 귀국하라는 식으로 권유하였다." 나는 내키지 않았으나 부모님과 상의끝에 부모님만 먼저 두만강을 건너 귀국하시도록 하였다. 더구나 보안서에 서는 당시에 구하기 어려운 두 분 열차표까지 마련해주는 친절을 베풀자 부모님도 안심하면서 "강만 건너면 조선 땅 회령이니 먼저 외삼촌 집에 가서 기다리겠다"는 말씀을 남기고 이웃들과 함께 귀국열차를 타셨던 것이다. 나는 부모님과 헤어 진지 6개월 만에 부모님을 만나기 위해 두만강을 건너 회령으로 달려갔다. 소련군은 철수하기 시작하고 인민위원회나 치안 유지단체들은 모두 공산주의자로 채워지는 과정에서 강 너머 고국 북한 쪽은 로스케가 세운 공산국가가 되었고 남한 쪽은 미군이 점령한 대한민국이 되었다는 살벌한 말을 들었다. 보안서장의 도움으로 목단강역 안내원으로 직장도 얻어 1년을 채우면 다시 부모님을 모셔와 목단강에서 함께 살겠다는 결심을하였다. 들리는 소문에 의하면 남쪽을 해방시킨 미군들의 행패가 북쪽 로스케보다 더욱 심하다는 등 악의적인 유언비어가 날로 심하였다. 일본 패전군의 비참함과 로스케의 패악질을 직접 체험하였던 나는 미군이 영구히 점령한 나라로 변했다는 말에, 남쪽이나 북쪽에서 살수 없을 것 같았다. 이렇게 한두 달 더 기다린다는 것이 8개월이 지나자 목단강 역에서는 조선인 안내원을 해임한다는 통보를 받았다. 일본군이 패하면서 만주지역 군수공장들이 폐업을 하고 조선인 귀국자들도 어지간히 빠지다보니 만주인들의 일자리도 점차 줄어들게 되어 취하게 된 조치였다. 친절한 보안서장도 역당국의 조선인 감원조치를 당의 방침이라며 자신도 어쩔수 없다고 하면서 두만강을 건너가라는 말로 작별을 고하였다. 그때서야 이곳도 "나" 같은 조선인이 더 이상 머물 곳이 아님을 비로소 깨닫고 부모님을 만나기 위해 회령으로 건너왔던 것이다. 그러나 외가가 살던 마을은 이미 4년 전에 비적匪賊들의 습격을 받아 불타고 파괴된 현장을 보면서 자신이 부모님에게 큰 불효를 저질렀다는 생각에 다시 눈물을 흘려야만 했다.

18

   두만강 인도교는 만주쪽과 조선쪽에 각각 초소가 하나씩 있었다. 일제 때는 형식적인 검문이 있었으나 통행은 자유로웠다는 말을 들은 적이 있는지라 자연스럽게 남양쪽 인도교 초소로 들어섰다. 만주 공안들은 그래도 제법 군복을 갖춰 입고 검문을 하였는데 남양쪽 검문소에는 사복차림의 초소요원이 총도 들지 않고 서 있다가 나를 데리고 초소안으로 들어갔다. 초소 안은 근무자 두 사람이 근무하고 있었다. 당시만 해도 만주에서 조선을 향해 나오는 사람들은 많았지만 조선에서 만주로 들어가는 사람은 몇 명 안되다 보니 초소 안은 한가하였다. 나는 스스로 목단강 역무원으로 있으며 먼저 귀국하신 부모님을 찾아 회령 외가댁에 왔으나 만나지 못하였다고 사실대로 진술하였다. 초소요원은 나의 진술을 들으며 인적사항을 적는 것 같더니. 나의 사정이 딱하다는 듯 한동안 내 얼굴을 바라보다가 물었다.

   "그래 지금 어디로 가는 건가요?"
   "다시 목단강으로 돌아가는 길입니다."
   "왜요?"
   "혹시 부모님이 다시 그쪽으로 가셨나 해서요."
   "부모님을 찾으려고?"
   "네…."
   "남쪽에 혹시 연고지는 없나요?

"제가 알기로는 강원도 어딘가 인 것 같은데, 잘 모르겠습니다. 내가 태어나기 전 만주로 오신 것 같습니다."

"만주 태생이군요. 지금 나이는?"

"스물다섯, 쭉 심양에서 살았고."

심문을 다 마친 듯 한동안 무엇을 깊이 생각하는 듯 하더니 초소원은 말하였다.

"살아있다면 어차피 남쪽에서 만나게 되겠죠. 만주는 갈 필요 없어요"

"네?"

나는 만주로 가지 말고 남쪽에서 부모님을 만나라는 그의 말을 도무지 이해할 수 없었다. 내가 이해하지 못하겠다는 표정을 짓자 그는 다시 말했다.

"내가 여기서 근무한지 해방 후부터 4년쯤 되는데 만주서 나온 후 다시 들어가는 동포들은 못 봤소. 있었다면 저 강 위쪽 나루터에서 밤에 밀선을 타는데, 그들은 대부분 장사꾼들이었지요…."

그는 멀리 강 위쪽을 손가락으로 가리키며 무심하게 말하였다. 잠시 후 그가 어디론가 전화를 걸더니 잠시후 따발총을 멘, 내무서원이 자전거를 타고 달려왔다. 내가 의아하여 두 사람의 얼굴을 쳐다보자 초소요원은 그를 따라가라고 하였다. 한 100여미터 남쪽에 제법 큰 건물이 있었고 별이 그려진 붉은 깃발이 지붕위에서 바람에 펄럭이고 있었다. 건물 정문에 들어서면서 얼핏 본 것은 '남양내무서'라고 쓰여진 간판인 듯 한데, 안에 들어와 보니 '보안간부훈련소' 였다. 여기서 나는 다시 초소에서 받은 것과 똑같은 심문조서를 작성하였다. 이름, 본적지, 생년월일, 경력 등을 적고 또 다른 서약서를 1통 작성하였다. 간부인 듯 한 풍채 좋은 40대 초반의 사무원 동지는 내가 작성한 신원조서를 들고 다시 읽었다.

"이름은 주을선, 나이는 25세, 그리고 동북 목단강에서 왔다고…?"

그는 마치 나에게 다시 확인하라는 듯 조서를 또박 또박 읽어준 후, 나의 표정을 살피면서 말하였다.

"오늘 공화국 보안간부훈련생으로 입소하지만, 과거의 경력에 무슨 거짓이 있으면 그 때는 인민의 적으로 처벌을 받게 됩니다."

나는 내무서 아닌 보안간부훈련소에서 서약한 후 그 곳에서 동족상잔의 비극인 6·25 한국전쟁의 준비를 하나 하나 지켜볼 수 있었다. 내가 보안간부훈련생으로 복무하는 동안 소련고문단의 전쟁준비는 단계별로 착착 진행되고 있었다. 1945년 10월 북조선 주둔 최고 사령관 치스차코프 대장은 북조선내의 무장조직을 모두 해체시키고 다음해 1월 인민위원회 산하에 각도 단위 철도보안연대를 조직하였고 그해 6월에 중앙보안간부학교를 설치하였으며 같은 해 8월에는 3개의 보안간부훈련소를 설치하였다. 제 1훈련소를 평안남도 개천에, 제 2훈련소를 함경북도 나남에, 제 3훈련소를 원산에 설치하였다. 이처럼 군수물자 수송을 원활하게 수행할 초보적인 조직을 완비한 소련고문단은 다시 사회를 전시체제로 전환시키기 위한 미디어를 동원 유포시켰다. 대한민국에 의한 북침설을 뒷받침하는 여러 징후가 조작되었다. 이승만 대통령의 반공통일정책 조작, 미국의 한국영구점령 및 무장완료, 국군 9개 사단증원과 38선 집결 등 그럴듯한 여론조작이 방송 신문으로 그리고 매일저녁 인민반 회의에서 전파되고 있었다. 평화롭던 북조선 사회가 갑자기 전쟁분위기로 돌변하면서 실재로 거리에는 새 군복에 새 견장으로 단장한 인민군 육, 해, 공군의 모습이 눈에 띄기 시작하였다. 전형적인 마르크스 유령의 공산당음모가 시작된 것이다. 실제 전투장비인 탱크, 대포, 대전차포, 항공기, 트럭, 통신장비, 공병장비 등 군수물자가 비밀리에 열차편으로 두만강과 압록강을 건너 북조선으로 들어오기 시작하였고 중공 동북의용군출신 조선인부대원들 5만 명이 북조선으로 들어와 새로 인민군으로 개편되었다.

그 뒤를 이어 만주에서 국민당군과 싸우고 중국대륙을 횡단하여 멀리 해남도 까지 가서 싸우다 돌아온 조선의용군 원정대 1만 명도 원산으로 가서 조선인민군 17사단으로 개편 주둔하였다. 이들은 모두 동북에 거주하던 조선인 의용군 출신으로 모택동의 공산혁명군이었다. 공산군에 배속되었던 조서인 부대들이 속속 북조선에 들어와 인민군으로 재편되는 것을 보면서 나는 두만강 육교 초소대원이 하던 말의 의미를 비로소 깨닫게 되었다. 그는 나에게 다시 목단강으로 되돌아가지 말고 부모님을 남조선에서 만나라고 하였다. 그는 이미 북조선의 남침준비 사실을 그때부터 알고 있었던 것이다. 이처럼 우리민족의 분단비극은 나 혼자만의 겪는 일이 아니었다. 이글을 쓰면서 묵은 책갈피에서 찾아낸 분단사태의 불행한 역사는 1592년 풍신수길(도요토미히데요시)의 임진왜란 당시 10만의 피로被虜 조선인과 부로浮虜, 부인浮人들이 있었으며 1910년 일제 강점기부터 2차 대전까지 징용, 징병, 정신대, 위안부 등 약 200만 명의 강제동원이 있었다. 아직도 일본에는 65만 명의 재일동포들이 남아있어 1952년 샌프란시스코 강화조약 후, 국적박탈 등 굵직한 법적 차별은 물론 취업 및 사회보장 배제 및 '혐한' 시위 등 수많은 일상적 차별에 눈물을 흘렸던 것이다. 사업을 하는 동포들은 사업부진으로 본의 아니게 일시 세금을 체납하여도 영주권을 박탈하는 나라가 일본이었다. 그 이전 1636년~1937년 병자호란에서는 60만조선인들을 청나라 수도 심양으로 끌려가 노예로 매매되었으며 그 중 50만 명이 부녀자들이었다. 이들이 '환냥녀' '공녀' 라는 이름의 치욕을 안은채, 세계 노예시장에서 중국인 및 아시아 여러 나라로 팔려 다니는 야만의 역사를 기억하게 되었다.

소련 고문단의 철도보안대의 역사는 제국주의 침략 상징이었다. 그들의 시베리아철도 부설을 시작으로 우수리 철도여단, 아무르 철도여단, 동시베리아 철도여단 등 1차 대전과 러시아 혁명 후, 내전 중에도 그리고 2차 대전에서 군수산업과 체코군의 동방철수 등 군사작전에 활용되었던 것이다. 특히 소련 고문단이 북조선에 설치한 철도연대는 만주 각지로부터 북조선에 들여오는 전시 군수품들이 모두 철도 운송으로 이동한 것이다. 중국에서 북한으로 들어온 조선인 부대는 새로운 3~4개 인민군 보병사단이 '민청훈련소' 라는 이름으로 조직되었다. 신의주의 제1훈련소는 후에 13사단으로, 숙천의 제2 훈련소는 제 10사단으로, 회령의 제3훈련소는 제 15사단으로 각각 개편되어 공산군의 6·25 남침 주력으로 앞장섰다. 특히 앞에서 설명한 조선의용군 1만 명은 장춘에서부터 멀리 해남도 까지 왕복하면서 동북에 중국공산당 혁명기지 구축에 기여한 정예부대로, 후일 중국인민지원군으로 개편되어 한국전쟁에도 참군하였다. 이들 조선인 부대원들은 조선동포들과 그 후손들로 일제시대 조국독립을 위해 동북항일독립투쟁을 한 우리 독립군이었다. 이들은 1945년 해방 후, 마르크스 유령의 길목에서 전운(戰雲)에 휩쓸려 본의 아니게 민족동족상잔의 전쟁비극에 참전한 후 중국공민 신분의 조선족들로 살아가고 있다.

"장군들은 엄한 명령을 내리고
사병들은 그것을 따라야 합니다.
나는 전선 어디쯤에서 요행을 만나
나의 양심을 전우와 함께 땅에 묻었습니다." (주영복. 내가 겪은 조선전쟁)

자크 데리다는 어느 한 조선족 병사의 고뇌苦惱를 산자(살아남은 후손들)인 우리들에게 빚을 갚아 주어야 한다고 말했다. 또 독일철학자 '프리드리히 니체' 는 인간을 약속이 필요한 동물이라고 정의 하면서 인간의 공동체운영은 사회적 약속인 계약을 통해 이루어지는 경제적인 채무(빚) 채권 관계로 비유하였다. 이와 같은 법적 구속력을 이행하여 사회공동체를 발전시키는데는 당사자들의 계약에 대한 인간의 기억을 전제로 한다고 하였다. 그 빚은 독일어 'Schuld(en)'로, 사과·추모라는 뜻의 영령英靈에 대한 채무를 의미한다. 경제적 개념의 '부채'와 도덕·종교적 개념의 '죄의식'을 함께 묶어 말하는 것이다. 나라를 지키지 못한 죄, 조상들이 묻힌 땅을 지키지 못한 죄, 만리타향의 유랑 길에 가족을 안전하게 부양하지 못한 죄에 대한 보속補贖의 시간을 가져야 한다는 뜻이다. 우리에게는 각자 확실하게 상환償還할 역사적 채무의 기억을 상기시키고 있는 것이다.

　자크 데리다의 후기 연구는 윤리적 종교적 전환으로 가혹한 전통적인 사유개념을 완화하여 철학사 전체를 지배했던 서구 형이상학의 편협한 이성(logos)중심에 반대하였다. 절대 타자와의 교차交次에는 서구 형이상학의 편협한 이성 외에 인간의 감성과 의지가 따르는 것이다. 예수는 죄 없는 희생 제물로 자신의 '구속사명'을 다하기 위해 십자가의 피로서 인류의 죄를 구원하였다. 예수의 일생은 처절한 저항정신으로 세상 권세와 영화를 무력화시키고 하나님과의 약속인 구원 사역을 이룰 수 있었던 것이다. 사람에게는 누구에게나 상환하여야할 채무를 가지고 있는 것이다. 이 경우 채무는 '욕망의 유령'으로, 잘 먹고 행복하게 살기 위한 물질적 욕망과 자신의 존재감을 인정받고 싶은 욕구이다. 따라서 19세기 공산당 선언에서 만나는 마르크스 유령은 정치 사회의 유토피아적인 개혁을 위해 불의를 바로잡고 정의 실현을 강조하면서 채무 상환을 요구하는 명령체계였다. 이에 비해 1992년 동구권의 사회주의국가 몰락과 붕괴로 남아있는 외상外傷치유나 공산주의 몰락이후 신자유주의 선언이 시대정신이었다. '프랜시스 후쿠야마'의 저술 '역사의 종언'으로 저주스러운 공산주의가 몰락하고 자유주의 사상만이 현실적인 유일체제로 살아남아 지구상에 영속적으로 계속될 것이라고 굳게 믿게 되었다. 이 소망에 따른 윤리적 근거를 사명으로 응답한 것이 해체 철학자 자크 데리다의 유령론이다.

그러나 자크 데리다의 '해체'에 따르면 마르크스 유령은 아직 눈에 띄지 않는 망령이나 환영, 허깨비와 같은 유령으로 항상 거짓을 말하고 자신을 환영으로 가장할 수도 있고 다시 본래 유령모습으로 돌아 올 수도 있다. 따라서 자크 데리다는 언제 다시 돌아올지도 모르는 속 깊은 함의를 지닌 허접스러운 환영마저 몰아내자는 엄중한 경고를 내리고 있는 것이다. 이 유령은 살아 있는 것도 아니고 죽은 것도 아닌 삶과 죽음의 경계 위에서 활동하고 있기 때문이다. 우리는 더 이상 '데리다'의 해체에서 듣는 언어나 목소리에서 공산주의 유령에 현혹당해서는 안 된다. 또한 데리다의 해체에 대하여 학문적인 열정 이외에 그 어떤 의구심, 즉 마르크스주의 옹호자라는 선입견을 갖지 말아야 한다. (자크 데리다 저. 진태원 역. 마르크스의 유령들. 2014. p. 373. 참조)

  자크 데리다는 자본주의 승리에 대한 찬양과 새로운 세계질서 속에 출현하고 있는 10가지 재앙을 다음과 같이 나열하고 있다. 실업, 빈곤, 망명 및 이주, 경제전쟁, 자유시장의 모순, 종족간의 전쟁, 외채문제 등이다. 이들이 가지고 있는 문제의식에 대한 속성은 물질(유물론)이다. 따라서 선열들의 환영에 대한 우리의 채무는 물질적 가치에 대한 상환이다. 물질은 분명히 인간의 삶에 간여하며 삶의 역사를 움직이는 원동력이다. 따라서 인간은 물질을 필요로 하며 물질과 더불어 살아가도록 창조된 조물주의 피조물이다. 기독교에 의하면 이 세상에 주어진 물질역시 하나님의 선물이다. 또한 자본주의는 경제이론을 구성하는 제도로서 인간의 전 생활영역에 영향을 미치는 경제이론에 대한 학문적 사상이다. 따라서 자본주의는 1848년 공산당 선언에서부터 마르크스 유령인 공산당의 계급투쟁과 혁명 대상으로 낙인찍혀 있었다.

  공산주의 확산을 꿈꾸는 유령은 항상 저술과 미디어를 통해 우리에게 접근한다. 오도된 이념과 지식의 정체를 숨긴 채, 책방에서 주술로 변화된 미디어의 권력에 의해 진실이 왜곡되기도 한다. 이 때 사회에 의문을 품고 제도에 불만을 갖는 사람들은 자아(自我) 통제기능인 사유능력이 약화되면서 유령의 감언이설에 현혹되어, 서서히 마르크스 유령의 허상을 실체로 잘못 인식하게 된다. 유령의 은근한 충동질은 궁핍과 고통과 불만, 그리고 반감으로 가득한 마음속에 유령의 환상이 깊이 자리 잡도록 변화시킨다. 따라서 사회는 혼란에 빠지면서 알게 모르게 공산주의 사회로 전환되고 마는 것이다. 자크 데리다는 자유민주주의 국가에서 실시하는 공정한 선거와 의회의 합리적인 절차에 따른 입법 활동과 법치의 공정성을 강조하고 있다. 일단 법이 제정되면 합법이든 불법이든 수행적 통제 기능을 갖는다. 선과 악을 가리는 법적 진실로 확정되고 마는 것이다. 따라서 국가정책의 공정성과 의회의 합리적인 법제정이 실시되어 마르크스 유령에 의한 사회 안정이 파괴되지 않도록 철저한 감시와 강력한 통제체제가 마련되어야 한다는 엄숙한 경고를 보내고 있다. 1991년 소비에트 볼쉐비키 정부가 무너진 이후, 공산주의 침략은 전쟁폭력에서 가증스러운 유령으로 변질되어 음모와 선동, 질서파괴를 위한 은밀한 공작을 통해 전개되고 있다. 분단된 조국을 복음주의 통일을 달성하여 자유민주주의 공동체로 발전시키기 위한 통일 의지는 다음과 같은 마르크스 유령에 대한 엄중한 경각심으로부터 출발하여야 한다.

첫째, 우리는 먼저 공산주의 유령의 정체를 분명히 알고 있어야한다. 육신 없이 현존하는 실체 없는 허깨비로 현실성도 현재성도 없는, 이제는 과거의 것이 되어버린 가정된 유령일 뿐이라는 것을 굳게 믿어야 한다. 그것은 단순한 환상일 뿐이다. 따라서 유령의 도래를 막기 위한 유령의 역사와 유령의 시간에 대한 분석과 대책을 세워야 한다. 유령이 출현하고 망령으로 되돌아와 우리에게 명령을 내리는, 즉 유령의 신들림을 통해 사회의 안정과 질서파괴의 선동에 대비하여야 한다. 단순한 거주이주가 아닌 추방당한 낯선 이국땅에서 인권을 유린당하면서 착취와 차별을 겪은 해외동포들을 맞이하는 데는 환대의 정신이 필요하다. 정중한 주인정신과 손님에 대한 예의와 존중을 잊지 말아야 한다. 특히 마르크스 유령의 환영(幻影)인 금과 은에 대한 축재 욕망을 자제시킨다. 자크 데리다는 종이를 황금으로 변모시키는 국가의 힘과 같은 마법은 돈이 정신과 탐욕의 몰두에서 만들어지는 기원으로, 마르크스 유령의 공상이며 화폐에 대한 욕심에서 온다고 하였다. 이러한 마법은 항상 환영과 거래하고 자기 자신을 조작하여 비즈니스라는 신들림으로 공산당 조직범죄에 빠지게 된다. 이 조직은 당을 위하고 자기의 안전을 도모하기 위해 동지를 땅에 묻어 허깨비로 만들어버리는 악마가 되기도 한다. 어제까지의 동지가 반역의 제물이 되어 영혼을 박탈당한 채, 환영으로 변해버리는 것이다.

둘째, 대한민국은 자유민주주의와 시장경제를 토대로 하는 자본주의 국가이다. 자본주의 경제 체제는 개인이나 사회의 부富를 증진시키는데 크게 공헌한다는 사실이다. 조물주가 창조한 자연자원을 통한 생산과 관리는 인간에게 맡겨진 창조의 법령이나 마찬가지다. 인간의 행복한 생활은 의·식·주문제가 해결될 때 가능하다. 해외 동포들이 일자리를 찾아 고국을 찾는 것은 동포들의 의식주衣食住문제해결을 위해서이다. 경제적으로 어렵고 고통스럽다면 그 삶은 결코 행복할 수 없다. 인간은 자연자원을 개발하고 사용하여 생산성을 높이고 부를 증진하도록 하며, 소유한 재산과 부를 통해 나와 내 가족뿐만 아니라 그 것을 필요로 하는 이웃을 돕고 사는 책임을 다하는 것이다. 이 것이 청지기 정신이다. 대한민국은 자연자원을 통해서나 개인의 소유나 자본을 통해서 재산을 모아서 개인이나 사회가 잘살게 되는 것을 적극적으로 장려하고 있다. 그러나 일부 철학에서는 재산과 부의 공정한 분배만을 정의로 강조하여 재산이 많고 부한 것을 모두 부정한 방법으로 재산을 모은 것으로 판단 한다. 그래서 부자가 천국에 들어가는 것을 낙타가 바늘귀를 통과하는 것만큼이나 어렵다는 식의 문자적 해석으로 부와 재산에 대한 부정적 평가를 하기도 한다. 그러나 자본주의는 자연자원의 활용을 강조하고 자산을 통한 생산이나 소득을 통한 부의 증진으로 경제적 어려움을 극복하고 도움을 필요로 하는 이들에게 함께 나눌 수 있는 기회를 제공하는 긍정적인 면을 가진다.(황봉환.크리스천과 자본주의. 엠마오. p.35.).

셋째, 상거래와 소규모의 산업이 발전하면서 국가의 정치권력도 조금씩 지방으로 분산되고 그 지역 도시 안에 시장을 점유한 상거래 자들의 독점이나 노동자의 임금착취를 막기 위한 책임을 지게 되었고 상거래를 위한 물물교환과 화폐단위의 교환이 이루어지는 자본주의 틀이 마련되기 시작하였다. 이러한 자본주의 발전에 따라 나타난 것이 개인주의 발생이다. 프랑스 철학자 데카르트는 새로운 개인주의 시대를 연 장본인으로, "나는 생각한다. 고로 나는 존재한다."는 말을 남겼다. 이 말은 나 자신이란 존재를 통해서만 나라고 하는 주체성을 정당화 한다는 주장이었다. 인간의 정신은 알고 행하는 것으로 사고하는 자아(自我)이며 이 같은 자아는 참 존재를 의미 한다. 그러므로 인간의 모든 활동에는 사고하는 존재로서의 자기의식을 갖고 있는 것이다. 이와 같은 근대 이성주의의 자기중심적 자아의식 사상이 개인주의로 발전하였고 종교지도자들에게도 영향을 미쳤다. 문예부흥 이후 종교개혁 가들은 개인의 구원문제를 하나님에 대한 개인의 구원문제와 하나님에 대한 개인 관계의 중요성을 더욱 강조하게 되었다. 개인의 '구원'과 '자유'와 '권리'를 강조함으로 소수의 국가권력자들과 종교지도자들의 정치나 경제력 독점을 막을 수 있어서 개인주의가 더욱 발전하게 되었다.

넷째, 직업의 소명을 다한다. 이 말은 종교적 의미인 것이다. '루터'는 어떠한 직업이든 일반적인 용어를 종교에 사용하여 소명의 의미를 담은

이 말이 프로테스탄트의 중심교리에 반영되어 있다고 하였다. 루터는 어떤 직업이든 그 일에 대한 실천은 이웃 사랑에 대한 표시이고 하나님을 기쁘게 하는 일이며 하나님 앞에서 모든 직업은 동일하다는 의미라고 하였다. 세상의 모든 직업이 하나님의 소명에 의한 것이며 또한 하나님을 위해 최선을 다하여야 한다고 말하였다. 이와 같은 루터의 소명의식을 위주로 하는 직업관은 후에 '존 칼빈주의'와 청교도주의에 의해 직업사상의 정신으로 더욱 발전하였다. 루터의 직업관은 사람들이 어떠한 직업을 가졌든지 그것은 하나님이 맡기신 것이며 인간은 그것에 대한 청지기일 뿐이라는 것이다. 이와 같은 정신이 루터나 칼빈에 의해 산업을 주도하는 노동에 종교적인 성격이 부여되면서 기독교 윤리정신으로 발전하였다. 특히 칼빈은 그의 사회사상에서 인간은 노동하도록 지음 받았고 노동은 모든 인간에게 명령된 것이라고 역설하였다. 노동을 통하여 땅을 정복하고 다스리며 가꾸고 생산하여야할 책임이 인간에게 주어진 것이다. 그래서 하나님은 '아담'에게 친히 창조하신 에덴동산에서 식물을 심고 가꾸며 모든 짐승들을 돌보며 살아가는 일을 맡기신 것이다. 칼빈주의는 노동을 인간에게 주신 하나님의 선물이며 봉사할 수 있는 수단이다. 그러므로 인간은 누구나 노동에 관한 소명을 가지고 있다. 노동의 가치를 바로 알고 미래를 위해 열심히 저축하는 것은 생활의 미덕이다. 칼빈은 근면과 절제를 크리스찬이 가져야 할 신앙생활의 미덕으로 본 것이다.

다섯째, 생산과 무역의 확장은 그에 걸 맞는 정치와 사회제도를 조정하고 영향력을 발휘하게 되었다. 또한 기술의 발전과 변화는 전문성을 발전시켰고 개인에게는 자기가 원하는 것을 할 수 있는 자유가 부여되었다. 특히 기술의 발전은 노동과 생산에도 큰 변화를 가져와 다량 생산단위가 확대되면서 자본과 도시의 발전을 가져오면서 경제성장을 이룩하였다. 특히 산업혁명이 후, 기술발전과 기계발명으로 산업의 다량생산체제가 정착되면서 개인의 노동력보다 많은 자본재의 조성이 필요하게 되었고 생산과 소비의 유통이 가속화 되었다. 유리나 철, 조선업과 항공업, 철도 차량, 자동차 등 생산기술 발전으로 노동과 고용의 확대는 기독교의 종교적 사상과 자본주의의 사회경제적 사상 간의 접점을 찾아야 했다. 개신교의 경우 루터의 노동관과 칼빈의 예정론, 그리고 청교도들의 금욕주의 사상은 인간의 구원과 삶의 목적이 자기중심이 아니라 하나님 주권중심으로 경제적 근면과 절약 근면 사상과 신앙의 미덕과 경건성을 주장한 것이었다. 칼빈의 노동관은 그것이 하나님의 소명으로 모든 인간이 해야 할 마땅한 의무임을 강조하고 있으나 그 내용은 세속적 개인주의까지를 포함하고 있음을 알 수 있다.

자본주의 경제체제에서 가지고 있는 약점들을 성경은 기독교 사회윤리학적 측면에서 보완하고 있다. 개인과 공동체, 그리고 국가 전체에 주시는 하나님의 윤리적 교훈은 다음과 같다. 구약성경을 통해 가난한자들을 보호하도록 하는 규정을 정해 놓았고 종으로 팔려온 자와 고용된 일꾼들의 안전과 복지에 관련한 교훈들이 그 것이다. 출애굽기 22장에서는 고용하고 있는 노동자들의 임금을 해지기 전에 지불해 줄 것을 당부하고 있으며, 신명기 22장에서는 고용인들에 대한 안전문제와 그 책임에 대한 고용주의 책임문제를 명확히 다루고 있고, 신명기 23장에서는 금전 거래에서 이자를 받지 못하도록 하였으며 매 7년마다 모든 부채를 탕감해 줄 것을 요구하고 있다. 또한 신명기 24장에서는 고아나 과부, 가난한자들을 위해 수확할 때 다 거두지 말고 남겨두도록 요구하고 있다.

이 밖에도 하나님은 멸시나 학대 그리고 열악한 환경을 이기지 못하여 도망치는 사람들도 잘 보호하여 줄 것을 말하고 있으며 불의로 고통 받는 사람들의 권리를 보호함으로써 정의를 유지하신다. 하나님은 권리를 보호 받지 못하여 고통 받는 자, 빈궁한 자, 가난한 자, 무능한 자들에 대해 특별한 관심을 기울이는 일에 우리 신앙인들이 적극 참여할 것을 원하신다.(잠 29: 7. 31; 8, 9.) 이처럼 자본주의는 사회의 약자들을 보호하며 물질만능으로 인한 부패와 병드는 것을 성경적 교훈으로 깨우쳐 주고 있다. 인간 생명가치는 물질보다 소중하고 귀한 존재임을 훈육한다. 예수님은 "인간의 한 생명은 천하보다 귀하다"라고 말씀하셨다. 먹고 입고 거처하는 것이 중요한 것이기는 하나 "생명이 음식보다 귀하며 몸이 의복보다 귀하다"(마 6:25.) 고 말씀하셨다. 예수님의 비유 중 잃은 양 한 마리나 동전 한 닢, 누가복음 15장에서 "잃은 귀한아들"의 비유는 무엇보다 인간생명의 귀중함을 깨우쳐주고 있다. 이러한 성경의 교훈은 분명히 인간은 "하나님과 재물을 겸하여 섬길 수 없다"(마 6:24.)는 것을 엄하게 교훈하신 것이다. 이러한 의미에서 기독교는 배금주의를 철저하게 금하며 하나님 외에 다른 것을 섬기는 것은 우상숭배임을 깨닫게 하고 있다.

19

　우리 한국인은 헌법상 한韓민족이지만 이념적으로는 개인주의·자본주의 사회로 남한과 고립적·노동자적 사회인 북한으로 이질화된 분단국가이다. 19세기 초부터 조국 근대화를 위한 항일민족투쟁을 시작한 독립운동 과정에서도 민족통합이 염원이었다. 그러던 중 1919년 3·1독립운동을 통해 하나님 섭리에 따라 민주공화국이 세워지면서 임금이 주인인 나라에서 국민이 나라의 주인이 되는 대한민국 임시정부가 들어서게 되었다. 이보다 먼저 1907년 전국 기독교인의 궐기로 독립만세 운동이 일어나자 조선총독부의 탄압과 체포가 있었으니 세칭 105인 사건이다. 해방 후, 1948년 8월 15일 대한민국이 총선을 거쳐 유엔의 합법정부로 승인받고, 임시정부 출범해인 30년 전인 1919년을 '대한민국 건국원년元年'으로 출범하였다. 대한민국 뿌리에는 대한민국임시정부가 있고 국군의 뿌리에 광복군과 독립군이 있는 것이다. 그러나 대한민국은 1950년 6월 25일 북한 공산군의 남침을 받았다. 공산국가인 소련이 동유럽을 장악한 후 아시아 대륙으로 건너와 중국과 북한을 위성국으로 만들면서 한국마저 공산화 시켜 지배하려고 한 음모였다. 프랑스의 해체 철학자 자크 데리다는 이 과정을 유령의 시대에 비유하였다. 근세 철학자 칸트는 헤겔을 낳고 헤겔은 마르크스를 낳고 마르크스는 유령을 낳았다고 하면서 "공산당 선언에서 가장 중요한 단어를 유령이라고 불렀던 것이다. 그의 공산화 과정의 해체론적 풀이에서 인류역사는 허깨비같이 허접스러운 유령에 의해 공산주의 이데올로기 장치인 국가, 당, 세포, 조합 및 교리생산 장소들이 소멸되기 시작하였다고 주장하였다.

특히 미국 개신교 선교사 빌리그래함 (Billy Graham)은 한국전쟁을 이데올로기 전쟁으로 단정하고, 이 전쟁을 마르크스주의의 필연적 결과라고 하였다. 따라서 한국전쟁은 공산주의와 기독교 간의 전쟁 시작으로 보았으며 유엔군사령관 맥아더 장군을 비롯한 릿지웨이, 클라크, 밴프리트 등, 유엔군 장령들이 한국전쟁을 신학적 전쟁으로 임하게 되었던 것이다.(천호선 박사(미얀마 개혁장로교신학대학 학장.) 빌리 그래함의 반공메시지가 한국을 구했다. 논문 인용) 마르크스주의 종말, 공산주의 종말, 역사의 종언은 이미 1950년대 한국전쟁 이후부터 시작되어 1992년 소련공산당을 따르던 사회주의 나라들이 줄줄이 몰락 하였다. 빌리 그래함은 마르스주의 비도덕성과 호전성이 한국전쟁을 일으켰다고 보았다. 마르크스주의는 언제나 전쟁을 필요로하는 이데올로기라면서 동시에 혁명을 확산시키는 데는 어떠한 범죄도 정당화 된다고 하였다. 그는 한국전쟁 원인을 동족상잔의 민족주의에 돌리지 않고, 마르크스, 스탈린에게 돌렸다. 평생을 변경인으로 살아온 알제리 출신 자크 데리다는 마르크스 공산주의 세계혁명을 은인자중 지켜보던 중, 1992년 소련공산주의제국 몰락을 보고서야 "마르크스의 유령들" 을 집필하여 마르크스주의의 현재와 미래에 대한 식견을 갖춰, 공산주의를 올바로 이해하자는 경고를 하였다. 공산당 선언에 첫 명사로 등장하는 '유령' 을 다음과 같이 설명하고 있다.

"허접스러운 유령의 정체는 정신의 어떤 현상적이고 육체적인 형태다. 유령은 이름붙이기 어려운 영혼도, 신체도 아니고 영혼이자 신체이기 때문에 어떤 사물이 된다. 왜냐하면 육체와 현상성은 정신에게 그 유령적인 출현을 선사膳賜하는 것이며 이러한 유령의 출현은 망령이 되어 살아지게 된다. 즉 죽은 이가 유령으로 존재하는 것이다. 정신과 유령은 같은 것이 아니다. 유령은 우리가 그 정체를 알 수 없지만 '정신'이란 우리가 알고 따르는 것이다."

자크 데리다는 마르크스 유령들을 허깨비로 부르면서 사회주의 국가가 몰락하는 것과 함께 유령으로 등장한 저주스러운 공산주의 이데올로기를 몰아내고 무력화 시킬 것을 강력히 경고하였다. 마치 프란시스 후쿠야마의 "역사의 종언"에서나 들을 수 있는 주장처럼….또한 그는 마르크스 유령은 언제든지 다시 등장할 수 있는 이데올로기라는 점을 잊지 말라는 경고도 함께하였다. "150여 년 동안 전개되어 온 마르크스 유령의 환영마저 모두 몰아내자는 것" 이다. 그러기 위해 현대 새로운 세계질서 속에서도 일어나고 있는 마르크스 유령인 공산주의 유산의 재등장을 경고하였다. 이들의 부정적인 망령과 환영의 단절을 위한 안전한 제도적인 장치와 함께 엄중한 유령의 침투를 교훈으로 삼을 것을 역설하고 있다. 이와 같은 자크 데리다의 마르크스 유령론에 대한 과감한 해체차원의 사상체계에 대한 분석연구는 한국의 '복음화 민족통일방안' 실천에도 일면 참고가 될 수 있을 것 같다. '데리다'가 말하고 있는 살아 있는 자들의 채무가 이와 맥을 같이하고 있다는 생각이 문득 떠올랐기 때문이다. 2024년 설립된 대통령직속 "저출산고령사회위원회"도 생산인구 확보를 통한 경제발전 지속과 자유민주주의와 자본주의발전을 위해 튼튼한 국가안보체제 강화의 현실적 목표도 미래 '복음화민족통일' 실현을 지표로 삼고 있기 때문이다. 현재 활발히 논의되고 있는 '이민청' 설립에서도 앞으로 우리가 맞아 들여 함께 살아야할 외국인 거주자들, 그 중에서도 해외동포들 대부분은 역사적으로 긴 세월 해외에서 차별과 핍박 받으며 살아온 약자의 입장에서 살아온 선조들의 후손들이다. 특히 북한, 중국, 소련 등 동남아 및 서남아 출신들은 일찍이 마르크스 유령인 공산주의 이념학습과 생활환경에서 살다온 사람들이 많다. 이들을 대하는 우리의 자세는 무분별한 외국인 혐오가 아니라 미래 통일조국건설을 위해 함께 참여하는 경쟁력 제고차원에서 사회적으로나 인격적인 세심한 배려가 있어야 할 것이다. 우리보다 먼저 민족통합을 이룩한 독일의 경우에서 보는 것처럼 통일이 민족화합의 성공보다는 옛 동독인들의 자본주의와 민주주의를 적응하지 못하고 서로가 서로에 대한 불신의 장벽만 강화시켰다는 부정적 평가를 반면교사로 삼아야 할 것 같다. 통일 후에, 서독인들은 동독인을 향해 게으르고 의타심이 강하며 불평만 일삼는다고 꼬집는 반면 동독인은 서독인들을 거만하고 무자비한 존재라고 비난하고 있다. 현재 독일인들은 독일통일이 잘못되었거나 실패한 것이라는 말까지 서슴없이 하고 있는 실정이다. (서울대행정대학원통일정책연구팀. '남과북 뭉치면 죽는다' 랜덤하우스. p.301.)

우리의 경우 마르크스 유령에 의해 빚어진 이데올로기의 장기간에 걸친 대결은 남·북간의 적대감을 증폭시켜 아직까지도 민족화합의 길을 찾지 못하고 있다. 국내외 8천만 민족성원 모두의 번민과 갈등에 빠져 있는 민족 통일의 길을 찾는 데는 성경의 복음주의 민족통일방안으로, 이질화된 민족을 하나로 통합하는 길을 모색하여야 한다. 아직까지 우리는 전형적인 개인주의와 자본주의 사회인 남한과 고립적·노동자적 사회인 남·북 간의 사상적 불신의 장벽을 허물 수 있는 어떤 방안도 만들지 못하고 있다. 북한은 평양에 지어놓은 봉수교회(1988)와 칠골교회(1992)를 세워 북한의 기독교를 상징하고 있다. 특히 칠골교회는 북한 지도자 김일성가의 최초 가정환경이 기독교인이었음을 알려주고 있으며 노동당의 기독교에 대한 적대정도가 제한적이라는 엄연한 사실을 알려주고 있다. 우리는 그동안 남북 교류차원에서 기독교 성도들이 봉수교회를 방문하여 예배를 보면서 성도들 간의 개인적인 교류의 폭을 넓히려고 노력하여오고 있다.

그러나 많은 크리스찬들이 이념 갈등의 해소를 위한 물심양면의 지원을 통해 남·북간의 교류를 위한 화해의 다리(Blue-bridge)를 놓으려고 힘써왔으나 성공하지 못하였다. 이 땅의 평화와 민족의 생존과 번영을 위해 반드시 얻어내야 할 성령의 응답을 받지 못한 채, 불신의 장벽만 더 높이 쌓아가는 형국이 안타깝기만 하다. 최근 북한이 미사일과 러시아파병을 앞세운 가운데 민족단절 선언을 하는 것을 보면서, 국민들은 실망감과 함께 불안감을 떨치지 못하고 있는 상황이다. 우리는 해체철학자 자크 데리다가 마르크스 유령에 대한 현실적인 괴멸을 주장하면서도 우리의 삶속에 들어와 있는 공산주의 환영幻影의 유혹을 극복하여야 한다는 경고에 귀를 기울여야만 한다. 마치 희곡 세익스피어의 비극 햄릿의 '엘시노어(Elsinore)성벽'에서 매일 밤 만나는 아버지 망령 앞에서 어머니와 덴마크 왕인 시동생 '골리드와'의 재혼사건을 앞에 놓고, 왕가 일원으로 왕자 햄릿이 겪고 있는 마음속 갈등과 고통의 비극을 반성 없이 바라만 보는 것과 같은 무력감에 빠져있는 형국이다.

우리는 성경을 통해 인간의 삶과 죽음에 대한 사유思惟의 무력함과 자괴감 그리고 콤플랙스에 빠진 나약한 죄인이라는 것을 반성하여야 한다. 예수님은 자신의 고난을 통해 인류 구속을 위한 사역의 일환으로 고난을 받아야함을 선포하였다.(막 8:31) 과거 우리(유대인과 이방인을 포함)는 모든 율법을 예수님이 충족시켜 주어 율법의 구속에서 해방되었으나, "내가 원하는바 선善은 행하지 아니하고 도리어 원하지 아니하는바 악(惡)만 행하고 있다"(롬 7:19)는 탄식만 하고 있다. 이와 같은 인간의 나약함은 율법에서 오는 것이 아니라 죄를 짓는 인간 본성이 인격화 되어가고 있는 나약함 때문인 것 같다.

우리는 자신이 신앙적으로 불안정한 존재임을 깨닫고 항상 자아성찰을 해야 만 한다. 하나님 앞에서, 선과 죄의 갈림길에 중립이란 결코 있을 수 없음을 마음속 깊이 새겨야 한다. "누구든지 나를 따르려거든 자기를 부인하고 자기십자가를 지고 나를 따르라." 또 "누구든지 자기 목숨을 구원하고자 하면 잃을 것이요, 나와 복음을 위해 자기 목숨을 잃으면 구속하리라…." 기독교인의 이름을 걸고 남·북을 오가며 육신의 자아와 욕망의 자아를 제어하지 못할 경우 그 것은 복음 안에서 자유 함을 느낄 수 없는 법이다. 항상 자아의 죄인 됨을 인정하고 은혜의 보좌 앞으로 한걸음씩 나아가는 축복을 누릴 수 있어야만 한다. 바울은 자기 마음에 두 개의 법이 항상 싸우고 있음을 고백하였다.

"내 속에서 한 다른 법이 내 마음의 법과 싸워 내 자체 속에 있는 죄의 법으로 나를 사로잡는 것을 보는 도다." (롬 7: 19) 강한 육신의 자아에 눌려버린 마음속의 또 다른 자아를 고백하고 있는 것이다. 곧 내가 원하는 바를 하지 못하고 원치 않는 것을 행하는 어리석음을 탄식한 것이다. "오호라 나는 곤고한 사람이로다. 이 사망의 몸에서 누가 나를 건져 내랴." (우리가 북한에 세우는 '십자가') 우리는 주인 된 나를 죽이고 절대적인 타자의 삶을 사신 예수님의 거룩한 삶을 따라야 한다. 주님은 절대자 안에서 타자의 시선에 응답하는 환대歡待의 삶을 살았음을 기억하여야 한다.

요즘 우리사회가 겪고 있는 사회적 혼란도 사회전체주의 체제를 거부하고 자유민주주의 시장경제를 더욱 발전시키기 위한 하나님 선민들의 투쟁이다. 그래서 우리는 더욱 분발하여야 한다. 주인 된 나를 죽이고 절대적 타자인 예수 그리스도의 십자가 보혈 구속을 믿고 따라야 하는 것이다. 세속적인 부와 권세를 포기하고 탈주체적 자아의 삶이 소중함을 깨달아야 한다. 이 땅에서 외면당하고 차별받는 타자들을 위한 환대가 현대 사회공동체의 뜨거운 주제이다. 그러나 환대받는 손님이 어느 때인가는 적군(敵軍)이 될 수도 있다는 사실을 기억하자. 환대의 덕목은 주인과 손님을 함께 아우르는 사회공동체의 미덕이어야 한다. 지금 환대는 우리사회의 극심한 갈등문제 중심에 서 있다. 성경은 환대문제를 기독교 신앙의 기준으로 삼고 있다. 구약성경 창세기에서 보는 아브라함의 환대가 그 대표적이다. 아브라함은 낯선 이방인 세 명을 주인으로 섬겼다.(창 18:2) 나그네가 주인이 되고 주인 아브라함은 종이 되었다. 아브라함은 나그네들을 최고 환대로 대접하였으며 그들의 식사가 끝나기까지 그들의 곁에서 시중들었다. 이를 교훈삼아 기독교인들의 휴전선 넘어 여행은 지극히 거룩하신 하나님 사랑의 실천이어야 한다. 푸란치스코 교황은 남·북 분단을 민족적 불행으로 단정하고 같은 형제자매가 어떻게 60~70년을 이렇게 떨어져 살 수 있느냐고 안타까워하였다. 그러면서도 교황은 북한의 인도적 지원은 전쟁과 평화를 구별하라고 조용히 일러주었다고 유홍식 추기경은 경고하고 있다.

어딜 가나 크리스찬의 축복받는 여행길은 성경적 사랑의 실천이어야만 한다. 권력에 찢기고 밟힌 사랑의 질서를 회복시켜야 하기 때문이다. 나를 위해 자기 자신을 버리신 예수님 사랑 안에서 하는 여행이어야 한다. 그 것은 주인 된 내가 죽어 절대적 타자 안에서 누리는 여행 즐거움의 스토리를 남겨야 한다. 품위 있는 손님으로 처신을 바르게 하여야 한다. 유혹에 빠져 저속한 행동으로 후환을 남기지 말아야 한다. 성경적인 환대와 타자의 엄숙한 자세는 우리의 복음주의 통일관에도 적용되어야할 기독교적 가치이다. 기독교는 결코 혁명의 종교가 아니다. 이유는 개인의 거듭남 없이 개혁은 불가능하기 때문이다. 대한민국은 개인의 거듭남을 기초로 자유민주주의, 자본주의, 기독교의 3대 이념으로 경제적 번영과 민주화를 동시에 이룩한 교훈을 갖고 있다. 불평, 불만, 증오, 왜곡, 선동의 감정 문화를 가지고 위대한 내일을 건설할 수는 없다. 복음화 역사는 사랑, 화해, 감사, 정의, 진리의 덕목 실천을 토해 발전한다. 복음주의 민족통일 달성은 평화와 위대한 미래 한국건설의 프로젝트이다. 북한의 변화와 적극적인 참여가 중요한 영적 파트너간의 작업이 되어야 한다. 공산주의 전문 연구가인 '조지 캐난'은 일찍이 "공산주의 혁명이 러시아를 변화시킨 것이 아니라, 러시아의 부정적 유산이 마르크시즘을 삼키고 만 것이다."라고 하였다. 구 차르제국의 러시아에 대한 이미지는 정복, 독재, 인권탄압, 부정부패였다. 러시아 정교회가 있었으나 그 교회마저 타락하여 개혁에는 아무 쓸모도 없었다. 또 한 사람, 공산주의 연구가 딘고 토마식(Dinko Tomasic) 도 러시아 제국의 부패가 공산주의로 그대로 넘어갔다고 말하였다.

볼세비키 혁명세력들은 처음부터 증오, 모욕, 불화, 무자비한 폭력, 배신, 거짓으로 정적을 제거하였으며 교회를 파괴하였다. 빌리 그래함 선교사도 전체주의적 러시아가 공산주의를 포용한 순간부터 비공산 세계를 적으로 돌렸고 시작부터 세계혁명을 준비하였다고 했다. 우리는 스탈린의 대형대대의 흉악한 횡포를 직접 경험한 민족이다. 따라서 공산주의에는 평화가 없다. 1936년~37년 러시아 국민들은 자유와 기독교를 원했지만 스탈린은 불화, 갈등, 증오, 고문을 통해 이를 탄압했다는 빌리 그래함 설교도 있다. (천호선. 앞의 논문 인용. p.5.) 레닌이 집권하면서부터 마르크스주의는 유령으로 변하면서, 스탈린의 증오와 파괴의 공산주의 이데올로기의 대명사가 되어버렸다. 북한은 1990년 동유럽 공산국가들의 몰락과 함께 마르크스주의를 버렸다고 하였다. 그러나 그후, 주체사상을 통치이념으로 하고 있지만 정치학자들은 북한을 여전히 공산주의 국가로 분류하면서 일본천왕을 현인신現人神으로 받드는 제국헌법의 모방국가라고 부른다. 우리는 북한주민들을 적으로 삼지는 않는다. 기독교는 인간을 하나님의 피조물로 한 구속의 대상이기 때문이다. 그들은 여전히 한민족이며 같은 핏줄로 맺어진 형제자매일 뿐이다. 다만 개인보다 국가를 더 우선시 하고 강력한 통제를 행사할 수 있는 공산주의 지도자들의 통치를 받고 있는 사회주의 국가 인민 일뿐이다. 공산주의 종주국을 자처하던 구소련 체제의 해체는 사실상 패배와 항복하였음을 뜻한다. 세계사에서 마르크스주의나 공산주의가 성공한 모델은 그때까지 없었다. 다만 공산주의 통치자들이 이론적으로 유토피아 환상을 제시하면서 자본주의 사회의 모순을 지적하고 있을 뿐이다. 그러나 과거와 현재를 통해 볼 때, 공산주의 사회가 더 부패하고 비도덕적이라는 것은 널리 알려져 있는 사실이다. '솔제니친', '벨자에브' 등 소련 공산주의 지식인들을 볼세비키 당국의 추방과 그들의 망명을 통한 고발을 통해 공산주의 통치의 비문명적 속성은 잘 알려져 있다

우리는 지금 세계 유일의 민족분단국가인 남·북한을 하나님의 섭리로 '복음주의 민족통일'을 지향하고 있다. 여기에는 2007년 김진홍 목사 주도의 기독교사회책임(뉴라이트)과 최근 서경보 목사 주도의 새로운국민운동(나눔과 기쁨재단)이 있다. 두 조직 모두 북한을 사회과학 언어가 아닌 신앙적 언어로 접근하여 하나님 섭리에 의한 북한해방으로 민족통일을 이루자는 시민단체 성격의 조직으로, 교회중심 후원활동을 전개하여 오고 있다. 지금은 이들 두 조직의 구체적인 활동이 북한의 핵폐기 서명운동과 복지개혁 국민운동으로, 국민들의 직접 사회참여를 강조하여 국민의 온 힘을 하나로 묶어 발휘할 것을 강조하고 있다. 과거에는 선진국이 된 후 통일을 이룬다는 주장에서, 통일을 실현시킨 다음 선진국으로 남·북이 힘을 합쳐 통일을 이룩하자는 주장을 펴고 있다. 이러한 주장이 나오게 되는 배경은 최근 북한의 핵개발을 앞세운 민족단절이라는 극단적인 도전에 그 원인이 있다.

20

 그동안 북한을 연구하고 체험한 단체들이 제공하는 정보에 따르면 이미 남·북한의 사상적 심리적 이질화는 동족개념이 무색할 정도로, 한국에 대한 적대감과 경제교류도 담보할 수 없다는 것이 중론이다. 같은 이유로 남·북통일의 시안으로 추진되고 있던 선진국으로 성장한 후 통일하자거나 남·북 분업통일안, 즉 한국은 자본집약적인 산업을, 북한은 노동집약적인 산업을 유치, 상호보완을 통하여 공존공영의 길을 찾는 것도 현실적으로 불가능한 상황으로, 가고 있다. 이와 같은 구상실현을 위한 제반 조건이 갖추어져있지 못한 가운데 특히 남·북 간의 신뢰가 전혀 없다는 것이 큰 문제이다. 이러한 난점은 장기간에 걸친 정치적 이데올로기의 갈등이 그 원인이며 정서적으로도 양측 간의 적대감이 너무 심각한 상황으로 전개되고 있다. 1990년 10월 동·서독간의 통일선언조차도 감정적인 통일은 성공하였으나 민족생존을 위한 통일은 실패하였다는 자책감과 교훈의 목소리가 나오고 있는 실정이다. 통일 이후 독일에서 벌어지는 심리적 경제적 분단은 독일인들을 경악시켰으며 동독과 서독이 얼마나 다른지를 깨닫게 되었다고 한다. 옛 동독인들은 자본주의와 민주주의에 적응하지 못하고 있으며, 서독인들을 향해 거만하고 무자비한 존재라고 비난하여 서로가 서로에 대한 불신의 장벽만 높이고 있다는 부정적인 소식도 들린다.
 남·북간의 기독교인들의 만남은 1981년에 독일 프랑크푸르트에서 활동하는 이영빈 목사의 주선으로 처음으로 성사되었다. 이 만남이 통일을 위한 정치적 화해를 기대하면서 1982년과 1984년 두 차례에 걸쳐 오스트리아와 핀란드에서 열렸다. 이 회의에 앞서 제네바의 '교회재일치평의회'가 북한 기독교인들을 초청하는 등 관계자들 간의 소통이 시작되어 '한국교회전국위원회' 와 '북한기독교연맹' 간의 만남으로 1986년 스위스의 '글리온'에서 이루어졌다. 이처럼 간헐적으로 해외기독교인들의 주선으로 만남이 성사되면서 상호 적대감을 기독교정신으로 극복하려는 시도가 있었으나 예견한대로 북한의 정치적 강령을 선전하는 자리로 변하면서 모처럼의 만남이 결실을 맺지 못하고 말았다.(서울대학교행정대학원 통일정책연구팀 저, 앞의 책. p.283. 참조). 모처럼 재외 한국기독교인들의 만남을 통해 듣는 북한 기독교인들의 발언은 기독교연맹의 강령과 같은 수준의 내용이었으며 이들 자신의 기독교인으로서의 정체성이 아닌 오직 노동당의 한 외곽조직원이라는 점을 알게 되었다.

그 동안 공산주의 체제아래 노동현실에 대한 분석 연구가인 볼프강 앵글러(Wolfgang Engler)의 동독체제는 노동자 국가가 아닌 노동자적 (노동자를 위하는 척하는)사회라고 주장한다. 특히 북한의 노동현실에 대해서는 노동자들이 위로부터 지시에는 잘 따르지만 창조성이 없으며 일하기를 싫어한다고 하였다. 무언의 저항에 의한 고의적 나태성으로 보이는 경우도 있다고 하였다. 또 한사람 한스 요하킴 마츠(Hans Jeachim Maaz) 박사는 감정 정체론을 통해서 통독 이후 구동독인들의 심리적 프로이트적 정신분석에 입각하여 섬세하게 분석하였다. 그에 의하면 옛 동독과 같이 사회적 억압과 공포를 조장하는 권위주의적 환경에서 자란 사람들은 자신을 표현하는 방법을 제대로 습득하기가 어렵다고 하였다. 그들은 자신이 진정 무엇을 필요로 하는지 모르고 타인(위로부터의 명령, 이념, 상급자)의 기대와 요구를 충족시키는데 만족하며 자신의 존재 의미를 갖게 되었다고 하였다. 이와 같은 사회주의 통제국가의 체제순응성이 유사한 가운데서도 특히 북한의 경우는 통제가 매우 강한 사회라고 주장 한다. '마츠'는 이런 사회에 사는 북한의 노동자들은 권위주의적 천진난만한 편이라고 말하였다. 순진하다는 것은 진실 된 자아의식이 없다는 뜻도 되며 바깥세계를 전혀 알지 못한다는 의미도 있다.

앞의 앵글러의 노동자적 사회 이론이나 마츠의 감정 정체론을 통해서 보는 북한 주민들의 이기적이고 부정적인 모습은 우리가 같은 동족이기에 통일은 당연하다는 감상적 통일론과 경제교류를 통한 점진적 통일을 꿈꾸는 기능론적 통일론은 허구에 가깝다는 교훈을 다시 깨닫게 한다. 따라서 이제는 새로운 통일전략과 접근을 필요로 한다는 것을 직시하여야 할 것 같다. 그 새로운 통일관은 무엇이어야 할까? 그 것은 한민족의 정통성인 인류애의 가치(弘益衆生)와 자유, 정의, 평화, 인권 가치의 본원인 기독교 이념을 바탕으로 하여야 한다. '복음화 민족통일관을 지표로 하는 민족통합만이 미래 대한민국의 정체성을 구현할 수 있을 뿐만 아니라 자크 데리다의 "살아있는 자로서 선조들의 영령들을 위로하고 인구소멸을 막기 위한 인구정책 수립의 토대가 될 수 있어야 한다." 이주민으로 맞이하는 동포들의 환대는 경제적 부를 충족시켜 개인생활의 안정을 시키고 생산력을 높여 취업기회를 확대시켜야 한다. 자유민주주의 이념의 긍정적 체험과 자본주의의 약점보완을 통한 경제발전과 복지사회를 건설하여 빈곤을 퇴치하기 위해 대한민국의 경제영토를 적극적으로 확장(수출입 정책강화)시켜 나가야만 할 것이다. 해외동포는 물론 동남아시아의 이주민들에게 삶의 낙원의 꿈을 실현시켜 주어 마르크스 유령의 검은 길목을 차단 시켜야 한다. 경제적 빈곤과 사회적 불평등이 마음속에 싸여 허접스러운 마르크스 유령의 유혹의 함정에 빠지지 않도록 막아야 한다. 경제발전으로 사회 안정과 튼튼한 안보체제를 갖춰, 손님을 환대할 수 있는 복음의 진리를 실현할 토대를 마련하여야 한다. 이 것이 자크 데리다의 해체철학의 환대 방안이 되는 것이다.

1992년 소련공산제국이 무너질 때, 동구권의 위성국들이 독립을 외칠 때, 종교와 세계관이 종종 민족주의와 밀접한 관련을 맺어 굳센 저항의지를 고무시켰다는 사실을 알고 있다. 민족주의는 종교가 아니다. 그러나 종교와 비슷한 특징들을 지니고 있다. 민족주의는 민족에 대한 애국심과 충성심을 요구한다. 여기에서도 종교와의 밀접한 관계가 있음을 보게 된다. 국가 이데올로기도 역시 종교적인 옷을 입는다. 소련이 고르바초프의 글라디노스트 페레스트로이카 정책과 군부쿠데타로 혼란한 틈을 이용, 유럽속의 발트 3국(라트비아, 리투아니아, 에스토니아) 세 나라 국민 200만 명이 1991년 수도 빌뉴스-리가-탈린 사이 600Km의 가도街道를 따라 인간 띠를 만들어 '노래혁명'을 일으켜 1940년 나라를 빼앗긴지 반세기만에 독립을 쟁취하였다. 여기에서도 에스토니아와 리투아니아의 개신교도(루터교)와 리투아니아의 캐톨릭 교도들이 손에 손을 맞잡고 찬송을 부르고 기도를 하여 하늘의 불기둥과 구름기둥의 하나님의 은사를 받았음을 우리는 알고 있다. 비록 북한의 기독교 현황이 마치 안개와 짙은 황사에 가려져 자세히는 알 수 없으나 북한당국(김명석 조국통일 부위원장)의 주장대로라면 1970년 이후 혁명의 4번째 단계에 들어서면서 사회주의 완성단계에 이르렀다는 호언장담을 듣고 있다. 그 첫 단계가 낡은 이데올로기로 취급받는 종교혁명이었다는 것이다. 그러나 종교적 금지와 이념적으로 금기시된 기독교가 문화혁명과정에서 박해를 받았다고는 하나 조국통일전선에서는 노동당의 지도를 받는 합법적인 정치혁명의 주체로 간주되고 있음을 기억한다. 평양에서 봉수교회와 칠골교회를 볼 수 있다. 또 1983~4년에 조선어판 신·구약 성서와 찬송가가 출판되었고 신학교가 있어 제한적인 수의 목회자가 양성된다고 한다. 또한 간헐적으로 지하교회로 알려진 가정교회 신도들의 행적이 탈북민들을 통해 들어나고 있음을 볼 때, 비록 주체사상 아래 기독교의 체계적인 인정을 받고 있다는 합리적인 의심을 갖게 된다. 북한은 기독교를 사회적으로 통제하려는 국가의 관여는 한번도 포기된적이 없고 1980년대 이후 오히려 증가되어 오고 있는 것으로 보인다.

(권토 프로이덴베르크. '북한기독교비판' 남과북 뭉치면죽는다. 랜덤하우스중앙. 2004. p.277.)

공식 보고에 의하면 북한 기독교인의 수는 그들 중 다수가 남한으로 피난했던 1945년의 12만 명에서 현재는 1만 명 수준으로 격감하였고 그들 중 6,000명만이 기독교연맹에 소속되어 정치적으로 공산주의자로서 당과 노선을 같이 한다고 확인되고 있다. 이 사실은 북한에 있는 기독교인들 중에도 스스로 절대 타자인 예수 그리스도의 고난의 길을 스스로 묵묵히 따라가는 진정한 크리스찬이 그들 안에 있을 수 있다. 왜냐하면 종교의 자유가 없는 공산주의 사회에서 "나 외에 다른 신을 두지 말라"고 하신 하나님 이외에 우상숭배를 하는 삶은 순교적 신앙 없이는 온전한 신앙생활을 할 수 없기 때문이다. 공산주의 사회의 인간상을 연구하는 서구학자들(마트와 앵글러)의 주장은 북한에서 개인숭배와 기독교 신앙의 양자 조화가 이루어질 수 있는 것은 본질적으로 이것은 그들의 무지 때문이라고 비하하거나 억압상황에서 사회화된 인성이 자신들의 체제를 순진하게 신뢰하는데 원인이 있다고 한다. 그러나 이러한 주장은 너무 일방적인 평가라고 본다. 북한에는 이미 1886년 병인년에 영국인 목사 '로버트 토마스'가 평양 대동강가에서 순교하였을 정도로 일찍 기독교를 접하였다. 또한 1907년 근대화 과정에서 기독교인들의 주도로 일제식민통치에 저항운동(105인사건)을 일으켰으며 1919년 3·1독립운동을 주도하여 다음해 중국 상해에 대한민국 임시정부를 수립하였다. 이처럼 기독교를 시대정신으로 받아들여 꾸준한 독립투쟁을 전개하여 1945년 해방을 맞아 1948년 8월 15일 자유민주주의 시장경제를 정통성으로 하는 대한민국을 건국할 수 있었던 것이다.

불행하게도 2차 대전 종전 후, 공산제국 소련군이 3·8 이북을 점령하면서 공산정권을 세우고 사회주의적 인민으로 국민들의 인성人性을 내면화시키게 되었다. 이 때부터 북한은 마르크스 유령인 공산주의 이데올로기를 통치이념으로 하는 과정에서 체제의 폐쇄성과 대국민 세뇌작업을 위한 자유민주주의에 대한 부정적 상징조작을 끊임없이 강화하여 오고 있다. 그 결과 권위주의적 통치 권력에 순응하는 국민의 타자성의 내면화가 이루어져 온 것이다. 이러한 폐쇄체제 아래 살아가는 북한 동포들을 하루빨리 해방시키기 위해 새로운 복음의 역사를 열기위한 '복음화통일방안'을 수립하여 담대하게 추진하여야 한다.

"두려워 말라. 내가 너와 함께함이니라."(사 41:10) 하나님은 공의로 이 세상을 통치하시고 우리는 여호와 하나님의 거룩한 손길에 따라 복음의 진리를 확산시키고 복음의 진리를 통해 북한동포들을 공산주의 이데로로기 고통 속에서 해방시킬 수 있어야 한다.(시 9:1~20)

복음의 진리를 증거 하는 사람이 머뭇거리고 망설이게 되면 '복음의 역사'는 열릴 수 없다. 위대한 하나님께서 친히 복음의 역사를 이끌어 가심을 확신 하여 담대하고 지혜로운 크리스찬의 사명을 다할 때, '복음의 진리'로 마르크스 유령의 어둡고 음침한 죽음의 긴 계절을 종식시킬 수 있는 것이다. 복음화 통일을 위한 새로운 전략과 접근에 대한 체계적인 연구가 심도 있게 추진되어야 한다. 비록 분단으로 남·북이 각각 정치이념을 달리하는 두 개의 정부로 갈라져 고통 받고 있지만 본래 우리 한민족은 옛날부터 하나님을 믿는 배달민족으로 복음의 역사를 지켜온 용맹스러운 민족이었다. 성경을 통해보는 '묵시'는 한민족의 정체성과 구원사적 사명에 대한 하나님의 계시를 알려 주신다. 그 계시의 메시지는 우리 크리스찬을 향한 예언적 비전이었다. 세계 유일의 분단국으로 반세기를 넘어 80여년의 고난 속에 살고 있는 조국 동포들에게 주는 참된 소망과 위로의 메시지였다. 이미 하나님은 북한동포들의 해방을 위한 역사(役事)를 시작하셨다. 1948년 마르크스 유령의 길목을 차단하고 자유민주주의 국가를 세워 주셨고, 1950년 6·25 공산군 침략을 유엔군 파견으로 구원해 주셨으며, 1988년 서울 올림픽에서 시작된 동·서화합의 역사(손에손잡고 노래하는 아리랑정신)는 평창 동계올림픽을 통해 세계 냉전체제를 한반도에서 종식시켜 주었다. 이 기간 중에 한국은 동유럽의 소련 위성국가에서 해방된 신생독립국가들을 포함한 32개국과 새로 외교관계를 맺는 일대경사를 체험하였다. 현재 한국은 쿠바, 시리아 마케도니아 등 3개국을 제외한 190여 개국과 외교관계를 수립하여 부국강병의 경제영토를 확장 시켰다. 이와 같은 축복은 하나님 은총의 역사였다. 하나님의 보배로운 약속은 한민족을 향한 소중한 계시였다.

"세계가 다 내게 속하였나니 너희가 내말을 잘 듣고 내 언약을 지키면 너희는 모든 민족 중에서 내 소유가 되겠고, 너희가 내게 대하여 제사장 나라가 되며 거룩한 백성이 되리라…."(출 19:5~6.)

하나님의 성민인 우리는 하나님의 거룩한 언약을 믿고 고난 속에 살고 있는 북한동포들을 구원하여야 한다. 전 세계에 흩어져 살고 있는 700만 교민들과 1만 명의 선교사들, 그리고 남·북 8천만 동포들에게 이 거룩한 하나님의 메시지를 책임지고 전해야 할 의무가 있다.

"마음을 다하며 지혜를 발휘하여 하늘 아래서 행하는 모든 일을 연구하며 살피는 일은 괴로운 것이니 하나님이 인생들에게 주신 수고로운 것이다"(전 1:13) 우리는 지금 '복음화 민족통일' 달성을 위해 굳센 믿음으로 온 민족이 힘을 다해, 하나님이 세우시는 한마루 언덕에 축복받은 성민 聖民의 나라 건설에 참여하여야 한다. 지금은 통일조국 건설을 위해 마지막으로 온힘을 다해 땀을 흘릴 때이다. 미국 정치신학자 라인홀드 니버

(Reinhold Niebuhr)는 평화를 정의正義의 열매라고 하면서 기독교인은 정의의 전쟁이 가져다주는 평화보다 단계가 낮은 차악次惡을 선택할 수밖에 없다고 하였다. 이 세상에서 정의는 죄의 지배아래 있는 사랑의 근사치이고 사랑은 정의의 역사적 성취를 심판한다. 완벽한 사랑은 예수 그리스도의 자기 희생적 환대에서나 완성될 수 있는 것으로 평화주의는 감상주의에 불과하다고 보았다. 따라서 현실주의적 군사정치 전략을 옹호하고 국제적인 무정부주의와 파시스트 독재에 맞서 민주주주의를 지키기 위한 전쟁 선택도 마다하지 않는다고 하였다.

한민족의 통일은 이상적인 청사진에 끝이지 않는다. 분단 이후 서로 다른 이념과 체제 속에서 80여년 간 비극적 삶을 살아온 만남의 현실이다.(오기성, 통일교육론 EXPORT, 2020.) 통일은 현재와 미래가 중요하듯 이에 따른 통일교육도 단순한 사상적 이념과 제도 통합을 위한 만남에 끝나서는 안 된다. 동족 간 진정한 평화의식에 바탕을 둔 신뢰와 화해 그리고 포용의 환대歡待로 맞이하여야만 한다. 예수 그리스도로 말미암아 미래에도 구원을 받을뿐만 아니라 현재에도 자유를 누리며 즐거운 만남이 보장되는 것처럼 성령의 열매를 맺어야만 하는 것이다.

"그리스도께서 우리를 자유롭게 하려고 자유를 주셨으니 그러므로 굳건하게 서서 다시는 종의 멍에를 메지 말라고 하셨다" (갈5:1)

주님이 주신 자유를 육체의 기회로 삼아 서로 물고 먹는 다툼으로 서로 멸망하지 않도록 성령을 따라 행하여야한다. 인류의 구속을 위한 절대 타자의 삶을 사신 예수 그리스도의 위대한 정신은 십자가 보혈로 얻은 힘으로 세속권력과 싸운 저항이었다.

역사의 기억

2025년 9월 1일 초판 발행

저　자 │ 이 근 철
발행인 │ 이 승 한
편　집 │ 임 선 실
발행처 │ 도서출판 엠-애 드
등　록 │ 제2-2554
주　소 │ 서울시 중구 마른내로 8길 30
전　화 │ 02)2278·8063/4
팩　스 │ 02)2275-8064
이메일 │ madd1@hanmail.net

ISBN: 978-89-6575-190-8(03810)

값 20,000원

저자와의 합의하에 인지 첨부 생략합니다.
파본은 구입하신 서점에서 교환해 드립니다.
이 책은 저작권법에 의해 보호를 받는 저작물이므로
무단전재와 복제를 금합니다.